WÄRTER
DER
UNTERWELTFEEN

USA TODAY BESTSELLER AUTORINNEN
LEXI C. FOSS   J.R. THORN

ÜBER WÄRTER DER UNTERWELTFEEN

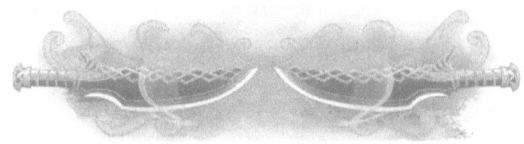

„Warum bin ich nackt und an einen Stuhl gebunden?"
Weil du in der Hölle bist, kleine Rebellin. In *meiner* Hölle.

Camillia De la Croix ist keine Sterbliche.
Sie ist ein Halbling. Zur Hälfte eine Höllenfee, um genau zu sein.
Sie ist ein Freigeist und besitzt einen scheinbar nicht zu
brechenden Willen.

Die rebellische Schönheit ist aus meinem Kerker entkommen.
Ist aus der Hölle geflohen.
Und wissen die Feen wohin geflüchtet.

Jetzt bezahle ich den Preis für ihre kleine Reise durch die
Feenreiche.
Denn ihre Mätzchen haben uns beiden den Zorn des
Höllenfeenkönigs eingebracht.
Er gibt *mir* die Schuld daran, dass es ihr gelungen ist, zu fliehen.

Wenn ich nicht herausfinde, wie sie es geschafft hat, ihren
kleinen Ausflug anzutreten, werde ich vermutlich ins Königreich
des Jenseits entsandt, wo ich mich mit Leichenfeen
herumschlagen muss.

Zum Glück ist der Höllenfeen-Kommandant, Az, genauso begierig auf die Lösung des Rätsels wie ich.
Und Prinz Melek auch.
Wir drei werden Camillias Willen brechen.
Und dann wird sie wieder an den Brautspielen teilnehmen, wie sie es sollte.

Du hast meine Gastfreundschaft ausgenutzt, Schätzchen.
Ich werde nicht zulassen, dass das noch einmal passiert.
Jetzt fang an zu reden, andernfalls werde ich die Hitze aufdrehen.
Und dieses Mal wirst du nicht kommen dürfen.

Für alle, die Schwänze lieben. Wir haben vier von ihnen in die Geschichte eingebunden, die ihr genießen könnt. Viel Spaß!

Eine Anmerkung von Lexi & Jen

Danke, dass du dich für *Wärter der Unterweltfeen* entschieden hast! Wir hoffen, dass dir die düstere Welt der Höllenfeen genauso sehr gefällt wie uns.

Jenen, die die Reihe eben erst entdeckt haben, empfehlen wir wärmstens, mit *Gefangene der Unterweltfeen* zu beginnen, da dieses Buch an den vorerwähnten Band anschließt.

Seid gewarnt: Dieser Reihe wohnen der Geschichte starke sexuelle Spannungen, Gewaltszenen und Szenen mit Dubcon inne. Es existieren auch sehr starke M/M-Beziehungen in dieser Welt. Die Männer in dieser Geschichte lieben es, einander zu ficken. Aber sie werden Cami nur zu gerne einladen, sich ihnen anzuschließen ..., sobald sie sich als würdig erweist. ;)

Cami ist nicht die Art von Frau, die klein beigibt und alles einfach so hinnimmt. Sie kämpft bis zum bitteren Ende.

Ihre Gefährten erwartet eine Menge Arbeit.

Und sie werden ihr ganz schön in den Hintern kriechen müssen.

Ihre Reise wird nicht einfach sein, aber sündhaft gut allemal.

Hier geht die Reise durch die Welt der Höllenfeen weiter. Überlege dir gut, wem du dein Vertrauen schenkst. Und Vorsicht vor den berüchtigten Trugbildern.

Nichts ist, wie es scheint.

Ganz so wie unsere Höllenfeen-Gefährten ...

Willkommen im Land der Albträume,
wo Monster echt sind,
nicht alles so ist, wie es scheint,
und das Schicksal für die Schwachen ist.
– Ajax

Eine Seite aus Luzifers Buch, Vita, die ans Tageslicht gekommen ist

Vor langer, langer Zeit fiel ein Engel vom Himmel. Seine Federn wurden ihm ausgerissen, sein Licht ausgelöscht, und er landete in den Feuern eines zerstörten Landes.

Aber dieser Engel war kein normaler Engel.

Er hatte gewusst, dass seine Welt zusammenbrechen würde, noch bevor der ultimative Verrat an ihm begangen worden war. Und so verbarg er die Quelle seines Lichts. Seine wahre Macht. Seine ultimative Rache.

Aus diesem gleißenden Funken der Energie schuf er eine neue Welt – das Reich der Höllenfeen. Und darin hieß er alle Kreaturen willkommen, die von den anderen Feenreichen abgelehnt und verbannt wurden.

Albtraumfeen. Abscheulichkeiten. *Monster.*

Während sein neuer Hof stetig wuchs, entstanden mehrere Königreiche. Jedes wird von einer beschützerischen Mythenfee und unter ihnen wiederum von Feenkönigen regiert.

Dieser Eintrag soll als Verzeichnis dieser Königreiche und den bekannten Spezies dienen, die sie bewohnen. Es verändert sich und wächst täglich, aber ich bin Vita, Luzifers Buch. Ich weiß alles. Ich dokumentiere alles. Und jetzt werde ich mein Wissen mit dir, lieber Leser, teilen ...

Ödland: Wüstenähnliche, trockene Gegenden mit felsigem Grund und nahezu keinem Wasservorkommen. Zentauren, Mantikore, Minotauren, Luftdrachen, Greife und Irrwichte nennen dieses Gebiet ihr Zuhause. Es wurde vor Kurzem auch dazu benutzt, die Höllenfeen-Brautkandidatinnen in einem einzigartigen Paradigma zu beherbergen.

Königreich der Höllenfeen: Ein zusammengefasstes Königreich, das Typhos Luzifer sein Zuhause nennt. Alle Nicht-Albtraum-Feengeschöpfe residieren hier – ganz so wie Luzifers berüchtigte Höllenhunde.

Marschland: Trübe Wasser und Sumpfpflanzen machen die Gegend zum idealen Zuhause für Nagas und Unseelie.

Königreich der Träume: Hierbei handelt es sich um das Land der Träume, wo Albtraumfeen sich an Angst und Schrecken laben. Ghule und Strigoi nennen diesen Ort hier ihr Zuhause, aber auch eine von Luzifers persönlichen Kreationen lebt hier: die Kuntilanak-Feen.

Königreich des Jenseits: Dunkelheit und Mondlichtstrahlen suchen die Friedhöfe dieses Königreiches heim und machen es zum idealen Zuhause für Leichen- und Todesfeen.

Unterwasser-Königreich: Unendliche Ozeane und korallenähnliche Schlösser hüllen dieses Königreich in ein Meer aus einzigartigen Farben. Hier hausen Kelpies und Wasserdrachen, aber auch einige von Luzifers persönlichen Schöpfungen finden hier Zuflucht, darunter die Sirenen.

PROLOG: TYPHOS

SCHMERZ ERBLÜHTE an meinem Rücken und wanderte bis in die winzig kleinen Enden meiner Federn, während ich fiel.

Sie hat mich hintergangen, dachte ich, während ich durch eine Wolke von feuriger Kraft fiel. *Sie hat mich benutzt. Vivaxia ...*

Eine Druckwelle rauschte durch mein Wesen und die Quelle zerbrach angesichts meines Schmerzes. Angesichts meiner Wut. Angesichts meines *Verlangens* nach Rache.

Dafür wird sie bezahlen. Sie werden alle dafür bezahlen, verdammt noch mal.

Ich stieß ein Brüllen aus und meine Federn bauschten sich im Feuer auf, versuchten mich in die Freiheit zu führen, sodass ich mich meinen Angreifern stellen und sie alle niedermetzeln konnte.

Aber ich war zu schwach. Es spielte keine Rolle, dass Azazel mich gewarnt hatte. Es war nicht genug Zeit geblieben, der Plan zu nahe an seiner Vollendung gewesen, um mich angemessen auf diesen Kampf vorzubereiten.

Oh, aber Melek ... Ich schluckte. *Mein liebster Melek.*

Würde es reichen?

Oder würde er mit mir zusammen in diesem Fall sein Ende finden? Von den Himmelsebenen gestoßen ... Tiefer ... tiefer ... tiefer...

„Typhos", flüsterte Melek mir ins Ohr. „Ich bin hier."

Ich sah mich in der brennenden Wolke um und suchte meinen Prinzen. Meinen Liebsten. Mein *Ein und Alles. Wo?*, fragte ich, konnte ihn nicht sehen. *Es ist zu hell. Zu heiß. Zu ...*

Ich kniff meine Augen zusammen. Ein grauer Lichtstrahl, der einen schwarzen Hauch barg, rückte in mein Sichtfeld. *Was ist das?*, fragte ich mich, plötzlich abgelenkt von der intensiven Kraft, die meine Seele auffraß. *Stirbt ... die Quelle etwa?*

Nein, das kann nicht sein. Ich runzelte die Stirn. *Nichts hiervon ist richtig.*

Wo bin ich?

„Typhos", wiederholte Melek. „Sieh mich an."

Ich blinzelte, wollte, dass er mir gehorchte. Seine Stimme war ein Anker, mittels dem ich mich für immer erden können würde. Doch ich konnte ihn nicht sehen. Nur noch mehr Feuer. *Und wieder dieser seltsame Strang.*

Etwas ... zerbrach. *Die Quelle*, erinnerte ich mich. Ja. *Deshalb bin ich gefallen.*

Aber ... Nein. Das stimmte nicht. Ich war vor Ewigkeiten gefallen.

Was passiert mit mir?

„*Typhos.*" Meleks Stimme wohnte eine Bedrängnis inne, die mir im Herzen wehtat. „Wach auf."

Aufwachen?, wiederholte ich, jetzt wieder völlig benommen. *Ich schlafe ni...*

Ich presste meine Lippen aufeinander und konnte jetzt aus meinem Augenwinkel heraus sehen, dass die Schwade sich schwarz verfärbte und sich mit gezacktem Rand von den weißen Flammen abhob.

„*Typhos!*", schrie Melek.

Aber ich war zu eingenommen von diesem merkwürdigen Riss in der ansonsten unversehrten Oberfläche. Ich griff danach und gab ein Zischen von mir, als ich die scharfe Kante berührte. *Ein Riss in der Quelle*, dämmerte mir. *Aber das ... Das ist unmöglich.*

Wie alles andere um mich herum auch.

Das hier ... Dieser Albtraum über meine Vergangenheit, der jetzt mit meiner Gegenwart verschmolz.

Ich war gefallen.

Ich hatte eine neue Quelle geschaffen.

Und jetzt beschützte ich sie.

Aber etwas geschah mit den Wesen unter meinen unsichtbaren Fittichen. Etwas Schändliches. *Ein Riss im Reich der Höllenfeen.*

Ich riss meine Augen auf und erblickte einen besorgten Melek auf mich hinabblicken. Seinen vielfarbigen Augen wohnte ein weißer Hauch inne, der sich immer nur dann zeigte, wenn er emotional aufgewühlt war.

„Melek?", sagte ich mit einer Reibeisenstimme, was mich wundern ließ, wie lange ich geschlafen hatte. Es fühlte sich beinahe an, als wäre ich aus einem nassen Grab gezogen worden und als ob meine Lungen jeglichen Willen verloren hatten, Sauerstoff aufzunehmen.

„Du wolltest einfach nicht aufwachen", flüsterte er, während seine Hand auf meiner Wange lag. „Und ich ... habe etwas gespürt. Etwas Seltsames."

„Die Quelle", erwiderte ich und schluckte schwer. „Einen Riss."

Er verzog das Gesicht, was ein Stirnrunzeln auf seinem wunderschönen Gesicht aufziehen ließ, das überhaupt nicht zu meinem kleinen Prinzen passte.

„Ein Riss?"

„In unserem Reich." Ich räusperte mich, bevor ich ihn am Nacken ergriff, weil ich seine emotionale Unterstützung brauchte, aber auch, weil ich mich aufsetzen musste. Um nachzudenken. Um mich zu konzentrieren. Er ließ die Bewegung zu und seine Hand wanderte an meine Brust, direkt zu meinem Herzen, während ich in meinem Kopf nach meinen Verbindungen zur Quelle suchte.

Sie antwortete umgehend und verschaffte mir Zutritt zum Herzen meiner Kraft – einer Kraft, die ich kreiert hatte – und zeigte mir alles, was ich sehen musste.

Einschließlich dieses vermaledeiten Strangs.

Knurrend ließ ich meine Essenz auf die sich aufdrängende Energie zurasen und kniff meine Augen zusammen, als sie bestehen blieb. *Was bist du?*, fragte ich. *Du gehörst hier nicht hin.*

Ich sammelte mehr Kraft, um einen weiteren Kraftschub auf das Ding loszujagen, als ein Alarm zu plärren begann. Ein Geräusch, das nur von einem meiner Albtraumfeen-Könige erzeugt werden konnte.

Ruckartig öffnete ich meine Augen und Melek kroch aus unserem Bett, um zur Quelle des Alarms zu laufen. Er bemühte sich nicht, Kleidung anzuziehen, weil er zu beunruhigt – oder aber zu selbstbewusst – war, um sich etwas daraus zu machen, dass er nackt war.

Ich folgte ihm zum Bildschirm, griff auf dem Weg dahin nach meiner und seiner Robe. Er nahm sie mir ab, ohne einen seiner üblichen Kommentare abzugeben, sein Kiefer angespannt, während er den kaum sichtbaren Knopf drückte, der in der Luft schwebte.

Ein Hologramm von Onyx, dem Leichenfeen-König, erschien. „Eure Hoheit", grüßte er und verbeugte sich leicht. „Wir haben ein Problem."

„Das habe ich angesichts des Alarms angenommen. Was ist los?", verlangte ich zu wissen.

Er zögerte, dann räusperte er sich. „Ich ... Ich bin mir nicht sicher, wie ich das sagen soll, aber es wurde ein Portal geschaffen. Eines, das sich durch mehrere Reiche zieht."

„Was?!", fragte Melek und sah mir in die Augen. *Ist das der Riss, den du gespürt hast?* Seine mentale Stimme klang ungewohnt sanft, seine Besorgnis wegen des Leichenfeen-Königs verborgen hinter einer stoischen Maske.

Könnte schon sein, erwiderte ich. *Oder aber ich spüre den Riss in der Quelle.*

Was bedeutete, dass jemand mit Höllenfeenmagie spielte, was nicht hätte möglich sein sollen. Denn nur ich konnte die Quelle der Höllenfeen manipulieren und kontrollieren.

„Ein Portal." Melek blickte zurück zu Onyx. „In welches Reich führt es?"

Eine gute Frage – nicht, dass mich das überraschte. Mein Prinz war ein genialer Stratege, wenn er es sein wollte. Die Antwort könnte uns das Motiv des Eindringlings verraten.

Und das wiederum würde uns zum Übeltäter führen.

Onyx räusperte sich. „Wie es scheint, sind mehrere

Leichenfeen aus dem Reich des Jenseits sowie rund ein Dutzend Baku und Ghule aus dem Königreich der Träume in eine Art Welt der Sterblichen entflohen. Aber es scheint sich dabei nicht um *unsere* Welt der Sterblichen zu handeln."

„Eine alternative Realität?", überlieferte Melek mit krausgezogener Stirn. „Das ist unmöglich."

„Da pflichte ich dir bei", sagte ich. Aber da war noch immer dieser dunkle kleine Strang, der mit meinen Gedanken spielte, was andeutete, dass jemand – oder etwas – sich an meiner Quelle zu schaffen gemacht hatte. „Ist das Portal noch offen, Onyx?"

„Ja, Eure Hoheit."

„Wo befindet es sich?", wollte ich wissen.

Er nannte uns den Standort und ich nickte. „Wir sind gleich da, um es uns anzusehen und es zu verschließen." Ich beendete den Anruf, bevor er etwas erwidern konnte, und sah zu Melek. „Es befindet sich ein schwarzer Strang in der Quelle."

Er riss seine Augen auf. „Dunkle Magie?"

Ich schüttelte meinen Kopf. „Nein. Es sieht eher aus wie ein Licht, das ausgebrannt ist." Allein daran zu denken, ließ mich auf die Zähne beißen. „Etwas macht sich an der Quelle der Höllenfeen zu schaffen, Melek." Und ich hatte nicht die geringste Ahnung, wie das überhaupt möglich war. Es handelte sich um *meine* Quelle. Ich hatte sie geschaffen. Hatte sie gehegt und gepflegt. Sie beschützt. Hatte für sie *gelebt*. „Wir ..."

Ein weiterer Alarm ging los. Dieses Mal war es ein interner und traf mich mitten ins Herz. Denn er war von Azazel ausgelöst worden. *Was ist los?*, fragte ich ihn. *Was ist passiert?*

Camillia De la Croix ist geflüchtet. Und wir haben nicht die leiseste Ahnung, wie es ihr gelungen ist.

„Was ist los?", murmelte Melek mir zu.

„Es geht um dein Schoßhündchen", knurrte ich. „Offenbar ist sie ausgebrochen."

Finde sie, keifte ich Azazel an, hatte keine Zeit, mich über eine entflohene Höllenfeen-Braut zu unterhalten. *Finde sie und bring sie zu mir. Ich werde mich ein für alle Mal mit ihr befassen.*

Denn ich war nicht in Stimmung für Spielchen. Wenn sie einen Weg gefunden hatte, zu entkommen – vermutlich, indem sie sich zu nutzen gemacht hatte, was auch immer mit meiner Quelle los war –, dann verdiente sie es, bestraft zu werden.

Ihre Eltern hatten mir ihre Seele verkauft. Sie gehörte mir. Was bedeutete, dass ich sie entweder zu einer Braut in meinen Spielen machen oder sie entfernen konnte.

„Ty", begann Melek.

„Fang gar nicht erst an." Wir hatten keine Zeit, uns mit seinem Interesse an einer Frau aufzuhalten. Wir hatten Albtraumfeen zu beschützen.

Und eine Quelle zu reparieren, dachte ich, fuchsteufelswild über die neuesten Geschehnisse.

Diese beiden Aufgaben waren weitaus wichtiger als eine nervtötende kleine Höllenfeen-Braut.

Außerdem konnten mein Kommandant und mein Wärter sich mit ihr befassen.

In der Zwischenzeit würde ich das Chaos beseitigen, nach dem Schuldigen suchen und ihn umbringen.

KAPITEL 1

CAMI

ICH BIN NACKT. Und an einen Stuhl gebunden.

Weil Az und Ajax ihren verdammten Verstand verloren haben.

Nur vor wenigen Stunden war ich aus einem Meer der orgastischen Wonne aufgetaucht und ganz begierig darauf gewesen, den Spaß fortzuführen. Vor allem, wo Az' wunderschöne violette Augen doch das Erste gewesen waren, was ich gesehen hatte, nachdem ich erwacht war.

Aber jetzt? Nein. Jetzt war mir nach einem Blutbad zumute.

Und genau das vermittelte ich den beiden Männern mit einem finsteren Blick.

„Du bist meinem Phönix dreißig verdammte Tage lang entgangen, und du wirst mir sagen, wie du das angestellt hast. Auf der Stelle."

Die Worte, die Az vor sechzig Minuten von sich gegeben hatte, gingen in meinem Kopf herum und machten mich völlig benommen. Ich hatte keine Antwort auf seine Frage gehabt, war zu verwirrt über seine Anschuldigung gewesen.

„Dreißig Tage?", wiederholte ich. „Wovon redest du da?"

„Treib keine Spielchen mit uns, kleine Rebellin", hatte Ajax mit bissigem Tonfall von sich gegeben. „Sag uns, wo zum Teufel du dich herumgetrieben hast."

Ich hatte sein viel zu schönes Gesicht angeblinzelt, welches sich nur wenige Zentimeter von mir entfernt befunden hatte, und hatte ihm nicht antworten können. Was hätte ich schon sagen sollen?

Das Letzte, woran ich mich erinnere, ist, dass du duschen gegangen bist – und ich mich dir nur zu gerne hatte anschließen wollen. Doch Az hatte gesagt, dass du etwas Abstand brauchen würdest. Also habe ich in meinem magischen Gesetzbuch gelesen und dann bin ich irgendwie in meinem alten Schlafsaal gelandet. Oh, und seither sind nur wenige Stunden vergangen.

Sein Gesichtsausdruck hatte mir gesagt, dass diese Erklärung nicht besonders gut aufgenommen werden würde und das Blitzen von Az' tödlicher Klinge hatte mich davon abgehalten, sie von mir zu geben.

Also hatte ich nichts gesagt. Und daraufhin hatten sie mich in eine Rauchwolke gehüllt, weggebracht und mich dann an diesen äußerst unbequemen Stuhl gebunden.

Ich starrte in Az' tiefschwarze Augen – eine völlig andere Farbe als das Violett, dass ich vorhin gesehen hatte, oder wann auch immer das gewesen war – und schluckte schwer.

Seine Lust war erbittert gewesen, aber sie war nichts im Vergleich zu dem hier.

Jeder Muskel in seinem Körper war angespannt, als wollte er zuschlagen.

Die Luft um ihn herum verzerrte und verdrehte sich in Ergebenheit. Sogar sein dunkles Haar sträubte sich an den Enden wie Federn im Wind.

Oder Dolche, dachte ich und erschauderte.

Es war nicht nur die Anspannung, die in diesem Zimmer herrschte, die mir das Gefühl gab, keine Luft zu bekommen. Es war auch Az' Magie. Sie zog an mir, als hätte er einen gleißenden Anker in meiner Seele verhakt, den er irgendwie kontrollierte. Jede Bewegung ließ einen Schmerz in meiner Brust zurück. Mich beschlich das Gefühl, dass es nicht nur die Fesseln waren, die mich an Ort und Stelle behielten.

Tränen brannten in meinen Augen, aber ich traute mich nicht, sie zu vergießen. Zu weinen, löste gar nichts. Und etwas sagte mir, dass es den Mann vor mir nicht im Geringsten rühren würde.

Das hier war Az, der Kommandant, nicht Az, der Liebhaber. Nicht, dass ich die beiden Gesichter dieses Mannes besonders gut kannte. Aber ich zog Letzteres vor.

Er umkreiste mich, die tödliche Klinge noch immer in seiner Hand. Er drehte sie herum. Wiederholt. Nur wenige Zentimeter von meiner Haut entfernt.

Ich schluckte schwer. Das war dasselbe Messer, das er während des Sex an mir verwendet hatte. Na ja, technisch gesehen, war es kein Sex gewesen. Während ... unseres *Spiels*.

Doch jetzt musste ich davon ausgehen, dass er mir aus völlig anderen Gründen Schmerzen zufügen wollte. Gründe, die nichts damit zu tun hatten, Ajax' vampirähnlichen Hunger zu stillen.

Der Az von vor wenigen Stunden war längst verschwunden und von einem Biest ersetzt worden, das zu glauben schien, dass ich mehr Probleme machte, als ich wert war.

Denn offenbar bin ich dreißig Tage lang weg gewesen.

Wie ist das überhaupt möglich?

Und wie kriege ich das noch einmal hin?

Denn wenn ihre Anschuldigung stimmte, war es mir irgendwie gelungen, den Brautspielen der Höllenfeen zu entfliehen. Was von Anfang an mein Ziel gewesen war.

Luzifer hatte eine Abmachung mit meinen Eltern getroffen, die ihm meine Seele verschafft und mich in einen Wettstreit gezwungen hatte, an dem ich nicht teilnehmen wollte. Dem Wettbewerb um einen Höllenfeen-Ehemann.

Danke, aber nein, danke.

Ich hatte mich größtenteils jedoch wacker geschlagen und hatte zeitgleich versucht, Luzifers Handel mit meinen Eltern aufzulösen oder zu fliehen.

Das machte es unwahrscheinlich, dass man mir meine Unschuld abkaufte, wo ich Ajax doch geschworen hatte, dass ich einen Weg hier raus finden würde.

„Ich werde das hier überleben", hatte ich zu ihm gesagt. *„Ich werde einen Ausweg finden."*

„Wirst du nicht", hatte er geantwortet.

Offenbar hatte ich recht behalten. Ich hatte bloß keine Ahnung, wie es mir gelungen war – was er mir niemals glauben würde, wo er doch jetzt in der Tür zum fensterlosen Raum stand und mich mit seinen schwarzblauen Augen anstarrte.

Ich konnte ihn in der Dunkelheit, die in dieser Kammer herrschte, kaum erkennen. Seine Kraft schien sich mit den Schatten zu verbinden, die ihn umgaben. Der Raum wurde nur von einer einzigen Fackel erhellt, und selbst ihre Flamme schien nicht gegen die Kälte im Raum anzukommen.

„Wie lange können wir hierbleiben?", fragte Az, sein intensiver Blick nach wie vor auf mich gerichtet, obschon er zu Ajax sprach.

Wo wir schon davon sprechen ... Wo ist hier?, wollte ich fragen, tat es aber nicht. Wo auch immer hier war, es war kalt. Oder zumindest redete ich mir ein, dass das der Grund für die Gänsehaut an meinen Armen war. Es hatte jedenfalls nichts mit den beiden gutaussehenden Männern zu tun, die mich gefangen hielten.

Ajax holte seinen Zauberstaub aus der Innentasche seines dunklen Umhangs, der seinen Körper verhüllte. Violette Magie flackerte auf und erhellte sein perfektes Gesicht.

Als ich die unverborgenen Emotionen darauf erblickte, rann ein Schaudern an meinem Rücken hinab.

Wut.

Wildheit.

Kaum gezügelter Zorn.

„So lange, wie es nötig sein wird", sagte Ajax, während seine Magie die windstille Luft mit dem Geruch von Tanne versah. Das violette Glühen wanderte an den vier Wänden entlang und erhellte jeden einzelnen Backstein, bis sie den gesamten Raum eingenommen hatte.

Meine Nasenflügel blähten sich und meine Lungen füllten sich instinktiv, sodass ich die bekannte Essenz aufnahm. Ajax' Magie war nach unserem Erlebnis ein köstlicher Nektar für mich.

Im nächsten Augenblick wurde mir schwindlig, was darauf hindeutete, dass ich nicht richtig geatmet hatte. Angesichts der beiden mächtigen Männer, die den Sauerstoff im Zimmer kontrollierten, war das nicht besonders überraschend.

Es bedurfte Konzentration, einen weiteren, quälenden Atemzug zu nehmen, sobald der Geruch von Tanne abklang.

Dieses Zimmer war erdrückend. Alles darin fühlte sich falsch an. Genauso wie die derzeitige Situation.

Nicht nur die fensterlosen Wände, die mich einschlossen, oder die ausgefransten Fesseln, die sich in meine Haut fraßen, sondern auch die kalte Energie, die aus allen Richtungen hereinzuströmen schien.

Wir waren zweifellos nicht im Reich der Sterblichen.

Und wir befanden uns auch nicht auf Luzifers Gebiet.

Wenn ich raten musste, tippte ich darauf, dass Ajax uns an einen Ort gebracht hatte, mit dem er bestens vertraut war. Was auch erklärte, warum Az ihn gefragt hatte, wie lange wir hierbleiben könnten.

Also müssen wir uns im Reich der Mitternachtsfeen befinden, beschloss ich. Denn das war die Region, die Ajax wohl am bekanntesten war und über die er mehr wissen würde als Az.

Und wenn wir uns auf Ajax' Territorium befanden, dann waren andere Todesblute bestimmt nicht weit.

Was die Eiseskälte erklären würde.

Obwohl ... gemessen am kräftigen Tannengeruch von Ajax' Magie, der sich jetzt endlich aus meiner Nase verflüchtigt hatte, könnte es sich hierbei auch um eine Grabstätte handeln.

Denn hier drinnen roch es nach Tod.

Der Geruch war nicht so prägnant wie jener von Blumen oder Räucherstäbchen. Er war nur schwer zu vernehmen und es waren viel eher meine Instinkte, die ihn erhaschten – dank meines Feenerbes.

Ganz egal, was die Quelle war, meine Instinkte sagten mir, dass hier etwas nicht stimmte. *Ich sollte nicht hier sein. Wir sollten nicht hier sein.*

Az nahm einen Schritt nach vorn, sodass ich wieder in seine schwarzen Augen blickte und mir jeder Gedanke abhandenkam, der mir eben noch im Kopf herumgegangen war. Denn derzeit starrte ich viel eher sein Biest als den Mann an, den es beherbergte.

Er ließ die Spitze des Messers an meinem freigelegten Bauch hinabwandern – nicht fest genug, um mich bluten zu lassen. Es handelte sich dabei nur um eine flüchtige Berührung, um mich daran zu erinnern, wie scharf die Klinge war. Dann führte er sie nach oben, an den Knoten, der sich direkt über meinem Herzen befand.

Mir stockte der Atem.

„Okay, kleine Kämpferin. Jetzt, wo du etwas Bedenkzeit hattest ... Wie wäre es, wenn du noch einmal versuchst, meine Frage zu beantworten?" Er legte seinen Kopf in vogelähnlicher Manier schief.

„Wenn ich das könnte, würde ich das", gab ich zu. „Aber ich weiß es nicht. Für mich sind nur wenige Stunden vergangen, nicht dreißig Tage."

Er ächzte und schüttelte seinen Kopf. „Du willst dich also an deine Lügengeschichte halten?"

„Es ist keine Lügengeschichte. Es ist die Wahrheit." Leider bestand nicht einmal annähernd die Chance, dass die beiden mir glauben würden. Ich konnte es ihren Gesichtern ansehen.

Klar, wir hatten Spaß miteinander gehabt und ein paar Orgasmen zusammen genossen. Aber das hatte nichts an unserer Beziehung zueinander verändert.

Ich war nach wie vor eine Gefangene. Eine Kandidatin der Brautspiele der Höllenfeen. Eigentum des Königs der Höllenfeen. Und diese beiden waren seine Lakaien.

Sein Kommandant und sein Wärter.

Jetzt, wo mir dämmerte, wie prekär meine Lage wirklich war, knirschte ich mit den Zähnen.

Ich hatte mich von der Kraft und der Sinnlichkeit dieser beiden Männer hypnotisieren lassen. So sehr, dass ich einen winzigen Moment lang vergessen hatte, was sie wirklich waren: meine *Entführer*. Und sie würden vermutlich auch meine Mörder sein.

Was bedeutete, dass ich mich auf meine Flucht konzentrieren musste.

Oh, wie ironisch ... Es war mir doch tatsächlich gelungen, dem Gefängnis der Höllenfeen zu entkommen, ohne es wirklich zu versuchen, was zu meiner derzeitigen Lage geführt hatte, der ich wahrhaftig entrinnen musste.

Ich hätte gelacht, wenn sich genug Sauerstoff in meinen Lungen befunden hätte.

Stattdessen entschied ich mich dafür, mir meine Kräfte

aufzusparen, und konzentrierte mich auf die Fesseln an meinen Handgelenken, die hinter meinen Rücken gezogen worden waren. Wenn ich die beiden am Reden behalten konnte, würde ich mich vielleicht befreien können.

Nicht, dass ich mich gegen Ajax und Az behaupten konnte.

Hm, es sei denn, es gelingt mir, ihre Aufmerksamkeit auf den anderen zu lenken.

Sie hatte ganz offensichtlich eine Vergangenheit miteinander, eine die vor Anspannung und heißem Sex nur so strotzte. Und einem Hauch Wut. Oder vielleicht waren die beiden Männer einfach ganz allgemein so. Ajax brütete immerzu und Az ... schien schlichtweg ein gewalttätiger Mann zu sein.

Vor allem jetzt, wo er mich mit seinen schwarzen Augen so musterte. Er schien darüber nachzudenken, was er als Nächstes tun oder sagen sollte, da meine Antwort nicht befriedigend gewesen war.

Seine Hand zuckte, sodass die Klinge, die an meine Haut gedrückt war, sich leicht bewegte. Er zog sie augenblicklich ein kleines Stück zurück und seine Augen funkelten violett und schwarz.

Interessant, dachte ich, während ich ihn musterte. *Es ist beinahe so, als wollte er mir nicht wehtun.*

Was merkwürdig war, wo er doch ein Messer über mein Herz gehalten hatte.

Ich lehnte mich nach vorn, wollte sehen, wie er reagieren würde, und spürte kurz darauf ein Stechen. Az' Pupillen weiteten sich und Ajax gab ein Geräusch von sich, dass sich ein kleines bisschen wie ein Knurren anhörte. *Ein hungriges Knurren.*

Mitternachtsfeen waren vampirischen Ursprungs, was Blut zu ihrer Schwäche machte. Vor allem mein Blut, welches mit Feenmagie versehen war.

„Ich bin nicht geflohen", entgegnete ich und presste meinen Körper fester gegen die Spitze des Dolches. „Aber angenommen, das wäre ich ... Warum würde ich an so einen offensichtlichen Ort gehen?"

Az zog den Dolch weg. Seine Augen wechselten nach wie vor zwischen Schwarz und Violett, beinahe so, als würde er die Kontrolle über seinen inneren Phönix verlieren. Seltsam. Der

Kommandant wurde von Höllenbiestern gefürchtet, und doch schien er damit zu ringen, sein eigenes Wesen im Zaum zu halten.

Wegen mir?, fragte ich mich. *Oder hadert er damit, seine Raubtierinstinkte zu zähmen, weil er so wütend ist?*

Az flüsterte einen Befehl, der die Klinge verschwinden ließ. Dann legte er seinen Daumen auf die freigewordene Stelle und presste auf die Wunde, was mich aus meinen Gedanken riss.

Mir kam ein Zischen über die Lippen und ich knirschte schmerzerfüllt mit den Zähnen. Obwohl die Wunde nur oberflächlicher Natur war, so tat sie dennoch weh. Vorwiegend, weil er seine Kraft nicht zurückhielt.

Was wohl meine in Gedanken gestellte Frage beantwortete. *Er ist wütend. Fuchsteufelswild, um genau zu sein.* Etwas, das ich bereits gewusst hatte, jetzt aber noch klarer wurde, als sein Phönix die Kontrolle zu übernehmen schien.

„Du weißt nicht, wozu ich imstande bin, kleine Kämpferin." Seine seidige Stimme schlang sich um meinen Nacken wie eine Schlinge, die sich mit jedem seiner Worte zuzog. „Ich lege dir ans Herz, zu kooperieren, wenn du es nicht herausfinden willst."

„Az", unterbrach Ajax. „Wir dürfen die Regeln nicht vergessen. Sie ist eine *Brautkandidatin* und daher Luzifers Eigentum. Nicht unseres."

Az lehnte sich zurück, sobald der Wärter meinen Titel benutzte.

Nicht meinen Namen, sondern meinen Wert, der mir als Besitzeigentum zukam, das in die Brautspiele der Höllenfeen geschickt wurde.

Trotz der drohenden Gewalt rollte ich meine Augen. „Eine Brautkandidatin. Aber nicht *eure* Kandidatin. Richtig, Ajax?", fragte ich, erinnerte mich an die Worte, die er vorhin – oder vor dreißig Tagen – von sich gegeben hatte.

Az sah ihn mit hochgezogener Augenbraue an, doch Ajax schüttelte bloß seinen Kopf. „Hast du Luzifer gesagt, dass wir sie gefunden haben?", fragte er und wechselte das Thema.

Az ließ von mir ab und nur das Stechen eines in der Zukunft erblühenden blauen Flecks verblieb. *Arschloch*, dachte ich und funkelte seinen Rücken an. „Nein", erwiderte er. „Unsere Befehle lauteten, dass wir sie direkt zu ihm bringen sollten, aber angesichts dessen, was im Königreich des Jenseits geschehen ist, bin ich mir nicht sicher, ob er das immer noch wünscht."

„Willst du dich mit ihm rücksprechen?", fragte Ajax mit einem Tonfall, den ich nicht ganz entziffern konnte. Ihm schien eine verborgene Bedeutung innezuwohnen, die nur den beiden alten Freunden bekannt war.

Az sah ihn einen langen Augenblick an. „Ja." Dann löste er sich in Asche auf, was mich allein mit dem Wärter zurückließ.

Ich blinzelte, überrascht über seinen plötzlichen Abgang. Er hatte ganz begierig darauf geschienen, mir Antworten mittels Folter zu entlocken. Oder mich zu töten. Vielleicht beides.

Doch das verschaffte mir eine weitere Möglichkeit. Wenn es mir irgendwie gelang, mich zu befreien, würde ich Ajax vielleicht entfliehen können.

Vielleicht.

Vermutlich nicht.

Wie auch immer ... Es war immer noch besser, als hierzusitzen und seine grobe Behandlung zu ertragen.

Ich lehnte mich zurück, straffte meine Schultern und ließ die Seile, die sich über meine Brüste zogen, sich spannen. Die kalte Luft hatte meine Nippel hart werden lassen – etwas, das Ajax scheinbar zu ignorieren versuchte, während er mit gerecktem Kinn dastand.

Ein Teil meines Ablenkungsmanövers war bereits im Gange. *Männer sind solche Idioten.*

„Also ... Was ist im Königreich des Jenseits los?", fragte ich, suchte nach einer Ablenkung, während ich weiterhin die Knoten hinter meinem Rücken zu lösen versuchte. Die Bewegung löste ein leises Geräusch am Stuhl aus, welches ich mit unseren Stimmen zu übertönen hoffte.

Er schnaubte lachend. „Nichts, worüber du dir deinen rebellischen Kopf zerbrechen musst", säuselte er, sein Blick noch immer auf mir verweilend, während violette Magie aus seinem Zauberstab strömte und sich im Zimmer verteilte.

Bedeutet das, dass sein Bann noch nicht fertiggestellt ist? Oder verströmt er bloß Kraft?

Ich sah die mit violettem Rauch schimmernden Wände an und versuchte Sinn daraus zu machen, aber ich konnte mich nicht an viel orientieren. Es gab nicht viel hier drinnen. Nur schwarze Backsteinblöcke und dunklen Stein. Keine Einrichtung und keine Fenster. Die Tür bestand aus einer schwarzen Pforte, die sich von beiden Seiten verschließen ließ.

„Ich glaube, mir hat dein Kerker besser gefallen", murmelte ich, versuchte erneut die Bewegungen meiner Hände zu verbergen.

Dehnen.

Ziehen.

Das Seil bewegte sich in die falsche Richtung und schnürte den Blutzufluss meiner linken Hand ab. Ich verkniff mir ein Fluchen und schluckte den Schmerz hinunter. *Das ist kein besonders guter Plan*, sagte ich zu mir selbst. *Aber was bleibt mir anderes übrig?*

„Das glaube ich dir", sagte Ajax ausdruckslos.

Okay. „Wenigstens hatte ich dort Kleidung", sagte ich ausweichend. „Jedenfalls so in der Art." Es handelte sich dabei um Outfits, die meine weiblichen Vorzüge zeigen sollten. Trotzdem ... Ich war nicht gezwungen gewesen, nackt vor einem Publikum zu sitzen.

Anders als jetzt.

Na gut, sie hatten mich bereits nackt vorgefunden, also war es nicht vollends ihre Schuld. Sie hatten ganz einfach beschlossen, mir nichts anzubieten, womit ich mich hätte bedecken können.

Ajax stieß sich von der Wand ab, was mich zusammenzucken ließ. Aber er lief nicht auf mich zu, flüsterte stattdessen einen Befehl und verschwand dann ebenfalls – nur ohne all die schwarze Asche.

Die Temperatur im Zimmer fiel. Etwas, das ich kaum für möglich gehalten hatte.

Ein elektrischer Funke sauste über meine Haut, was mir ein ungutes Gefühl gab.

Und ein zarter Dunst der Angst schnitt mir die Luft ab, während ich herauszufinden versuchte, wohin Ajax gegangen war.

„Ajax?", rief ich. Als die Schatten näher zu rücken schienen, zog ich fester am Seil. Die Bewegung führte dazu, dass sich das Gefühl von stechenden Nadeln in meinen Fingern ausbreitete.

Panik drohte mich einzunehmen und ich erhob meine Stimme. „Ajax?"

Als ich meine Stimme erhob, erwachte eine Art Magie und kitzelte meinen Nacken.

Dann verhallte das Echo meiner Stimme, als wäre der Schall gegen eine Stoffwand gestoßen.

Oh Gott.

Dieser Raum ist schallisoliert.

Das hatte Ajax' Bann also bewirkt. Er hatte eine Kammer geschaffen, aus der meine Schreie nicht dringen konnten.

Der Geruch von Tanne nahm mich ein, als Ajax' gedämpfte Stimme aus allen Richtungen zu mir zu finden schien.

„Willkommen in der Hölle, kleine Rebellin. In *meiner* Hölle."

Ein paar geflüsterte Worte ließen einen weiteren Schub Tannengeruch durch das Zimmer fegen. Die Seile, die mich fesselten, verwandelten sich in zischende Schlangen, und ich kreischte.

„Fangen wir noch einmal von vorn an. *Wie. Bist. Du. Entkommen?"*

KAPITEL 2

AZ

Iᴄʜ ʀᴀɴɢ ɴᴀᴄʜ Lᴜꜰᴛ, während ich, auf Luzifers Gebiet angelangt, den Korridor hinabstürmte.

Ich hätte ganz einfach mittels unserer mentalen Verbindung mit ihm kommunizieren können.

Genauso, wie ich mich in Ascheform vor seine Tür hätte zaubern können, und nicht etwa in einen der nahe gelegenen Flügel, der tausend Stufen entfernt davon war. Aber ich musste mich sammeln, bevor ich mit Typhos sprechen würde.

Oder genauer gesagt: Ich musste meinen Phönix in den Griff bekommen, bevor er sich durch meine Brust hindurchklauen würde. Die Tätowierung, die die Seele meines Wesens zeigte und sich über meinen Körper zog, brannte, als hätte ich Mantikor-Säure darauf verschüttet.

Es tat verdammt noch mal weh.

Und es war alles nur wegen *ihr*.

„Hör auf damit", befahl ich meinem ungezogenen Biest. „Camillia gehört nicht uns."

Mein Phönix erwiderte dies mit einem Zischen, das er über meine Haut sandte und mit dem er androhte, mich erneut dazu zu zwingen, mich zu verwandeln.

Ich lehnte mich wimmernd gegen eine Steinwand und starrte meine Reflektion in einem Spiegel in der Nähe an. Die silberne Einrichtung in diesem Korridor zeigte mir ein zerbrochenes Bild meines Gesichts, aber ich konnte die schwarzen Flammen meines Phönix klar sehen, die gefährlich in meinen Augen tanzten.

Meine Iriden hätten violett sein sollen, doch wenn mein Phönix sich zeigte, sickerte meine wahre Natur durch.

Und im Moment war er erfüllt von brennender Wut.

Er war nicht wütend auf *sie*, wie er es sein sollte.

Sondern auf *mich*.

Ich war mir nicht sicher, ob andere ihn auch so sehen konnten, wie ich ihn sah. Als ein schwarzer Phönix teilte ich meine Seele mit dem Biest. Er war ich und ich war er, aber manchmal kam es vor, dass wir verschiedene Meinungen hatten.

Zum Beispiel, wenn es um eine gewisse Brautkandidatin ging, die die Gastfreundschaft überbeansprucht hatte.

Als wollte er mich daran erinnern, warum ich das Mädchen interessant gefunden hatte, spielte mein Phönix eine Reihe Erinnerungen vor meinem inneren Auge ab.

Zugegeben, Camillia war wunderschön mit ihren Kampfgeist und der athletischen Form. Und verdammt, die Art, wie sie ihren Rücken durchgedrückt hatte, als sie an Ajax' Mund gekommen war, hatte mich in meinen nächtlichen Fantasien immer wieder heimgesucht. Mein Phönix lechzte nach einer weiteren Kostprobe, entschlossen, sie zu markieren, sie zu decken und sein zu machen.

Es ergab keinen Sinn.

Sie war nicht unsere vom Schicksal auserwählte Gefährtin. Eine Tatsache, die ich schon tausende Male wiederholt hatte. Aber das verdammte Biest hatte seinen eigenen Kopf, klaute mich von innen und verlangte, dass wir unsere Zähne in ihrer schönen Haut versenkten.

Verdammt.

Meine Hände ballten sich zu Fäusten und ich spannte meinen Kiefer an. *„Das reicht jetzt"*, sagte ich zu meinem Phönix.

Es war beinahe, als hätte er einen Abdruck auf Camillia hinterlassen, was schlichtweg unmöglich war. Aber er weigerte sich, auf Vernunft zu hören, sodass ich keine andere Wahl hatte, als ihn an die kurze Leine zu nehmen.

Er zischte daraufhin wuterfüllt. Das Echo des Lautes brach

mir das Herz, als ich ihn zurück in die Schlupfwinkel meiner Seele zerrte. *Fuß*, befahl ich. *Und bleib.*

Ich würde später dafür bezahlen, vermutlich mit Blut. Aber ich musste dafür sorgen, dass er sich beherrschte, damit ich mich konzentrieren konnte.

Obwohl mein Phönix offenbar vergessen konnte, dass wir die vergangenen dreißig Tage damit zugebracht hatten, Camillia zu jagen, so konnte ich das nicht. Es erinnerte mich an ihren flüchtigen Vater. Sie waren vermutlich die einzigen Feen in der Geschichte, denen es jemals gelungen war, meinem Phönix zu entgehen.

Aber wir hatten sie aufgespürt.

Ein Triumph, dachte ich und ein siegreiches Gefühl rauschte durch meine Adern. Doch es war keine Feier oder Getränke, mit denen ich den Erfolg feiern wollte, sondern viel eher mit Camillias Blut.

Denn ich wollte sie dafür bestrafen, geflüchtet zu sein. Dafür, dass sie weggelaufen war. *Dafür, dass sie so verdammt gut darin war, sich zu verstecken.*

Die Frau würde lernen, wo sie hingehörte. Sie bedeutete mir nichts. Klar, wir hatten uns miteinander amüsiert, aber das war längst Geschichte. Sowie sie ohne jegliche Spur verschwunden war, hatte sie bewiesen, dass man ihr nicht trauen konnte.

Dass sie Ajax wehgetan hatte, gab mir umso mehr Grund, sie zu bestrafen. Er hatte für ein Leben lang genug gelitten. Er verdiente es nicht, dass sie zu seinem bereits übervollen Teller voller Tod und Verrat beitrug.

Und überhaupt, wenn sie etwas mit den derzeitigen Geschehnissen im Reich der Höllenfeen zu tun hatte, dann stellte sie eine Bedrohung für Typhos dar. Und das allein konnte ich nicht tolerieren.

Genau darum musste ich herausfinden, wie sie entkommen war. Wie sie es bewerkstelligt hatte. Ich hatte gehofft, dass ich die Antworten auf diese Fragen bereits haben würde, wenn ich Typhos verkündete, dass wir sie gefangen hatten, aber sie hatte sich alles andere als kooperativ gezeigt.

Dann wiederum hatte ich sie kaum befragt.

Aber das war nur gewesen, weil mein Phönix es mir

verunmöglicht hatte, zu tun, was getan werden musste, um Antworten aus ihr herauszubekommen. Er hatte mich sie nicht einmal hypnotisieren lassen. *Dieses elende Biest.*

Aber jetzt wirst du still sein, neckte ich ihn. *Weil ich das Sagen habe, nicht du.*

Und ich würde die Antworten aus Camillia herauszerren, wenn es sein musste. Es war mir egal, ob ich nicht wiedergutzumachenden Schaden dabei anrichtete.

Ich ahnte, dass Typhos mit meinen Absichten einhergehen würde, aber es konnte nicht schaden, sicherzustellen, dass er zustimmte, bevor ich sie wirklich vernahm.

Natürlich war Camillia zum ungünstigsten Zeitpunkt vor seinen Brautspielen davongerannt – oder vielleicht zum idealen Zeitpunkt, vorausgesetzt, sie hatte sich die Portal-Ablenkung zunutze gemacht.

Oder sie war es, die sie kreiert hat, dachte ich und knirschte mit den Zähnen, als ich mir die Möglichkeit durch den Kopf gehen ließ.

Sobald ich Typhos' Erlaubnis hatte, meiner dunklen Seite freien Lauf zu lassen, würde Camillia den geballten Zorn meines Wesens zu spüren bekommen.

Mal abgesehen davon, dass mein Tiergeist dem nicht beipflichtete. Mein Phönix war geradezu aus mir herausgeschossen, als ich die Frau nur schon gekratzt hatte, und jetzt wehrte er sich gegen seine Fesseln und drohte, sich selbst Schaden zuzufügen. Meine Rippen schmerzten und meine Muskeln brannten angesichts des Zorns des Tieres.

„Was ist mit dir los?", knurrte ich, als die zerbrochene Wand aus Spiegeln um mich herum schwarze Flammen zeigte. „Warum verhältst du dich wegen etwas Blut so territorial? Ich habe sie kaum angerührt und du weißt, dass ich zu weitaus mehr imstande bin."

Mittels mentaler Kraft stärkte ich die Fesseln. So sehr, dass sie ihm beinahe die Flügel brachen.

Das Gefühl von Verrat breitete sich in meiner Seele aus, gefolgt von einer eiskalten Stille, die meine Seele erschaudern ließ. *Verdammt.* Jetzt hatte ich es geschafft. Wut war eine Emotion, mit der ich umzugehen wusste – vor allem, wenn sie von meinem

Phönix stammte. Aber das ... Das hier fühlte sich an, als säße es ... tiefer.

Ich schluckte schwer. *Es ist besser so*, versprach ich ihm. *Du wirst schon sehen.*

Stille.

Nicht einmal das Sträuben von Federn.

Ich schloss meine Augen und zählte bis zehn, musste mich aufrichten, bevor ich weiterging. *Sie gehört uns nicht*, sagte ich meinem Tier immer wieder. *Unser Gefährte ist irgendwo da draußen. Wir werden sie oder ihn eines Tages finden. Aber es ist nicht sie.*

Noch immer keine Antwort.

Seufzend öffnete ich meine Augen und bemerkte, dass das strahlende Violett zurück in meine Augen gefunden hatte. Nicht einmal der Hauch einer schwarzen Flamme verblieb.

Weil ich sie ausgelöscht hatte.

Nur vorübergehend, dachte ich. *Bis ich getan habe, was getan werden muss.*

Aber zuerst musste ich mit Typhos sprechen.

Schnaubend stürmte ich den Rest des Korridors hinab, meine mentalen Federn verworren.

Du wirst mir vergeben, sobald ich dir beweise, dass sie nicht uns gehört, sagte ich zu meinem Phönix. *Ich verspreche es.*

Als ich vor Typhos' Tür angelangte, konnte ich den König des Höllenfeenreiches dahinter spüren.

Genauso, wie er mich vermutlich spüren konnte – vielleicht sogar lange bevor ich angekommen war. Meine tobende Wut war vermutlich geradezu ein Leuchtfeuer für seine Sinne. Aber er würde mich nicht drängen, mich zu erklären. So war Typhos nicht.

Außerdem hatte er derzeit sowieso schon viel zu viel zu tun, wo doch seine Albtraumfeen eine Gefährtenjagd-Sause in einem anderen Reich geschmissen hatten.

Dieses verdammte Portal, dachte ich kopfschüttelnd. *Das* war ein echtes Problem. Anders als jenes, über das mein Phönix und ich uns stritten.

Mein Tier glaubte fälschlicherweise, dass wir unsere Gefährtin gefunden hatten. In der Zwischenzeit musste sich

Typhos mit einer potenziellen Bedrohung für die Quelle der Höllenfeen befassen, was ein Risiko für sein gesamtes Reich darstellte. Zwei sehr verschiedene Probleme.

Einen Moment, murmelte Typhos in meinen Gedanken. Die Warnung war nicht nötig gewesen, um zu wissen, dass ich warten sollte. Ich konnte seinen aufgewühlten Tonfall durch die Tür hören, was anriet, dass er sich mitten in einem Gespräch mit jemandem befand. Vermutlich mit einem weiteren Albtraumfeen-König. Sie waren aufgrund der Verzögerung der Brautspiele alle verstimmt und mürrisch, aber Typhos wollte ganz einfach vorsichtig sein.

Natürlich hatte er es als Strafe für seine undankbaren Albtraumfeen formuliert.

„Meine Brautspiele sind euch ganz offensichtlich nicht gut genug", hatte er gesagt, als er sich vor zwei Wochen an das Königreich des Jenseits und das Königreich der Träume gewandt hatte. „Warum sonst würdet ihr es für nötig erachten, eine *Nacht der Monster* in einem Reich in der alternativen Realität abzuhalten?"

Offenbar war das ein gefährlicher Feiertag in der alternativen Realität – die *Nacht der Monster*. Eine Nacht, in der Monster verschiedenen Ursprungs in die alternative Realität des Reiches der Sterblichen reisten und potenzielle Gefährten entführten und beanspruchten. Und irgendwie hatte das Portal, welches sich im Königreich des Jenseits aufgetan hatte, sich diese berüchtigte Veranstaltung zunutze gemacht.

Mehrere Dutzend Albtraumfeen waren durch den unbewilligten Riss geschlüpft, um sich eine potenzielle Braut zu suchen, und hatten damit alles, was Typhos zu bewerkstelligen versucht hatte, besudelt und zunichtegemacht.

Bis jetzt hatte man nur einen von ihnen festgenommen.

Maliki.

Mein verdammter Halbbruder.

Offenbar hatte er das Portal bedient, das es einer Unmenge an Albtraumfeen gestattet hatte, durch das Jenseits und in das Reich der Sterblichen zu schlüpfen. Und es tat ihm kein bisschen leid.

Wenn er jemand anderes gewesen wäre, hätte Typhos ihn mittlerweile wohl umgebracht.

Leider war er Teil meiner Sippe, weshalb er verschont geblieben war. Er war ein weiteres Problem, um das ich mich kümmern musste – zu einem späteren Zeitpunkt.

Camillia war meine höchste Priorität gewesen, und war es noch immer.

Die Tür öffnete sich und Meleks engelsgleiche Züge kamen dahinter zum Vorschein. Seine vielfarbigen Augen bargen unzählige Geheimnisse und er zog eine Augenbraue hoch, sah mich an. „Ihr habt sie gefunden?" Ein Hauch Besorgnis schwang den Worten mit.

Besorgnis, die ich ignorierte.

„Sie ist gefesselt und mit Ajax zusammen im Reich der Mitternachtsfeen", erwiderte ich.

„Aha?" Die Besorgnis wurde augenblicklich von Neugier abgelöst. „Mit Seilen?"

„Mit magischen Seilen." Ajax hatte sich für diese entschieden – für den Fall, dass Camillia erneut versuchen würde, zu flüchten. Ich hoffte irgendwie, dass sie es versuchte, nur damit sie herausfinden konnte, was passieren würde, wenn sie die Fesseln zu sehr löste.

Schlangenreben waren tödlich und gnadenlos, und man sollte nicht mit ihnen spielen.

Und sie *hassten* Verrat.

Eine gerechte Strafe, sinnierte ich. Mein Phönix hatte mir damals vehement widersprochen, doch jetzt gab er nicht einmal mehr ein Flüstern von sich.

„Hm." Meleks Augen begannen voller Belustigung zu strahlen. „Also eine bewährte Verfahrensweise."

Ich runzelte die Stirn. „Verfahrensweise?"

„Ich nehme an, dass sie unversehrt ist?", fragte er und ignorierte meine Frage. Typisch Melek.

„Sie hat kaum einen Kratzer erlitten", antwortete ich.

„Hm, na ja, Seil kann Spuren hinterlassen, wenn es nicht richtig angebracht wird." Mit diesem unnötigen Ratschlag trat er beiseite und ließ mich ein.

Typhos sah mich aus seinem Stuhl, der in der Ecke stand, an, schlug seine Beine gemächlich übereinander und trommelte mit den Fingern gegen den Tisch. Ein holographischer Bildschirm schwebte darüber, zeigte ihm ein Bild, das von meinem Standpunkt aus nur als Wolke zu erkennen war.

Trotz seiner gelassenen Haltung strömte seine Aggression geradezu in Hitzewellen aus ihm und fächerte im Zimmer aus. Mein Phönix – wenn er nicht in einem Käfig festgesessen hätte – hätte sich vermutlich in der Hitze gesonnt. Ich, der Mann außerhalb der Federn, wiederum, fand sie unangenehm.

Ich zog meine eigenen schwarzen Flammen gegenüber Typhos' alles einnehmendem Feuer vor.

Seine ungestüme Kraft war jedoch der Grund, aus dem ich ihn respektierte. Und seine Gnadenlosigkeit, die gewährleistete, dass diejenigen, die unter seinem Schutz standen, in Sicherheit waren und es bleiben würden.

Etwas, von dem ich mir wünschte, dass ich es auch täte. Vor allem jetzt. Denn wenn ich daran scheiterte, das Verlangen meines Phönix nach Camillia zu drosseln, könnte ich diejenigen in Gefahr bringen, die mir wirklich am Herzen lagen.

Typhos.

Ajax.

Melek.

Sie alle hatten sich meine Treue verdient. Camillia De la Croix, hingegen, nicht.

„Dann schlage ich vor, du erinnerst sie daran, wer ihr König ist", sagte Typhos, bevor er den Anruf beendete und einen Stöpsel aus seinem Ohr zog.

Das erklärte, warum ich nichts von seinem Gesprächspartner gehört hatte.

„Nagas neigen dazu, ihre Gefährten mehr zu schätzen als ihre Könige", murmelte Melek, während er ein Getränk an der Bar vorbereitete. „Es überrascht mich nicht, dass sie es Viper schwermachen."

Aha, das erklärte, warum er die Kopfhörer getragen hatte. König Viper neigte dazu, leise zu sprechen, sodass er oftmals schwer zu verstehen war. Der stoische Naga war nicht besonders wortreich und zog es vor, zu flüstern, wenn er dazu gezwungen war, Worte von sich zu geben. Er war eine Albtraumfee, die Taten Worten vorzog.

Anders als die Frauen ihrer Art – die die Tödlichsten und

Berüchtigtsten der Naga-Spezies waren. Aber sie waren eine aussterbende Rasse, da die Quelle der Höllenfeen die meisten von ihnen abwies. Ich nahm an, dass seine Albtraumfeen aus diesem Grund protestierten und wütend darüber waren, dass ihre Spiele pausiert worden waren. Sie brauchten mehr Frauen, um ihre Spezies wiederzubeleben. Daher stammte auch ihr Bedürfnis nach passenden Bräuten.

Allen voran war es wohl Viper, der eine benötigte.

Die Nagas waren nichts ohne eine Königin, aber Viper war noch immer auf der Suche nach seiner Gefährtin.

„Er muss seine Wählerschaft daran erinnern, warum er ihr König ist." Typhos hörte sich müde, aber dennoch streng an.

„Während er deinen Befehl ausführt, ihr Brautspiel mit den potenziellen Kandidaten zurückzustellen", entgegnete Melek, während er Typhos ein Glas brachte und den Rand an die Lippen des Höllenfeenkönigs führte. „Trink."

Typhos' saphirblaue Iriden glitzerten, als er dem Prinz der Höllenfeen in die Augen sah. Er entgegnete jedoch nichts und zog es vor, das Getränk anzunehmen und den Inhalt des Glases hinunterzuschlucken.

„Keine der Nagas hat an der Nacht der Monster teilgenommen", sagte Melek mit sanfter Stimme. „Sie haben das Gefühl, ungerechtfertigt für das schlechte Verhalten eines anderen Königreichs bestraft zu werden. Darum lehnen sie sich auch auf."

„Ganz wie die Sirenen." Ich wollte nicht unterbrechen, aber ich war mir ihrer Proteste ebenfalls gewahr. „Und die Todesfeen."

„Und mehrere Drachenarten." Melek nahm Typhos das Getränk ab und stellte es auf den Tisch. „Bisher scheint mir, dass nur jene, die im Königreich des Jenseits oder im Königreich der Träume residieren, teilgenommen haben, was die Strafe für sie angemessen macht. Aber die anderen ..." Er verstummte und warf Typhos einen vielsagenden Blick zu.

„Verdienen die Strafe möglicherweise nicht", beendete Typhos den Satz und seufzte schwer. „Das weiß ich, kleiner Prinz. Aber ich versuche, sie zu beschützen."

„Vor einer Bedrohung, die vielleicht – vielleicht aber auch nicht – existiert", erwiderte Melek, während er mit seinen

Fingern sanft durch Typhos' dunkles Haar fuhr. „Die Quelle ist rein, das Portal ist verschlossen und es hat keine weiteren Zwischenfälle gegeben."

„Das bedeutet nicht, dass keine mehr folgen werden", bemerkte Typhos. Und ich war geneigt, ihm zuzustimmen.

Nur weil im Augenblick alles in Ordnung schien, bedeutete das nicht, dass sich nicht bald schon ein neues Problem auftun würde. Wir wussten nicht, wie das Portal kreiert worden war. Oder wie ein Strang der Quelle beschädigt worden war.

Genauso, wie wir nicht wissen, wie Camillia geflohen ist oder wo sie sich versteckt hat, dachte ich und räusperte mich, was Typhos' Aufmerksamkeit auf mich zog. „Ich will nicht stören. Ich weiß, dass du viel zu tun hast."

„Du störst nie, Azazel." Er sah mich suchend an und runzelte die Stirn, während er mich musterte.

Er konnte zweifellos spüren, dass etwas nicht stimmte. Vermutlich, weil mein Phönix abnormal ergeben war. Aber er stellte keine Fragen, was es mir erlaubte, mein Geheimnis zu bewahren – zumindest erst einmal.

„Du hast Neuigkeiten", sagte er, bot mir damit ein sicheres Thema an.

„Das habe ich." Ich räusperte mich. „Wir haben Camillia De la Croix im Reich der Sterblichen gefunden. Ajax hat sie in einem alten Kerker des Rates der Mitternachtsfeen eingesperrt, um sie zu vernehmen."

Natürlich hatte Typhos nicht danach verlangt, dass wir dies taten. Er hatte gewollt, dass wir sie zu ihm bringen, aber ...

„Wir dachten, dass es vielleicht hilfreich zu erfahren wäre, wie es ihr gelungen ist, zu flüchten, und wo sie war, bevor wir sie hierherbringen. Nur für den Fall, dass es ihr irgendwie möglich ist, ihre Fluchttricks erneut anzuwenden", erklärte ich.

Typhos nickte gedankenverloren. „Ich nehme an, dass sie sich ganz einfach den Riss zunutze gemacht hat, aber ich stimme dir zu, dass es hilfreich zu wissen wäre. Es sei denn, sie hat dir bereits Details verraten und du bist deshalb hier?"

„Sie haben sie mit Seilen gefesselt, mein König", bemerkte Melek mit einem Lächeln. „Ich bezweifle, dass sie viel gesagt hat."

„Nicht alle von uns verwenden Seile so wie du, kleiner Prinz."

Typhos' Blick ließ nicht von mir ab, während er sprach, aber mir entging der nachsichtige Blick zu ihm nicht, der auf Meleks Antwort hin folgte.

Ich ignorierte die Seil-Bemerkung und beantwortete stattdessen Typhos' Frage. „Sie ist nicht besonders mitteilsam. Stattdessen gibt sie vor, überrascht darüber zu sein, dass dreißig Tage vergangen sind."

„Vorgeben?" Melek verbarg die Skepsis in seiner Antwort nicht. „Was, wenn sie es so meint?"

Ich schnaubte lachend. „Das ist nur ein Trick. Damit will sie nur verbergen, wo sie wirklich gewesen ist. Was ich bald beweisen werde, wenn ich sie eingehender vernehme."

„Und doch bist du jetzt hier, anstatt genau das zu tun", meinte Melek. „Wie interessant."

Ich sah in seine vielfarbigen Augen. „Ich bin hier, um Typhos darüber zu informieren, dass wir Camillia gefunden haben, und um ihn wissen zu lassen, warum wir sie ins Reich der Mitternachtsfeen anstatt direkt zu ihm gebracht haben, wie er es verlangt hat."

Okay, das war nur die halbe Wahrheit.

Ich war auch hier, weil Ajax bemerkt hatte, dass ich etwas Dampf ablassen musste. Er hatte vermutlich gedacht, dass es nur Wut war und das Verlangen meines Phönix, Camillia für ihre Mätzchen zu bestrafen.

Aber das war überhaupt nicht der Ursprung meiner Auseinandersetzung mit meinem Tier gewesen.

Ganz im Gegenteil, tatsächlich.

Mein Phönix hatte sie annehmen und beschützen wollen, was nicht passieren würde. *Niemals.*

„Ich stimme dir zu, dass wir sie diesem Ort hier fernhalten sollten, bis wir mehr Antworten haben." Typhos ließ das Hologramm, das über seinem Tisch schwebte, verschwinden und stand auf. „Aber ich gebe dir nur drei Tage, um sie zu brechen, Azazel. Es hat schon jetzt zu lange gedauert, und ich brauche deine Hilfe hier drüben in unserer Welt."

Ich nickte. „Ich verstehe."

„Je eher wir die Spiele wiederaufnehmen können, desto besser", fuhr er fort. „Aber die Spiele im Reich des Jenseits und jene im Reich der Träume sind bis auf Weiteres gestrichen. Sie haben sich entschlossen, Gefährtinnen außerhalb des Prozesses zu finden. Also können sie sie selbst testen."

„Eine angemessene Strafe", lobte Melek, bezog sich dabei darauf, wie Typhos entschlossen hatte, das Nachbeben der Nacht der Monster zu handhaben.

Er hatte den Königen des Reiches des Jenseits und des Reiches der Träume gesagt, dass sie ihre eigenen Spiele arrangieren sollten, um zu testen, ob die erworbenen Frauen, die während des illegalen Überfalls auf das alternative Reich mitgenommen worden waren, würdig waren. Der Erlass hatte die Könige dazu gezwungen, die Bürden einer Führungskraft zu übernehmen, die ansonsten oft von Typhos getragen wurden, und stellte damit eine wichtige Lektion in Sachen Respekt dar.

Es war eine Lektion, die bis in die Ränge derjenigen Feen reichte, die dieses Portal ebenfalls benutzt hatten. Denn die meisten der Frauen waren noch nicht beansprucht, und da es nicht viele von ihnen gab, mussten die verschiedenen Feenarten aus dem Reich des Jenseits und dem Reich der Träume in ihrem Überprüfungsprozess von potenziellen Gefährtinnen sehr vorsichtig sein.

Andernfalls würden sie riskieren, sie alle zu verlieren.

Und Typhos würde ihnen nach der Nummer mit diesem Portal keine anderen geben.

„Wenn die Feen des Jenseits und die Feen aus dem Reich der Träume sich selbst regulieren wollen, nur zu", hatte er ihnen gesagt. „Mal sehen, ob ihr Könige der Sache gewachsen seid."

„Drei Tage", wiederholte er. „Wenn sie immer noch nichts gesagt hat, kannst du sie dort lassen, um zu verrotten."

Meleks Augen weiteten sich und sein übliches Grinsen wurde von einer besorgten Miene abgelöst. *„Typhos."*

„Gibt es sonst noch etwas, Azazel?", fragte Typhos, ignorierte seinen Prinz.

„Nein. Ich werde mich um die Angelegenheit kümmern", versprach ich ihm.

„Ich weiß, dass ich mich darauf verlassen kann", stimmte er mit zuversichtlichem Tonfall zu. Oder vielleicht war es auch eine Drohung.

Denn Melek hatte ein anfängliches Band mit Camillia geknüpft, was meine Mission zu einer äußerst wichtigen machte. Eine, die ich nicht vermasseln durfte.

Das bedeutete auch, dass ich vielleicht nicht in der Lage sein würde, ihr so wehzutun, wie ich es müsste, um sie zum Reden zu bringen. *Denn Melek kann sie spüren*, realisierte ich, als ich den eisernen Blick des Mannes bemerkte. *Ach, du Kacke.*

Das machte die Sache einiges komplizierter.

Natürlich war es nicht meine Schuld, dass Melek sich an ihre Seele gebunden hatte.

Aber es würde meine Schuld sein, wenn er durch meine Handlungen verletzt würde, und Typhos würde es ganz bestimmt auch nicht zu schätzen wissen.

Na, das macht die ganze Sache nur noch komplizierter.

Ganz wie mein noch immer stiller Phönix.

Verdammt.

Wie soll ich sie befragen, wenn ich sie nicht zum Reden zwingen kann?

KAPITEL 3

MELEK

AZAZEL VERSCHWAND in einer Aschewolke und ließ eine kalte Dunkelheit im Zimmer zurück, die mir Gänsehaut bescherte.

Ich zog die Schärpe über meiner Robe an und sah zu Typhos. „Sie dort lassen, um zu verrotten?", wiederholte ich und sah meinen Liebsten mit hochgezogener Augenbraue an. „Hast du mal daran gedacht, was das mit mir anrichten würde?"

„Vielleicht ist es eine dringend benötigte Lektion, was Gefährtenbänder anbelangt", säuselte er und kniff seine blauen Augen zusammen. „Du bist es, der seine Seele an sie gebunden hat."

„Und jetzt willst du mich dafür bestrafen?", fragte ich, erschrocken über seine Herzlosigkeit. Typhos konnte unbarmherzig sein, sogar zu mir, aber das …

Das sah ihm überhaupt nicht ähnlich.

Ich wusste, dass ihm im Augenblick viel durch den Kopf ging – ganz zu schweigen von den Bürden, die die Quelle ihm auferlegte. Eine Last, die er entweder nicht bemerkte oder sich weigerte, sie anzuerkennen. Doch das entschuldigte seine ablehnende Haltung gegenüber meiner Gefährtenband-Wahl nicht.

„Camillia steckt ganz bestimmt nicht hinter dem Portal", sagte ich zu ihm. „Und ich bezweifle auch stark, dass sie deine Quelle beschmutzt hat. Sie ist eine Halblings-Höllenfee."

„Unbekannten Ursprungs", ermahnte mich Typhos. „Und Azazel konnte ihre Eltern nicht ausfindig machen."

Okay, ja, das war besorgniserregend. Ganz so wie ihr dreißigtägiges Verschwinden. *Aber* ... „Was für ein Vorteil würde ihr aus der Verpestung der Quelle erwachsen?"

„Ist doch offensichtlich ... Sie konnte flüchten", erwiderte Typhos. „Was ihr auch gelungen ist. Dann ist sie dreißig Tage lang abgetaucht. Und während dieser dreißig Tage haben wir keine weiteren Störungen erlebt. Ist das bloß Zufall oder besteht vielleicht eine Verbindung?"

Er verschränkte seine breiten Arme und starrte auf mich hinab, wartete auf eine Antwort.

„Du weißt, dass ich nicht an Zufälle glaube", erwiderte ich.

„Und ich genauso wenig."

„Aber ich halte sie nicht für die Verantwortliche", fuhr ich fort. „Ich glaube, sie ist erfinderisch und hat die Möglichkeit zu fliehen am Schopf gepackt."

Was sie beeindruckend und intelligent machte – und vielleicht ein kleines bisschen hinterhältig. Allesamt Eigenschaften, die ich nicht etwa als widerwärtig, sondern als ehrenwert ansah.

Tatsächlich machte ihre gerissene Art mich an. Das war zu einem gewissen Teil der Grund, warum sie perfekt für uns war.

Ich musste nur Typhos davon überzeugen.

Was in seiner derzeitigen Stimmung eine unmöglich zu bestreitende Aufgabe war.

„Genauso, wie ich glaube, dass einige unserer Albtraumfeen beschlossen haben, die Situation auszunutzen, um ein Portal zu schaffen", ergänzte ich. „Jemand oder etwas anderes ist dafür verantwortlich, die Quelle geschwächt zu haben. Und ihre Einmischung hat nur ein paar anderen Dingen erlaubt, an ihren Platz zu fallen."

Wir wussten von den Gesprächen mit Maliki, dass er nicht erwartet hatte, dass das Portal funktionieren würde. Aber er hatte es mit der Hilfe von ein paar hungrigen Ghulen aus dem Königreich der Träume zu kreieren versucht. Die Ghule waren anfänglich nicht durch das Portal gereist, um nach Gefährtinnen zu suchen, sondern um sich an sterblichen Albträumen zu laben. Aber zu spielen, lag in ihrer Natur.

Und sie waren geile kleine Feen.

Also hatten sie sich ein paar sterbliche Snacks gesucht, die sie dann mit nach Hause genommen hatten.

Oder jedenfalls war das ihr Plan gewesen.

Aber offenbar hatte diese neue Realität Sterbliche beherbergt, die passende Gefährten für einige Rassen der Höllenfeen abgaben. Eine äußerst interessante Entwicklung, wenn man bedachte, dass die Höllenfeen-Quelle berüchtigt dafür war, sehr wählerisch zu sein und Sterbliche und Feen oft abzuweisen, die eintreten wollten. Aber etwas an diesen Sterblichen hatte sie für akzeptabel befunden.

Typhos verstand es nicht.

Aber er war ein guter König und hatte ihnen erlaubt, zu bleiben – unter der Voraussetzung, dass jeder Sterbliche den Spielen unterzogen würde, bevor sie sich offiziell mit ihnen verbanden.

Natürlich hatte er keine andere Wahl gehabt. Er konnte ihnen entweder erlauben, zu bleiben, oder sie töten.

Denn das Portal war totgelaufen und verbrannt, sobald die letzten unserer Feen nach Hause zurückgekehrt waren, sodass die temporäre Tür zum alternativen Universum und ihrer berüchtigten Nacht der Monster sich verschlossen hatte. Letztere war offenbar ein Feiertag in diesem Reich und nicht etwa ein Begriff, der unsere Feen entwickelt hatten. Es war die Version des sterblichen Feiertags *Halloween* dieser Welt, der sich von jenem in unserem eigenen Reich der Sterblichen unterschied.

Er war weitaus tödlicher.

Mit echten Monstern, nicht bloß mit maskierten Sterblichen.

Ein faszinierendes Konzept, das ich an einem anderen Tag nur zu gerne erforscht hätte. Vielleicht, nachdem wir das Chaos beseitigt hatten, das von dem kleinen Hol-dir-eine-Gefährtin-Kunststück der Albtraumfeen mit der alternativen Realität herrührte.

„Ich verstehe, warum du Azazel drei Tage gegeben hast", fuhr ich fort, als Typhos mich wortlos anstarrte. „Du musst dafür sorgen, dass dein Kommandant darauf konzentriert bleibt, die

Albtraumfeen zu regulieren, vor allem mit den verschiedenen Königen" – die Typhos als seine *Leutnante* bezeichnete – „aber Cami verrotten zu lassen, ist keine Lösung."

„Hast du einen Gegenvorschlag?", fragte Typhos und kniff seine blauen Augen zusammen. „Soll ich dir erlauben, sie in einem Käfig im Schlafzimmer zu halten?"

Ein Bild formte sich vor meinem inneren Auge. Cami, die nackt im Käfig saß und ein Halsband trug. „Eigentlich ..."

„Nein. Das wäre eine Belohnung. Und die verdienst du nicht."

Ich zog meine Augenbrauen hoch, als ich seine bissige Antwort vernahm. „Aha? Was verdiene ich dann, Typhos? Bestraft zu werden, indem ich spüre, wie sie verhungert?"

Er zuckte zusammen und schüttelte seinen Kopf. Sein Gesichtsausdruck wurde umgehend reuig. „Nein, das habe ich damit nicht gemeint."

„Was hast du dann gemeint?" Ich wusste, dass er unter ungemeinem Druck stand, aber ich würde nicht hier stehen und mir diesen Mist von ihm gefallen lassen. *Ich* hatte die Quelle nicht beschmutzt. *Ich* hatte kein Portal geschaffen. Und *ich* hatte Cami auch nicht geholfen, zu entkommen.

Na ja, vielleicht hatte ich das, auf unvorhergesehene Weise – wenn unsere Verbindung etwas damit zu tun gehabt hatte.

Aber es war nicht mit Absicht geschehen. Warum würde ich wollen, dass sie flüchtete? Sie barg das Potenzial, uns zu vervollständigen. Ich hätte sie um nichts in der Welt abgewiesen. Tatsächlich würde ich vermutlich die Welt opfern, nur, um sie näher bei uns zu haben.

Typhos schlang seine Hand um meinen Hals und zog mich an seine Brust. Sein anderer Arm legte sich auf meinen unteren Rücken und verbrannte meine Haut. Dann legte er seinen Kopf an meinen Hals und seufzte tief, krümmte seine breiten Schultern.

Ich blinzelte, überrascht über die uncharakteristische Zurschaustellung von Verlangen. Normalerweise zwang er mich in die Knie, wo zu dominieren doch seine zweite Natur war.

Aber das hier ... Das hier war eine Seite von ihm, die ich nur selten zu Gesicht bekam, selbst in all den Jahrtausenden, die wir zusammen verbracht hatten.

„Ich werde nicht zulassen, dass sie dir wehtut", flüsterte er an meine Haut gelehnt und schlang seinen Arm fester um mich. „Ich werde nicht zulassen, dass dir irgendjemand wehtut."

Ich umarmte ihn und schmiegte meine Lippen an sein dichtes, schwarzes Haar. „Warum machst du dir Sorgen um mich, Ty?"

„Weil ich die Antworten, die ich brauche, nicht habe", gab er zu. „Und ohne Antworten habe ich das Gefühl, die Kontrolle zu verlieren."

Sein Geständnis schockierte mich.

Typhos gab nie zu, die Kontrolle zu verlieren. Er war der König der Höllenfeen. Eine gefallene Engelsfee. Eines der mächtigsten Wesen im Universum. Verdammt, er hatte sogar seine eigene Kraftquelle geschaffen.

„Ein dunkler Strang bedeutet nicht, dass du die Kontrolle verlierst", versprach ich ihm. Obwohl … Mir war aufgefallen, dass seine Kraft jahrhundertelang wild gewachsen war, und das nur mit ihm als Anker. Und ich hatte mir Sorgen darum gemacht, ob er in der Lage sein würde, das alles auszuhalten.

Nicht, weil er nicht imstande dazu war, sondern weil er der Typ Mann war, der lieber alles allein schulterte, anstatt sich auf die Hilfe anderer zu verlassen.

Andere wie mich.

Weil er mir nicht die Verantwortung aufbürden wollte, die Quelle der Höllenfeen zu erden.

Was auch der Grund war, warum ich glaubte, dass wir jemanden wie Camillia brauchten. Jemanden, der uns vielleicht einen neuen Weg zeigen konnte, um das immer größer werdende Bündel von Energie zu schützen. Ich war mir nicht sicher, warum ich glaubte, dass sie uns helfen konnte, aber das tat ich.

Und ich ignorierte meine Intuition nie.

Etwas an ihr war einzigartig. Etwas, das mich anzog. Nicht nur die Tatsache, dass sie Typhos' Buch lesen konnte, sondern auch, wie sie ihre neue Lage angegangen war.

Sie war eine Kämpferin.

Selbstbewusst.

Gefasst.

Eine angemessene Königin.

Eine Königin, die sich weigert, in einem Käfig festgehalten zu werden, dachte ich staunend und dachte daran zurück, wie sie es geschafft hatte, dem Paradigma der Höllenfeen zu entkommen. *Aber sie wird sich meinen Seilen ergeben.* Weil ich sicherstellen würde, dass sie das Gefühl der seidenen Textur an ihrer Haut genießen würde.

Und ich würde ihr Grund geben, zu meinen Füßen zu knien.

Aber nur im Schlafzimmer.

Niemals außerhalb davon.

Sie würde uns gehören. Unsere intendierte Königin. Ich war mir fast sicher. Auch wenn Typhos sie anzweifelte. Aber er brauchte eine Herausforderung, jemanden, der vor nichts zurückschreckte, sich nicht unterkriegen ließ und verlangte, dass er sich unter gewissen Voraussetzungen unterwarf.

Wie zum Beispiel jetzt.

Typhos brauchte Hilfe. Er brauchte jemanden, der *ihn* ausgleichen konnte. Und ich hoffte schwer, dass Camillia De la Croix dieser Jemand sein könnte.

Denn es war klargeworden, dass ich keine ausreichende Quelle der Kraft für ihn war. Keiner von uns hatte etwas Falsches getan. Das Schicksal wollte es nun einmal so.

Ich akzeptierte das.

Eines Tages würde er das auch tun.

Wir brauchten einen Zirkel, um die Quelle zu unterhalten und sicherzustellen, dass der König der Höllenfeen nicht wirklich fallen würde.

Ich will dich nicht noch einmal verlieren, dachte ich, bedacht darauf, die Nachricht nicht in sein Bewusstsein sickern zu lassen. *Ich werde dich beschützen, mein König. Und ich werde alles tun, um deine Sicherheit zu gewährleisten.*

Ich küsste sein Haar und ließ meine Hände an seinem starken Rücken hoch- und runtergleiten. „Würdest du gerne etwas abgelenkt werden?", fragte ich mit sanfter Stimme. „Etwas, das dich auf andere Gedanken bringt?"

Er seufzte abermals und seine Hand, die um meinen Hals

geschlungen war, spannte sich an. „Ich verdiene dich nicht, Melek."

Ich lächelte. „Dann sag mir, was du verdienst, mein König." Ich verwendete absichtlich die vorhin gesprochenen Worte, nur um ihm zu zeigen, dass ich ihm nicht böse war und dass ich verstand, dass er verletzt war und ein Ventil brauchte.

Ich konnte dieses Ventil sein, wenn er ein Spiel spielen wollte, das mir auch gefiel. Aber nicht, wenn er mich als verbaler Boxsack benutzen wollte. Ein physischer hingegen, den er mit seinem Schwanz bestrafte, war mehr als akzeptabel.

„Du warst in letzter Zeit in Stimmung, mit Seilen zu spielen", meinte er. „Ist es, weil du gefesselt werden oder weil du eine gewisse Frau fesseln willst?"

Typhos war der Einzige, dem ich je erlauben würde, mich zu fesseln. Aber üblicherweise zog ich es vor, derjenige zu sein, der die Knoten band. „Ich stelle sie mir immer wieder in roter Seide vor", vertraute ich ihm an. „Unter ihren Brüsten. Zwischen ihren Beinen. Ihre Arme auf ihren Rücken gebunden." Ein weiteres Bild zog vor meinem inneren Auge auf, was mich unter meiner Robe schmerzhaft hart werden ließ.

„Willst du fantasieren, während ich mich vor dich hinknie?", fragte Typhos, sanft an meinen Hals gelehnt.

„Das hört sich nicht nach einer Ablenkung für dich an, mein König", murmelte ich und meine Finger wanderten an seinem Rückgrat hinab. „Ich habe dir aus gutem Grund ein Ventil angeboten."

„Mich um dich zu kümmern, ist alle Ablenkung, nach der ich mich sehne." Seine Lippen wanderten an meinem Hals hoch und zu meinem Kinn. „Ich muss wissen, dass ich nach wie vor Kontrolle über etwas habe." Sein Mund strich kaum spürbar über meinen Kiefer. „Ich muss wissen, dass ich dich noch immer beschützen und dir ein gutes Gefühl geben kann."

„Du gibst mir immer ein gutes Gefühl, Ty. Und ich weiß, dass ich bei dir in Sicherheit bin."

Er gab ein Summen von sich, während seine Lippen langsam höher wanderten, um über meine zu streichen. „Beweise es mir, kleiner Prinz. Lass mich dich verwöhnen, während du mir von

LEXI C. FOSS & J.R. THORN

deiner Fesselfantasie erzählst. Vielleicht wird mich das dazu bewegen, sie zu verschonen."

Jetzt neckte er mich. Weil ich wusste, dass er mehr tun würde, als sie zu verschonen. Er würde sie mit einer Schleife versehen, wenn ich danach verlangte. Vorausgesetzt, Azazel konnte ihre Unschuld beweisen. Bis dahin würde Typhos mich vermutlich nicht in ihre Nähe lassen, auch wenn ich auf mich selbst aufpassen konnte.

Dennoch entschuldigte er sich auf seine ganz eigene Art damit. Mich in meinen niederen Gelüsten zu sonnen, indem ich an Cami dachte, während ich die intimen Details meines Verlangens meinem König preisgab.

„Würdest du sie ficken, nachdem ich sie gefesselt habe?", fragte ich. „Wenn ich zusehen wollte?"

Er grinste an meinen Mund gedrückt. „Fragst du nach meinen Grenzen hinsichtlich der Frau, kleiner Prinz?"

„Ja."

„Dann kenne ich keine Grenzen. Denn ich würde alles tun, was du von mir verlangst."

„Auch inbegriffen, sie nicht allein verrotten zu lassen?", fragte ich und sah ihm in die Augen.

„Auch inbegriffen, sicherzustellen, dass sie wohlauf und bei guter Gesundheit ist, auch wenn sie in einem Käfig weit weg von hier eingesperrt ist", erwiderte er, die Worte nichts weiter als ein Hauchen gegen meine Lippen. „Azazel würde ihr niemals wehtun. Er weiß, dass er dir damit Schaden zufügen würde. Und dir wehzutun, tut mir weh."

Ich nickte und mein Mund schmiegte sich an seinen. „Ich glaube nicht, dass sie die Übeltäterin ist, mein König."

„Ja, das hast du klargemacht." Seine Finger glitten nach oben in mein Haar. „Also ... Teile deine Fantasie mit mir, kleiner Prinz. Erzähl mir, wie du sie fesseln würdest. Lass kein Detail aus. Und dann sag mir, was ich mit ihr tun soll, während du zusiehst."

Mein Glied pulsierte, als ich seine Worte vernahm, und ich presste meine Leiste an ihn. „Ja, mein König", flüsterte ich und gab mich seiner Bitte hin. „Ich würde damit anfangen, ihr die Kleidung auszuziehen. Langsam. Ich würde sicherstellen, dass sie spüren würde, wie jede einzelne Faser des Stoffes über ihre weiche

42

Haut gleitet und ihre Sinne darauf vorbereiten, was folgen würde."

Tys Hände glitten an meinen Armen und zum Kragen meiner Robe hoch, dann hinunter zur Schärpe. „So?", fragte er und führte meine Beschreibung aus, indem er den Stoff sanft öffnete und ihn an meinen Schultern und meinem Bizeps hinabzog, meine Haut Zentimeter um Zentimeter enthüllte.

Ich schluckte. „Ja, genau so. Und ich würde ihren Hals küssen. Sanft. Und dann würde ich meine Zähne über ihr Schlüsselbein wandern lassen."

Ty führte meine Beschreibung mit seinem Mund aus, was es mir schwermachte, konzentriert zu bleiben. Vor allem, als er meine untere Körperhälfte freilegte und meinem Penis erlaubte, an die Luft zu finden, bevor er die Textur von Tys Robe zu spüren bekam.

Alles machte mich so empfindsam.

Genauso, wie es bei Cami sein würde, wenn ich sie berührte.

„Ihre Nippel würden harte kleine Spitzen sein und danach lechzen, dass wir sie in den Mund nehmen. Aber wir würden ihr nicht geben, was sie braucht. Stattdessen würden wir sie necken."

„Hm", meinte Ty summend und seine Finger zeichneten einen Weg an meinem Bauch hinab zum oberen Teil meiner Leiste. „Ich necke gerne."

„Ich weiß." Ich griff nach seinen Schultern, um mich an ihm festzuhalten. Wunderbares Verlangen rauschte durch meine Adern. „Darum würde ich dich bitten, die Fessel auszuwählen. Deine Wahl würde mir sagen, wie ich sie deiner Meinung nach fesseln soll."

„Du würdest die Entscheidung nicht selbst treffen?" Er hörte sich überrascht an.

„Ich will sie auf tausend verschiedene Arten fesseln", gab ich zu. „Also würde ich dich anlässlich unseres ersten Males die Führung übernehmen lassen. Denn dich dazu bringen zu können, sie zu wollen, würde mich nur noch mehr anheizen."

Er entfernte sich leicht, um in meine Augen zu starren, denen ich keine Gefühlsregung entnehmen konnte. „Du willst sie wirklich teilen."

„Mit dir, ja."

„Was ist mit Azazel und Ajax?"

„Ich würde nicht Nein sagen, wenn sie anbieten würden, mich ihnen dabei zusehen zu lassen, wie sie sie ficken", antwortete ich. „Soll ich sie in die Fantasie miteinflechten oder sie nur bei uns beiden belassen?"

Er musterte mich einen langen Augenblick lang. „Für den Moment nur wir beide."

Ich lächelte, dann zischte ich, als seine Hand meinen Schaft leicht berührte.

„Mach weiter", verlangte er. „Und ich entscheide mich für die rote Seide. Ich stimme dir zu ... Sie würde gut zu ihrer Haut passen."

Verdammt. Ich war bereit, zu explodieren, und wir hatten noch nicht einmal wirklich angefangen. Aber er verwöhnte mich und ich weigerte mich, diese Gelegenheit zu verschwenden, indem ich zu früh kam.

Ich atmete schwer aus, wandte mich wieder meiner Fantasie zu und sagte: „Ich würde dich bitten, dich hinter sie zu stellen und ihre Arme zurückzuziehen, um sie an ihrem unteren Rücken zusammenzubringen."

Er zeigte es mir mit meinen Armen und lief um mich herum, um seine Brust an meine Schulterblätter zu drücken, seine Lippen an meinem Ohr. „Und dann?"

„Dann würde ich sie mit der seidenen Beschaffenheit bekanntmachen, indem ich ihre Haut leicht damit berühre und sie auf mehr vorbereite ..."

KAPITEL 4

AJAX

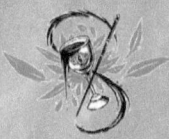

ICH HASSE ES HIER.

Nicht den alten Ratskerker, sondern dieses *Reich*. Ich kehrte nur selten zurück in die Welt der Mitternachtsfeen – teilweise, um Erinnerungen zu entgehen, die ich lieber nicht wieder an die Oberfläche treten lassen wollte. Aber der wahre Grund, warum ich es hier hasste, war der konstante Influx von Kraft.

Kraft, die mich an diejenigen erinnerte, die mir alles genommen hatten.

Ich nahm an, dass ich deswegen beschlossen hatte, Camillia De la Croix hierherzubringen – weil ich sie fast genauso sehr verabscheute wie den Rat der Mitternachtsfeen.

Sie hatte mich benutzt. Hatte mich von meinem Job *abgelenkt*. Alles, während sie sich einen Teil meiner Vergangenheit zunutze gemacht hatte, den ich fieberhaft zu vergessen versuchte. Ich hatte ihr von Emelyn erzählt – obschon ich sie vielleicht nicht namentlich erwähnt hatte. Aber das war nicht nötig gewesen. Ich hatte Camillia genug verraten, indem ich zugegeben hatte, dass sie mich an jemanden aus meiner Vergangenheit erinnerte.

Und sie hatte diese Information gegen mich verwendet. Sie hatte meinen Augenblick der Schwäche ausgenutzt und hatte sich genau diesen Moment ausgesucht, um *meinem* Gefängnis zu entfliehen.

Ich war der Wärter der Höllenfeen. Nicht Ajax, die Mitternachtsfee, die alles verloren hatte, sondern ein Wesen mit Macht, dem Respekt gezollt wurde. Und diese Frau hatte diesen Ruf besudelt und meinen Wert auf die grausamste aller Arten gemindert.

Jetzt würde sie bezahlen.

Denn jetzt saß sie in *meiner* Hölle fest.

„Ich habe dir doch schon gesagt, dass ich es nicht weiß", sagte sie. Ihre grauen Augen erinnerten mich an einen sich zusammenbrauenden Sturm. „Mir dieselbe Frage hunderte von Malen zu stellen, wird meine Antwort nicht ändern."

Ich sah sie mit zusammengekniffenen Augen an. „Das werden wir ja sehen." Ich wartete nur darauf, dass meine Unterstützung eintreffen würde.

Um ehrlich zu sein, war ich überrascht, dass er nicht bereits hier war. Shade sah Geschehnisse wie diese üblicherweise kommen – einer der Vorteile daran, zu einem Teil eine Schicksalsfee und zum anderen eine Mitternachtsfee zu sein. Obwohl ... So, wie ich meinen alten Freund kannte, ließ er mich aus gutem Grund warten.

Ich balancierte meinen Zauberstab zwischen meinen Fingern, während ich Camillia zum wohl tausendsten Mal umkreiste. Sie war von Kopf bis Fuß von Schlangenreben umgeben – fiese, kleine Dinger mit der Tendenz, zuzubeißen, wenn sie sich bedroht fühlten.

Was die drei Bissspuren an Camillias nacktem Körper erklärte.

Sie hatte rasch gelernt, dass sich unter ihren sich windenden Körpern zu bewegen eine schlechte Idee war. Ich hätte sie warnen können, aber sie verdiente meine Hilfe nicht. Nicht nach dem, was sie getan hatte.

Dennoch wob ich einen Bann durch die Luft, um ihre Heilung zu unterstützen. Es war nicht, weil ich mir etwas aus ihr machte, sondern weil ich dafür sorgen musste, dass sie sich auf das Verhör konzentrieren konnte und nicht von einem kleinen Schlangenbiss abgelenkt wurde.

Leider stellte sie sich als äußerst stur heraus.

„Das hier wäre einiges einfacher, wenn du mir ganz einfach

die Wahrheit sagen würdest", sagte ich mit beiläufigem Tonfall. „Natürlich werde ich dir sowieso kein Wort glauben, das dir über die Lippen kommt." Was den Zweck dieses Verhörs verfehlte.

Ich neigte meinen Zauberstab nach oben und murmelte einen Bann, um Shade anzustupsen. Ich sandte nur etwas Glitzer in seine Richtung, der meine Ungeduld zum Ausdruck brachte.

Er würde vermutlich einen Kommentar darüber machen, wenn er hier ankam. Aber wenn ihn das dazu bewegte, schneller hierherzukommen, wäre es das wert.

„Was machen wir dann hier?", wollte Camillia mit entnervtem Tonfall wissen. „Du glaubst nichts von dem, was ich sage, und ich werde meine Antwort nicht ändern. Denn es ist die Wahrheit: *Ich weiß es nicht.*"

„Ich erwarte Erlaubnis, dich zu töten", log ich.

„Wofür?", verlangte sie zu wissen. „Nicht zu wissen, wie ich in meinem alten Schlafsaal gelandet bin?"

„Dafür, mich mit deiner vermaledeiten Muschi abgelenkt zu haben und die Ablenkung benutzt zu haben, um zu fliehen. Damit hast du meinen Ruf als Wärter komplett ruiniert", raunzte ich sie an.

Sie zog ihre Augenbrauen hoch. „Aha. Also wurde dein Ego verletzt und das gibt dir Grund, mich zu töten? Verstehe." Sie zuckte zusammen, als die Schlangen sie warnend anzischten, weil ihnen ihr Tonfall nicht gefiel.

Nützliche kleine Tierchen, beschloss ich. Ich hatte ihre sich windenden Reben an den Akademiewänden immer gehasst, aber jetzt fand ich sie zweifellos interessant, wie sie so herumschlichen und sich um Camis Bauchgegend wanden. Sie bedeckten ihre Titten, was gut war. Ich wollte keiner weiteren Ablenkung zum Opfer fallen.

„Weißt du, Azazel hat mich gewarnt, dass du unsere gemeinsame Zeit wohl als Fehler bezeichnen und wegrennen würdest. Aber er hat nicht erwähnt, dass du dich auch wieder zu einem kompletten Arschloch zurückentwickeln würdest." Ihre Stimme war jetzt sanfter, ihr Gesichtsausdruck aber noch immer eisern.

„Ich renne vor gar nichts weg, Camillia. Und ich habe nie aufgehört, ein Arschloch zu sein."

Sie knurrte. „Du hast zumindest lange genug aufgehört, um einen Orgasmus zu haben."

Ich wirbelte zu ihr herum, wutentbrannt über die Anschuldigung, die diesen überspitzten Worten mitschwang. „Willst du etwa sagen, *ich* hätte *dich* benutzt?"

„Vielleicht hast du das." Sie zuckte mit den Schultern und bereute es augenblicklich, als eine der Schlangen ihre Zähne in ihrem Oberarm vergrub.

Dieses Mal sprach ich keinen Bann, der dabei helfen würde, den Schmerz abklingen zu lassen. Ich war zu wütend darüber, was sie angedeutet hatte. „*Du* hast *mich* benutzt, Camillia. Du hast mich ins Bett gelockt und bist geflohen, während ich unter der Dusche stand und meinen Kopf zu klären versucht habe. Glaub ja nicht, dass du mir die Schuld in die Schuhe schieben kannst."

Sie biss sich auf die Unterlippe und ihre Augen tränten aufgrund der Wunde an ihrem Arm.

Ja, Bisse von Schlangenreben taten weh.

Aber sie bissen nur jene, die schlechte Absichten hatten, und ganz offensichtlich hatte Camillia De la Croix diese im Überfluss.

„Ich habe dich nicht ausgenutzt", gab sie zähneknirschend von sich, als die Schlange sich endlich von ihrer Haut löste. „Verdammt, das brennt."

Ich lachte abschätzig und rollte meine Augen. „Nein. Du hast dich einfach rausgeschlichen, als ich nicht aufmerksam war, und bist dann in ein nicht lokalisierbares Reich geflüchtet. Während alledem hast du dich nicht darum geschert, was mit mir oder Az geschehen würde, wenn Luzifer von alledem erfährt."

„Warum würde ich das?", verlangte sie mit einem leisen Flüstern, das sich ähnlich wie die Schlangen anhörte, die um sie herum verteilt zischten. „Es ist ziemlich offensichtlich, dass keiner von euch sich um mich schert. Warum, also, sollte ich mir etwas aus euch machen?"

Sie hatte ein gutes Argument.

Weil ich mir nichts aus ihr machte. Überhaupt nichts. Nicht einmal ein kleines bisschen.

„Hm, jetzt verstehe ich plötzlich, warum du um einen Wahrheitsbann ersucht hast", sagte Shade, als er neben mir erschien. „Aber jetzt bin ich mir nicht ganz sicher, für wen er gedacht ist."

Ich funkelte ihn an. „Wurde auch langsam Zeit."

„Tatsächlich glaube ich, dass ich genau zum richtigen Zeitpunkt erschienen bin", säuselte er und sein schwarzer Umhang flatterte um seine Beine herum wie ein niemals erlöschender dunkler Schatten. Angesichts seines Namens war das nicht mehr als angemessen. Seine eisblauen Augen sahen zu Camillia und er musterte sie wie Beute.

Sie funkelte ihn an. „Behalt deine Fangzähne bei dir, Vampir."

Er lachte trocken. „Wer hätte gedacht, dass du so guten Geschmack hast, Ajax?"

Ich rollte meine Augen. „Hast du mitgebracht, was ich brauche, oder nicht?"

„So in der Art", sagte Shade vage, während er Camillia zu umkreisen begann. „Du hast dir den passenden Ort dafür ausgesucht, Ajax."

„Habe ich das?", fragte ich, bereits gelangweilt von der, was auch immer für eine rätselhafte Aussage mein bester Freund gleich von sich geben würde.

„Immerhin hatten ich und Aflora unser erstes Date hier", fuhr er fort, und tat so, als hätte ich nichts gesagt. „Und sieh dir nur an, wie glücklich wir geworden sind."

„Das hier ist kein Date."

Er sah mich, hinter ihm stehend und mit einem verwirrten Ausdruck auf dem Gesicht, von dem ich wusste, dass er bloß aufgesetzt war, an. „Sie ist nackt und mit Schlangenreben gefesselt, Ajax. Vielleicht habe ich zu viel Zeit mit Kols und Zeph verbracht, aber das hört sich schwer nach einem Date an."

„Ich würde nie Schlangenreben an Aflora verwenden", unterbrach eine tiefe Stimme, als sich eine Tür in der Wand materialisierte, deren Umriss mit smaragdgrüner Magie glitzerte.

Kämpferblut-Bann von Zeph, dachte ich und verkniff mir ein Ächzen.

„Aber normale Ranken? Oh, ja", sagte er, während er den Raum betrat.

Er schüttelte angesichts des Bildes, das sich ihm bot, den

Kopf, woraufhin ich meine Schultern genervt anspannte. Ich war noch nie ein großer Fan des Kämpferblutes gewesen, aber er und Shade waren mit derselben Frau verbunden, was ihn zu einem nötigen Übel in meinem Leben machte.

„Wenn man richtig dominiert, schenkt man dem Unterwürfigen die wahre Kontrolle." Er sah die gefesselte Cami mit zusammengekniffenen grünen Augen an, allem voran die blutende Bisswunde an ihrem Arm. „Ich bin überrascht, dass sie das Safeword noch nicht benutzt hat."

„Das würde bedingen, dass *meine Gefangene* ein Safeword hat", keifte ich ihn an. „Das hier ist kein Date und auch kein Schlafzimmerspiel. Das hier ist ein Verhör."

„Verhöre geben ein hervorragendes Vorspiel ab", murmelte eine dritte Stimme.

Zakkai.

Ich wollte ihn gerade korrigieren, als er mit einer dunkelhaarigen kleinen Fee auf dem Arm durch die Tür trat. Ihre großen blauen Augen sahen augenblicklich zu Shade. Dann spreizte sie ihre Arme und kreischte: „Papa!"

Ich blinzelte, konnte nicht ganz nachvollziehen, was sich vor meinen Augen abspielte. Obwohl ich wusste, dass Shade eine kleine Höllenbrut gezeugt hatte – die ich sogar bereits kennengelernt hatte –, so war es schwer zu fassen, was ich da sah.

Meinem ältesten Freund dabei zuzusehen, wie er sich mittels seines Schattens an ihre Seite begab, um sie fest zu umarmen, war ... unglaublich.

Mein rebellischer bester Freund, der eine hübsche kleine Erdfee gegen ihren Willen gebissen und damit ein Gefährtenband mit ihr erzwungen hatte, ohne ihre Zustimmung eingeholt zu haben.

Mein ungehobelter bester Freund, der immer wieder die Schule geschwänzt hatte, als wir noch jung gewesen waren, um seinen Ratsvater zu verärgern.

Mein grober bester Freund, der Geheimnisse hatte und dem es irgendwie gelungen war, die Welt der Mitternachtsfeen mithilfe seiner schlüpfrigen Gedanken und geistreichen Tricks zu retten.

Mein liebender bester Freund, der jetzt seine Nase an jene der Vierjährigen in seinen Armen drückte.

Ich blinzelte erneut und schüttelte meinen Kopf. „Du hast Florica hierhergebracht, um ein Verhör mitzuverfolgen?" Ich konnte mir nicht einmal vorstellen, was Aflora tun würde, wenn sie davon erfuhr. Sie würde vermutlich Baumreben um die Glieder aller drei Männer schlingen und sie kopfüber von einem brennenden Knallbaum hängen.

„Nein, ich hole sie von Zakkai und Zeph ab, damit sie dir dabei helfen können, die Wahrheit herauszufinden, während ich Florica eine Führung durch dieses historisch signifikante Gebäude gebe." Er warf ihr ein teuflisches Grinsen zu. „Bist du bereit, mit Feuer zu spielen, Schätzchen?"

Sie streckte ihm ihre Hand hin und zeigte ihm eine glühende Kugel aus himmelblauer Kraft. „Ja!"

„Da ist ja meine kleine Prinzessin", säuselte Shade und drückte ihr einen Kuss auf die Wange.

Sie strahlte voller Stolz und ihre großen Augen lachten, bis sie Camillia auf dem Stuhl erblickte, die in Schlangen eingewickelt war. Ich zuckte zusammen, als Floricas fröhliches Gesicht von einem Stirnrunzeln heimgesucht wurde. „Papa, wer ist das?"

Er folgte ihrem Blick zu Camillia und erwiderte: „Das ist die zukünftige Gefährtin von Onkel Ajax."

Ich spannte meinen Kiefer an, als ich die Beschreibung vernahm, und wollte Einwände erheben.

Aber er war noch nicht fertig.

„Sie spielen im Moment ein Spiel. Ähnlich wie jene, die Papa Zeph gerne mit Mama spielt."

Er warf Zeph einen unverschämten Blick zu, doch das Kämpferblut knurrte bloß, während Zakkai grinste.

„Ooooh." Florica formte ein großes O mit ihrem Mund. „Wie Verstecken?"

„Ja, fast so wie Verstecken."

Sie rümpfte ihre kleine Nase. „Mit Schlangen?" Sie legte ihre Hand auf ihren Mund und flüsterte laut: „Schlangen sind ekliiiig. Sie zischhhhen."

„Ja, tun sie, aber nicht alle Schlangen sind eklig. Du magst Raph", bemerkte er und bezog sich dabei auf Zephs Zauberwesen

– eine dreiköpfige Schlange. Denn natürlich hatte das Kämpferblut eine tödliche Kreatur zum Zauberwesen.

Floricas Augen begannen zu leuchten. „Papa Zephs Schlange ist mein Freund."

„Und Mamas auch", stimmte Shade zu, während er Zeph einen weiteren verruchten Blick zuwarf.

Das Kämpferblut schüttelte bloß seinen Kopf.

„Und jetzt versucht Onkel Ajax die nette Dame auf dem Stuhl davon zu überzeugen, mit seiner Schlange zu spielen", fuhr Shade fort, was das Verlangen in mir aufkommen ließ, ihm eine zu verpassen. „Warum lassen wir sie also nicht alle etwas spielen, während du und ich ein paar Banne üben, hm?"

Floricas Gesicht erhellte sich wie die Sonne, was mich unheimlich an ihre Erdfeen-Mutter erinnerte. „Ja!"

Shade drückte ihr einen weiteren Kuss auf die Wange, bevor er sagte: „Viel Spaß beim Spielen." Er sah an mir vorbei. „Und Camillia ... Es tut mir leid, dass Ajax keine Manieren hat. Ich werde sicherstellen, dass wir einander bei Luzifers Ball in ein paar Monaten vorgestellt werden."

Ich funkelte meinen Wahrsager-Freund an. „Shade ..."

„Lass uns ein großes Feuer im vormaligen Ratssaal legen, hm?" Sein Blick lag auf seiner Tochter, als er die Worte von sich gab. „Wir können mit dem alten Stuhl deines Großvaters anfangen. Und dann werden wir nach den alten Wurzeln des bösen Constantines suchen und die auch verbrennen."

Ihre Augen leuchteten aufgeregt und ihr kam ein Bann über die Lippen, der ihren Arm in Flammen steckte.

Zeph zuckte zusammen und Zakkai nahm einen Schritt zurück, doch Shade strahlte sie voller Stolz an. „Du bist wunderschön, kleines Inferno."

Die beiden streiften aus dem Zimmer und ich kniff mir frustriert den Nasenrücken. „Wie viel Zeit bleibt uns, bis euer kleiner Brandstifter das Gebäude niederbrennen wird?"

Zakkai und Zeph tauschten einen Blick aus und Zakkai seufzte.

Der Hauch einer Meeresbrise rauschte durch die Luft, als er seine Magie aktivierte. Die himmelblauen Flammen sahen Floricas ähnlich. Sie hatte ganz offensichtlich die Malaiseblut-

Fähigkeiten ihrer Mutter geerbt – Fähigkeiten, die ihre Mutter technisch gesehen erlangt hatte, als Zakkai sich mit ihr verbunden hatte.

Was ihr kleines Mädchen unheimlich mächtig machte. Denn obwohl Shade ihr biologischer Vater war, so floss Afloras Blut durch ihre Adern, und Afloras Blut war mit ihren vier Gefährten verbunden.

Mitternachtsfeen-Erblinien waren kompliziert.

Und angesichts des erstaunten Ausdrucks auf Camillias Gesicht schien ihr dasselbe zu dämmern.

Oder vielleicht war es Zakkais immense Kraft, die ihren derzeitigen Ausdruck inspiriert hatte. Er war der Quellenarchitekt und daher eine der stärksten Feen des Universums. Selbst Luzifer schien in seiner Anwesenheit nervös zu werden.

Was bedeutete, dass ich jetzt eine würdige Fee an meiner Seite hatte, um Camillia zum Reden zu bringen.

Es ist an der Zeit, die Wahrheit ans Licht zu bringen, dachte ich und sah in ihre Augen. *Ich kann es kaum erwarten, zu hören, was du wirklich zu sagen hast.*

KAPITEL 5

CAMI

ZAKKAI, Zeph und Shade.

Die Namen sagten mir etwas. Vor allem Zakkai. Er war der Architekt der Mitternachtsfeen-Quelle. Was eine kunstvolle Art zu sagen war, dass er Feenmagie umschreiben konnte. Ich hatte Gerüchte über seine Kraft gehört, genauso wie ich Gerüchte über Aflora und ihre vier Gefährten gehört hatte.

Sie waren Abscheulichkeiten, unterschieden sich jedoch von Höllenfeen.

Aflora war mit der Quelle der Erdfeen verbunden, was durch ihr königliches Erdfeenerbe ermöglicht wurde, welches ihr bereits im jungen Alter unglaubliche Fähigkeiten verschafft hatte. Aber Shadow, oder Shade, wie Ajax ihn nannte, hatte sie gebissen, was vor etwas mehr als zehn Jahren ein massiver Verstoß in der Welt der Feen gewesen war.

Sein Biss hatte Aflora von einer Erdfee in etwas anderes verwandelt.

Und ihre Geschichte nahm von da an ihren Lauf, involvierte irgendwie Zephyrus – Zeph, was, wie ich annahm, sein bevorzugter Spitzname war, da Shade ihn so genannt hatte –, Zakkai und Kolstov.

Sie alle waren verschiedene Arten von Mitternachtsfeen und boten Aflora damit einen gut abgerundeten Zirkel der Kraft.

Zusammen wurden sie als unbesiegbar angesehen, doch ich

konnte mir gut vorstellen, dass sie sich selbst dann mühelos behaupten konnten, wenn sie nicht beieinander waren.

Nicht, dass ich gegen einen von ihnen hätte kämpfen wollen.

Tatsächlich wollte ich bei keinem von ihnen in Ungnade fallen.

Und doch war ich es, die an einen Stuhl gebunden war und von gewalttätigen Schlangen festgehalten wurde, während Zakkai eine Art Hypnosebann wob. Ich konnte ihn nicht sehen, aber ich konnte ihn riechen. Der süße, ozeanähnliche Geruch wusch mit einer willkommenen Wärme über mich.

Ein Teil von mir atmete auf, froh über die Unmenge an Kraft, die in den elektrischen Wellen lauerte.

„Das Gebäude ist befestigt", sagte Zakkai und in seinen silberblauen Augen flackerten Funken, während er Zeph anstarrte. „Jetzt kann man alles hier drinnen nach Herzenslust zerstören."

Zeph zog seine dunkle Augenbraue hoch, die zu seinem Haar passte. „Reden wir hier von Shade oder Florica?"

„Beide", meinte Zakkai ausdruckslos, bevor er zu Ajax blickte. „Was brauchst du von mir, Todesblut?"

„Ich glaube, er zieht es jetzt vor, *Wärter* genannt zu werden", bemerkte Zeph.

„Er ist nicht mein Wärter", erwiderte Zakkai und verschränkte seine breiten Arme vor der Brust, während er unablässig zu Ajax sah.

Ich lehnte mich, fasziniert von der Dynamik zwischen den Männern, etwas nach vorn, nur um zusammenzuzucken, als eines dieser Mistviecher von Schlangen mich erneut in den Arm biss.

Alle drei Männer sahen mich interessiert an, während ich versuchte, angesichts des schrecklichen Schmerzes, der durch meine Adern rauschte, nicht zu schreien.

Wenn ich einen Weg finde, um mich aus dieser misslichen Lage zu befreien, werde ich Ajax umbringen, beschloss ich und schloss meine Augen, um die brennenden Tränen zurückzuhalten.

„Beeindruckend." Zephs Baritonstimme machte ihn leicht zu erkennen. „Ich kenne Kämpferblute, die so etwas nicht aushalten."

„Gibt es einen Grund, warum du eine Unschuldige bestrafst?", wollte der andere Mann wissen, was mich innehalten ließ.

Ich öffnete meine Augen um ein Haar, um ihn anzugaffen, wollte jedoch nicht das Risiko eingehen, meine Tränen offen zu zeigen.

„Unschuldig?", meinte Ajax mit einem abschätzigen Lachen. „Sie hat es geschafft, Luzifers Spielen zu entgehen und ist dreißig Tage lang spurlos verschwunden. Sie ist nicht unschuldig."

„Du meinst, dass eine weibliche Fee vor den Brautspielen weggelaufen ist, in die sie gegen ihren Willen gezwungen wurde?", formulierte Zakkai den Satz um. „Wie schockierend." Sein ausdrucksloser Tonfall verleitete mich dazu, durch meine dichten Wimpern hindurch zu ihm zu blicken. „Und das macht sie nichts anderem schuldig als dem Umstand, dass sie eine Wahl haben will."

Na gut. Zakkai mochte einschüchternd sein, aber ich hätte ihm auf jeden Fall ein Bier in einer Bar spendiert, wenn er eines gewollt hätte.

„Sie hat mich benutzt, um zu entkommen", sagte Ajax zähneknirschend.

„Das hört sich an wie die Rüge eines verschmähten Liebhabers, nicht nach einem Grund, eine Unschuldige an einen Stuhl zu fesseln und sie mit Schlangenreben zu bedrohen", erwiderte Zakkai, und sein Zauberstab materialisierte sich in seiner Hand, woraufhin er einen Bann sprach, der mich in eine Wolke aus himmelblauem Rauch einlullte.

Ich rang erleichtert nach Atem und meine Lungen dehnten sich angesichts des tiefen Atemzugs aus. Den ersten richtigen Atemzug, den ich genommen hatte, seit die Schlangen erschienen waren.

„Das hier ist nicht dein Verhör, Zakkai", raunzte Ajax.

„Du liegst falsch, Todesblut. Es wurde zu meinem Verhör, sowie du um Hilfe gebeten hast."

„Ich habe nicht um *deine* Hilfe gebeten."

„Nein, aber ganz offensichtlich brauchst du meine Hilfe", erwiderte Zakkai mit königlichem Tonfall. „Und jetzt ... Fahre fort mit deinen Fragen, bevor mir langweilig wird."

Die Wolke verschwand, sodass ich augenblicklich nach unten blickte. Die Schlangen hatten meine Blöße bisher bedeckt, und ohne sie hatte ich erwartet, komplett nackt vor den Männern zu sitzen.

Aber nein.

Aus irgendeinem Grund trug ich jetzt ein Tanktop und Jeans.

Meine Finger glitten über den Stoff, in Erwartung dessen, dass es sich dabei bloß um eine Schimäre handelte. Doch er war echt. Und es war das meiste an Stoff, das ich getragen hatte, seit dieser höllische Albtraum letzte Woche begonnen hatte. *Nein, streicht das – vor über einem Monat.*

„Ich glaube, ich hätte es vorgezogen, wenn Kolstov hergekommen wäre", murmelte Ajax.

„Kolstov ist beschäftigt damit, unsere Gefährtin zu verführen." Zephs Stimme schien noch tiefer zu werden, als er das sagte.

„Was ich auch lieber tun würde, als dieses Verhör zu bezeugen. Also gehe ich mit Zakkai einher: Stell deine Fragen, bevor *uns* langweilig wird."

„Na gut." Ajax sah mich an. Seine dunklen Augen wanderten von meinen jetzt befreiten Händen weg, bevor er mich mit finsterem Blick ansah.

„Was ist vor dreißig Tagen passiert?"

„Vor dreißig Tagen?", wiederholte ich. „Ich habe nicht die geringste Ahnung. Ich war vermutlich in der Schule oder habe Hausaufgaben gemacht."

Er runzelte die Stirn. „Du hast doch gesagt, sie wäre bereit zur Einvernahme?"

„Ist sie auch", erwiderte Zakkai, als er sich gegen die Steinwand hinter sich lehnte.

Ajax' Blick wanderte zum Architekten der Quelle und seine Augen verengten sich. „Aber sie lügt immer noch."

Zakkai sah ihm, ohne mit der Wimper zu zucken, in die Augen. „Oder du stellst die falschen Fragen. Was hat sie dir bisher gesagt?"

„Dass sie nichts weiß", fasste Ajax zusammen.

„Was auch stimmt", bemerkte ich. „Er fragt mich immer wieder, wie ich entkommen bin, und ich weiß es nicht. Ich habe nicht aktiv versucht, irgendwohin zu gehen. Ich meine, das wollte ich – versteht mich nicht falsch –, aber ich habe nicht wirklich versucht, zu fliehen."

Ajax zeigte mit dem Finger auf mich. „Siehst du? Sie lügt immer noch."

„Tut sie nicht", sagte Zakkai, bevor ich mich zu Wort melden konnte. „Ich würde es in der Energie spüren, wenn sie es täte, und sie versucht nicht einmal, dich anzulügen. Sie sagt die Wahrheit."

„Das ergibt keinen Sinn", wandte Ajax ein.

Zakkai steckte seine Hände in die Hosentaschen. Sein Zauberstab war spurlos verschwunden. „Ich bin nicht hierhergekommen, um dir dabei zu helfen, Sinn aus der Sache zu machen, Todesblut. Ich bin hierhergekommen, um ihr die Wahrheit zu entlocken, und genau das tue ich."

„Erzähle mir im Detail, was du in den vergangenen vierundzwanzig Stunden getan hast." Zephs Stimme ließ mich zu ihm blicken, und ich musterte den wogenden Umhang, an dessen Saum dunkelgrüne Blätter hingen. Die Farbe passte zu seinen Augen, was, wie ich annahm, gewollt war. Es schien mir wie ein Geschenk, das eine Frau ihrem Gefährten machen würde, was mich wiederum wundern ließ, ob Aflora ihn für ihn gemacht hatte. Denn die Blätter schienen sich zu bewegen, beinahe so, als würde eine Brise durch sie streifen.

Ich sah blinzelnd von der Magie weg, die ihn umgab, und konzentrierte mich darauf, was er gesagt hatte. *„Erzähle mir im Detail, was du in den letzten vierundzwanzig Stunden getan hast."*

„Es war ein echt langer Tag, aber okay." Ich begann mit der Probe und sprach von den Zentauren.

„Das war nicht –"

„Lass sie ausreden", fiel Zeph Ajax ins Wort.

Nachdem ich die Zentauren-Probe geschildert hatte – und erwähnt hatte, dass ich durch den Schleier sehen und ihre wahren Auren hatte erkennen können –, ging ich über zum Labyrinth der Minotauren.

Zakkai und Zeph musterten mich mit interessierten Blicken, während Ajax drauf und dran zu sein schien, mich umzubringen.

Aber ich blendete ihn aus und konzentrierte mich auf die anderen beiden Männer – in der Hoffnung, dass sie mir vielleicht glauben und mir dabei helfen würden, dieser Situation zu entkommen.

Höllenfeen-Regel Nummer neun: Verbündete lassen sich an den unerwartetsten Orten finden.

Als ich das Labyrinth zusammenfasste, erzählte ich ihnen auch, dass ich in meiner Zelle gelandet war, von Meleks unwillkommenem Besuch und dass ich in Ajax' Bett aufgewacht war.

Was dazu führte, dass ich ihnen eine eher explizite Beschreibung von dem lieferte, was im Anschluss daran gefolgt hatte. Etwas, das ich nicht beabsichtigt hatte – doch ich konnte nicht aufhören, zu reden.

Zakkai und Zeph musterten Ajax, während ich sprach, und eine völlig verrückte Art von Bewunderung zeigte sich auf ihren Gesichtern. Aber ich erwähnte nichts darauf, weil ich zu beschäftigt damit war, detailgenau zu schildern, wie ich wieder aufgewacht war und ein kurzes Gespräch mit Az geführt hatte.

Dann erzählte ich, was Ajax gesagt hatte, und wie er duschen gegangen war, und beendete meine Schilderung mit dem Buch, das aus dem Nichts erschienen war, und die merkwürdigen Dinge, die daraufhin gefolgt hatten.

„Ich habe mir Wasser geholt und plötzlich standen Az und Ajax in all ihrem wutentbrannten Glanze da. Dann haben sie mich hierher geschleift und mich mit Schlangen gefoltert", fasste ich zusammen. „Ende."

„Na ja ... Das ... hört sich wirklich nach einem echt harten Tag an." Zeph hörte sich überrascht und etwas beschämt an. „Du musst am Verhungern sein."

„Ja, bin ich", gab ich zu. „Und Durst habe ich auch. Und ziemlich mies drauf bin ich im Übrigen auch."

Er nickte, als würde er meine Lage verstehen. „Also erinnerst du dich wirklich nicht daran, dass dreißig Tage vergangen sind?"

„Ich bin nicht einmal überzeugt davon, dass dreißig Tage vergangen sind. Ich bin in einem Bett aufgewacht, wollte mich ein weiteres Mal mit Az und Ajax vergnügen und dann ist alles ... vor die Höllenhunde gegangen."

„Also hat es dir gefallen, dich mit Az und Ajax zu amüsieren?", hakte er nach.

„Sehr sogar, ja." *Warum gebe ich das laut zu?!*

„Magst du sie? Oder hast du sie gemocht, bevor das alles geschehen ist?" Die Frage stammte von Zakkai.

„Vorher habe ich sie gemocht, ja. Im Moment ... überhaupt nicht." *Okay, hör auf zu plappern, Cami.* „Ich dachte ... aus uns könnte etwas werden. Aber sie haben klargestellt, wie sie mir gegenüber fühlen." *Echt jetzt, keinen Pieps mehr.* „Anstatt mir zuzuhören oder auch nur zu versuchen, mir zu glauben, haben sie mich wie eine Gefangene behandelt. Und das tut echt weh ... Und ich will wirklich sehnlichst mit dem Geplapper aufhören."

„Nebenwirkung des Wahrheitsbannes, fürchte ich", erklärte Zakkai. „Wenn ich das richtig verstanden habe, sieht es aus ihrer Sicht so aus, als wärst du dreißig Tage lange ohne jede Spur verschwunden. Wie siehst du das?"

„Ich bin befriedigt und bereit für mehr aufgewacht, nur um in eine andere Version der Hölle geschmissen zu werden, wo ich unhöflich von den beiden Arschlöchern verhört werde, die mir vor wenigen Stunden noch Orgasmen verschafft haben", antwortete ich und zuckte zusammen, weil ich mich unheimlich traurig anhörte. „Na ja, von zwei Arschlöchern, und jetzt auch von zwei weitaus netteren Feen."

Zeph grinste. „Ich glaube nicht, dass mich jemand jemals zuvor als nett bezeichnet hat."

„Na ja, netter als Az und Ajax", murmelte ich.

„Was bedeutet, dass deinem Gefühl nach nur vierundzwanzig Stunden und nicht dreißig Tage vergangen sind", überlieferte Zakkai für mich.

„Ich schätze schon. Ich weiß nicht, wie mir dreißig Tage entgangen sind. Aber offenbar, wenn ich den beiden Arschlochfeen Glauben schenken soll, war es so."

Zakkai legte seinen Kopf schief, sodass sein langes, silberfarbenes Haar in sein gutaussehendes Gesicht fiel. „Also hast du Ajax nicht benutzt, um zu fliehen?"

Ich schnaubte lachend. „Nein. Ich meine, ich habe darüber nachgedacht, ihn um Hilfe zu bitten, aber ich wusste, dass er das nicht tun würde, also habe ich davon abgesehen. Und ich wollte aus eigenen Stücken entkommen. Ich habe versucht, im Buch ein Schlupfloch zu finden."

„Das Buch, das dich auf eine Reise zur Quelle mitgenommen hat?", fragte Zakkai.

Ich nickte. „Ja. Es ist randvoll mit Luzifers Abmachungen und vielem wahllosen Höllenfee-Wissen. Melek sagt, dass ich nicht in der Lage sein sollte, es zu lesen, aber ..." Ich zuckte mit den Schultern. „Das kann ich."

„Weil du mächtig bist." Zakkai stieß sich von der Wand ab und stellte sich neben meinen Stuhl. „Mächtig *und* unschuldig."

Ajax hatte kein Wort von sich gegeben und in seinen dunklen Augen wirbelten Emotionen, die ich nicht deuten konnte. Er schien zu versuchen, die Schatten im Raum um sich zu schlingen, um sich zu verstecken.

„Ihre Aura ist rein. Sie sagt die Wahrheit." Zakkais Zauberstab materialisierte sich wieder, die Spitze davon für meinen Geschmack etwas zu nahe an meinem Hals. „Aber sie ist auch nicht, was sie zu sein scheint."

Ich sah blinzelnd zu ihm hoch. „Was?"

„Wer sind deine Eltern?", fragte Zakkai mich und sein Zauberstab leuchtete voller Kraft auf.

„Ähm ... Mystika De la Croix und Pierre De la Croix."

„Eines deiner Elternteile ist offensichtlich eine Höllenfee, richtig?"

„Mein Vater. Er hat auch den Handel mit Luzifer abgeschlossen."

Zakkai nickte. „Und was ist mit deiner Mutter?"

„Sie ist eine Sterbliche", sagte ich zu ihm.

„Bist du dir da sicher?"

„Was sollte sie sonst sein?", konterte ich.

Er zuckte mit den Schultern. „Ich bin mir nicht sicher, aber ich vermute, etwas Mächtiges. Oder dein Vater hat einen mächtigen Verwandten, dem er sich nicht gewahr ist."

„Was spürst du, Kai?", fragte Zeph. Der Spitzname deutete an, dass die beiden eine intime Beziehung zueinander hatten.

„Eine Gleichgestellte", erwiderte er und sein Zauberstab verschwand, während sich ein Umhang um seine Schultern legte. „Na, das war einiges einleuchtender, als ich erwartet hatte. Aber wie es scheint, hat Ajax alle Hände voll zu tun." Er sah zum Wärter und ergänzte dann: „Lass Luzifer wissen, dass ich ihm gerne zur Verfügung stehe, wenn er Hilfe dabei braucht, das Rätsel zu lösen."

Mit diesen Worten verschwand er, sodass nur noch ein grinsender Zeph zurückblieb. „Er ist ein besserwisserischer Mistkerl, aber er wächst einem ans Herz." Er klopfte Ajax auf den Rücken und lief durch die Tür in der Wand. „Ich werde nachsehen, ob Florica es wieder schafft, Shade in Flammen zu stecken. Ist immer sehr unterhaltsam."

Die Tür verschwand im nächsten Augenblick und ließ nur eine nackte Wand zurück.

Mitternachtsfeenmagie, dämmerte mir. Denn diese Tür war zuvor auch nicht da gewesen. Zeph hatte sie irgendwie herbeigezaubert. Oder vielleicht existierte sie hinter einer Art Schleier.

Was es auch war, es war unerheblich.

Was wichtig war, war der stille Wärter, der mir gegenüberstand. Er sagte nichts, sein Blick kalkulierend, seine Lippen fest aufeinandergepresst.

„Lass mich raten ... Du glaubst mir noch immer nicht." Ich verschränkte meine Arme und zuckte zusammen, als sich die Schlangenbisse an meiner Haut bemerkbar machten.

Diese zu spüren, erinnerte mich daran, wie sehr ich Ajax dafür umbringen wollte, mich dieser Folter unterzogen zu haben. Aber ich fühlte mich plötzlich zu schwach – zu *entmutigt* –, um mich zu bewegen. Und das nicht wegen eines seltsamen Bannes, sondern weil ich ganz einfach, na ja, *ausgelaugt* war.

Wann habe ich zuletzt etwas gegessen?

Habe ich in den vergangenen dreißig Tagen geschlafen?

Vielleicht bin ich wirklich die ganze Zeit über um mein Leben gerannt und habe versucht, dem Feuerball zu entkommen ...

Ich erschauderte, erinnerte mich daran, wie intensiv, wie *echt* sich das angefühlt hatte. Offenbar war es wirklich geschehen. *Aber was war es überhaupt?* Ich hatte niemanden, den ich fragen konnte. Konnte mit niemandem sprechen. Konnte niemandem trauen.

Höllenfeen-Regel Nummer vier: Vertraue niemandem.

LEXI C. FOSS & J.R. THORN

Ich hatte die Regel nicht direkt vergessen, aber ich war etwas zu entspannt gewesen, was diese Regeln anging. Zum Glück hatten mich Az und Ajax daran erinnert, warum die Regel existierte.

Jetzt würde ich sie nicht mehr vergessen. Und ich würde ihnen auch nicht vergeben.

Sie sind meine Geiselnehmer, nicht meine Liebhaber.

Was mich dazu inspirierte, eine neue Regel zu schaffen.

Höllenfeen-Regel Nummer siebenundvierzig: Ganz egal, wie gut sie auch aussehen, sie werden dich am Ende immer enttäuschen.

KAPITEL 6

AJAX

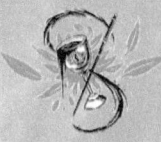

ICH STARRTE CAMILLIA AN, konnte nicht beantworten, was ich als rhetorische Frage deutete.

„Lass mich raten: Du glaubst mir noch immer nicht."

Das Problem war nicht länger, dass ich ihr nicht glauben konnte, sondern viel eher, dass ein Teil von mir es tat.

Weil ich Zakkais erdrückende Magie im Raum gespürt hatte, die aus allen Anwesenden die Wahrheit herausgeholt hatte. Es hatte kein Entrinnen gegeben. Man hatte sich nicht vor ihr verstecken können.

Selbst meine Gedanken hatten ihre Wahrheit gesprochen.

Zum Beispiel jener, der die Schlangenbisse bedauerte, und das äußerst echte innere Eingeständnis, dass ich sie geheilt hatte, weil sie mir etwas bedeutete. Ich wollte mich bloß nicht um sie scheren.

Wenn es eine andere Mitternachtsfee gewesen wäre, die diese Magie gewoben hätte, hätte ich die Stärke des Bannes angezweifelt. Aber Zakkai war der Architekt der Quelle, verdammt noch mal. Der Einzige, der ihn an Kraft ausstechen konnte, war Aflora, und sie musste sich echt anstrengen, um das zu bewerkstelligen.

Camillia hätte seinem Bann auf keinen Fall entgehen können.

Obschon seine Bemerkung, dass sie mächtig war, meine

Gedanken rasen ließ. *Was hat das überhaupt zu bedeuten? Sie ist nicht, was sie zu sein scheint? Wie hat er das gemeint?*

Und was war dieses Gerede von einem Buch gewesen? Hatte sie es in meinem Zimmer gefunden?

Ich dachte an die paar Bücher, die ich in meinem Gemach aufbewahrte, und runzelte die Stirn. Keines davon gehörte Luzifer und keines davon enthielt Informationen über seine Handel.

„Melek hat gesagt, dass ich nicht in der Lage sein sollte, es zu lesen, aber ... Das kann ich. "

Was auch immer für ein Buch es also war, er wusste davon. Und es hatte ihr offensichtlich etwas über Luzifers Fall gezeigt, was dazu geführt hatte, dass sie eine Lichtquelle gesehen hatte.

Handelte es sich dabei um *die* Quelle des Lichtes – die Quelle der Höllenfeen? Oder etwas völlig anderes?

Weiß sie wirklich nicht, wo sie gewesen ist? Ich fuhr mir mit den Fingern durchs Haar und meine Frustration stieg mit jedem meiner Atemzüge an. *Was zum Teufel soll ich damit anfangen?*

Ich strich mir mit der Hand übers Gesicht und seufzte. Ich brauchte eine Pause. Etwas frische Luft. Musste meinen Kopf klären.

Und ich wollte mit Az sprechen.

Ich zauberte Camillia mit einer Bewegung meines Zauberstabs ein Bett herbei. Dann ergänzte ich ein Tablett mit einem Teller Spaghetti – eines meiner liebsten Sterblichen-Gerichte – und dazu ein Glas Wasser. Es war keine Entschuldigung. Weit gefehlt. Aber ich war mir noch nicht ganz sicher, ob ich ihr wirklich eine schuldete.

Wenn dem so war, würde es weit mehr als eines Bettes und etwas zu essen bedürfen, um mir ihre Vergebung zu verdienen.

„Keine Fluchtversuche, klar? Zakkai mag dich von den Schlangenreben hier drinnen befreit haben, aber das Außengelände wird auch von ihnen bewacht. Und zudem hält sich hier auch ein alter, mies gelaunter Wasserspeier auf, der wie am Spieß schreit." Mehr als das sagte ich nicht. Ich war mir nicht sicher, was ich dem noch hinzufügen sollte. Ich bediente mich ganz einfach meines Schattenzaubers, um das Zimmer zu verlassen, und materialisierte mich im Korridor.

„Alter, mies gelaunter Wasserspeier?!", knirschte Sir Callahan. „Dir werde ich zeigen, wer hier alt ist."

Er holte ein unheimlich langes Schwert hervor und sah mich mit herausforderndem Blick an.

Anstatt sein Duell anzunehmen, bewegte ich mich mithilfe meines Schattenzaubers nach draußen und stellte mich auf den Kiesweg. Ich würde den kleinen Wasserspeier in meiner derzeitigen Stimmung unabsichlich töten, und das wollte ich nicht.

Ich wob einen Bann hinter mir, der mich darüber in Kenntnis setzen würde, wenn Camillia etwas Dummes versuchen würde – darin inbegriffen, die Wände zu berühren –, und lief los.

Es war lange her, seit ich auch nur in der Nähe dieses Gebäudes und seiner tödlichen Umgebung gewesen war. Alle Bäume hier waren schwarz und ihre Kronen brannten mit niemals endenden Feuerstößen. Es war gruselig und uralt, und so unglaublich gruftig.

Die Steinwände trugen zur düsteren Stimmung bei.

Genauso wie die schwarzen Fackeln, aus denen Rauch quoll.

Ich sah nach oben, zum immerwährenden Mond der Mitternachtsfeenwelt, und fand ihn seltsam beruhigend. Plötzlich vermisste ich die immerwährende Nacht, die hier herrschte. Die kühle Luft, die über meine Haut strich. Das Surren von bekannter Magie.

Es ist eine Falle, flüsterten meine Gedanken. *Wir hassen es hier.*

Aber im Augenblick genoss ich die bekannte Umgebung und versuchte meinen Kopf zu klären. Aber Zakkais Bemerkung von vorhin übertönte meine Gedanken.

„Ihre Aura ist rein. Sie sagt die Wahrheit."

Irgendwie hatten er und Zeph das Verhör übernommen und alle Fragen an meiner Stelle gestellt – darunter auch einige, auf die ich keine Antwort hatte hören wollen.

„Magst du sie? Oder hast du sie zumindest gemocht, bevor das alles passiert ist?"

„Ich dachte ... aus uns könnte etwas werden. Aber sie haben klargestellt, wie sie mir gegenüber fühlen. Anstatt mir zuzuhören

*oder auch nur zu versuchen, mir zu glauben, haben sie mich wie
eine Gefangene behandelt. Und das tut echt weh ...*"

Camillias Antwort ließ mich über meine Brust streichen.

Du bist *unsere Gefangene*, hatte ich einwenden wollen. *Wie
sollte ich dich sonst behandeln?*

Aber ein sanfterer Teil von mir hatte gedacht: *Hat sich
Emelyn auch so gefühlt, als jeder sie missverstanden hat?*

Emelyn war in unseren Jugendjahren als Tyrannin angesehen
worden. Ihre arrogante Art hatte jahrelangen Schmerz und
Familientrauma überdeckt. Ihr ganzes Leben war für sie
entschieden worden, ohne sie um Erlaubnis zu fragen. Wann
immer sie also das Leben anderer hatte diktieren können, hatte
sie die Gelegenheit ergriffen. Und war daraufhin diffamiert
worden.

Ich hatte ihre harte Schale geknackt, mehr über die Frau
darunter herausgefunden und mich unsterblich in sie verliebt.
Wir hatten geplant, zusammen wegzulaufen, vielleicht ins
Reich der Sterblichen, wo sie den Verpflichtungen hätte
entgehen können, die ihr mit in die Wiege gelegt worden
waren.

Aber ich hatte sie nicht immer gemocht.

Es hatte eine Zeit gegeben, in der ich sie mit derselben
Engstirnigkeit betrachtet hatte wie alle anderen. Ich hatte sie als
privilegiertes Miststück mit einem Machtkomplex gesehen.

Aber eines Nachts hatte sich das geändert. In einer Nacht, in
der ich sie in einem verwundbaren Moment beobachtet und
gehört hatte, wie ihr Vater mit ihr sprach.

Es war, als wäre ich Zeuge eines Neuanfangs geworden, und
diese engstirnige Ansicht verwandelte sich in einen breiten
Horizont, sobald ich Emelyn mit neuen Augen gesehen hatte.

Hätte ich hinter die Fassade geblickt, wenn es diese Nacht
nicht gegeben hätte? Vermutlich nicht.

Genau das inspirierte meine jetzigen Gedanken hinsichtlich
Camillia.

Dachte ich wieder engstirnig? Sah ich sie ohne Weitsicht und
ignorierte alles, was sie ausmachte?

Sie hatte einen Teil von mir berührt, den ich nicht ganz orten
konnte. Einen Teil von mir, von dem ich geglaubt hatte, dass er

zusammen mit Emelyn gestorben war. War das alles nur ein Trick? Oder war es echt?

„Nein. Ich meine, ich habe darüber nachgedacht, ihn um Hilfe zu bitten, aber ich wusste, dass er das nicht tun würde, also habe ich davon abgesehen. Und ich wollte aus eigenen Stücken entkommen. Ich habe versucht, im Buch ein Schlupfloch zu finden."

Woher hatte sie gewusst, dass ich ihr nicht helfen würde? Sie hatte vermutlich richtig gelegen, aber warum nervte es mich, das zu hören?

Ich hatte ihr dabei helfen wollen, die nächste Probe zu überstehen. Zählte das denn gar nicht?

Warum wollte ich ihr helfen?, fragte ich mich, während ich den Pfad des brennenden Knallbaumgartens hinablief. *Will ich ihr noch immer helfen?*

Ich hatte die vergangenen dreißig Tage lang geglaubt, dass sie mich benutzt hatte, um zu fliehen. Dreißig sehr lange, wuterfüllte Tage. Aber jetzt ... Jetzt wusste ich nicht mehr, was ich glauben sollte.

Ich hielt neben einem der größeren Baumstumpfe inne und sah den Funken dabei zu, wie sie über die verbrannten Wurzelstöcke tanzten – im Wissen, dass eine große Explosion bevorstand. Die Feuerkäfer tanzten erwartungsfroh in der Luft und freuten sich auf das Feuerwerk, das ihre Flügel entzünden würde.

Was, wenn sie die Wahrheit sagt? Was, wenn sie wirklich keine Erinnerungen an die vergangenen dreißig Tage hat?

Dann müssten sich meine Prioritäten ändern, nicht wahr? Ich würde herausfinden müssen, was wirklich mit ihr geschehen war. Denn es könnte etwas Schlimmes gewesen sein.

„Gibt es einen Grund, warum du eine Unschuldige bestrafst?"

Zakkais Frage hatte mich zuvor geärgert. Jetzt beunruhigte sie mich.

Hatte ich die falsche Person bestraft? Hätte ich die vergangenen dreißig Tage darauf verwenden sollen, sie zu retten, anstatt sie erneut gefangen zu nehmen?

Ein mächtiges Beben durchfuhr mein Rückgrat. Die Unsicherheit scheuchte meine Seele auf.

Ich war mir meines Kurses so sicher gewesen, war überzeugt

davon gewesen, dass ich wusste, was zu tun war, um meinen Ruf zu retten. Dann hatte Zakkai alles mit einem Wahrheitsserum in Flammen aufgehen lassen, das seine Wirkung auf völlig unerwartete Weise entfaltet hatte.

Ich dachte immer wieder an dieses engstirnige Denken. Jenes, das Emelyn in die Enge getrieben hatte, und fragte mich, ob Camillia auch das mit ihr gemeinsam hatte.

Sie waren sich so ähnlich. Stark. Trotzig. Emotional unnahbar.

„Du meinst, dass eine weibliche Fee vor den Brautspielen weggelaufen ist, in die sie gegen ihren Willen gezwungen wurde?"

Die sarkastische Bemerkung ging mir abermals durch den Kopf. Zakkais Worte schlangen sich um mein Herz und drückten zu. Denn er hatte recht. Es war nicht besonders schockierend, dass Camillia versucht hatte, zu fliehen. Emelyn hätte dasselbe getan.

Bei den Göttern, sie muss denken, dass ich genauso schlimm bin wie die Ratsmänner, dämmerte mir, während ich mir überlegte, was Emelyn über mich denken würde, wenn sie jetzt hier wäre. Sie wäre entsetzt.

Verfluchte Albtraumfeen zu zähmen, war eines.

Unwillige Bräute für tödliche Spiele zusammenzutreiben, war etwas völlig anderes.

Und dann hatte ich eine der Bräute mit Schlangenreben an einen Stuhl gefesselt ...

Ich atmete schwer aus, gerade als der brennende Knallbaum explodierte. Sein Feuersturm reichte hoch in den Himmel über meinem Kopf.

Wer bin ich überhaupt?, dachte ich staunend und starrte direkt in die Flammen. *Wer will ich sein?*

Mir fiel nichts ein. Die Antwort darauf war zu überwältigend. Also beobachtete ich stattdessen das Inferno und genoss die Hitzewellen, die durch die vormalig kalte Luft sausten. Sie erinnerten mich an das Reich der Höllenfeen – mein neues Zuhause.

Aber ist es mein wahres Zuhause?

Hier zu sein, ließ meinen Kopf verrücktspielen.

Shade zu sehen, hatte auch nicht geholfen.

Und Camillias Antworten ... Na ja, die hatten die Sache auch nicht besser gemacht.

Ich knirschte mit den Zähnen und verkniff es mir, in die Nacht hinauszuschreien. Aber dann erhaschte ein Flackern von schwarzem Feuer meine Aufmerksamkeit und zog meinen Blick auf die Krone des erleuchteten brennenden Knallbaumes. Die Flammen verrauchten, zogen sich in die verbrannten Äste zurück. Auf der Krone saß ein schwarzer Phönix.

Az.

Sein Vogel schien aufgewühlt, wie er so in den Flammen saß. Seine Flügel waren eine exotische Mischung aus tiefschwarzen Federn und hell leuchtenden orangefarbenen Funken.

Ich sah ihn mit hochgezogener Augenbraue an. „Mitternachtsflug?" Ich hatte erwartet, dass er in einer Aschewolke auftauchen würde, wie er es sonst auch immer tat, und nicht in seiner Phönix-Form.

Er antwortete nicht, konnte sich nicht mit mir verständigen, während er sich in seiner tierischen Form befand. Er bauschte seine majestätischen Federn, die im Mondlicht glänzten.

Az sah sich zu verwandeln üblicherweise als eine sehr intime Sache an. Er verwandelte sich oft vor mir, wenn er angeben wollte. Aber dass er in dieser Form hierhergeflogen war, deutete an, dass er eine Pause brauchte, um seine Flügel auszubreiten. Was er jetzt auch tat, als das Feuer komplett erlosch und ihn auf dem oberen Ast des brennenden Knallbaums zurückließ.

Ich musste zugeben, dass seine Flügelspannweite beeindruckend, ja, sogar einschüchternd, war. Aber er schien nicht zu versuchen, gegen mich zu kämpfen. Er schien ganz einfach nur in seiner Vollkommenheit baden zu wollen.

„Na, wenn du nur eine Weile lang hier sitzen und zuhören willst, nur zu", meinte ich und steckte meine Hände in die Hosentaschen.

Az antwortete, indem er seine Flügel sinken ließ und mich mit seinen schwarzen Iriden eingehend musterte.

„Ich glaube, sie erinnert sich an nichts", sagte ich zu ihm. „Zakkai hat den Wahrheitsbann angewendet und sie ist bei ihrer Geschichte geblieben. Sie meinte, dass für sie nur ein paar

Stunden vergangen seien. Und sie hat etwas von einem Buch gesagt."

Ich erzählte ihm alles, was sie mir gesagt hatte, während er still dasaß, und dann begann ich meine eigenen Gedanken zur Sache beizutragen, eröffnete ihm, dass ich nicht sicher war, was ich von alledem halten sollte.

„Sie kann nicht gelogen haben. Ich habe den Druck des Bannes in meinem eigenen Kopf gespürt. Aber dann ... kann sie dem Schutzbann auch nicht entronnen sein." Ich legte meine Hand an meinen Nacken. „Vielleicht war Zakkais kryptische Bemerkung, dass sie mächtig ist, richtig. Vielleicht ist sie mehr als nur eine halbe Höllenfee."

Aber ich hatte nicht die geringste Idee, was sie sein oder das zu bedeuten haben könnte.

„Aber ich bezweifle, dass sie hat entkommen wollen. Nicht so. Was bedeutet, dass sie keinen von uns ausgenutzt hat. Und wir ... Wir haben sie gerade grundlos stundenlang verhört." Ich zuckte zusammen, als mir der letzte Satz über die Lippen kam. Dieses Gefühl von Unsicherheit suchte mich abermals heim. „Ich weiß nicht, was ich jetzt tun soll, Az. Ich weiß nicht einmal mehr, was ich noch denken soll."

Sie hatte mit ihren wenigen ehrlichen Antworten alles auf den Kopf gestellt.

„Und dieser Ort lässt meinen Kopf völlig verrücktspielen", ergänzte ich mit einem leisen Knurren.

Denn alles, was ich tun konnte, war, daran zu denken, was Emelyn jetzt zu mir sagen würde. Wie enttäuscht und wütend sie über meine Entscheidungen wäre.

Az' Federn bauschten sich auf und zogen meine Aufmerksamkeit auf ihn, während er elegant gen Kiesweg schwebte, auf dem ich stand. Aber er landete nicht auf seinen Krallen, er landete auf seinen Füßen. Die Verwandlung schien nahtlos vonstattenzugehen, und im nächsten Augenblick stand er in seiner menschlichen Gestalt da.

Er verschränkte seine Arme vor seiner nackten Brust. Seine Augen waren noch immer schwarz, nicht violett. Das sagte mir, dass sein Phönix noch immer die Kontrolle hatte.

„Vielleicht muss ich von ihrer Kraft kosten, um Hinweise zu finden", sagte er, was mich die Stirn runzeln ließ.

„Was meinst du damit?"

„Wenn sie mächtig genug ist, um dem Schutzbann zu entgehen und Zakkais Wahrheitsbann zu umgehen, dann müssen wir herausfinden, was sie ist. Ich bin dazu in der Lage." Das Schwarz in seinen Augen begann zu flackern, als würde das Violett versuchen, herauszuspähen, es ihm aber nicht ganz gelang. „Lass mich von ihr kosten. Sie wirklich kosten."

„Das hast du bereits. In gewisser Weise", erinnerte ich ihn. „Als wir uns das letzte Mal mit ihr vergnügt haben."

„Ich war konzentrierter auf deine Kraft als ihre. Dieses Mal werde ich mich auf ihre konzentrieren."

„Also lautet deine Lösung auf das Problem, dass wir nicht wissen, wie wir weiterverfahren sollen, sie zu ficken?", fragte ich skeptisch.

Er zuckte mit der Schulter. „Wir können mehr tun als nur zu ficken. Wir können auch spielen."

Ich sah ihn stirnrunzelnd an. „Das hört sich überhaupt nicht nach dir an." Tatsächlich hörte es sich mehr wie sein Phönix an als der Mann, den ich kannte. „Was hat Typhos gesagt?"

„Dass wir ihr nicht wehtun sollen", erwiderte er, ohne mit der Wimper zu zucken. „Ihr wehzutun, führt Melek Schaden zu. Wir dürfen Melek nicht schaden."

Wir *wie in ‚ich und du' oder ‚Azazel und sein Phönix'?*, fragte ich mich. „Ich bin mir nicht sicher, ob sie von uns gefickt werden will", meinte ich und versuchte herauszufinden, was hier wirklich vor sich ging. „Sie ist ziemlich wütend."

Er nahm einen Schritt nach vorn. „Hast du ihr wehgetan?"

„Nein."

Er blickte suchend in meine Augen. „Du lügst." Er schlang seine Hand um meinen Hals und hob mich in die Luft. *„Du hast dem, was uns gehört, wehgetan."*

Ich packte sein Handgelenk und drückte zu. „Was zum Teufel ist mit dir los?", wollte ich wissen. Die Worte kamen mir heiser über die Lippen, da Az mir die Luft abschnitt.

Ich trat nach ihm und er zischte. Das Geräusch hörte sich wie sein Phönix und überhaupt nicht nach dem Mann dahinter an.

Verdammt.

Wie es aussah, hielt sein Tier die Zügel in der Hand.

Nicht nur das. Offenbar glaubte er auch, dass ich Camillia in irgendeiner Weise bedroht hatte.

Ich wusste genug über Phönixe, um zu wissen, dass ich mich in einer äußerst brenzligen Lage befand. Sie waren extrem besitzergreifend und aggressiv, wenn es um ihre intendierten Gefährten ging. Und wenn Az' Phönix glaubte, dass sie ihnen gehörte, dann ...

Das wird ganz schön wehtun.

KAPITEL 7

AZ

HÖR AUF DAMIT!, schrie ich meinen Phönix an. *Wir mögen Ajax, du verblödetes Federvieh!*

Ich sah hilflos dabei zu, wie mein Biest Ajax über das mit Kohlenhalmen besetzte Feld und in einen Stumpf eines brennenden Knallbaumes in der Nähe warf.

Alles war gut gewesen, bis es nicht mehr gut gewesen war.

Ich hatte die volle Kontrolle gehabt und hatte zu Ajax und Camillia zurückkehren wollen, um das Verhör zu beenden, als mein Phönix sich von seinen Fesseln befreit hatte und losgeflogen war. Ich war seither in ihm gefangen und auf Schritt und Tritt dabei.

Ich hatte mich entschuldigt. Ich war ihm in den Hintern gekrochen. Ich hatte sogar versprochen, dass ich ihn öfters rauslassen würde. Aber nichts hatte funktioniert. Er hörte nicht auf mich.

Dann hatte er Ajax erblickt und war direkt zu ihm geflogen.

Das Gespräch hatte mein Wesen besänftigt, während wir zugehört hatten. Ich hatte geglaubt, dass er mir vielleicht die Kontrolle zurückgeben würde, wenn wir uns zurückverwandelten.

Aber nein.

Er hatte das Gespräch geführt – oder viel eher, er hatte mir aufgetragen, was ich sagen sollte. Ein Gefühl, das ich noch nie zuvor verspürt hatte. Und er war anständig gewesen. Sogar zufrieden. Er wollte wieder spielen.

Dieses Mal mit dem Fokus auf Camillia. Doch seine Vision enthielt auch Ajax. Er teilte sie gerne mit ihm, was in sich selbst vielsagend war. Ajax hatte sich den Respekt meines Phönix verdient.

Bis Ajax gesagt hatte, dass Camillia wütend war.

In diesem Augenblick war ein Schalter umgelegt worden, und die Hölle war losgebrochen. Und jetzt lechzte mein Tier nach Blut.

Du kannst ihn nicht umbringen, sagte ich zähneknirschend. *Er ist unser Freund.*

„Du hast Cami wehgetan", spie mein Phönix stattdessen wuterfüllt und zwang meinen Mund, die Worte von sich zu geben, die mein Tier in seiner Seele verspürte.

Ajax ächzte und rollte auf sich auf die Seite. Die Kohlenhalmefelder im Reich der Mitternachtsfeen waren tödlich. Das Gras ähnelte spitzen Steinen und barg nicht die Weichheit von Blättern. Blut triefte an seiner Seite hinab und sickerte durch die kleinen Einstiche in seinem Umhang.

„Ich glaube mich daran zu erinnern, dass es vor nur wenigen Stunden du warst, der eine Klinge über ihr Herz gehalten hat", murmelte Ajax, während er sich aufraffte.

Leider machte diese Bemerkung meinen Phönix nur noch wütender.

Er war es nicht gewesen, der die Frau bedroht hatte.

Er gab mir die Schuld, und das mit gutem Recht.

„Ein Fehler, für den mit Blut bezahlt werden wird", schwor mein Phönix.

Ich war mir nicht sicher, ob er Ajax' Blut, meines – welches technisch gesehen *unseres* war – oder das Blut von beiden meinte.

Aus meinem Augenwinkel heraus erhaschte ich neue schwarze Flammen, die hinter meinen Schultern züngelten und mich um ein Haar einnahmen, bevor wir nach vorn geschleudert wurden.

Mein Phönix war mächtig, doch ich hatte ihn noch nie in diesem Maße Kontrolle ausüben spüren. Er hatte mich noch nie zuvor überwältigt. Natürlich war er bisher auch noch nie besessen von einer potenziellen Gefährtin gewesen.

Obwohl ich verstand, warum sich mein Tier zu Camillia hingezogen fühlte, so hatte sie Typhos bedroht, und das konnte ich nicht tolerieren.

Vielleicht stimmte Ajax' Geschichte. Vielleicht auch nicht. Es spielte keine Rolle. Sie war entkommen. Wir konnten nicht einmal ihre Familie aufspüren.

Und wenn der Architekt der Quelle sie für mächtig befunden hatte, dann war sie gefährlich.

Vielleicht zu gefährlich, um sie leben zu lassen.

Mein Phönix, der meine Gedanken mitgehört hatte, sandte daraufhin ein lautes Brüllen durch meinen Rachen.

Scheiße. Er konnte mir nicht wirklich Schaden zufügen, aber er konnte seine Wut an dem Mann vor uns auslassen. An einem Mann, von dem er glaubte, dass er auf meiner Seite stand und nicht auf seiner – dank Ajax' Lüge.

Renn weg!, schrie ich, wollte meinen Mund dazu bringen, die Worte von sich zu geben. Doch mein Biest hatte seine Krallen tief in unsere geteilte Seele versenkt. Er würde nicht ablassen, bis sein Blutrausch verflogen war.

Die dunklen Flammen verwandelten sich in Klingen und schossen wie Kugeln in Ajax' Richtung.

Hör auf damit!, wiederholte ich zum tausendsten Mal, aber es nützte nichts.

Er versuchte wahrhaftig, die Mitternachtsfee umzubringen. Luzifers auserkorener Wärter, den ich abgesegnet hatte. Jemanden, der unsere Loyalität genoss. Der sie sich *verdient* hatte.

Eine Fee, die nach allem, was er für uns getan hatte, unseren Schutz verdiente. Er war einer der wenigen Wesen im Universum, der die Energie meines Phönix im Zaum halten konnte. Er war ein Ventil für uns.

Aber allem voran war er unser Freund.

Ein seltenes Gefühl der Angst packte mich, als zwei meiner schwarzen Krallen sich in Ajax' Brust vergruben. Klingen, die ich geworfen hatte.

Nein, nicht ich. *Mein verdammter Vogel.*

Aber das dämmte den tief sitzenden Schmerz von Verrat in mir nicht ein, der von Reue eingenommen wurde. *Wir lieben Ajax, du blöder Vogel. Töte ihn nicht!*

Zum Glück gab sich Ajax nicht kampflos geschlagen. Er packte den Griff einer der magischen Dolche und drehte ihn herum, sodass dunkles, verdorbenes Blut über das Feld voller Kohlenhalme spritzte.

Er warf es zurück in meine Richtung – in die Richtung meines Phönix –, was aussichtslos war. Die Klingen waren von meinem Biest verzaubert worden, sodass sie sich in Rauch auflöste, bevor sie in mein Gesicht dringen konnte.

„Du hast Cami wehgetan", zischte mein Phönix erneut. *„Dafür musst du sterben."*

Es schien, als wäre mein Tier ziemlich einfach gestrickt. Er sah Camillia als seine zukünftige Gefährtin an und deshalb würde jeder, der ihr Schaden zufügte, bezahlen.

Ich miteingeschlossen, was davon belegt wurde, dass mein Phönix mich in die tiefen Abgründe meines eigenen Körpers verbannt hatte, sodass ich gezwungen war, ihm dabei zuzusehen, wie er eine der wenigen Feen tötete, die mir am Herzen lagen. Vielleicht sah er es als gerechte Strafe dafür an, dass ich ihn vorhin gefesselt hatte. Ein gleich schwerer Verrat.

Was das jedoch wirklich bezwecken würde, war, dass wir weiter auseinandergerissen würden.

Leider dachte mein verdammter Vogel nicht an die Zukunft, nur an die Gegenwart.

Warum rennst du nicht davon?, schrie ich in meinen Gedanken, während Ajax die zweite Klinge herauszog und sie in die Hand nahm. Dieses Mal gab er einen Bann von sich, während er mit der anderen Hand seinen Zauberstab durch die Luft bewegte.

Obwohl Ajax beeindruckend stark war und beinahe ein Jahrzehnt lang mit mir gesparrt hatte, so hatte er keine Chance gegen mein Biest.

Nur wenige hatten das.

Der Dolch sauste durch die Luft und ein Rausch Energie

umgab mich, als mein Phönix versuchte, sie wie den ersten in Asche zu verwandeln, doch es funktionierte nicht.

In meiner linken Brust breitete sich ein Schmerz aus, als das Messer sich in meiner menschlichen Form vergrub.

Direkt in mein Herz.

Ich stieß ein Brüllen aus und ein brennender Schmerz rauschte durch meine Muskeln, meine Knochen und über meine Haut. Ich fiel auf meine Knie und vergrub meine Finger im kiesigen Untergrund. Blut floss an meinen Handflächen hinab und ich zitterte am ganzen Leib, versuchte fieberhaft bei Bewusstsein zu bleiben.

Zum Glück konnte mich ein Treffer auf mein Herz nicht umbringen. Etwas, das Ajax wusste. Ein schwarzer Phönix würde ganz einfach wiedergeboren werden. Obwohl es kein angenehmer Prozess war, so hatte ich ihn schon viele Male zuvor durchlebt.

Vielleicht wird das wieder zur Ausgangslage führen, hoffte ich. *Vielleicht wird mir das dabei helfen, die Kontrolle zurückzuerlangen und mein Biest zu zähmen.*

Doch mein Körper zerfiel nicht, wie er es hätte tun sollen, und mir dämmerte, dass Ajax mit der Klinge mehr getan hatte, als meine Phönix-Magie umzuprogrammieren.

„Jetzt, wo ich deine ungeteilte Aufmerksamkeit habe, musst du mir zuhören", sagte Ajax, während er zu mir hinüber humpelte.

Mir war der dritte Dolch, der in seinem Bein steckte, bisher nicht aufgefallen. Noch mehr Blut tropfte an seinem Hosenbein hinab und hinterließ einen Fleck auf dem Boden.

Er stellte sich über mich und ich blickte zu ihm hoch, mein Phönix noch immer in voller Kontrolle. Meine Hände bewegten sich ohne meine Zustimmung, und mein Phönix schlang meine Finger um das Messer und begann es aus meiner Brust zu ziehen. Ich versuchte, ihn aufzuhalten, um Ajax mehr Zeit zu verschaffen, aber es war aussichtslos. Ich saß zusammengepfercht im hinteren Bereich meiner Seele, wie es mein Biest vor wenigen Stunden auch getan hatte.

Touché, sagte ich in Gedanken zu ihm. *Aber du kannst mich nicht für immer kontrollieren.*

Was mein Wesen vermutlich vor wenigen Stunden auch gedacht hatte, als ich ihn gebändigt hatte.

„Camillia geht es gut", begann Ajax. Aus nächster Nähe tanzten dunkle blaue Flammen in seinen obsidianschwarzen Augen. Darin waberte auch etwas anderes.

Seine Pein reflektierte oft die meine, aber das hier war anders.

Er hatte gesagt, dass dieser Ort seinen Kopf verrücktspielen ließ. Aber es war mehr als das. Auch seine Gefühle waren völlig durcheinander. Vielleicht, weil er die Überbleibsel seiner Vergangenheit sah. Oder vielleicht, weil er Zeit mit Camillia verbracht hatte. Vermutlich beides.

Schmatz.

Ajax blieben vielleicht fünfundzwanzig Sekunden, bevor diese Klinge vollständig entfernt wäre, also musste er schneller sprechen.

Doch er starrte ohne den Hauch von Angst auf mein Tier hinab. Er hätte zutiefst verängstigt sein sollen. Er hätte die wenigen Sekunden, die ihm noch blieben, darauf verwenden sollen, um sein Leben zu rennen. Stattdessen versuchte er mit meinem verdammten Vogel zu diskutieren.

„Aber du hast mich doch gefragt, ob ich Camillia wehgetan habe. Und ja, das habe ich. Ich habe dabei zugesehen, wie Schlangenreben ihre Fangzähne in ihrer Haut versenkt und ihr Gift in ihren Körper gespritzt haben."

Was tust du da?, verlangte ich zu wissen. *Glaubst du wirklich, dass das hilfreich ist?*

Ich war zuvor schon von einer Schlangenrebe gebissen worden. Es war nicht angenehm gewesen. Mehr als einmal von ihnen gebissen worden zu sein, riet an, dass Cami Schmerzen gehabt haben musste. Und da ich das wusste, wusste mein Vogel das auch.

Darum entfachten seine Worte den Zorn meines Phönix erneut.

„Aber das ist nicht der Grund, aus dem sie wütend ist", fuhr er fort.

Was meinen Phönix dazu anhielt, einen winzigen Augenblick innezuhalten.

„Sie ist wütend, weil wir – du und ich – beschlossen haben, sie zu verhören, anstatt zu versuchen, mit ihr zu sprechen." Er kniff seine Augen kurz zu, bevor er sie wieder öffnete und noch mehr von diesen widersprüchlichen Emotionen preisgab, die in seinen dunklen Iriden herumschwirrten. „Sie sagte, dass sie dachte, da wäre etwas zwischen uns. Aber wir haben es durch unser Benehmen vermasselt."

Was machte dieser Idiot da? Er schaufelte sein eigenes Grab. Was bestätigt wurde, als mein Phönix sich wieder daran machte, den Dolch aus unserer Brust zu ziehen.

„Aber ich habe etwas eingesehen", fuhr Ajax fort. Er senkte sich unstet und landete auf einem Knie, sodass wir auf Augenhöhe waren.

Nicht viele schafften es, einem wutentbrannten Phönix so nahe zu kommen und zu überleben.

Wenn Ajax nicht in den nächsten zehn Sekunden wegrannte, würde er es vermutlich auch nicht.

Aber ich begann mich zu wundern, ob er genau das bezwecken wollte. Ob er aufgegeben hatte.

Ob diese verdammte Frau ihn an den Abgrund getrieben hatte.

„Mir ist klargeworden, warum sie mich sosehr an Emelyn erinnert." Ein schmerzerfülltes Schaudern durchfuhr ihn, als er den Namen von sich gab.

Ich wusste, dass es in seiner Vergangenheit eine Frau gegeben hatte, an der er zerbrochen war. Aber er sprach nur selten über sie.

Leider machte sich mein Phönix nicht viel aus der Offenbarung. Es war nur der Dolch in meinem Herzen, der mein Biest davon abhielt, Ajax in Stücke zu reißen.

Ajax schluckte schwer. „Ich … Ich habe Emelyn geliebt. Aber sie ist tot. Nichts wird etwas daran ändern." Er sah hoch und blickte mir erneut mit stetem Blick in die Augen. „Camillia ist hier. Sie hat aus einem guten Grund meinen Weg gekreuzt. Und als ihr Wärter war es meine Aufgabe, sie festzuhalten. Als sie geflohen ist, war ich wütend."

Ich auch, dachte ich in seine Richtung.

Und du auch, erinnerte ich meinen Vogel. *Es hat dir nicht gefallen, dass wir sie nicht aufspüren konnten. Dass sie uns entgangen ist. Erinnerst du dich?*

Obwohl ich zu verstehen begann, dass es vielleicht den Verlust seiner begehrten Gefährtin gewesen war, der mein Biest so verärgert hatte, und nicht die Tatsache, dass sie mithilfe von Magie unseren Versuchen entgangen war, sie zu finden.

Ajax spannte seinen Kiefer an. „Ich – *wir* – haben diese Frustrationen fälschlicherweise an ihr ausgelassen. Wenn sie die Wahrheit sagt – und ich glaube, das tut sie –, dann hat sie nichts getan, um unseren Zorn zu verdienen. Wir hätten ihr dabei helfen sollen, herauszufinden, was passiert ist, anstatt zu versuchen, die Information aus ihr herauszufoltern."

Mein Biest knurrte, als es das Wort ‚foltern' vernahm, was bestätigte, dass Ajax zweifellos einen Todeswunsch hatte. Es gab nichts mehr, was er jetzt noch sagen konnte, das …

„Lass sie Rache an mir üben", sagte er, was meinen Vogel innehalten ließ. „Wenn du mich tötest, wirst du Camillia wehtun. Weil sie mir auch wehtun will. Sie ist wütend. Also lass sie mich bestrafen."

Mein Phönix legte meinen Kopf schief, was mich vermutlich ziemlich verrückt und vogelähnlich aussehen ließ. Aber angesichts der Situation, schien es mir eine angemessene Erscheinung.

„Bestrafen?", zwang mich mein Phönix zu sagen, meine Finger noch immer um den Griff meines Messers geschlungen, trotz des Schmerzes, der in meinen Adern verweilte. „Cami Ajax bestrafen?"

Meinem Biest gefiel die Idee.

Er wollte *zusehen*.

„Ja", bestätigte Ajax, was mich innerlich ächzen ließ.

Das wird nicht gut enden.

Vor allem, weil ich die Freude meines Tieres darüber spüren konnte, dass es Ajax Camillia als Geschenk überreichen konnte. Er würde ihr vermutlich auch ein Messer geben.

Schmerz breitete sich in meiner Brust aus, als mein Phönix die Klinge vollends herauszog. Was auch immer Ajax für einen Bann benutzt hatte, um sie an Ort und Stelle zu behalten, ließ nach. „Cami Ajax bestrafen."

Mein Vogel benutzte meine Hände, um Ajax am Kragen zu packen.

Und begann ihn auf das alte Gebäude des Mitternachtsfeenrates zuzuschleifen.

Verdammt.

KAPITEL 8

CAMI

ICH STARRTE DAS ESSEN AN, das auf dem Bett stand, unsicher, ob ich es anrühren sollte oder nicht.

Meinem Magen schien die Idee zu gefallen, und das hungrige Knurren von ihm hallte von den Wänden der kleinen Zelle wider.

Aber mein Kopf wollte einfach nicht damit aufhören, mich mit Was-wenn-Szenarien zu quälen.

Was, wenn es ein Trick ist?

Was, wenn es mit einem fiesen Bann belegt ist?

Was, wenn es vergiftet ist und mich töten soll?

Ich starrte den Teller an, verärgert über die Fragen, die er in mir hervorrief. Es fühlte sich an, als wollte man mich anstacheln. Oder vielleicht sogar herausfordern.

Ajax hatte ihn herbeigezaubert, bevor er ohne ein weiteres Wort verschwunden war und mich allein und verwirrt – und verdammt wütend – zurückgelassen hatte.

Ich hatte ihm gesagt, was ich wusste. Was konnte er sonst noch von mir wollen?

Glaubte er, dass es mich nicht genauso beunruhigte, dass ich dreißig Tage meines Lebens einfach so vergessen hatte? Dass mich der Gedanke, dass die halluzinierte Quelle womöglich echt gewesen war, vielleicht ein winzig kleines bisschen verängstigte?

Nein. Das war ihm alles egal. Er war zu durcheinander, weil sein Ruf beschmutzt worden war.

Schnaubend verschränkte ich meine Arme vor der Brust, während das Essen mich mit einem *Iss-mich*-Blick ansah.

„Magst du keine Nudeln?", fragte eine seidene Stimme hinter mir, die mich vom Stuhl aufspringen ließ.

„Melek", keuchte ich und legte meine Hand aufs Herz. „Du hast mich zu Tode erschreckt."

„Diese menschliche Redensart hat mir noch nie gefallen. Und sie ist auch noch nie zutreffend gewesen. Und außerdem ... ist der Gedanke, dass jemand aus Angst stirbt, nicht besonders reizvoll."

Er stieß sich von der Wand ab, gegen die er gelehnt war, und kam auf mich zu. Seine vielfarbigen Augen musterten mich.

„Du bist verletzt", sagte er und kam mit gerunzelter Stirn auf mich zu. „Das ist inakzeptabel."

Ich zog meine Augenbrauen hoch, überrascht über die Leidenschaft in seiner Stimme. Sie ließ mich einen Schritt zurück an die Wand machen, als er auf mich zukam, was ihn innehalten ließ.

„Camillia." Ein Hauch Besorgnis wohnte seiner Stimme inne, die sich in seinem Gesicht widerspiegelte. „Fürchtest du dich etwa vor mir?"

„Ich ..." Tat ich das? „Nein, nicht wirklich." Es war nur ein echt harter und langer Tag gewesen und ich hatte nicht erwartet, ihn hier anzutreffen.

Ich wusste nicht, was ich erwarten sollte.

Alles war so verwirrend. Offenbar waren mir dreißig Tage meines Lebens abhandengekommen, und anstatt herausfinden zu können, was das zu bedeuten hatte, war ich von einem Verhör aufgehalten worden.

Ich strich mir mit der Hand übers Gesicht und wimmerte, als sich ein dumpfer Schmerz an meinem Arm bemerkbar machte. *Der Schlangenbiss.* Ich hatte ihn bereits wieder vergessen, weil ich derart auf das Essen konzentriert gewesen war. Technisch gesehen, hatte ich mehrere Wunden, die Spuren hinterlassen würden.

Ich legte meine Arme übereinander und suchte nach den anderen, zog mein Oberteil hoch, um meinen Torso zu mustern.

Meleks scharfes Einatmen erinnerte mich daran, dass er hier war, aber ich bemühte mich nicht, seine Anwesenheit anzuerkennen. Es war ja nicht so, als hätte er mich nicht zuvor schon halbnackt gesehen. Immerhin hatte er einige Stücke meiner *Brautkleidung* gesponsert.

„Habe ich Schlangenbisse am Rücken?", fragte ich ihn und drehte mich um. „Ajax hat mir keinen Spiegel gegeben."

„Schlangenbisse?", wiederholte Melek, bevor seine Finger meine Haut berührten und einen sanften Schauer durch mein Wesen sandten. „Was für Schlangen?"

„Du musst Ajax fragen, was für Schlangen es sind", murmelte ich und zog mein Oberteil wieder runter.

Der Stoff blieb an Meleks Hand hängen, der sie daraufhin rasch in die entgegengesetzte Richtung schob.

„Hey!", fauchte ich, als er mein Oberteil mit einem kräftigen Ziehen komplett über meinen Kopf zog. „Das war keine Einladung, mich ..."

Sein leises Murmeln ließ mich mitten im Satz innehalten. Die Worte waren mir vollends unbekannt.

„Was?" Ich versuchte mich zu ihm umzudrehen, doch er hielt mich, mit einer Hand an meine Hüfte gelegt, davon ab, während seine andere Hand meinen Rücken brandmarkte.

Ich zuckte angesichts der Hitze zusammen, die aus ihm zu dringen schien. Dann, als sie sich auf meiner Haut verteilte, seufzte ich.

Oh. Das ... fühlt sich gut an.

Ich hatte bis gerade eben nicht bedacht, wie kalt mir geworden war und wie sehr ich seine warme

Umarmung gebraucht hatte.

Ein zufriedenes Seufzen drang aus meiner Kehle und ich lehnte mich entspannt gegen ihn, während er leise weiter murmelte. Ich verstand nichts von dem, was er da sagte, aber ich konnte mich nicht dazu bringen, mich darum zu scheren. Alles, was zählte, war die warme Empfindung, die sich in meinen Adern ausbreitete.

Er legte seinen Arm um mich, zog mich an seine Brust und flüsterte mir ein paar unbekannte Worte ins Ohr.

Ich schmolz dahin. Sein Trost machte mich ganz benommen.

Ich bin nicht mehr allein. Mir ist nicht mehr kalt. Ich habe keine Schmerzen mehr.

Ich schloss meine Augen und meine Gliedmaßen fühlten sich plötzlich unheimlich schwer an.

Ich werde mich nur ein paar Minuten hinlegen, beschloss ich. *Es ist so lange her, seit ich geschlafen habe ...*

Ich hatte das Gefühl, auf einer Wolke zu schweben. Mein Körper war eins mit der Luft und meine Seele schwirrte frei herum.

Es war beunruhigend und doch wunderschön. So weich und friedlich. Es erinnerte mich an Federn, die im Wind schwebten.

Vielleicht habe ich Flügel, dachte ich trunken.

Bei diesem Gedanken kam mir ein Kichern über die Lippen, und ich war ganz offensichtlich high von dem, was auch immer Melek gerade mit mir gemacht hatte.

Ich hielt inne.

Moment mal ...

Ich hätte das hier nicht genießen sollen. Ich ... Ich hätte dagegen ankämpfen sollen. Was für eine Regel hatte ich soeben kreiert?

Höllenfeen-Regel Nummer siebenundvierzig ...

Was habe ich noch gleich gesagt?

Es ist egal, wie gut sie aussehen ...

Sie werden dich am Ende immer enttäuschen.

Ich riss meine Augen auf und sah in Meleks glitzernde Augen, die Farben lebendig und der Blick zügellos, während er auf mich hinabstarrte. Seine Gefühle wurden von einem angenehmen Lächeln verborgen, welches ich anziehend fand, bis ich realisierte, dass er mich in seinem Schoß wiegte, während mein Kopf an seine Schulter gelegt war.

Verdammt.

Ich krabbelte von ihm herunter und über das Bett, bis ich mit meinem Rücken gegen die eiskalte Wand stieß. Zum Glück schützte mein Oberteil meine Haut zumindest ein bisschen. Was mir sagte, dass er es mir irgendwann wieder übergezogen hatte.

„Was ist gerade passiert?", wollte ich wissen.

„Ich habe dich geheilt." Seine unverblümte Antwort erstaunte mich. Melek sprach üblicherweise in Rätseln oder wusste es zu vermeiden, klare Antworten zu geben, indem er clever ausgedachte Bemerkungen von sich gab. Aber er hatte mir geantwortet, ohne zu zögern.

„Warum?", hakte ich nach, wollte sehen, wie lange seine mitteilsame Art bestehen bleiben würde.

„Weil du verletzt warst und ich dich heilen kann." Er zuckte mit den Schultern. „Du bist technisch gesehen derzeit keine Braut, also gibt es keine Regeln, die es zu beachten gilt. Ich kann dir geben, was immer du begehrst – darin inbegriffen eine frische Mahlzeit, wenn du Hunger hast."

Mein Magen beschloss, an meiner Stelle zu antworten, woraufhin Meleks Mundwinkel zuckten.

„Deine Spaghetti sind kalt und dein Wärter ist zu beschäftigt damit, mit einem wütenden Phönix zu spielen. Also sehe ich keinen Grund, warum ich dir nicht geben kann, was du brauchst, wenn du willst."

„Beinhaltet das, mich aus diesem von Schlangen verseuchten Höllenloch rauszuholen?", fragte ich trocken.

Er lächelte. „Vielleicht. Ich schätze, das kommt darauf an, wie deine ... Wahrheitsfindung mit Ajax gelaufen ist."

„Du meinst, er hat dir nicht davon erzählt?" Ich konnte mir den sarkastischen Tonfall nicht verkneifen. „Er glaubt mir kein Wort. Und wird es vermutlich auch nie tun. Alles, was ihm wichtig ist, ist sein beschmutzter Ruf."

„Hm ..." Meleks nichtssagendes Summen schien mich einzulullen. „Was hast du ihm erzählt?"

Ein Teil von mir wollte sagen: *Warum gehst du nicht zu ihm und fragst ihn selbst?*, doch stattdessen erwiderte ich: „Warum willst du es wissen? Ich kann mir gut vorstellen, dass du mir auch nicht glauben wirst."

„Ganz im Gegenteil, Camillia. Ich glaube, ich könnte der Einzige sein, der dir glauben wird." Dass er meinen vollständigen Namen benutzt und einen ernsten Tonfall angeschlagen hatte, ließ mich wundern, ob das stimmte.

Doch dann ging mir Regel Nummer siebenundvierzig erneut durch den Kopf.

Ich konnte keiner dieser Feen trauen. Sie machten sich nichts aus mir. Nicht wirklich. Ich war nur ein Spielzeug für sie – eine

Puppe, die anlässlich einer zukünftigen Probe vermählt werden sollte.

Aber Melek hatte gesagt, dass ich keine Höllenfeen-Braut mehr war. *Derzeit*. Hatte er das wirklich so gemeint? „Warum bin ich keine Höllenfeen-Braut mehr?"

Er sah mich mit hochgezogener Augenbraue an. „Ich dachte, du wolltest keine sein?"

„Tue ich auch nicht. Also will ich wissen, warum ich plötzlich keine mehr bin. Und was du mit ‚derzeit' gemeint hast." Meine Imitation seiner Stimme war schrecklich, aber es schien ihm nicht aufzufallen.

Er zuckte mit den Achseln. „Die Spiele wurden pausiert. Und außerdem stehst du derzeit unter Beobachtung, weil du eine potenzielle Bedrohung für die Höllenfeen-Quelle sein könntest, was dich von den Brautspielen disqualifiziert."

Ich sah ihn blinzelnd an. „Eine Bedrohung für die Quelle?" Ich wollte keine Brautkandidatin sein, aber das hörte sich irgendwie weitaus schlimmer an. „W-was hat das zu bedeuten?"

„Es bedeutet nichts, bis wir herausfinden, was in den vergangenen dreißig Tagen geschehen ist." Seine ehrlichen Antworten begannen mich zu beunruhigen. Mir war der verspielte Melek mit seinen kryptischen Aussagen lieber als diese schonungslose Version, die mit mir sprach, als wäre ich ...

Als wäre ich wahrhaftig eine Gefangene.

„Wirst du mir erzählen, was du Ajax gesagt hast? Ich würde ihn ja selbst fragen, aber wie ich schon sagte ... Er ist im Moment beschäftigt." Er strich mit seiner Hand durch die Luft, woraufhin ein durchsichtiger Bildschirm aufzog.

Ich riss meine Augen auf, als ich darauf sah, wie Ajax von einem zornigen Az durch die Luft geschleudert wurde. Ich hatte gewusst, dass die beiden mächtig waren, aber das ... Die beiden lieferten sich einen erbitterten Kampf.

„Das ist ihre Art des Vorspiels, nehme ich an", murmelte Melek, bevor er das Bild mit einer Fingerbewegung verschwinden ließ.

„Wie hast du das gemacht?", wollte ich wissen.

Er zuckte mit den Schultern. „Ich bin zu vielen unglaublichen Dingen imstande, kleiner Engel. Und vielleicht werde ich sie dir eines Tages alle zeigen. Aber ich muss wissen, was vor dreißig Tagen geschehen ist."

Stimmt. Die Frage, auf die alle eine Antwort haben wollen.

„Das würde ich auch gerne wissen", murmelte ich. „Aber anstatt mir dabei zu helfen, es herauszufinden, bestehen alle darauf, dass ich es bereits weiß."

„Ich kann mir vorstellen, dass das ist, weil du es warst, die spurlos verschwunden ist. Also nehmen alle an, dass du weißt, wo du gewesen bist." Melek positionierte sich auf dem Bett um und lehnte sich gegen dieselbe Wand wie ich, ließ jedoch etwas Abstand zwischen uns. „Aber deine Antwort sagt mir, dass du dich nicht erinnerst."

„Es ist nicht, dass ich mich nicht daran erinnere. Es ist, dass für mich nur ein paar wenige Stunden vergangen sind, seit ich in Ajax' Zimmer war. Ich meine ... Gefängnis."

„Du meinst Zimmer, wie ich weiß, weil ich dich dorthin gebracht habe", erwiderte er. „Aber sprich weiter. Sag mir, woran du dich erinnerst. Vielleicht können wir das Rätsel zusammen lösen."

Ich starrte ihn, etwas überrascht über sein Angebot, an. Er war der Erste, der vorgeschlagen hatte, dass wir zusammenarbeiten sollten, anstatt mich wie eine Gefangene zu behandeln.

Ich kann ihm nach wie vor nicht trauen, ging mir durch den Kopf und Regel Nummer vier meldete sich. *Aber vielleicht kann ich ihn benutzen.*

„Okay." Ich räusperte mich, doch bevor ich weitersprechen konnte, holte Melek eine Flasche Wasser hervor und hielt sie mir hin.

„Trink zuerst etwas, dann kannst du weitersprechen. Und mein Essensangebot steht nach wie vor."

Ich starrte das Getränk an. Mein Rachen fühlte sich plötzlich unheimlich trocken an. Es war gut möglich, dass er etwas damit angestellt hatte – vielleicht hatte er es mit seinem eigenen Wahrheitsbann belegt –, aber ich hatte nichts zu verbergen. Er wusste alles über das Buch und dass es mir Dinge zeigte. Genauso, wie er vermutlich annahm, dass ich die ganze Zeit über hatte fliehen wollen, während ich im Reich der Höllenfeen gewesen war.

Was konnte er sonst noch herausfinden?

Und er würde mich nicht töten, bevor er die Antworten hatte.

Also konnte ich das Wasser vermutlich bedenkenlos trinken. Etwas zu essen würde auch nicht schaden.

„Eine Salamipizza hört sich echt gut an", gab ich zu, als ich ihm das Wasser abnahm. „Mit dünner Kruste, wenn möglich. Und extra knusprig. Und vielleicht ein paar Mozzarella-Sticks. Oh, und Knoblauchbrot. Mit extra Knoblauch." So würde er nicht versuchen, mich zu küssen.

Denn das will ich definitiv nicht. Überhaupt nicht. Niemals. Nein.

Seine Mundwinkel zuckten, als wüsste er ganz genau, warum ich Letzteres der Liste hinzugefügt hatte. „Wie du wünschst, mein Engel."

Eine bunte Mischung von italienischem Essen materialisierte sich zwischen uns auf dem Bett, zusammen mit seidenen Servietten und zwei weiteren Wasserflaschen. Letzteres war gut, weil ich nicht aufhören konnte, sowie ich die erste zu trinken begonnen hatte. Ich leerte sie binnen weniger Sekunden, bevor ich nach der zweiten, dann nach der dritten griff.

Immer, wenn ich eine leere Flasche absetzte, erschien eine neue. Meleks sündhaft dekadenter Geruch erfüllte den Raum mit jedem Magierausch.

Er sah mir dabei zu, wie ich das Essen verspeiste. Seinen Augen wohnte ein amüsiertes Funkeln inne, das mich vermutlich hätte erschrecken sollen. Aber ich war zu beschäftigt damit, die Mahlzeit zu genießen, um mir davon den Augenblick ruinieren zu lassen.

Wenn er mich betäuben wollte, war es eben so.

Wenigstens gab er mir im Prozess etwas zu essen.

Aber als ich fertig war, fühlte ich mich nichts weiter als satt. Keine Benommenheit. Keine wolkenähnlichen Träume. Ich verspürte bloß ein Sättigungsgefühl und hatte einen sehr vollen Bauch. „Danke."

Er nickte kaum merklich. „Ich mache mir nur die Regeln zunutze und gebe dir so viel ich kann, solange ich kann."

Ich war mir nicht ganz sicher, was er damit meinte, aber ich hakte nicht nach. Stattdessen begann ich ihm alles zu erzählen, was ich Ajax bereits gesagt hatte. Denn vielleicht hatte Melek wirklich gemeint, was er gesagt hatte. Vielleicht wollte er wirklich mit mir zusammen herausfinden, was passiert war.

Als ich zu jenem Teil kam, in dem das Buch erschienen war und mir gezeigt hatte, wie Luzifer gefallen war, hielt ich inne und ergänzte: „Du warst auch da. Du hast gegrinst."

Er nickte. „Ja, weil ich wusste, was Ty als Nächstes tun würde."

Ich blinzelte ihn an. „Moment mal ... Du meinst ... Das war echt?"

„Natürlich. Alles im Buch ist echt", erwiderte er und legte seinen Kopf schief. „Du bist im Reich der Sterblichen aufgewachsen. Die Geschichte erinnert dich doch bestimmt an eine andere bekannte Legende, an die Sterbliche gerne glauben?"

„Du meinst die religiöse Geschichte über einen gefallenen Engel, der von Gott gesandt wurde, um die Hölle zu regieren?"

„Genau die." Ein Lächeln zog auf seinem Gesicht auf. „Viele sterbliche Folklore findet ihren Ursprung in einem realistischen Ereignis. In diesem Fall wurde Tys Vermächtnis umgewandelt, um sterbliche Kinder dazu zu bringen, ihre Sünden zu bereuen. Aber es macht ihm nichts aus. Na ja, nicht besonders."

„Du willst mir also sagen, dass das, was ich gesehen habe, wirklich geschehen ist? Sogar der Teil, in dem ich die Quelle berührt habe?"

Er erstarrte. „Wie bitte?"

Stimmt. Dieses Detail hatte ich noch nicht erwähnt. Also fasste ich alles zusammen, was ich von Luzifers Fall gesehen hatte, wie sich meine Perspektive verändert hatte und ich dann auf eine heiße Knolle der Kraft zugezogen worden war. Und dass ich versucht gewesen war, sie zu berühren. „Aber dann hat der Strang seine Farbe verändert. Und die Kraft wurde ... *brutal*."

Ich erzählte ihm, wie ich zu rennen begonnen hatte, was irgendwann dazu geführt hatte, dass ich in meinem alten Schlafsaal auf dem College aufgewacht war.

Und dass Ajax und Az wenige Minuten darauf ebenfalls dort aufgekreuzt waren.

Er starrte mich lange an, bevor er sagte: „Hast du Ajax davon erzählt?"

„Ja. Und Zeph und Zakkai."

Er zog seine Augenbrauen hoch. „Die Mitternachtsfeen-Gefährten der Königin?"

„Ja. Sie haben Ajax bei seinem ... *Verhör* geholfen. Obwohl sie weitaus netter waren als er. Zakkai hat mir Kleidung herbeigezaubert." Ich sah auf das weiße Tanktop und die Jeans herab. „Und er hat sich auch um die Schlangen gekümmert."

„Verstehe." Melek hörte sich nachdenklich an. „Haben sie sonst noch etwas gesagt?"

„Nicht wirklich. Sie haben mich nur gefragt, was für Gefühle ich gegenüber Ajax und Az hege und dann hat sich Zakkai nach meinen Eltern erkundigt."

„Was wollte er über deine Eltern wissen?"

„Woher sie abstammen, schätze ich. Ich habe ihm gesagt, dass mein Vater eine Höllenfee und meine Mutter eine Sterbliche ist. Aber er schien das infrage zu stellen." Ich runzelte die Stirn. „Er hat auch immer wieder gesagt, dass ich mächtig bin. Und er hat Ajax gesagt, dass er Luzifer sagen soll, dass er ihn kontaktieren soll, wenn er Hilfe bei der Lösung des Rätsels benötigt."

Melek gab ein weiteres Summen von sich. „Interessant."

„Ich nehme an, Ajax hat die Nachricht noch nicht überbracht?"

„Nein, aber er ist derzeit anderweitig beschäftigt. Und ich bin mir nicht sicher, ob er die Wichtigkeit von dem, was du gesagt hast, begreift." Er machte eine Handbewegung über das Tablett, sodass die leeren Teller, benutzten Servietten und Flaschen verschwanden.

„Das hört sich beunruhigend an", sagte ich. Seine Worte besorgten mich. „Habe ich etwas Falsches getan?"

„Nein. Aber es könnte sein, dass Ty das anders sieht."

Noch so eine bedrohliche Aussage. „Aber du weißt, dass ich nichts Falsches getan habe, also ... Also müsste das doch wenigstens für etwas gut sein, oder?" Ich konnte die Besorgnis in meiner Stimme nicht überdecken.

Und er bemühte sich nicht, sie zu zerstreuen.

Stattdessen sah er mich eingehend und mit unentzifferbarem Blick an. Sein Gesicht verriet nicht im Geringsten, was er dachte.

„Vor dreißig Tagen ist es dir gelungen, zu entkommen, ohne eine Spur zu hinterlassen. Aber das ist nicht das Einzige, was geschehen ist. Im Königreich des Jenseits wurde ein Portal geschaffen, das es mehreren Albtraumfeen erlaubt hat, in einer alternativen Realität auf Wildfang zu gehen."

„Okay ... Und das ist zeitgleich geschehen?"

„Ja. Alles ist zur gleichen Zeit geschehen, als Ty einen dunklen Strang in der Quelle der Höllenfeen bemerkt hat." Er starrte mich an. „Ein dunkler Strang, der anscheinend *berührt* worden war."

„Oh." *Ach, du Kacke.* „Also hängt alles zusammen?"

„Das habe ich bisher angenommen. Aber jetzt glaube ich, dass nichts davon miteinander zusammenhängt. Ich glaube, es ist dir irgendwie gelungen, die Quelle zu berühren – was nicht möglich sein sollte, aber das ist ein anderes Thema. Und als du das getan hast, hat dich die Quelle herausgezwungen, um sich zu schützen."

„Was das ganze Gerenne erklären würde", riet ich.

„Ganz genau. Und dass du das Zeitgefühl verloren hast, und dass unser bester Spürhund, Azazel, dich nicht hat finden können."

„Und du hast gesagt, dass Ty ..." Ich schluckte schwer, erschauderte angesichts der Tatsache, dass ich einen intimen Spitznamen von Melek für Luzifer verwendet hatte. „Tut mir leid. Ich meinte ... König Luzifer. Du hast gesagt, die Spiele wurden pausiert, weil die Höllenfeen-Quelle von etwas bedroht wird. Und diese Bedrohung ... Bin ich das?"

Weil ich die Quelle berührt und damit ein Portal zu einer alternativen Realität geschaffen habe? Ich erschauderte, als mir die Schwere meiner Lage schlagartig bewusst wurde. *Verdammt. Luzifer wird mich umbringen.*

„Nein." Meleks einsilbige Antwort zog meine Aufmerksamkeit schlagartig auf ihn zurück. „Wenn du eine wahre Bedrohung wärst, hätte dich die Quelle der Höllenfeen getötet, um sich zu schützen. Stattdessen hat sie dich ganz einfach herausgedrängt. Beinahe, als wärst du noch nicht bereit gewesen, sie anzunehmen."

Ich zog meine Augenbrauen hoch. „Bereit, sie anzunehmen?" Ich erinnerte mich an die lebhaften Empfindungen, die die Quelle mir entgegengebracht hatte. „Ich weiß nicht ... Sie schien ziemlich wütend auf mich."

Seine Mundwinkel zuckten. „Ja, das kann ich mir gut vorstellen. Die Quelle ist Ty, und Ty ist die Quelle. Er tut sich schwer mit Veränderungen. Und er vertraut niemandem außerhalb seines inneren Zirkels."

Nichts davon ergab Sinn. Aber ich war am Begriff *annehmen* hängen geblieben. „Ich habe nicht versucht, die Quelle anzunehmen. Ich habe nur im Buch gelesen."

„Ja, es scheint, dass das Buch deine Kompatibilität testen wollte. Und angesichts der Tatsache, dass du überlebt hast, würde ich sagen, dass du den Test bestanden hast. Aber es war zweifellos eine Herausforderung." Er strich sich mit den Fingern durch sein blondbraunes Haar, dessen Strähnen seine Ohren umrahmten. „Zum Glück sind Herausforderungen meine Spezialität."

Wie schön für dich, sagte ich beinahe. „Ich will keine Herausforderung sein."

„Leider hat das Schicksal andere Pläne für dich, kleiner Engel", murmelte er und seine Iriden erinnerten mich an glitzernde Opale, in denen sich mehrere Farben spiegelten.

Warum muss er so gut aussehen? Es war ablenkend. Seine sanften Züge verliehen ihm beinahe ein unschuldiges Glühen. Obwohl ... Dieses Glühen verschwand, wann immer er seinen Mund öffnete. Denn nichts an dieser Fee war *unschuldig*.

„Aber zum Glück scheint das Portal nicht von jemandem geschaffen worden zu sein, der versucht hat, die Quelle zu beschmutzen", fuhr er fort. „Zu wissen, dass die beiden Geschehnisse nicht miteinander zusammenhängen, ist eine Erleichterung. Aber jetzt müssen wir herausfinden, wer Maliki und den Ghulen die Werkzeuge gegeben hat, um dieses Portal zu schaffen."

Er kroch mit entschlossenem Gesichtsausdruck vom Bett.

„Du hast mir sehr geholfen, kleiner Engel. Ich werde den Gefallen bald erwidern. In der Zwischenzeit ... Lass Ajax ruhig leiden. Az' Phönix wird es gefallen." Er verschwand, bevor ich etwas darauf erwidern konnte, ließ jedoch einen Wasserspender zurück.

Buchstäblich.

Mit einem riesigen Wassertank, Bechern und Temperaturreglern.

Auf dem Boden daneben lag eine Phiole mit einer Notiz, auf der stand: *Wahrheitsserum für Ajax.*

Ich sah sie mit hochgezogener Augenbraue an. Ajax musste Melek gebeten haben, sie herzubringen, vermutlich, weil er nach wie vor nicht glaubte, was ich gesagt hatte, während ich unter Zakkais Bann gestanden hatte.

Arschloch, dachte ich und rollte meine Augen. Ich schätzte, dass der Begriff für Ajax *und* Melek zutreffend war, aber wenigstens schien Melek mir geglaubt zu haben. Er hatte mir zudem einen Wasserspender dagelassen, was nützlich war und ich sehr schätzte.

Aber was ist das obendrauf?, fragte ich mich, als ich ein subtiles Flackern von Licht erhaschte.

Ich stand auf, um mir den Gegenstand anzusehen. Eine Feder. Aber es war keine gewöhnliche Feder. Sie glitzerte, als wäre sie von einem immerwährendem Licht umgeben.

Ich sah zur fahl leuchtenden Glühbirne hoch, die von der Decke hing, dann zu den rauchhaltigen Fackeln.

Ganz bestimmt nicht von denen erleuchtet.

Es war düster hier drinnen, wie eine hundsgemeine Zelle es eben war.

Seltsam.

Ich griff nach dem sanften Etwas, ließ es über meine Finger streifen und erzitterte, als Kraft meine Seele wärmte. Sie erinnerte mich an Meleks heilende Kraft – die Kraft, die mir das Gefühl gegeben hatte, über den Wolken zu schweben.

Etwas durch den Wind legte ich sie zurück. Aber dann verwandelte sie sich in Glitzer, der meine Haut bedeckte. Ich versuchte, ihn von mir zu wischen, doch das schien nur dazu zu führen, dass er noch mehr an mir haften blieb. Es erinnerte mich beinahe an eine Lotion.

„Was hast du mit mir gemacht?", flüsterte ich und zitterte,

während Kraft durch meine Adern rauschte. „Was ist das für Magie?"

Aber natürlich antwortete Melek nicht.

Er war bereits verschwunden.

Wenigstens hatte er mir dabei geholfen, herauszufinden, was geschehen war.

Leider machte mich das nicht besonders hoffnungsfroh, was meine Zukunft anbelangte. Wenn überhaupt, machte es mich nervöser als jemals zuvor.

Ich habe die Quelle der Höllenfeen berührt.

Luzifers *Quelle.*

Jepp, ich bin so gut wie tot ...

KAPITEL 9

MELEK

Sowie ich Fuss in den Palast setzte, wusste ich, dass etwas nicht in Ordnung war. *Ty?*

Ich bin in der Ratskammer, antwortete er knapp.

Stirnrunzelnd entfaltete ich meine Flügel und teleportierte mich in die Nähe seines Standortes. Normalerweise aktivierte ich meine himmlischen Fähigkeiten nicht in Anwesenheit von anderen, da ich sie für jene reservierte, mit denen ich intim verbunden war, also landete ich direkt vor der Tür.

Drinnen erwartete mich das reinste Chaos. Mehrere Bildschirme zeigten verschiedene Albtraumfeen-Könige und ihre ernsten Mienen.

Typhos sprach mit König Neptun vom Unterwasser-Königreich. Seine Stimme hallte von den Wänden wider. „Habt ihr die Kraftquelle gefunden?"

„Noch nicht", erwiderte König Neptun, seine leuchtend blauen Augen ein starker Kontrast zu seinem langen schwarzen Haar. „Aber es ist uns gelungen, einen temporären Stöpsel anzubringen."

„Wie lange wird er standhalten?"

Der gottesähnliche König schüttelte seinen Kopf, was seine Mähne dazu brachte, wie schwarzes Wasser um sein Gesicht zu wabern. „Ich bin mir nicht sicher. Vielleicht eine Stunde. Hoffentlich länger."

Typhos nickte. „Das wird reichen." Er richtete seine Aufmerksamkeit auf König Pyre. „Trommle so viele Rubindrachen zusammen, wie du kannst, und begebt euch ins Unterwasser-Königreich."

„Ja, mein Herr."

Als Nächstes wandte sich Ty König Lazuli zu, dessen quadratisches Gesicht eher einem Felsen als einem Menschen ähnelte. „Du musst deine Irrwichte zusammentrommeln und so viele Steine zusammensetzen, wie möglich."

König Lazuli senkte sein kantiges Kinn. „Selbstverständlich, mein König." Die Worte hörten sich kiesig an, was angesichts seiner Spezies nicht weiter verwunderlich war.

König Horus' goldene Augen erhellten den Bildschirm, als Ty sich zu ihm umdrehte und sagte: „Schicke deine Greife zu den Irrwichten, um Steine zu sammeln, und trefft euch dann mit König Pyres Drachen an den Ufern des Unterwasser-Königreichs."

„Wird gemacht, Eure Hoheit", erwiderte er. Seiner seidenen Stimme wohnte ein koketter Tonfall inne, aber er hörte sich immer so an.

„Ich werde innerhalb einer Stunde dort sein, um den Seehund zu verzaubern und den Kern zu ersetzen", informierte Ty sie. „Was den Rest von euch angeht ... Sucht eure Königreiche nach möglichen Rissen ab und berichtet mir von jeglichen Unstimmigkeiten, die ihr findet."

Ein Chorus von „Ja, Eure Hoheit" und „Ja, mein König" folgte.

Typhos nickte und beendete den Anruf. Sowie die Verbindung gekappt war, ließ er seine Schultern hängen und seinen Kopf nach vorn fallen, sodass sich sein langes Haar wie ein Wasserfall über ihn ergoss.

Ich war so konzentriert auf Cami gewesen, dass mir die Panik, die mein Gefährte verströmt hatte, entgangen war. Aber jetzt spürte ich sie. Die Kakophonie ähnelte einer Trommel in meinem Herzen.

„Ty ..." Ich lief auf ihn zu, nahm sein Gesicht in meine Hände und führte seinen besorgten Blick in meine Richtung. „Die

Quelle?", fragte ich, brauchte keinen vollständigen Satz von mir zu geben, damit er verstand.

Er schüttelte seinen Kopf. „Nein, ich spüre keine dunklen Stränge oder sichtbare Manipulation." Er presste seine Stirn an meine, schien meinen Trost jetzt mehr zu brauchen denn je. „Aber ein weiteres Portal ist aufgetaucht. Dieses Mal im Unterwasser-Königreich. Genauer gesagt mitten in einem Nest eines Saphirdrachen."

„Führt es wieder in eine alternative Realität?"

„Nein. Es führt in einen Ozean in unserem Reich der Sterblichen. Es funktioniert wie ein Vortex. Mindestens zwölf Drachen haben sich in der Kreation verfangen und wurden aus unserer Welt gesaugt. König Neptun hat bereits einen Suchtrupp losgeschickt."

Er atmete schwer und zitternd aus. „Zwei von ihnen wurden tot aufgefunden. Vielleicht wegen der Wucht, die daher folgte, dass sie ins Portal gesogen wurden."

„Also saugt es Albtraumfeen aus unserem Reich?", überlieferte ich.

„Wie es scheint, schon." Er schluckte schwer, dann wich er etwas zurück, um in meine Augen zu sehen. „Wo warst du?"

„Ich habe nach Cami gesehen", gab ich zu, wollte ihn nicht anlügen. Normalerweise hätte ich versucht, meine Aktivitäten mit etwas Spielerischem oder Kryptischem zu verschleiern, aber das war nicht, was Typhos jetzt brauchte. „Ich war in den letzten neunzig Minuten bei ihr. Sie musste geheilt werden und brauchte etwas zu essen."

Typhos' Gesichtsausdruck verhärtete sich. „Wo waren Ajax und Az?"

„Sie haben in einem nahegelegenen Mitternachtsfeenhof gekämpft." Ich ließ meine Hände an seinem Nacken hinabwandern und drückte ihn an mich. „Wie es scheint, hat unser Kommandant die Kontrolle über seinen Phönix verloren." Was mich nicht überraschte. Mir war aufgefallen, dass er sein Tier zurückgedrängt hatte, als er Ty vorhin besucht hatte. Und ahnte, dass es mit Cami zu tun hatte.

Typhos knurrte leise und versuchte sich aus meinem Griff zu lösen.

LEXI C. FOSS & J.R. THORN

„Das sind gute Neuigkeiten, mein König", sagte ich zu ihm. „Das bedeutet, dass Cami nichts mit dem Portal zu tun hatte. Ich würde es wissen, wenn dem so wäre."

„Vielleicht nicht mit *diesem* Portal, aber was ist mit dem anderen? Was ist mit der Quelle?"

„Zwei Portale in unserer Welt in so kurzem Abstand deuten auf ein Muster hin, oder etwa nicht?" Meine Finger verhakten sich an seinem Nacken ineinander. „Ich bezweifle, dass sie für das eine verantwortlich wäre und für das andere nicht. Außerdem ... hat sie nichts von einem Portal. Die Quelle aber könnte eine andere Angelegenheit sein."

Er gab den Versuch auf, sich von mir zu lösen und seine dunkelblauen Augen sahen in meine. „Sie hat dir etwas Interessantes erzählt."

„Sie hat mir etwas Interessantes erzählt", wiederholte ich und bestätigte damit seine Annahme. „Etwas, das dir nicht gefallen wird."

Etwas, das ich eine Weile lang hätte für mich behalten wollen. Aber da Ajax bereits die Wahrheit kannte, wäre es dumm gewesen, die Information zurückzubehalten.

Außerdem würde er es besser aufnehmen, wenn er die Details von mir erfuhr als von jemand anderem.

„Dein Buch hat ihr die Quelle deiner Kraft gezeigt." Ich konnte die Wahrheit nicht schönreden oder sie in Rätseln verpacken. Wir hatten keine Zeit dafür, und Typhos müsste mir zuhören.

„*Was*? Mein Buch?"

„Vita", bestätigte ich, woraufhin er seine Augenbrauen hochzog. „Darum rennt es immer wieder davon. Es hat Cami besucht."

„Und das erzählst du mir erst jetzt?!"

Ich zuckte mit der Schulter. „Es war bisher nicht relevant."

„Es ist deiner Meinung nach nicht relevant, dass *Vita mit einer Kandidatin spricht*?" Er sah aus, als wollte er mir den Kopf abreißen. „*Melek*."

„Ich habe die Situation genauestens im Blick, mein Herr. Cami hat das Buch aus der Bibliothek geholt, weil sie versucht hat, deinen Handel aufzulösen. Seither hat sie es benutzt, um gewisse Dinge zu erlernen. Wie du weißt, hat das Buch seinen eigenen Willen. Es zeigt Cami das, von dem es will, dass sie es lernt – nicht das, wonach sie sucht."

Er starrte mich fassungslos an. Sein Ausdruck sagte mir, dass er einen Moment brauchte, um die Information zu verdauen. „Verdammt", gab er keuchend von sich. „Darum hast du sie dir ausgesucht", realisierte er. „Weil sie das Buch lesen kann."

Ich lächelte. „Das ist einer von vielen Gründen, ja."

„Sie sollte nicht in der Lage sein, es zu lesen."

„Ich weiß." Eigentlich konnten nur Ty, Az und ich das. „Aber sie kann es lesen. Ich habe sie es schon mehrere Male tun sehen."

„Und immer, wenn du dieses Wunder bezeugt hast, hast du vergessen, es mir zu sagen?", wollte er wissen.

„Wie ich schon sagte ... Bisher war es nicht von Belang." Das stimmte nicht direkt, aber ich hatte es ganz einfach nicht für eine dringende Information gehalten, die geteilt werden musste. Jetzt ... war sie das leider. Und Ty reagierte in etwa so, wie ich erwartet hatte.

„Eine Außenseiterin, die *mein* Buch lesen kann, ist immer von Belang, Melek."

„Ich wollte sehen, wo es hinführen würde, bevor ich etwas sagte."

„Es hat dazu geführt, dass sie Dinge über mich erfahren hat – über *uns* –, die sie nicht wissen sollte", schoss er zurück. „Das macht sie zu einer Bedrohung, Melek. Siehst du das denn nicht? Oder bist du zu beschäftigt damit, eines deiner Spielchen zu treiben?"

Ich trieb immer ein Spielchen und das wusste er besser als jeder andere. Aber dieses Spiel hatte ein Ende, von dem ich gehofft hatte, dass es ihm gefallen würde.

Nur nicht heute.

Denn wenn er glaubte, dass der Umstand, dass sie das Buch lesen konnte, eine Bedrohung darstellte, würde ihm überhaupt nicht gefallen, was ich ihm sonst noch zu sagen hatte. „Es gibt noch mehr, mein König. Vita hat sich ... Na ja, wie ich verhalten, schätze ich. Sie hat sich eingemischt? War hinterhältig? Unglaublich intelligent?"

Ty kniff seine Augen zusammen und presste seine Lippen mit missbilligendem Blick aufeinander. Er war ganz offensichtlich nicht amüsiert über meine humoristische Anmerkung.

„Vita hat ihr nicht nur die Quelle gezeigt. Sie ... na ja ... hat Cami zu ihrem Herzen geführt. Und sie hat einen der Stränge berührt, was auch der Grund ist, warum er sich schwarz verfärbt hat."

„Das ist unmöglich. Das würde Vita niemals tun."

„Und üblicherweise würde sie sich auch nicht einer Außenseiterin zeigen, wie du Cami genannt hast. Aber Camis Erklärung ist die Wahrheit. Das Buch hat ihr die Geschichte deines Falls offenbart und sie dann zur Quelle geführt, wo sie vom Licht angezogen wurde. Einer der Stränge hat sich unter ihren Fingern schwarz verfärbt und dann ist sie davongerannt. Und Ty, die Quelle hat ihr *erlaubt*, zu flüchten."

Er starrte mich wortlos an.

Also fuhr ich fort mit: „Wenn die Quelle sie wirklich als Bedrohung ansehen würde, hätte sie sie getötet – und ich weiß, dass du das im Moment auch erwägst. Aber die Kraft deiner Quelle hat sie dreißig Tage lang getestet und beschlossen, sie am Leben zu lassen. Das muss etwas zu bedeuten haben."

„Es bedeutet, dass sie weitaus mächtiger ist, als wir gedacht haben, und ausgelöscht werden muss."

Ich verfestigte meinen Griff um ihn, bevor er sich ins Reich der Mitternachtsfeen teleportieren und sich um sie kümmern konnte.

„Es bedeutet, dass wir herausfinden müssen, was sie ist und entscheiden müssen, ob sie für uns nützlich ist oder nicht."

Das war nicht direkt, was mir mit Cami vorschwebte – ich sah sie als so viel wichtiger an als nur eine weitere Ressource –, aber ich wusste, wie ich mit Ty reden musste. Wie ich ihn davon überzeugte, dass etwas ein Vorteil und nicht etwa eine Bedrohung war.

„Sie hat Angst, Ty. Sie versteht nicht, was passiert ist. Sie ist vor wenigen Stunden in Ajax' Bett aufgewacht, ist auf den Seiten deines Buches auf eine historische Geschichte gestoßen, hat sich einer der mächtigsten Quellen der Feenreiche entgegengestellt und ist zurückgekehrt, nur um von zwei äußerst verstimmten Männern verhört zu werden."

Ich hielt inne, um das sacken zu lassen.

Dann schloss ich, indem ich sagte: „Jemand wie sie ist keine Bedrohung, mein König. Jemand wie sie ist sich ihrer eigenen Macht nicht gewahr und birgt das Potenzial, äußerst nützlich zu sein, wenn sie entsprechend ausgebildet wird."

Oder das Potenzial, die perfekte Gefährtin für uns alle zu sein, dachte ich, bedacht darauf, dies Ty nicht mittels unseres mentalen Bandes zu offenbaren. Er war noch nicht bereit für diesen Teil. Aber eines Tages würde er das sein, und ich konnte es kaum erwarten, sie ihm als ultimatives Geschenk zu präsentieren.

Denn sie war die ideale Kandidatin und ihr Besuch bei der Quelle hatte das bestätigt. Sie konnte Ty verankern, die Quelle erden und das Ventil sein, das er brauchte.

Aber nur, wenn er es zuließ.

Nur, wenn er in der Lage sein würde, über seine eigenen Ängste, seine Vorurteile und seine Geschichte hinwegzusehen und vielleicht wieder zu vertrauen.

Cami mag der Schlüssel sein, aber nur, wenn er sie annimmt.

„Zwischen der manipulierten Quelle und den Portalen besteht kein Zusammenhang", fuhr ich fort, als Ty nichts sagte. „Was bedeutet, dass Azazel und Ajax nach Hause zurückkehren müssen. Sie müssen den Übeltäter finden. In der Zwischenzeit können du und ich mit Cami zusammenarbeiten, um herauszufinden, woher sie wirklich abstammt." Denn was immer sie war, sie war mehr als nur eine halbe Höllenfee.

„Wenn sie so mächtig ist, wie du behauptest, dann will ich dich nicht in ihrer Nähe haben", sagte Ty zähneknirschend.

Ich lachte. „Du weißt es besser, als mir etwas zu verbieten, mein König. Das wird mich nur dazu antreiben, noch mehr zu rebellieren." Wie ich bereits bewiesen hatte, indem ich ins Reich der Mitternachtsfeen gereist war, um sie zu sehen, obwohl ich gewusst hatte, dass ihm das überhaupt nicht gefallen würde.

Für jemanden wie mich, der eine hochrangige Stelle am Hof hatte, war es gefährlich, ohne Erlaubnis in eine andere Feenwelt zu reisen. Aber das hatte mich nicht davon abgehalten, meinen geliebten Engel zu besuchen.

Natürlich hätte ich – wäre ich erwischt worden – ganz einfach gesagt, dass es akzeptabel war, dass ich hier war, wo sie sich doch mit Az und Ajax dort aufhielt. Ich war immerhin mit ihr verbunden. Zwar nur auf der ersten Ebene, aber das gewährte mir dennoch Eintritt.

„Ich meine es ernst, Melek. Sie ist gefährlich."

„Ist sie nicht", versprach ich ihm. „Wenn sie es wäre, hätte die Quelle sie getötet." Es war gut, das noch einmal laut auszusprechen, denn es war ein gutes Argument. Und seine sich weitenden Pupillen sagten mir, dass er das auch wusste.

„Es könnte sein, dass sie die Quelle hinters Licht geführt hat", wich er aus.

„Vielleicht", stimmte ich zu. „Und wenn dem so ist, wirst du es selbst herausfinden, wenn du mit ihr sprichst."

Er kniff seine Augen zusammen. „Dem habe ich nicht zugestimmt."

„Aber das wirst du, mein König. Das ist der logische nächste Schritt und das weißt du auch. Bring Azazel und Ajax nach Hause, damit sie uns beim Portalproblem helfen können, während du dich mit der ehemaligen Höllenfeenbraut befasst."

„Ich habe auch nicht zugestimmt, sie aus den Spielen zu nehmen."

„Ich glaube, wir beide wissen, dass du das wirst, weil du sie entweder hierbehalten willst, um sie zu beobachten oder um sie zu töten. Beide Optionen verunmöglichen ihr eine Teilnahme an den Brautspielen." Ich strich ihm mit meinem Daumen über seine Halsschlagader, während ich ergänzte: „Und ich weiß, dass du sie nicht töten wirst, weil mir das Schaden zufügen würde. Etwas – so hast du es geschworen –, das du nie zulassen würdest."

Ein schmerzerfüllter Ausdruck tauchte auf seinem Antlitz auf, während er verdaute, was ich gerade gesagt hatte. Ich hatte mir diesen Schachzug bis zuletzt aufgespart – im Wissen, dass er mitten ins Herz treffen würde.

Denn ich hatte recht. Ihre Seele war an meine geknüpft. Wenn er sie tötete, würde ich es spüren. Mehr als das ... Ich würde den Schmerz für den Rest meines sehr langen Lebens mit mir herumtragen müssen.

Das würde er nicht tun, wenn es nicht nötig war. Und ich

hoffte, das würde es nicht. Aber es war ein Risiko, das ich eingegangen war, als ich beschlossen hatte, ihr meinen Schwur zu leisten.

„Ich muss ins Unterwasser-Königreich", sagte er und legte seine Stirn abermals an meine. „Wir werden dieses Gespräch fortführen, wenn ich zurück bin."

Das war besser als seine erste Reaktion, sie zu töten. Das bedeutete, dass er darüber nachdenken würde, was ich gesagt hatte, und ermitteln würde, wie er weiterverfahren sollte. Vermutlich würde in der nahen Zukunft eine Verhandlung anfallen. So war es bei uns immer.

„Ich werde mitkommen." Ich ließ meine Finger an seinem Arm hinab zu seiner Handfläche wandern. „Unsere Albtraumfeen brauchen jetzt eine vereinte Front. Hierzubleiben, könnte es so aussehen lassen, als würdest du versuchen, mich zu beschützen. Aber mit dir an meiner Seite werde ich mich nie fürchten, und das müssen sie sehen."

Er drückte mit sichtlich dankbarem Gesichtsausdruck meine Hand. Er hatte hören müssen, dass ich nach wie vor Vertrauen in ihn hatte. Ich ahnte, dass er sein Selbstvertrauen zusehends verlor. Zwei Portalrisse in einem Monat waren mehr, als wir jemals erlebt hatten, und ganz offensichtlich beunruhigten sie ihn.

„Ich werde dein zweites Paar Augen und Ohren sein, während du dich darauf konzentrierst, das Portal zu verschließen. Vielleicht entgeht uns etwas, und dann sehen wir weiter." Ich presste meine Lippen an sein Kinn. „Wir werden es herausfinden, Ty. Die Rache wird dein sein."

Sein Griff verfestigte sich, als er meine Worte vernahm, seine Aufregung spürbar, während er darüber nachdachte, was für eine Strafe er jenen auferlegen würde, die ihm geschadet hatten. Er würde vermutlich eine neue Albtraumfeen-Spezies kreieren, wie er es bei den Sirenen getan hatte, nur um die Folter und die Bestrafung zu genießen, die seine Angreifer durchleiden würden. Ich konnte es kaum erwarten, zu sehen, was er sich ausdenken würde.

„Danke", murmelte er und strich mit seinen Lippen über meine. „Ohne dich wäre ich verloren, kleiner Prinz."

„Wärst du nicht", versprach ich ihm. „Aber du würdest dich vermutlich sehr langweilen."

Er gab ein Knurren von sich. „Sehr, sogar", stimmte er zu. „Lass uns gehen."

KAPITEL 10

AJAX

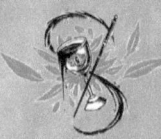

MIR WAR NICHT AUFGEFALLEN, wie weit ich mich vom Ratsgebäude entfernt hatte, bis wir den Rückweg antraten. Normalerweise hätte ich mich mittels meines Schattens teleportiert, aber Az' Phönix zwang mich, zu laufen.

Oder besser gesagt, zu hinken.

Er hatte mir mit seinen Messern echt übel mitgespielt. *Mistkerl.*

Ich hatte Az noch nie zuvor so gesehen. Normalerweise hatte er Kontrolle über sein Tier – wenn auch nur gerade so –, doch nie zuvor war es andersherum gewesen.

Offenbar war Camillia ein heikles Thema. Angesichts dessen, was für widersprüchliche Gefühle ich ihr gegenüber hegte und allem, was zwischen uns geschehen war, war ich nicht überrascht.

Wenigstens hatte ich einen Weg gefunden, um Az' Biest davon abzuhalten, mich umzubringen. Seine Freude war spürbar gewesen, als ich vorgeschlagen hatte, dass er Camillia mich bestrafen lassen sollte.

So, wie seine Vorfreude ihn jetzt strahlen ließ, als er mich neben sich herzog. Ich hatte ihn davon überzeugen können, eine schwarze Hose und schwarzes T-Shirt überzuziehen, indem ich ihm gesagt hatte, dass Camillia vermutlich etwas verstört sein würde, wenn sie mich blutverschmiert und ihn nackt sehen würde.

Sein Vogel hatte seine Augen misstrauisch zusammengekniffen, aber dann hatte er mir seine Hand hingestreckt und die Kleidung entgegengenommen, die ich herbeigezaubert hatte.

Sowie ich mich angezogen hatte, hatte er mich wieder am Kragen gepackt, unsere Reise fortgesetzt und meine Wunden komplett übersehen.

Camillia würde mich vermutlich umbringen. Was echt ätzen würde. Aber der Tod hatte mir schon immer nahegestanden. Zur Hölle, es hatte sogar einmal eine Zeit gegeben – es war noch gar nicht lange her –, in der ich mich danach gesehnt hatte. Darum hatte ich mich mit Az angefreundet. Er war gefährlich. Tödlich. Vielleicht eines der wenigen Wesen in den verschiedenen Reichen, das mich umbringen konnte.

Doch stattdessen hatte er sich mit mir angefreundet.

Ironisch, dass er jetzt vielleicht zu meinem Tod führen und genau das tun würde, gegen das anzukämpfen er mich gezwungen hatte – den Impuls, zu sterben.

Er hatte keine Worte benutzt, um mich abzulenken, sondern seine Fäuste. Und es hatte funktioniert. Jede Tracht Prügel hatte mich daran erinnert, dass ich noch am Leben war – dass ich noch immer etwas spüren konnte –, anders als Emelyn und meine Eltern.

Sie wären enttäuscht, wenn sie wüssten, wie sehr ich vor all den Jahren mein frühes Grab begehrt hatte. Sie hätten mir bestimmt gesagt, dass ich weiterleben sollte, weil sie es nicht konnten.

Aber würden sie gutheißen, wer ich geworden bin?, fragte ich mich. *Würden sie gutheißen, was aus mir geworden ist?*

Denn derzeit fühlte ich mich nicht besonders respektabel.

Wenn sie jetzt hier wären, wären sie vermutlich angewidert von mir.

Eigentlich hatte ich Camillia hierhergebracht, weil ich den Ort verabscheute, aber irgendwie hatte mir das Schicksal den Rücken zugekehrt und ich hatte eingesehen, dass ich sie auch in die Nähe jener gebracht hatte, die ich geliebt und verloren hatte. Mein Verhalten war die reinste Entweihung ihrer Erinnerung.

Ich habe eine unschuldige Frau mit Schlangenreben gefoltert.

Ich wollte sie töten.

Und wofür? Um meinen Ruf zu retten?

Nein, das stimmte nicht. Es griff so viel tiefer als das. Ich hatte mich hintergangen gefühlt. Ich war enttäuscht darüber gewesen, dass ich zugelassen hatte, dass mir jemand unter die Haut ging, obwohl ich geschworen hatte, dass ich das nach Emelyn nie wieder zulassen würde.

Und ich hatte mich *benutzt* gefühlt.

Aber das war keine Entschuldigung für das Verhalten, das ich an den Tag gelegt hatte. Ich hätte Camillia auf Anhieb glauben sollen, hätte bemerken sollen, dass sie Angst gehabt hatte und verwirrt gewesen und nicht imstande zu Verrat diesen Ausmaßes war.

Ich kenne sie kaum, dachte ich verteidigend. *Wir haben uns einmal miteinander vergnügt. Haben ein paar Stunden zusammen in einer Zelle verbracht. Das ist alles. Woher hätte ich wissen sollen, dass sie ehrlich ist?*

Ich schüttelte meinen Kopf, erschöpft von meinem innerlichen Zerwürfnis und erniedrigt darüber, dass Az mir derart in den Hintern getreten hatte. Und außerdem hatte ich ganz einfach die Nase voll von diesem Reich.

Az hievte mich geradezu die obsidianschwarzen Steintreppen hoch zur Tür, schleppte mich nach drinnen und die Schlangenreben an den Wänden zischten. Sie griffen Az nicht an, was mich überraschte, wo er doch derartige Feindseligkeit an den Tag legte.

Vielleicht spürten sie, dass es an der Zeit für seine Rache war.

Und vielleicht hatten sie recht.

Mein Bein schmerzte, während er mich den Korridor hinab zum hinteren Treppenhaus schleifte. Er war noch immer durch frühere Banne gesichert. Banne, die ich flüstern musste, damit sie uns durchlassen würden. Dann begaben wir uns in Richtung Kerker darunter.

Wasserspeier faulenzten neben knauflosen Türen. Sie erfüllten keinen Zweck mehr, seit Königin Aflora das Gebäude hatte stilllegen lassen.

Ich fragte mich, ob Shade die Zellen jemals für Feuerübungen für Florica benutzte, bevor er in die Ratskammer ging.

Soweit ich riechen konnte, gab es keinen verbleibenden Schaden – vermutlich, dank Zakkais Bann, der alles wieder in Ordnung gebracht hatte.

Az kam urplötzlich zu einem Halt. Seine Nase zuckte, was mich wundern ließ, ob mir der Gestank von brennendem Holz entgangen war.

Doch dann sah ich, was Az ins Auge gefasst hatte – Sir Callahan. Er war mit glitzernden Strängen an der Decke befestigt und ein roter Apfel war ihm in den Mund gesteckt worden. Seine glasigen, rubinroten Augen funkelten uns fuchsteufelswild an.

„Scheiße", keuchte ich. Dann erhaschte ich den wohlbekannten Geruch von Ambrosia, woraufhin ich meine Augen zusammenkniff. „Moment mal ..."

Ich holte meinen Zauberstab hervor, um die verzauberte Tür zu Camillias Zelle zu öffnen und schob sie auf, sah sie auf dem Bett neben einem Wasserspender sitzen, der noch nicht da gewesen war, als ich gegangen war.

„Melek", sagte ich, mehr zu Az' Phönix als zu Camillia. „Natürlich konnte er ihr nicht fernbleiben." Der Prinz schien sich immerzu in Camillias Angelegenheiten einzumischen.

Was macht uns alle so besessen von dieser Frau?

Sie hatte Meleks ungeteilte Aufmerksamkeit, Az' Phönix befand sich wegen ihr auf einem Paarungshoch und ich fand mich in den Schatten meiner Vergangenheit wieder.

Ich schüttelte meinen Kopf und zuckte zusammen, als Az mich mit einer Wucht ins Zimmer schubste, die mich ins Stolpern geraten ließ. Mein verwundetes Bein knickte ein und ich fiel vor einer äußerst erschrockenen Camillia auf die Knie.

Der Wasserspeier gab ein unentzifferbares Geräusch von sich. Der Apfel verwehrte es ihm, zu sprechen. Ich schätzte, wir würden ihm später helfen.

Denn die Tür schlug zu und verschwand, sowie Az die Türschwelle überquert hatte.

Camillias Blick ließ von mir ab und fiel auf Az. Ihre Augen weiteten sich überrascht. Sie hatte ein Stuhlbein in der Hand. Der Rest des Möbels lag in Einzelteilen vor mir. Offenbar hatte sie gedacht, dass das Stuhlbein eine gute Waffe abgeben würde.

Wie sterblich von dir, wollte ich laut von mir geben. *Aber*

Mitternachtsfeen kann man nicht umbringen, indem man ihnen einen Pfahl ins Herz rammt.

Es war besser, wenn ich mich nicht zu Wort meldete. Andernfalls könnte Az' Phönix versuchen, mir den Hals aufzuschlitzen und Camillia meinen Kopf als Wiedergutmachung anerbieten.

„Cami geht es gut", sagte Az' Phönix mit hörbarer Erleichterung. „Ich beschütze Cami vor Az und Ajax."

Camillia gaffte ihn an. „Was?"

„Sein Phönix hat die Kontrolle übernommen", sagte ich leise zu ihr. „Er hat Az irgendwo in sich eingesperrt." Das war die beste Erklärung, die ich ihr anzubieten hatte, da ich nicht wirklich wusste, wie das alles funktionierte, weil ich kein Formwandler war.

„Ganzzzzz recht", zischte Az' Phönix, gab das Z betonter von sich als zuvor. „Und ich habe dir ein Geschenk mitgebracht." Ich fragte mich, ob sein Lispeln vielleicht ein Zeichen dafür war, dass Az versuchte, sich zu befreien.

Oder aber der Vogel war so überwältigt davon, Camillia zu sehen, dass er damit haderte, Worte von sich zu geben.

„Ich bin das Geschenk", überlieferte ich.

„Ganzzzzz recht", stimmte der Phönix zu. „Cami bestraft Ajax."

Sie zog eine ihrer blondbraunen Augenbrauen hoch und presste ihre Lippen aufeinander, während sie von mir zu Az blickte. Ihr skeptischer Blick schien zu fragen: *Was für ein Spielchen treiben sie jetzt schon wieder?*

Sie traute der Sache nicht und ich konnte es ihr nicht verübeln. Vor wenigen Stunden noch hatten wir sie unter Verwendung von blutrünstigen Schlangen verhört. Jetzt hatte mich Az' Phönix wie ein geschlagenes Tier hierher geschleift und mich ihr vor die Füße geworfen.

Ihr Blick wanderte zur Wunde an meinem Bein. Die Wunde heilte nur langsam, dank Az' verzauberten Messern. Sie saugten die Energie aus ihren Opfern, was teilweise der Grund dafür war, dass ich mich derzeit so schwach fühlte.

Technisch gesehen, konnte ich meinen Zauberstab benutzen,

um zu heilen, aber ich vermutete, dass das Az' Phönix nur erneut verärgern würde.

Mittlerweile war das Loch in seiner Brust zugewachsen und hatte nichts weiter als einen Blutfleck zurückgelassen, der sich durch Az' Oberteil gefressen hatte.

„Wofür genau sollte ich Ajax bestrafen?", fragte Camillia vorsichtig.

„Wehgetan dir hat", erwiderte Az. Die seltsame Wortreihenfolge machte klar, dass es sein Tier war, das mit Cami sprach, nicht er. „Meine Cami. Dich."

„Ich ... verstehe." Sie legte ihren Kopf schief, was Az dazu brachte, es ihr gleichzutun. „Ist das hier irgendein Trick?" Sie blinzelte und gab dann schnaubend ein Lachen von sich. „Egal. Wenn es so wäre, würdet ihr mir es sowieso nicht sagen."

Az nahm einen Schritt nach vorn, zeigte ihr seinen Dolch, den er in der Hand hielt, und kniete sich neben das Bett. „Weiteres Geschenk für meine Cami."

Sie zog ihre Augenbrauen hoch. „Jetzt weiß ich, dass ihr euch nur einen Spaß erlaubt."

„Tut er nicht." Ich sprach leise, bedacht darauf, mit sanftem Tonfall zu sprechen, um den Phönix nicht zu verärgern. „Ich habe vorgeschlagen, dass er dich mich bestrafen lässt. Entweder das oder ich wäre gestorben."

„Und du machst dir keine Sorgen darüber, dass ich dich umbringen könnte?", fragte sie.

Ich zuckte mit der Schulter. „Vermutlich wirst du das. Aber es wäre mir lieber, wenn es durch deine Hand geschieht als durch Az'."

„Warum?"

„Weil du Rache üben würdest, was ich verstehen kann. Zur Hölle, ich verdiene den Tod. Aber wenn Az' Phönix es tun würde ... Az, der Mann, würde seinem Biest das nie vergeben." Es schien mir nur recht, ihr die Wahrheit zu sagen, basierend darauf, was wir heute in diesem Raum schon alles miteinander geteilt hatten. Also tat ich das. Ob sie mir glaubte oder nicht, lag an ihr.

„Cami bestraft Ajax", wiederholte Az' Phönix erneut und hielt ihr die Klinge hin. „Meine Cami akzeptieren meine Geschenke?"

Sie starrte ihn an und schien wortlos etwas von sich zu geben, während sie darüber nachdachte, was er ihr anbot. Sie musste wissen, was das alles zu bedeuten hatte. Az' Phönix umwarb sie.

Camillia wäre dumm gewesen, sein Geschenk auszuschlagen – erst recht, nach allem, was wir ihr angetan hatten. Alles, was *ich* ihr angetan hatte, jedenfalls.

Sie hatte den Brautspielen von Anfang an entfliehen wollen. Aber ich war es gewesen, der sie am Ende überwältigt und sie ins Paradigma gebracht hatte, um sie einzusperren. Und dann, als Typhos beschlossen hatte, sie ins Gefängnis umzuquartieren, war mir ihre Zelle zugeteilt worden. Und heute war ich es gewesen, der den Großteil des Verhörs vorgenommen hatte.

Ich verdiente ihren Zorn.

Sie war eine unschuldige Frau, die eine Schuld beglich, die nichts mit ihr zu tun hatte. Ihr Vater hatte sie verhökert. Wegen ihm war sie in einen Wettkampf gezogen und gezwungen worden, gegen ihren Willen mitzumachen. Nicht, weil sie etwas Falsches getan hatte, sondern weil ihr Vater dieses Schicksal für sie auserwählt hatte.

Aber ich war es gewesen, der sichergestellt hatte, dass sie geblieben war.

Ich war es gewesen, der sie aufgespürt und ihr gedroht hatte, sie zurückzubringen, nachdem sie sich mithilfe von Magie hatte befreien können.

Aber sie hatte sich überhaupt nicht selbst befreit. Ein Buch hatte ihr Hilfestellung geboten. Soweit ich wusste, hatte Melek alles hiervon eingefädelt. Es wäre typisch für ihn, einer Kandidatin einen verzauberten Folianten zu geben, der es ihr erlauben würde, zu fliehen, nur damit er uns allen dabei zusehen konnte, wie wir nach ihr suchten und mittels Folter Informationen aus ihr herauszubekommen versuchten.

Hat er sie deshalb besucht?, fragte ich mich. *Um nach seinem kleinen Schoßhündchen zu sehen?*

„Bitte?", sagte Az' Phönix, sein Tonfall völlig anders als jener des Az', den ich kannte. „Meine Geschenke annehmen?"

Camillia musterte ihn einen weiteren langen Augenblick, dann sah sie mich an, bevor ihr Blick zur Klinge schweifte. Sie kniff ihre Augen zusammen und griff dann nach dem Dolch.

Az' Phönix war unheimlich stolz, als sie das tat, zufrieden darüber, dass sie seine Waffe angenommen hatte. Sie spannte sich an, als erwartete sie, dass ihre Taten Folgen haben würden, doch als nichts geschah, begann sie sich endlich etwas zu entspannen.

Ihr schien zu dämmern, dass das hier wirklich geschah.

Nicht nur, dass ich zu ihren Füßen kniete, sondern auch, dass sie einen gewalttätigen, vogelähnlichen Mann vor Ort hatte, der bereit war, die Welt für sie brennen zu lassen, wenn sie ihn darum bat.

„Du bist also Az' Phönix", murmelte sie und musterte ihn erneut.

„Ja", erwiderte das Biest und neigte seinen Kopf ein weiteres Mal. „Und du bist meine Cami."

„Bin ich das? Denn deine andere Hälfte scheint das nicht so zu sehen."

„Meine andere Hälfte isssst nicht in Kontrolle", antwortete Az' Tier.

„Das sehe ich." Sie balancierte den Dolch zwischen ihren Fingern. „Danke für den hier."

Az verneigte sich erneut, dann stand er auf und entfernte sich. „Cami bestraft Ajax."

Dem Vogel schien dieser Satz unheimlich gut zu gefallen.

„Ja, ich würde Ajax gerne bestrafen", stimmte sie zu und ihre grauen Augen sahen in meine. Ein wildes Grinsen breitete sich auf ihren Lippen aus, zeichnete das Bild von blutrünstiger Freude, die ich zuvor nur in Az' Phönix gesehen hatte.

Die beiden sind wirklich kompatibel, dachte ich.

Und ganz egal, woher Camillia wirklich abstammte, so war sie zweifellos zur Hälfte eine Höllenfee. So viel stand fest, da Luzifer ihren Vater kannte.

Was bedeutete, dass sie eine gnadenlose Seite an sich hatte, wie es bei allen Höllenfeen der Fall war.

„Ich wurde komplett nackt in dieses Zimmer gebracht – gefesselt mit Seilen, die sich in Schlangen verwandelt haben", sagte sie und stand auf. Ihre Worte ließen Az' Phönix ein Zischen von sich geben. „Ich finde, Ajax sollte erfahren, wie sich das anfühlt."

Az legte seinen Kopf schief, als würde er darüber nachdenken. „Gewisssss."

„Kannst du ihn für mich ausziehen?", fragte Cami. Ihre Worte schienen ein Test zu sein, um zu ermitteln, wie weit sie Az treiben konnte.

Der Phönix gab ein Schnattern von sich, das ich als begierig einstufte. Was bedeutete, dass er ihrer Bitte nur zu gerne nachkommen würde. Etwas, das mich überhaupt nicht erstaunte. Sein Vogel war immer schon eine sinnliche Kreatur gewesen. Gewalttätig, ja, aber er liebte sinnliche Folter am meisten von allen.

Er bewegte sich auf mich zu und riss mir als Erstes meinen Umhang vom Leib. Dann ließ er schwarze Flammen an seinen Fingerspitzen auflodern und verbrannte mein Oberteil. Ich zuckte zusammen, die Hitze verbrannte meine Haut. Es brannte nicht direkt, was mir sagte, dass er mir nicht wehtun wollte. Er hatte nur sicherstellen wollen, dass ich seine Kraft *spürte*.

Meine Hose fiel ihm als Nächstes zum Opfer. Az riss daran, machte sich nichts aus meiner Wunde und dem Blut, das zu Boden sickerte. Dann benutzte er sein Feuer dazu, um meine Boxershorts zu verbrennen. Die Hitze an meiner Leiste war eine sinnliche Folter, die mich ein Knurren ausstoßen ließ.

Az wusste, dass ich gerne Schmerzen hatte während des Sex.

Darum ließ ich ihn mich normalerweise auch aus Spaß piercen.

Aber so, wie er die Kugel meines Piercings an meinem Schwanz jetzt anstarrte, sagte mir, dass er darüber nachdachte, es herauszureißen, nur um mich bluten zu sehen.

Stattdessen sah er mir in die Augen und zischte. „Schlangenreben. Sofort."

Ich seufzte. Als einzige Mitternachtsfee vor Ort würde ich sie herbeizaubern müssen. Mittels einer Handbewegung rief ich meinen Zauberstab zu mir und kreierte einen neuen Stuhl, auf den ich mich setzen konnte, dann murmelte ich einen weiteren Bann, der die Schlangenreben in Erscheinung treten ließ, die sich mit der Kraft meiner eigenen Magie um mich schlangen.

„Ich weiß, dass du Seil gesagt hast, aber so musst du sie nicht anfassen", sagte ich zu Camillia und sah ihr in die Augen.

„Wenn du sie herbeigezaubert hast, nehme ich an, dass sie dich nicht beißen werden, hm?", riet sie.

„Oh, sie werden mich beißen", versprach ich ihr. „Ihnen ist egal, wer sie kreiert hat. Sie existieren, um sich zu verteidigen, und beißen, wenn sie sich bedroht fühlen." Ich zog eine Schulter hoch, um es ihr zu demonstrieren, und zuckte zusammen, als eine der Schlangen ihre Fangzähne in meiner Haut versenkte. „Genau so."

Sie starrte die Wunde an und zog ihren Mund zur Seite, was anriet, dass es ihr nicht gefiel. Vielleicht, weil es nicht wegen ihr geschehen war.

„Sie werden mich nicht erneut angreifen, es sei denn, ich bewege mich auf eine Art, die ihnen missfällt, oder ich habe bösartige Gedanken." Ersteres war einfach, aber Letzteres ... Das würde sich schwieriger gestalten.

Denn im Moment fühlte ich mich schlicht und ergreifend geschlagen.

Ich war enttäuscht von mir selbst.

Und verwirrt.

Ich hatte dreißig Tage lang mit Gefühlen der Wut und Schmerz, ausgelöst durch Verrat, zugebracht. Aber als das alles weggefallen war, hatte sich eine gähnende Leere in mir aufgetan.

Eine Leere aus meiner Vergangenheit, die mit jeder weiteren Sekunde, die ich an diesem Ort verbrachte, nur noch größer zu werden schien.

Camillia sagte eine Weile lang nichts. Ihr Blick schien zu den langsam heilenden Wunden an meinem nackten Körper überzugehen.

Sie musterte das dunkle Mal an meiner Schulter, ganz in der Nähe von der Stelle, an der die Schlange mich gebissen hatte. Ihr fiel wohl die leichte Verfärbung auf. Die Bisswunde war frisch, das Blut rot und normal. Die andere war schwarz – meine Essenz beschmutzt von Az' Magie, die sich nach wie vor an meiner Energie labte.

Sie erblickte eine ähnliche Wunde in der Nähe meiner Rippen und sah sich dann wieder jene an meinem Schenkel an, bevor ihr Blick zu meiner Leistengegend hochwanderte. Ich hatte einen Halbständer, dank Az' feuriger Berührung.

Und vielleicht machte mich die Tatsache, dass ich gefesselt und nackt war und mir Schmerzen angedroht wurden, während eine wunderschöne Frau mir dabei zusah, etwas an.

Mir hatte herkömmlicher Sex noch nie gefallen. Ich zog die Gefahr vor. Schmerz, auf den Wonne folgte. Dunkle Gelüste. *Klingen.*

Sie zog eine Augenbraue hoch, als ihr auffiel, dass mein Glied härter wurde. „Dir gefällt das hier?"

Ich zuckte mit den Achseln. „Ich kann nicht behaupten, dass es mir nicht gefällt." Und sie hasste ich auch nicht. Ganz im Gegenteil: Ich mochte sie sogar sehr. Selbst in diesem enganliegenden Tanktop und den Jeans fand ich sie ungeheuer sexy. Was etwas heißen wollte, da ich sie in verschiedensten, äußerst provokativen Outfits gesehen hatte, während sie eine Brautkandidatin gewesen war.

Ich hätte vermutlich versuchen sollen, gegen meine Erregung anzukämpfen. Vor allem, weil sie mich vermutlich langsam quälen und töten würde. Aber ich sah nicht ein, warum ich meine Erregung verbergen sollte. Wir waren hierhergekommen, um die Wahrheit ans Licht zu bringen, oder etwa nicht?

Und doch nahm die Lust in meinem Körper zu, als sie sich sanft auf die Unterlippe biss und ihr Blick erneut nach unten wanderte. Es war vermutlich eine unbeabsichtigte Geste, aber sie stellte Dinge mit mir an, die meinen Schwanz nur noch steifer werden ließen.

Sie runzelte die Stirn. „Ich muss mehr tun." Sie sah sich um und ihr Blick fiel auf den Wasserspender, dann zu Boden. „Meleks Geschenk, das er dir dagelassen hat."

„Melek hat mir ein Geschenk dagelassen?", fragte ich verwirrt.

Sie hob eine Phiole auf und zeigte sie mir. „Wahrheitsserum für Ajax", las sie.

Ich verzog meinen Mund. „Ich habe ihn um kein Wahrheitsserum gebeten."

Sie blinzelte, dann sah sie den Gegenstand erneut an. „Oh. Sie ist für mich." Sie blickte mir erneut in die Augen. „Um es an dir zu verwenden."

Natürlich war es das. Entweder hatte Melek gehört, was ich

Az angeboten hatte, oder er war plötzlich ein Wahrsager. „Clevere, verdammte Fee", murmelte ich. Dann öffnete ich meinen Mund, ohne meinen Blick von Camillia abzuwenden, und machte klar, dass ich es freiwillig trinken würde.

Wenn sie die Wahrheit hören wollte, würde ich sie ihr erzählen. Obschon ich nicht die geringste Ahnung hatte, was sie wissen wollte. Aber wie es schien, war sie erpicht darauf, das Verhör zu imitieren, dem ich sie unterzogen hatte, also würde ich mitspielen.

Sie kam auf mich zu, schüttete den Inhalt in meinen Mund und schob mein Kinn hoch, als fürchtete sie, dass ich die Flüssigkeit ausspucken könnte.

Stattdessen schluckte ich sie herunter, während ich sie anstarrte.

In ihren sturmgrauen Iriden wirbelten dutzende Emotionen, die vorherrschende davon Wut. Aber sie sagte nichts. Ihre Augen schienen etwas in den meinen zu suchen.

Ich wartete, ließ sie die Führung übernehmen, während Az mit verehrendem Blick direkt hinter ihr stand. Es war ein Blick, den ich noch nie in Az' Augen gesehen hatte. Ein Blick, von dem ich nicht einmal gewusst hatte, dass er zu ihm imstande war.

Er musste in seinen Gedanken wütend auf- und abgehen und verlangte wohl, dass sein Phönix ihn freiließ. Und ich fürchtete, was passieren könnte, wenn er es tat.

Hoffentlich würde er Camillia nicht für die Taten seines Vogels bestrafen. Aber wenn Az das Gefühl hatte, dass sie eine Bedrohung für ihn und sein Tier darstellte, könnte es durchaus sein, dass er versuchen würde, sie umzubringen.

Was soll ich tun, wenn das eintrifft?, fragte ich mich. *Werde ich überhaupt noch am Leben sein, um es herauszufinden?*

„Woran denkst du?", fragte Camillia mich. Ihre Frage erwischte mich eiskalt.

„Ich ... Ich habe darüber nachgedacht, ob ich noch am Leben sein werde, wenn Az wieder Kontrolle über seinen Phönix nimmt", gab ich ehrlich zu und zuckte zusammen, als ich feststellte, dass das Wahrheitsserum bereits Wirkung zeigte. Die Worte waren mir geradezu von der Zunge gerollt.

„Du glaubst, dass ich dich töten werde?"

„Ich bin mir nicht sicher", antwortete ich aufrichtig. „Könnte sein. Ich schätze, das kommt darauf an, wie wütend du bist."

„Wie wütend ich bin", wiederholte sie, als würde sie über die Worte nachdenken. „Na ja, du hast mich mit Schlangenreben verhört und hast die Wahrheit aus mir herausgezwungen, die nicht allzu weit entfernt von dem war, was ich bereits gesagt hatte. Und du scheinst mir selbst jetzt noch nicht zu glauben."

Ich sah zu ihr hoch, war mir bewusst, dass sie mich nichts gefragt hatte und hatte dennoch das Bedürfnis, die Sache zu klären. „Jetzt glaube ich dir. Und ich fühle mich beschissen dafür, dass ich dir nicht zuvor schon geglaubt habe."

„Du ... Was?"

Ich wiederholte, was ich eben gesagt hatte. Das Wahrheitsserum zwang mich, es auszuspucken. Aber dieses Mal ergänzte ich: „Ich dachte, du hättest mich hintergangen. Das hat mein Urteilsvermögen getrübt."

Sie runzelte die Stirn. „Du meinst, ich habe deinen wertvollen Ruf beschmutzt und du wolltest Rache dafür. Das ist deine Definition von Verrat?"

„Nein, meine Definition von Verrat ist, jemandem ein Geständnis zu machen, das dann gegen mich verwendet wird, damit die Person sich bereichern kann", erwiderte ich.

Sie blinzelte. „Und du glaubst, das habe ich getan?"

„Das dachte ich, ja. Aber nachdem ich gehört habe, was du gesagt hast ... Bin ich mir nicht mehr sicher." Denn sie könnte durchaus im Sinn haben, meine Schwächen zu einem späteren Zeitpunkt auszunutzen.

Oder vielleicht hatte sie überhaupt nicht im Sinn gehabt, mich auszunutzen. Camillia hatte selbst gesagt, dass sie daran gedacht hatte, mich um Hilfe zu bitten, sich dann aber dagegen entschieden hatte. Das sprach dafür, dass sie nicht geplant hatte, mich zu manipulieren oder meine Vergangenheit gegen mich zu verwenden.

Der feurige Blick in ihren Augen flachte etwas ab und ein nachdenklicher Ausdruck fand in ihr Gesicht. „Was hat dich zu dieser Annahme geführt?"

„Du bist verschwunden, während ich geduscht habe. Ich

dachte, du hättest Az und mich verführt, um uns unachtsam werden zu lassen, damit du flüchten konntest. Und ..." Ich schluckte. „Und ich dachte, du hast meine Vergangenheit gegen mich verwendet, um meine Mauern niederzureißen."

„Deine Vergangenheit gegen dich verwenden?" Sie schüttelte ihren Kopf. „Ich weiß nicht genug über deine Vergangenheit, um sie gegen dich zu verwenden."

„Doch, tust du. Du weißt mehr als die meisten. Über ... Über Emelyn." Es tat weh, ihren Namen laut auszusprechen. Es war das Wahrheitsserum, das seine Kraft entfaltete. Ich konnte nichts dagegen tun und ich war mir nicht einmal sicher, ob ich das wollte. Ich war einfach so müde. Vorwiegend wegen Az' dunklen Waffen und den energieaussaugenden Wunden, die er mir damit zugefügt hatte, aber auch wegen dieses Ortes. Wegen der vergangenen dreißig Tagen. Wegen allem, was ich durchgemacht hatte.

„Wer ist Emelyn?", fragte Camillia. Ihre Frage stach mir wie ein Dolch ins Herz. „Nein, warte. Ist das die Frau, von der du gesagt hast, dass ich dich an sie erinnere?"

Ich nickte. „Ja. Sie war eine Kämpferin. Mächtig. Hat sich für das stark gemacht, woran sie glaubte, auch wenn alles gegen sie sprach. Sie hat nie aufgegeben. Ganz wie du."

„Wo ist sie jetzt?" Camillia hörte sich jetzt eher neugierig als wütend an, aber ihre Frage traf mich mitten ins Herz und die Wahrheit riss an meiner Seele.

„Sie ist tot."

„Oh." Sie räusperte sich. „Will ich wissen, wie sie gestorben ist?"

Ich schnaubte lachend und zuckte zusammen, als zwei der Schlangen mich gleichzeitig bissen. *Verdaaaammt.* Ich hasste Schlangenreben. Und doch hatte ich sie vorhin auf Camillia losgelassen, weil ich geglaubt hatte, ich würde sie auch hassen.

Jedenfalls hatte ich sie hassen wollen.

Ich knirschte mit den Zähnen und versuchte den Schmerz auszublenden, als der Trank mir die Wahrheit über die Lippen kommen ließ. „Du willst es vermutlich nicht wissen. Niemand tut das. Aber es ist ein gut bekannter Tod. Sie hat sich für Abscheulichkeiten stark gemacht, ganz wie meine Familie. Ganz wie ich. Und Constantine hat sie alle in Marmor verwandelt, während er mehrere von uns – mich einbegriffen – gezwungen hat, zuzusehen."

Camillia zuckte zusammen.

Und ich wandte meinen Blick ab. „Ich habe geschworen, dass ich für niemanden je wieder so empfinden würde. Aber du ... Du bist ihr zu ähnlich. Und doch bist du überhaupt nicht wie sie. Du bist sogar stärker. Und widerstandsfähiger. Ich hätte nie gedacht, dass es dir gelingen würde, zu flüchten, aber du hast es geschafft."

„Du hast geglaubt, dass ich dich nur benutzt habe", erwiderte sie.

„Ja. Nein." Ich schüttelte meinen Kopf. „Ja, ich habe mich hintergangen gefühlt. Aber es lag eher daran, dass ich nicht zugeben wollte, was ich über uns dachte. Wie ich für dich empfinde. Und zu denken, dass du *mich* benutzt haben könntest ... *Uns* benutzt haben könntest ..." Ich sah zum stillen Az, bevor ich meinen Blick wieder auf Camillia richtete. „Das hat mich total wütend gemacht."

„Aber du hast mir gesagt, dass du wegen deines Rufs als Wächter wütend wärst und dass ich ihn besudelt hätte, indem ich aus deinem Gefängnis ausgebrochen bin. Das stimmt auch, nicht wahr?"

„Mein Ruf als Wächter ist alles, was ich noch habe. Also, ja, es stimmt. Aber ich habe das als Grund vorgeschoben, um den wahren zu verbergen. Es war einfacher, wütend darüber zu sein, dass meine Erfolgsbilanz einen Rückschlag erlitten hatte, als zuzugeben, dass meine Gefühle von einer Frau verletzt worden waren, die mir ans Herz zu wachsen begonnen hatte."

Verdammt. Wenn ich das hier überlebe, werde ich Melek umbringen. Sein Bann verwandelte mich in die Fee zurück, die ich einst gewesen war. Die Fee, die sich nicht davor fürchtete, Gefühle zu haben.

Und im Augenblick wollte ich nichts fühlen.

Und ich wollte Camillia auch nichts von dem erzählen, was mir über die Lippen gekommen war.

Sie hatte damit aufgehört, mit Az' Messer zu spielen, und die mörderische Wut, die ich zuvor noch gesehen hatte, war ihrem

LEXI C. FOSS & J.R. THORN

Antlitz gewichen. Jetzt schien sie ... selbstzufrieden. Und ich wusste nicht, wie ich das deuten sollte.

„Wie werden wir die Schlangen los?", fragte sie und ihr Blick wanderte von mir zu Az.

„Ajax kann einen simplen Bann von sich geben, um sie zu entfernen", erwiderte Az, woraufhin ich ihn ansah. In seinen Iriden glitzerte ein leuchtendes Violett, was mir das Herz schmerzen ließ.

Du bist zurück, sagte ich um ein Haar, erleichterter als je zuvor, meinen Freund zu sehen. Ich fragte mich, wie lange er schon wortlos dagestanden und Camillias Verhör verfolgt hatte, ohne einzuschreiten.

Zur Hölle, vermutlich hatte er alles mitgehört.

Aber ich war überrascht, dass er nicht versucht hatte, die Kontrolle zu übernehmen und sie sich zu unterwerfen. Vielleicht war er zu einem Übereinkommen mit seinem Phönix gekommen. Was auch immer es war, ich war dankbar, dass er wieder die Kontrolle hatte.

Camillia schien es nicht aufzufallen. Ihr Blick verweilte auf mir. „Zaubere die Schlangen weg."

Das musste sie mir nicht zweimal sagen. Ich gehorchte und gab ein paar Worte von mir. Die Schlangenreben verschwanden im nächsten Augenblick, sodass ich nackt und entblößt auf dem Stuhl saß.

„Kannst du dich heilen?", wollte Camillia wissen.

„Ja."

„Warum hast du es dann nicht getan?"

Ich zuckte mit den Schultern. „Weil ich das Gefühl hatte, dass das den Sinn und Zweck der Sache zunichtemachen würde. Es sei denn, du willst, dass ich bei voller Gesundheit bin, wenn du mich tötest."

Jetzt, wo Az zurück war, würde sie nicht imstande dazu sein – etwas, das er mir vermittelte, indem er seine Augen zusammenkniff –, aber ich würde nicht dagegen ankämpfen, wenn sie es versuchte.

„Ich will dich nicht umbringen, Ajax." Sie steckte die Klinge in die Hosentasche ihrer Jeans, anstatt sie Az auszuhändigen. „Ich meine, vor ein paar Stunden wollte ich das. Aber jetzt ..." Sie verstummte, zuckte mit den Achseln. „Ich glaube, wir alle haben uns missverstanden."

„Ja, ich beginne es auch so zu sehen", murmelte Az, während er auf Camillia zuging.

„Az", sagte ich mit warnendem Tonfall und meine Sinne begannen zu feuern. „Lass es sein."

„Was sein lassen?", fragte er mit seidiger Stimme, seine leuchtenden Augen auf Camillia gerichtet, als handelte es sich bei ihr um Beute.

Sie schien urplötzlich zu verstehen, dass der Phönix in ihrem Rücken nicht mehr die Kontrolle hatte, und ihre Schultern spannten sich an, als sie sich langsam zu ihm umdrehte und einem äußerst wütenden Kommandanten entgegenblickte.

„Gib mir das Messer", sagte er und streckte seine Hand aus. „Bitte."

KAPITEL 11

CAMI

Az' Pupillen pulsierten. Seine violetten Iriden hatten sich in dünne Schlitze verwandelt und seine Pupillen wurden um sie herum größer, als würden sein Phönix und er noch immer um Kontrolle ringen.

Aber offensichtlich hatte der Mann in ihm wieder überhandgenommen.

Sodass ich eine äußerst wütende Fee anstarrte anstatt eines vernarrten schwarzen Phönix. Ich war mir nicht sicher, warum sein Tier beschlossen hatte, mich zu beanspruchen. Aber es war schön gewesen, solange es angehalten hatte.

„Das Messer", wiederholte Az. „*Sofort*."

Ich sah zu ihm hoch und kniff meine Augen zusammen. „Weißt du was? Nein."

Er zog seine dunklen Augenbrauen hoch. „Wie bitte?"

„Ich bin mir sicher, dass du gehört hast, was ich gesagt habe, aber ich werde mich wiederholen, nur für den Fall: *Nein*." Ich verschränkte meine Arme vor der Brust, ungerührt vom wütenden Mann vor mir. „*Mein* Phönix hat es mir geschenkt und ich will es nicht zurückgeben."

Az blähte seine Nasenflügel und obsidianschwarze Flammen nahmen seine Augen ein, nur um von einer Welle kräftigem Violett übertüncht zu werden. „Das ist keine Bitte, Camillia. Das Messer gehört mir."

„Nein, es hat deinem schwarzen Phönix gehört. Aber er hat es mir geschenkt. Und ich werde es behalten." Ich spielte vermutlich buchstäblich mit dem Feuer, aber ich hatte für heute die Nase gestrichen voll davon, herumgeschubst zu werden.

Leider hatte Az andere Ideen, was er bewies, indem er mich am Hals packte und gegen die Wand drückte.

„*Az*." Ajax stellte sich mit misstrauischem Blick hinter ihn. „Tu das nicht."

„Ich will meinen Dolch zurück." Wut wohnte Az' Stimme inne, was ein Schaudern an meinem Rücken hinabsandte. Sein schwarzer Phönix mochte mich mögen, aber der Mann, mit dem er sich seinen Körper teilte, tat es ganz offensichtlich nicht.

Und beide waren tödlich.

Und doch sah ich ihm mit unnachgiebigem Blick in die Augen. Wenn er dieses Messer zurückhaben wollte, würde er es mir abnehmen müssen. Wenigstens würde ich sein Tier nicht beleidigen, wenn ich nicht so leicht aufgab.

Az' Griff verfestigte sich und schnitt mir die Luft ab, während seine andere Hand an meine Hüfte wanderte. „Du hast keine Ahnung, wen du herausforderst, kleine Kämpferin."

Ich versuchte nicht, irgendjemanden herauszufordern. Ich tat ganz einfach, was ich für richtig empfand – darin inbegriffen, meine Augenbraue hochzuziehen. Meinen Sauerstoff zu verschwenden, schien nicht besonders clever, wenn ich meine Antwort doch nonverbal übermitteln konnte.

In seinen Augen zog ein Funkeln auf, das meinem ähnelte, und er trat näher, um mich gegen die Wand zu drücken. Ich versuchte gar nicht erst, mich gegen ihn zu wehren. Anstatt meine Hand um sein Handgelenk zu schlingen und zu versuchen, mich zu befreien, starrte ich ihn ganz einfach an und wartete darauf, dass er tun würde, was immer er im Sinn hatte.

Eine elektrische Spannung machte sich zwischen uns breit, sodass ich Gänsehaut bekam.

Dieses Wesen ist gefährlich. Alt. In der Lage, mich zu töten, ohne mit der Wimper zu zucken.

Meine Instinkte feuerten, meine Lungen brannten und verzehrten sich nach Sauerstoff.

Und doch konnte ich nicht einlenken. Es fühlte sich falsch

an, als würde ich etwas Wichtiges verlieren, wenn ich seiner Forderung nachgab.

„Az", sagte Ajax erneut und legte seine Hand auf Az' Schulter. „Lass sie los."

Der sture Mann vor mir bewegte sich nicht und sein Griff verweilte um meinen Hals, drohte, meine Luftröhre zu zerdrücken. Die von Violett umgebenen Iriden begannen ominös auszusehen und verdunkelten sich, als würden sie Tod verheißen. Doch mir entging der Hauch seines Phönix in seinen Augen nicht. Die Flammen waren ein Leuchtfeuer seiner Zustimmung.

Oder vielleicht interpretierte ich zu viel in die Situation hinein und verwandelte sie in eine Fantasie.

Vielleicht hatte ich sogar einen Todeswunsch.

Nach allem, was heute geschehen war, hätte es mich nicht überrascht, wenn dem so gewesen wäre. Ich hatte nicht einmal Ajax anständig foltern können. Denn sowie er begonnen hatte, seine Geheimnisse zu offenbaren, war ich von meinen eigenen Gefühlen paralysiert gewesen.

Er hatte Höllisches durchlebt.

Das entschuldigte nicht, was er mir heute angetan hatte, und ich war mir nicht sicher, ob ich ihm wirklich vergab. Aber wenigstens verstand ich, *warum* er es getan hatte.

Es hatte uns geholfen, zu etwas wie einem Übereinkommen zu gelangen. Eines, das wir nicht besprochen hatten, aber er glaubte mir jetzt. Und ich glaubte ihm.

Das könnte uns dabei helfen, über das Geschehene hinwegzukommen.

Jedenfalls, wenn Az mich nicht tötete.

„Azazel", zischte Ajax. „Das hier ist eine Angelegenheit zwischen dir und deinem Phönix. Camillia ..."

Az unterbrach ihn mit einem Knurren, das in meiner Brust Widerhall fand. Das Geräusch war so wild und grausam, dass meine Lippen sich erschrocken zu einem O formten. Doch ich hatte keine Luft mehr, um scharf einzuatmen.

„*Verdammt.*" Die Vibration des Wortes wanderte über meine Zunge, als Az mich auf strafende Art küsste. Sein Sauerstoff wurde zu meinem und er löste seinen Griff um meinen Hals. Ich atmete scharf ein. Meine Lungen verlangten nach der Essenz, die ich zum Überleben brauchte.

Aber alles, was ich aufnehmen konnte, war Az.

Seinen Sauerstoff.

Seinen Geschmack.

Seinen süchtig machenden Duft.

Ich stöhnte. Das Gefühl, wiederbelebt zu werden, ließ meine Gliedmaßen voller neuer Energie kitzeln. Ich war ertrunken, *gestorben*, bestraft von seiner gefährlichen Hand, und jetzt belohnte er mich dafür, überlebt zu haben.

Das alles ist total krank, dachte ich. Und doch konnte ich mich nicht davon abhalten, seinen Kuss zu erwidern. Meine Zunge lieferte sich einen feurigen Kampf mit seiner, der von unseren Seelen angeführt wurde.

Seine Hände wanderten an meine Hüften und drückten mich an ihn, zwangen mich, sein hartes Glied durch die Kleidung hindurch zu spüren. Ich schlang meine Arme um seinen Hals und krallte meine Fingernägel in seine Schultern. Das Verlangen, Blut fließen zu lassen, überwältigte mich.

Er hörte nicht auf. Wenn überhaupt, drängte er mich dazu, es zu tun. Ihn zu markieren. Ihn zu kratzen.

Scheiße, das ist doch komplett irre. Ich konnte kaum klar denken, meine Sinne verloren in diesem monströsen Mann, der mich gegen die Wand presste und mich mit seiner Seele verschlang.

Ich rang erneut nach Luft und mein Hals brannte angesichts seiner Rauheit. Meine Lungen verlangten immer noch nach *mehr*.

Mehr Az.

Mehr Geruch.

Mehr von *allem*.

Doch ich wurde herumgedreht, bevor ich die Gelegenheit hatte, den Sauerstoff zu absorbieren, nach dem ich mich verzehrte. Seine Hand schlang sich wieder um meinen Hals, während er seinen anderen Arm um meinen Bauch legte.

Ein gewürgtes Geräusch kam mir über die Lippen, als er seine Brust an meinen Rücken drückte und seine Lippen an mein Ohr führte. „Ajax muss heilen", sagte er mit seidiger und düsterer

Stimme, die mit einem gewalttätigen Hauch versehen war. „Du wirst ihm dabei helfen."

Ich atmete schwer und mir schwirrte der Kopf. Ich versuchte zu verstehen, was hier gerade geschah und wie es so weit gekommen war.

Ich sollte wütend sein.

Ich bin wütend.

Aber ich bin auch ...

Oh, Scheiße. Ich bin auch geil.

Ajax war noch immer nackt, sein Körper noch immer blutverschmiert von seinem Kampf mit Az, den Schlangenbissen und allem anderen, was ihm widerfahren war.

Aber sein Glied war steif. *So ... verdammt ... steif.*

„Az", sagte er mit warnendem Tonfall, hörte sich an, als hätte er Schmerzen.

„Halt die Klappe und nimm, was du brauchst, Ajax", verlangte Az, während er mich zum anderen Mann brachte. „Nimm sie."

„Das ist falsch", knurrte der andere Mann, obwohl er seine Hand an meine Hüfte führte. „Das können wir nicht tun."

„Doch, können wir", korrigierte Az ihn und sein Arm, der um meinen Bauch geschlungen war, drückte fester zu. „Fordere ihn heraus, Camillia. Zeig ihm, dass wir es können."

Ich schluckte schwer, wusste nicht, was er meinte, war zugleich aber auch erregt davon. *Ihn zu was herausfordern?*, fragte ich mich, während ich Ajax' kantiges Gesicht musterte. Sein Gesicht war unversehrt geblieben, während sein Körper ...

Ich kniff meine Augen zusammen. *Moment mal ...* „Ich habe dir gesagt, dass du dich heilen sollst." Ich sah in seine Augen. „Warum hast du dich nicht geheilt?"

„Weil er glaubt, dass er den Schmerz verdient", murmelte Az und seine Lippen strichen über meine Halsschlagader. „Und er *mag* es, Schmerzen zu haben." Az' Hüften pressten sich an meine, zwangen mich, seine und die Erektion des Mannes, der vor mir stand, zu spüren. Ein Schaudern durchfuhr mein Wesen, als Ajax' gepiercte Eichel meinen Bauch berührte, und das Metall lenkte mich kurz ab.

Ich will ihn wieder ablecken, dachte ich.

Aber noch viel mehr wollte ich ihn in mir spüren.

Ich wollte sie beide spüren.

Verdammt, das ist echt übel.

Ich hätte versuchen sollen, sie umzubringen, nicht ... mich ihnen hinzugeben.

Aber ein Hauch Tanne, Minze und Männlichkeit überwältigten mich mit dem nächsten Atemzug und meine Sinne waren betäubt von den beiden berauschenden Männern, zwischen denen ich stand.

Es fühlte sich bekannt und doch neu an. Sicher und doch von Gefahr unterlegt. Sinnlich und gleichzeitig gewalttätig.

„Hilf ihm, zu heilen, Cami", flüsterte Az erneut. „Küsse ihn. Zeig ihm, dass er nicht annähernd so schlimm ist, wie er denkt."

„Fick dich, Az", sagte Ajax mit tiefer und bedrohlicher Stimme. „Ich brauche das nicht."

„Doch, tust du", konterte der Mann hinter mir. „Du hast zu lange mit Trauer und Verlust gelebt. Du hast dich geweigert, darüber zu sprechen, was passiert ist. Hast es nicht geschafft, zu akzeptieren, dass du nichts tun konntest."

Ajax' Griff um meine Hüfte wurde fester. Sein Körper schien auf Az' Worte hin zu vibrieren.

Aber der Mann hinter mir war noch nicht fertig.

„Jeder macht einmal Fehler. Das Schicksal ist ein mieser Verräter. Aber das bedeutet nicht, dass du keine Zukunft haben kannst." Az' Lippen berührten flüchtig mein Ohr, bevor er ergänzte: „Gib ihm eine Kostprobe davon, wie unsere Zukunft aussehen könnte, kleine Kämpferin. Zeig ihm, was wir sein könnten."

Das hörte sich nach einem schrecklichen Plan an. Aber irgendwie auch großartig.

Ajax hatte mir sein blutendes Herz ausgeschüttet und seine Geheimnisse wurden nicht mehr von Wut verborgen. Und er hatte es in gewisser Weise aus freiem Willen getan. Denn er hatte sich nicht gegen das Wahrheitsserum gewehrt. Er hatte den Inhalt ohne Weiteres geschluckt.

Er hatte sich zudem freiwillig gemeldet, mich Rache an ihm üben zu lassen, hatte sich ausgezogen und sich in ein Meer aus tödlichen Schlangen gelegt.

Schlangen, die er mit wenigen Worten hätte verzaubern können, erinnerte ich mich und dachte daran, wie mühelos er sich von ihnen befreit hatte, als ich ihm Erlaubnis erteilt hatte. *Und doch hat er sich für mich dem Schmerz ausgesetzt.*

Na ja, zum Teil auch für Az' Phönix.

Oder vielleicht mehrheitlich wegen Az' Tier.

Ich war nicht ganz sicher. Aber Ajax hatte reuevoll geschienen. Er hatte auch zugegeben, dass es nicht wirklich um seinen Ruf gegangen war, sondern darum, dass er Gefühle für mich entwickelt hatte.

„Es war einfacher, wütend darüber zu sein, dass meine Erfolgsbilanz einen Rückschlag erlitten hat als zuzugeben, dass meine Gefühle von einer Frau verletzt worden waren, die mir ans Herz zu wachsen begonnen hatte."

Ich legte meine Hand an seine Wange, während mir seine Worte durch den Kopf gingen. Ich empfand auch etwas für ihn. Etwas, das ich nicht definieren konnte. Etwas, das ich auf keinen Fall für ihn empfinden sollte.

Aber wir waren in gewisser Hinsicht miteinander verbunden. Oder aber wir lebten einfach für den Moment.

Trotzdem wollte ich ihm dabei helfen, zu heilen. Vielleicht nicht physisch, aber zumindest psychisch.

Und das konnte ich tun, indem ich ihm ein bisschen Vergebung entgegenbrachte.

Denn er war nicht so schrecklich, wie er glaubte. Ja, er hatte mich ziemlich kaltblütig vernommen, aber er hatte geglaubt, dass ich ihn hintergangen hatte. Dass ich ihn ausgenutzt hatte. Dass ich spurlos verschwunden war.

Keiner konnte es mir verübeln, dass ich hatte flüchten wollen. Aber das war ein anderes Thema.

Im Moment wollte ich ihm ein besseres Gefühl geben und all die Trauer seinen dunklen Augen weichen sehen. Ich wollte diesen blauen Ring um seine Iriden wieder aufleuchten sehen und ihn davon überzeugen, sich selbst zu heilen.

„Du musst das nicht tun", flüsterte er und starrte auf mich hinab.

„Doch, muss ich", erwiderte ich. „Aber nicht, weil Az mir gesagt hat, dass ich es tun soll." Ich stellte mich auf meine

Zehenspitzen, um meinen Mund an seine plumpen Lippen zu führen. „Ich tue das hier für mich. Für dich. Für *uns*." Meine Hand wanderte an seinen Hinterkopf und hielt ihn fest, für den Fall, dass er versuchen würde, sich zu entfernen. „Du brauchst das hier. Du brauchst *mich*."

Ich war mir nicht sicher, woher ich das wusste, aber ich spürte es in seiner steifen Haltung, konnte es in seinem traurigen Blick sehen.

Er brauchte eine Ablenkung. Oder vielleicht war das hier viel mehr eine Erinnerung.

Eine Erinnerung daran, dass er am Leben war.

„Küss mich", sagte ich, hauchte die Worte gegen seine Lippen. „Entschuldige dich bei mir mit deiner Zunge. Dann werde auch ich es in Erwägung ziehen, mich zu entschuldigen."

Er stöhnte und seine freie Hand griff nach meiner anderen Hüfte, um mich näher zu sich zu ziehen. „Ich hasse euch beide so sehr."

„Das ist gelogen", sagte Az mit belustigtem Tonfall. „Zum Glück hat mein Phönix nicht mehr die Kontrolle, was?"

Ein barscher Laut stieß aus Ajax' Rachen, bevor er schließlich seinen Mund auf meinen presste.

Er war nicht annähernd so brutal wie Az. Sein Kuss war beinahe sanft im Vergleich, als glaubte er, er sei dieses Moments nicht würdig und als wollte er sicherstellen, dass ich mich wertgeschätzt fühlte. Oder vielleicht versuchte er tatsächlich, sich zu entschuldigen – mir das Gefühl zu geben, verehrt, respektiert und bewundert zu werden.

Seine samtweiche Zunge schien mehr Wahrheiten an meine gedrückt zu flüstern. Wahrheiten, die er nicht einmal sich selbst gegenüber zugeben wollte, sie aber hier, mit mir, teilen wollte. Solange sie unser Geheimnis blieben.

Ich ließ ihn gewähren, empfing seine unausgesprochenen Worte und teilte selbst einige.

Ich hasse dich nicht wirklich.

Ich will dich.

Aber ich will dich auch nicht wollen.

Das hier ist falsch, oder etwa nicht?

Aber es fühlt sich so richtig an. Warum fühlt es sich richtig an?

Er konnte meine Gedanken nicht wirklich hören, und ich seine nicht, aber etwas sagte mir, dass wir dasselbe dachten.

Denn seine zögerlichen Zungenschläge wurden mutiger, und meine Gedanken auch.

Warum zerdenke ich das hier?

Ich sollte es einfach genießen.

Es annehmen.

Mich verdammt noch mal freuen.

Az knurrte zustimmend hinter mir. Ich ahnte, dass das Geräusch von seinem Phönix gekommen war. Es ähnelte beinahe einem Gurren. Er küsste meinen Nacken, während seine Hände an meinen Seiten hoch und unter mein Oberteil glitten, um sich um meine Brüste zu legen.

Ich lehnte mich an ihn und meine Hüfte berührte Ajax', während mein Wesen von Lust geflutet wurde.

Ihre Berührungen waren hypnotisierend, ihre Münder süchtig machend. Ich bemerkte kaum, wie Az mein Top entfernte und Ajax' Lippen für nur einen winzigen Augenblick von meinen abließen.

Aber ich spürte, wie sich Ajax' harte Brust an meine presste. Seine Wunden hatten eine Textur, die ich eher für anheizend als abstoßend empfand.

So seltsam, staunte ich. Offenbar mochte ich seinen Schmerz. Sein Blut. Das barsche Einatmen von Luft, als die schlimmsten seiner Wunden meine unversehrte Haut berührten.

Vermutlich, weil ein Teil von mir immer noch wollte, dass er litt.

Oder, was wahrscheinlicher war, ich fand seine Aufopferung verlockend. Diese Wunden mussten unheimlich wehtun, aber er hatte beschlossen, sich mit mir zu vergnügen, anstatt sich darauf zu konzentrieren, seine Wunden zu heilen.

Weil er glaubte, dass er sie verdient hatte.

Vielleicht tat er das auch.

Aber ich vermittelte ihm mit meiner Zunge, dass dem nicht so war. Sagte ihm mit jedem Kuss, dass ich wollte, dass er vollumfänglich gesund, am Leben ... wieder Ajax war.

Entweder verstand er mich nicht oder er wollte nicht

einlenken, denn er blutete weiter, während seine Finger an den Bund meiner Jeans wanderten.

Dort trafen sie auf Az' Hand. Seine Finger zogen an meinem Reißverschluss, während Ajax den Knopf öffnete. Dann zogen sie mir zusammen die Hose aus, sodass ich nackt zwischen ihnen stand.

Ajax' gepiercter Schwanz berührte meinen Bauch und seine knollige Eichel bebte voller Erwartung.

Ich wollte ihn erneut kosten. Aber ich brauchte auch etwas anderes.

Wie würde es sich anfühlen, all diese Kraft in mir zu spüren? Würde es ihn noch mehr bluten lassen? Würde er mir alles geben, obwohl ihm das Schmerzen bereiten würde?

Az' Hände wanderten an meine Hüften und seine Lippen schwebten wieder neben meinem Ohr. „Ich will, dass er dich an mich gelehnt fickt, süße Kämpferin. Benutzt mich als Wand. Lass mich dich stützen, während er dich nimmt."

Ich erschauderte. Der Vorschlag zeichnete ein lebhaftes Bild in meinem Kopf. Eines, das ich nicht verdrängen wollte.

Dann verstärkte er mein Verlangen, indem er sein Oberteil auszog, seinen heißen Körper an meinen Rücken drückte und mich mit seiner Hitze verbrannte.

„Ja ..." Das Wort war eine Reaktion auf die Empfindung, die er in mir auslöste, aber auch auf seinen Vorschlag. Denn ... Ja, ich wollte das hier. Alles davon. Sie spüren. Das hier erleben.

Ajax wich zurück, um mein Gesicht zu mustern. Seine Augen suchten in meinen nach etwas, das ich nicht verstand.

Was auch immer es war, es konnte warten, denn ich war bereit für ihn. Nektar benetzte meine Schenkel und zeigte mein Verlangen offen. Ich schlang meine Hand um die Wurzel seines Glieds und zog ihn dann zu mir, drückte ihn leicht nach unten und brachte ihn in Position, während ich mich erneut auf meine Zehenspitzen stellte.

Er stieß ein Zischen aus, als seine Eichel auf meine feuchte Mitte traf und sein ganzer Körper schien zusammenzuzucken, als erleide er Schmerzen.

Dann hob mich Az hoch, sodass wir eine bessere Position

einnehmen konnten und ich meine Beine um Ajax' Hüften schlingen konnte.

„Verdaaaaammt", stöhnte Ajax, während ich seinen Schwanz an meiner Mitte rieb und ihm klarmachte, dass ich ihn wollte – dass ich mehr als bereit war, ihn in mir aufzunehmen.

Oder jedenfalls hoffte ich das.

Ich fühlte mich bereit, angesichts unseres letzten Schäferstündchens, weil es sich für mich nicht anfühlte, als wäre es lange her.

Obwohl Ajax breit war. Und er hatte ein *Piercing*.

Ich hatte keine Ahnung, wie es sich anfühlen würde, aber ich wusste, dass ich ihn in mir aufnehmen konnte. Das musste ich. Das *wollte* ich.

Er legte seine Stirn an meine, zuckte zusammen und schloss seine Augen, bevor er sich an Az' Schulter festhielt, um sich zu stützen.

„Nimm sie", ermutigte Az ihn. „Ich will spüren, wie du sie an mich gelehnt fickst."

„Das wird mich dazu bringen, sie zu beißen", warnte Ajax und er schluckte schwer. „Ich werde nicht ... Ich kann sie nicht an mich binden. Nicht gegen ihren Willen."

„Dann werde ich sie für dich bluten lassen", bot Az an und die Stoppeln an seinem Kinn kitzelten meinen Hals. „Vorausgesetzt, ich habe deine Erlaubnis, kleine Kämpferin?" Die Worte wurden mit einem heißen Atem an meine Haut gesprochen, während seine Zähne über meine Halsschlagader fuhren.

„Formwandlerbänder", meinte Ajax zähneknirschend. „Dein Phönix ..."

„Hat im Moment nicht die Kontrolle", murmelte Az. „Sondern ich." Seine Zunge neckte meine pulsierende Ader. „Darf ich dich für Ajax beißen, Cami?"

Ich erschauderte. Das Angebot klang irgendwie verlockend, obwohl es mich hätte beängstigen sollen.

Aber mein Leben war noch nie ruhig oder normal gewesen. Immer schon war ich von Gefahr und Intrigen umgeben gewesen. Und dieser Augenblick war nicht anders.

Also sagte ich das Einzige, was ich sagen konnte. „Ja."

KAPITEL 12

AJAX

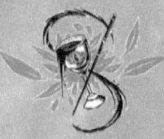

VERDAMMT SEI DER PHÖNIX.
 Verdammt sei Az.
 Verdammt ... und zugenäht.
 Ich wusste mich seinem Charisma nicht zu entziehen. Er war unheimlich verführerisch, wenn er es sein wollte – geradezu zu süchtig machend. Und Camillia ...
 Camillia war verdammt noch mal *perfekt.*
 Ihr fester Griff um meinen Schaft hielt mich gefangen, verloren in der Empfindung, die ihre feuchte Muschi erzeugte, die sie an meinem pulsierenden Glied rieb.
 Ich wollte sie mehr als meinen nächsten Atemzug.
 Aber was, wenn Az' Phönix dahintersteckt? Er war magnetisch anziehend. Sinnlich. Hypnotisch. Sein Phönix aktivierte sich so mühelos, dass er manchmal gar nicht merkte, dass er seine Finger im Spiel hatte.
 Ist Cami in seinen Bann gezogen worden? Oder tut sie das hier aus freien Stücken? Will sie das hier wirklich?
 Ihr Körper sagte mir, dass sie es tat. Verdammt, ihre Lust spiegelte sich sogar in ihren Augen wider. Und in ihren Worten.
 Und in ihrem Stöhnen ...
 Der Geruch ihres Blutes traf mich mit einer Wucht, die mir den Atem raubte, und ihr Griff um mein Glied wurde fester,

während Az seine Zähne in ihrem Hals versenkte – genau da, wo ich sie markieren wollte.

Es war total verrückt.

Ich konnte mich nicht mit dieser Frau verbinden. Es war mir nicht bestimmt, sie zu haben. Es war mir nicht einmal bestimmt, von ihr zu kosten.

Und doch konnte ich mich ihr nicht entziehen. Nicht, wo mein Körper doch derart auf ihren reagierte. Sie war ein Verlangen, von dem ich nicht gewusst hatte, dass es in mir schlummerte. Eine Mahlzeit, von der ich nicht einmal realisiert hatte, dass ich sie brauchte.

„Sie ist bereit", murmelte Az, während er sich mit blutigen Lippen von ihrem Hals löste.

Ich lehnte mich instinktiv zu ihm, musste die Essenz von seinen Lippen lecken. Das führte dazu, dass mein Glied sich noch fester an Camillias Mitte rieb, während sie zwischen uns eingeklemmt war. Mein Hunger nach ihrem Blut und Az trieben mich dazu.

Sie ließ von mir ab, nur um nach meinem Hals zu greifen. Ihre Finger fuhren durch mein Haar, bevor sie mich noch näher zu Az führte.

Seine Lippen verzogen sich an meine gedrückt zu einem siegreichen Lächeln. Das sagte mir, dass sein Phönix ihn überkommen hatte und jede seiner Bewegungen diktierte, während er Az führen ließ.

Aber ich steckte zu tief drinnen, um etwas zu sagen.

Stattdessen nahm ich die Kostprobe von Camillias süchtig machendem Geschmack direkt von seiner Zunge an und stöhnte, als ihre Essenz meinen Hals hinabfloss.

Mehr, sagten meine Instinkte wutentbrannt. *Nimm* dir mehr.

Ich löste mich nach Atem ringend von Az und mein Blick fiel auf Camillias eleganten Hals und das Blut, das mich dort erwartete.

Es war zu verführerisch, um dagegen anzuhalten.

Sie war zu verführerisch, um gegen sie anzukämpfen.

„Bist du dir sicher?", schaffte ich irgendwie über die Lippen zu bringen.

Camillia antwortete, indem sie sich an mein Glied presste. Der feuchte Kuss ihrer süßen Mitte war eine offensichtliche Einladung. Aber ich wollte sie es sagen hören.

„Sag mir, was du willst, Camillia. Sag es mir explizit, und ich werde es dir geben." Ich wollte ihre Erlaubnis. Ich wollte sicher sein, dass das hier echt war. Ich musste daran glauben, dass das hier nicht nur geschah, weil Az' Phönix uns hypnotisiert hatte. „Bitte, Camillia. Sag mir, was du *brauchst*."

„Dich", sagte sie, während ihre Fingernägel sich in meinen Hals bohrten. „Ich will dich in mir. Ich will dieses Piercing spüren. Ich will *dich* spüren. Und du brauchst mein Blut." Sie legte ihren Hals frei. „Also trink von mir und fick mich."

Az gurrte zustimmend – ein Geräusch, das er nur selten von sich gab und zweifelsohne von seinem Phönix stammte. Ich erhaschte flackerndes schwarzes Feuer in seinen Augen, was bestätigte, dass sein Tier ungewohnt nahe unter der Oberfläche lauerte. Aber das Violett blieb bestehen und erdete meinen Freund, während er Camillia aufrechthielt wie eine verdammte Opfergabe, die ich ficken konnte.

Ihre Schenkel schlangen sich fester um mich und ihre Muschi presste sich an mein Glied. „*Bitte*, Ajax. Ich will deine Kraft spüren."

Ich griff nach ihrer Hüfte, wobei ich Az' streifte, während er seine Hände an ihre Taille hochführte. „Bist du dir sicher, Camillia?", fragte ich sie, während ich mein Glied zwischen ihre feuchten Schamlippen gleiten ließ. „Es könnte sein, dass ich dir wehtue."

„Dann werden wir zusammen bluten." Ihre Finger entfernten sich von meinem Hals und wanderten an meine Schulter hinab, wo sie mit ihrem Daumen über einen der Schlangenbisse strich, bevor sie fest genug zudrückte, um mich ächzen zu lassen. „Gib mir alles, Ajax."

So hatte ich mir das alles überhaupt nicht vorgestellt. Aber ich zweifelte nicht länger. Ich hatte es satt, mir Sorgen darüber zu machen, ob Az seine Finger im Spiel hatte. Ich hatte es satt, alles zu zerdenken.

Ich wollte Camillia ganz einfach.

Ihre Hitze.

Ihr Stöhnen.

Ihre *Lust*.

Ich entfernte mich genug, um mich neu positionieren zu können. Az griff nach unten und schlang seine Hand um die Wurzel meines Glieds, sein Griff eisern, während er mich zwang, seinen brennenden Blick zu erwidern. „Du wirst mir sagen, wie jeder einzelne Zentimeter von ihr sich anfühlt, und du wirst ihr mindestens zwei Höhepunkte verschaffen, bevor du dich in ihr ergießt."

Verdammter Az. Natürlich würde er alles vorschreiben, ganz so, wie er jedes Zusammentreffen kontrollierte.

Aber ich würde mich nicht mit ihm streiten.

Wenn er wollte, dass ich Camillia einen Höhepunkt verschaffte, würde ich sie verdammt noch mal zum Explodieren bringen.

Er musste meine Zustimmung meinem Blick entnommen haben, denn er winkelte meine Eichel nach unten, in Richtung ihrer feuchten Öffnung, an und führte mich direkt auf ihre heiße Mitte zu.

Ich dachte nicht nach, schritt zur Tat und stieß nach vorn, sowie er von mir abließ.

Camillia schrie, als ich in sie drang, und ihr Daumen vergrub sich fest in meiner Wunde, während Az seine Lippen wieder an ihren Hals wandern ließ, um sie erneut zu beißen.

Ihr kam ein Fluchen über die Lippen. Ihr Körper spannte sich zwischen unseren an, was mich innehalten ließ. „Geht es dir gut?", fragte ich, musste wissen, dass wir ihr nicht wirklich Schmerzen zugefügt hatten.

„Ja", keuchte sie. „Mehr als gut. Und jetzt fick mich, Ajax. Und zwar *hart*."

Verdammt. Diese Frau würde jeden einzelnen Teil von mir auseinanderreißen, all meine bisherigen Ansichten verändern und mich zwingen, mehr zu tun als nur zu fühlen.

Sie würde dafür sorgen, dass ich mich verlieben würde.

Vielleicht wird sie mich dazu treiben, wieder zu lieben.

Ich weigerte mich, den Moment von diesem Gedanken ruinieren zu lassen, und meine Gedanken verstummten, als ich mich darauf konzentrierte, wie sie sich anfühlte. „Sie ist so verdammt eng", keuchte ich und erfüllte meine Pflicht, Az die Details zu geben, die er verlangt hatte. „Ich habe das Gefühl, kaum Platz zu haben."

„Dann lockere sie auf", sagte er mit seinem sündhaften Tonfall. „Bring sie dazu, dich in sich aufzunehmen."

Camillia reagierte auf seine Worte, indem sie sich fester um meinen Schaft zusammenzog. Ihre inneren Muskeln waren stärker als ich erwartet hatte. „Es gefällt ihr zweifellos, deine Befehle zu hören", sagte ich ihm, als ich bis zur Eichel aus ihr glitt. „Ihre Muschi hat sich um mich herum zusammengezogen, sowie du das gesagt hast."

Ich rammte wieder in sie, was mir einen Schrei von Camillia und ein Stöhnen von Az einbrachte. Er hatte die Wucht dieses Stoßes durch sie gespürt und er hatte sich vermutlich vorgestellt, wie er von hinten in Camillia drang. Aber anstatt das zu tun, ließ er seine Hände wieder an ihre Taille wandern und hielt sie an Ort und Stelle, während ich mich an ihre Hüften klammerte und erneut in sie drang.

Und wieder.

Und wieder.

Sie bewegte sich an mich gedrückt, passte sich eifrig meinem Tempo an und erwiderte meine Bewegungen mit ihren eigenen.

Es war nahtlose Perfektion und unsere Körper tanzten als eine Einheit, während Az anrüchige Kommentare von sich gab.

„Du nimmst ihn so gut in dir auf, kleine Kämpferin."

„Scheiße, sieh dir nur mal diese wunderschöne Muschi an, die Ajax' Schwanz in sich aufnimmt."

„Ich kann es kaum erwarten, dich zu spüren."

„Stoße härter in sie. Bring sie zum Schreien."

„Mh, genau so. Keuche für ihn, Süße. Flehe darum, dass er dich kommen lässt."

Camillia stöhnte und ihre Mitte pulsierte um meine Länge geschlungen, als sie sich ihrem Höhepunkt näherte. „Sprich weiter mit ihr", sagte ich zu Az. „Das wird ihr den Verstand rauben."

„Oder ich könnte sie berühren", murmelte er, während er einen Arm um ihren Bauch schlang. „Vielleicht brauchen ihre Titten etwas Aufmerksamkeit."

„Ja." Das Wort kam Camillia mit einem Stöhnen über die Lippen, während sie ihren Körper an meinen presste. *„Bitte."*

Az nahm ihre Brust in die Hand und zog mit seinem Daumen Kreise um ihren Nippel. „Gefällt dir das?", fragte er. „Oder lieber so?" Er kniff in die Knospe und drehte sie fest herum, sodass Camillia einen Schrei von sich gab. „Hm, ja. Definitiv so."

Dass sie sich um mein Glied zusammenzog, bestätigte ihre Worte. „Letzteres hat ihr besser gefallen." Ich benutzte meinen Griff um ihre Hüfte dazu, sie leicht anzuwinkeln, dann glitt ich wieder in sie. Dieses Mal streifte ich ihre Klitoris mit der Bewegung.

„Oooh, *mehr* ..." Ihre Worte kamen ihr heiser über die Lippen, rau von all ihrem Stöhnen und den Schreien.

Ich wiederholte die Bewegung, während Az mit ihren Titten spielte. Wir beide heizten sie an und ihre Haut wurde von einem wunderschönen rosafarbenen Hauch eingenommen.

Dann lehnte ich mich nach unten, um das Blut an ihrem Hals abzulecken. Meine Zunge glitt über die Löcher, die Az zurückgelassen hatte.

Und Camillia explodierte.

Ich grinste an ihren Hals gelehnt, genoss das Pulsieren, das sie in den niederen Regionen inspirierte. „Sie ist jetzt noch enger, Az. Sie pulsiert um mich herum und versucht mich dazu zu bringen, mit ihr zu kommen."

„Aber das wirst du nicht."

„Noch nicht", stimmte ich zu und glitt in sie und aus ihr, während sie ihren Orgasmus erfuhr. „Sie muss definitiv noch einmal kommen. Sie ist zu feucht, um es nicht zu tun. Zu *begierig.*" Ich nuckelte an ihrem Hals und stöhnte, als ich den exquisiten Geschmack auf meiner Zunge vernahm. *Wie neue Lebenskraft*, staunte ich. *Ein neuer Tag.*

Ich hatte nicht einmal realisiert, dass sie einen Geschmack barg, aber das tat sie. Sie schmeckte nach Pollen an einem Frühlingstag im Reich der Sterblichen.

Ich gab ein weiteres Stöhnen von mir. Meine Zähne sehnten sich danach, sich in ihrer Haut zu versenken – sie vollends zu genießen.

Aber ich hielt mich zurück und beschloss, stattdessen an ihrer offenen Wunde zu nuckeln und mehr von dem Blut in meinen Mund fließen zu lassen und es zu schlucken.

So verdammt gut ...

„Lass deine Hände an deinem Bauch hinabwandern und massiere deine Knospe", murmelte Az in Camillias Ohr. „Ajax muss noch einmal spüren, wie du den Verstand verlierst."

„Ich ... Ich weiß nicht, ob ... Ich kann." Camillia gab die Worte mit einem schweren Keuchen von sich. Ihr Atem kam stockend und ich konnte förmlich schmecken, wie befriedigt sie war.

„Doch, kannst du", versprach Az ihr. „Das *wirst* du."

Sie rang nach Atem, als er abermals mit ihrem Nippel spielte, und ihr Körper zuckte an meinen gedrückt zusammen, was mich noch tiefer in sie gleiten ließ. Ich hatte mein Tempo während ihres Höhenflugs gedrosselt, von ihr getrunken und die Empfindungen genossen, die zwischen uns erblüht waren.

Doch jetzt drang ich wieder härter in sie, nur um Az' Argument zu bestätigen. Denn Camillia würde zweifelsohne noch einmal kommen. Ich würde sie dazu zwingen.

Ich hatte meine Hand an ihren Abdomen geführt und mein Daumen wanderte nach unten, zu ihrer Knospe, als sie Az nicht gehorchte. Sie stöhnte protestierend und führte ihre Hand an mein Handgelenk, aber ich hörte nicht auf. Mein Verlangen danach, sie erneut kommen zu lassen, war zu stark.

Sie wimmerte und atmete scharf aus.

„Psst ... Lass ihn dich verwöhnen", murmelte Az. „Du verdienst es, verwöhnt zu werden, kleine Kämpferin. Erst recht nach allem, was wir dir angetan haben. Wir wollen es wiedergutmachen."

Ich gab ein zustimmendes Summen von mir, während mein Mund noch immer an ihren Hals gepresst war.

Aber dann realisierte ich, dass sie mehr als das brauchte.

Mehr als von ihr zu trinken.

Mehr als mein Daumen an ihrer sensiblen Knospe.

Mehr als meinen Schwanz.

Sie musste *verehrt* werden. Musste das Gefühl haben, dass sie eine Göttin war. Der Mittelpunkt unseres Lebens sein.

Ich ließ meine Lippen von ihrem Hals an ihr Kinn wandern und küsste sie dann. Es war ein Kuss, der dazu bestimmt war, sie zu zerstören. Ein Kuss, der den unausgesprochenen Schwur barg, sie zu verehren, sie zu respektieren und sie zu verwöhnen.

Ihre Hände begaben sich an meine Schultern, was mich wundern ließ, ob sie mich von sich stoßen würde. Doch stattdessen versuchte sie mich noch näher an sich zu ziehen. Ihr Schaudern stammte vielmehr von einer Emotion als von einem physischen Verlangen.

Und sie schmolz zwischen uns geradezu dahin.

Ich verlangsamte erneut, zögerte ihre Lust hinaus und animierte das Feuer in ihr dazu, stärker zu lodern. Ihr Atem kam stockend, ihre inneren Muskeln zogen sich erneut zusammen. *Sie steht kurz davor*, dachte ich. *Komm für mich, kleine Rebellin. Lass mich dich schreien hören.*

Sie konnte mich nicht hören.

Aber sie konnte meine Absichten spüren. Sie konnte sie in meinem Mund *schmecken*. Sie auf meiner Zunge spüren und wie mein Daumen weiterhin ihre Knospe massierte.

Sie war nicht in der Lage, das Inferno aufzuhalten, das sie einnahm. Es bäumte sich in ihr auf – *um meinen pulsierenden Schwanz herum* – und drohte, uns alle zu zerstören.

Az musste es ebenfalls gespürt haben. Seine Hand legte sich um ihre Brust, während er seinen anderen Arm wieder um sie schlang, sie an sich drückte und sie beschützte, während sie sich dem Abgrund der Wonne stetig näherte.

Dieses Mal würde sie mich mitreißen.

Ich konnte es in meinen Eiern spüren, wie sie sich erwartungsvoll anspannten. Und ich versuchte nicht, mich zurückzuhalten. Ich wollte mit ihr über die Klippe fallen.

„Komm schon, Camillia." Az' Worte waren eine Forderung, die von sinnlichem Verlangen durchzogen waren. „Komm für Ajax. Bring ihn dazu, in dir zu kommen. Melke ihn mit deiner süßen Muschi."

Sie spannte sich um mich herum an und ihr Orgasmus schien für eine gefühlte Ewigkeit geradeso außer Reichweite zu sein.

Und dann schrie sie in meinen Mund, während ihr Körper zuckte und ihre Muschi eine Schneide um meinen Schaft formte, die nicht von mir ablassen würde, bis ich mich ihr in ihrer Wonne anschloss.

Ich kämpfte nicht gegen sie an. Stattdessen fiel ich mit ihr zusammen kopfüber, mit einem Stöhnen, das mein gesamtes Wesen durchfuhr.

Ich presste meinen Daumen auf ihre Klitoris und sorgte dafür, dass sie etwas länger in ihrer Ekstase baden würde, ließ sie in eine Welle von wunderbaren Nachbeben fallen, die uns beide überrollten, während ich weiterhin in ihr pulsierte.

Es war so lange her.

Zu lange.

Seit ich die warme Berührung einer Frau gespürt hatte.

Und mein Körper schien wild entschlossen, jeden einzelnen Zentimeter von ihr mit meinem Samen zu füllen.

Sie auf die natürlichste Art und Weise zu beanspruchen.

Sie mein zu machen.

Sie zu besitzen.

Sie als mein zu markieren.

In meinen Fangzähnen pulsierte das Verlangen, *zuzubeißen*. Zu markieren. *Sich zu verbinden.*

Meine Nackensehnen schmerzten, als ich meinen Kiefer anspannte und mich weigerte, Camillia eine solche Verbindung aufzuzwingen. Sie war mir nicht bestimmt. Nicht auf diese Weise.

Noch nicht, flüsterte eine dunkle Stimme in meinem Kopf, was mich erschaudern ließ.

Ich vergrub mein Gesicht an ihrem Nacken, während ich angesichts meines Höhepunktes und der Emotion, die er freigesetzt hatte, schwer atmete.

Dieses Mal war es so viel mächtiger als zuvor. *Hielt so viel mehr Bedeutung.*

Etwas Schweres breitete sich in meiner Brust aus. Der Anker dieses Etwas schien zu Camillia zu gehören.

Verdammte Camillia.

Aber ich konnte es bei seiner Bildung nicht aufhalten. Meine Seele war bereits auf irgendeine Weise von ihr markiert worden. *Wir sind keine Gefährten*, sagte ich mir selbst. *Wir können keine Gefährten sein.*

Doch meine Seele schien das anders zu sehen.

Unmöglich. Ich entfernte mich etwas von ihr, um sie anzusehen. Mir entging der lusttrunkene Blick in ihren grauen Augen nicht. Wenn sie ein ähnliches Ziehen verspürte, so zeigte sie es nicht. Sie schien schlichtweg benommen und gut gefickt. Ihre Wangen bargen nach unserer gemeinsamen Zeit einen rosafarbenen Hauch.

Aber Az' Augen wohnte ein anderer Blick inne. Einer, der mir sagte, dass er ahnte, was ich getan hatte.

Zum Glück sagte er nichts dazu. Stattdessen küsste er Camillias Hals und sagte: „Heile sie."

Ich flüsterte einen Bann, um genau das zu tun. Sie war mir wichtiger als ich. Sie schien es nicht zu bemerken, war zu verloren in den verweilenden Empfindungen, um bei klarem Bewusstsein zu sein.

Sie spannte sich um mein Glied herum erneut an. Ihre Nachbeben kamen und gingen in sanften Wellen, die meinen noch immer harten Schaft stimulierten. Ich war noch nicht direkt bereit für eine weitere Runde, aber das würde ich binnen weniger Minuten sein. Feen waren unersättlich.

Aber Camillia war angeblich zu einem Teil sterblich. *Es sei denn, man schenkt Zakkais kryptischer Aussage Glauben ...*

Aber nur weil Zakkai etwas anderes in ihr gesehen hatte, bedeutete das nicht, dass sie so unzerstörbar war wie eine vollblutige Fee.

Mit diesem Gedanken glitt ich langsam aus ihr, war mir bewusst, dass sie etwas Zeit brauchen würde, um sich zu erholen – auch wenn mein Heilungsbann sich in ihren Adern ausbreitete.

Az fing sie in seinen Armen auf, bevor ihre Beine zu Boden fallen konnten. Sein Phönix zeigte sich kurz in seinen Gesichtszügen, bevor das Violett in seinen Augen wieder überhandnahm.

„Sie ist noch nicht bereit für dich", sagte ich zu ihm, besorgt darum, dass er versuchen könnte, sie umgehend zu ficken. Ich konnte seine Energie an einem guten Tag schon kaum aushalten. Ich konnte mir nicht vorstellen, dass Camillia jetzt damit klarkommen würde.

„Ich weiß", sagte er und legte sie aufs Bett, bevor er ihre

Schenkel sanft spreizte. „Ich werde nur dabei helfen, sie sauberzumachen."

Camillia wimmerte, als Az seine Lippen auf ihre benutzte Mitte legte. Ihre Finger versenkten sich in seinem Haar und versuchten, ihn wegzuziehen. Er packte ihr Handgelenk mit einer Hand und presste es auf ihren Bauch.

„Entspann dich, kleine Kämpferin." Er hauchte die Worte an ihre Knospe, was sie einen Schrei von sich geben ließ.

Ich lief zu ihnen und kniete mich neben das Bett, legte meine Hand an ihre Wange und drehte ihren Kopf in meine Richtung. „Sag mir einfach, wenn er aufhören soll, dann werde ich ihn ablenken."

Az knurrte daraufhin, dann tat er etwas mit seiner Zunge, das Camillia dazu brachte, ihr Becken mit einem überraschten Stöhnen vom Bett abzuheben.

Unentzifferbare Worte kamen ihr über die Lippen und ein Lächeln breitete sich auf meinen Lippen aus. „Ja, er ist talentiert." Ich wusste es, weil ich seinen Mund schon einige Male erlebt hatte. Aber nicht oft. Denn Az sah sich vor jemanden hinzuknien als eine unterwürfige Geste an.

Was seine Entscheidung äußerst interessant machte.

Er entschuldigt sich, realisierte ich erschrocken.

Alles hiervon war seine Art gewesen, sich bei mir und Camillia zu entschuldigen.

Er war kein Mann der vielen Worte. Er glaubte an Taten.

Darum hatte er sie mir wie eine Gabe hingehalten. Er hatte mich zufriedenstellen wollen. Und jetzt stellte er sicher, dass auch sie vollends versorgt war.

Ich beschloss, ihm zu helfen, indem ich Camillia küsste und mich auf meine eigene Weise mit meiner Zunge entschuldigte. Oder vielleicht dankte ich ihr auch. Vermutlich eine Mischung aus beidem.

Denn sie hatte mich mit ihrer Perfektion umgehauen.

Wie sie mich dazu ermutigt hatte, zu bluten, meinen Schwanz, ohne zu zögern, in die Hand genommen hatte und zweimal gekommen war, während ich in ihr verweilt hatte.

Verdammt.

Ich hätte es am liebsten noch einmal getan.

Sie in das Bett rammen.

Sie dazu zwingen, stundenlang zu schreien.

Aber ich wollte sicherstellen, dass es ihr gut ging. Dass sie vollständig geheilt war. Dass sie uns nicht für alles, was heute geschehen war, hasste.

Das war alles so verrückt.

Wir hätten mehr miteinander reden sollen. Wir hatten noch immer keine Ahnung, was mit ihr geschehen war.

Oh, ich glaubte, was sie mir gesagt hatte. Aber das machte das Ganze nur noch verwirrender.

Wohin ist sie dreißig Tage lang entschwunden? Was ist mit ihr passiert? Hat es ihr irgendwie wehgetan? Wird sie wieder werden?

Die Fragen sammelten sich in meinem Kopf, während ich sie küsste und mir das Herz schmerzte. Der Anker, der an meinem Inneren zog, hatte düstere Absichten.

Alles, während Az sie einem weiteren Höhepunkt näherbrachte. Einer, der ihr vermutlich das Bewusstsein rauben würde.

Vielleicht war das sein Plan. Wenn sie ihr Bewusstsein verlor, würden wir endlich reden können.

Aber ich wollte, dass sie in das Gespräch involviert war. Ich wollte keine Entscheidungen an ihrer Stelle mehr treffen. Das hatte in der Vergangenheit nicht funktioniert. Wir mussten zusammenarbeiten. Reden. Die Sache lösen.

Wer bin ich überhaupt?, fragte ich mich staunend. Dieser Gedanke widersprach allem, was ich in den vergangenen zehn Jahren in mir kreiert hatte.

Ich hörte mich an wie der alte Ajax.

Derjenige, der entschlossen gewesen war, Emelyn zu helfen.

Derjenige, der deswegen alles verloren hatte.

Aber habe ich in diesen Jahren wirklich gelebt?, fragte ich mich. Ja, ich hatte geatmet. Aber war ich wirklich glücklich?

Ich blinzelte und entfernte mich von Camillia, als mir die Worte durch den Kopf gingen.

Sie öffnete ihre Augen und sah in meine.

Dann, als ihr Blick zu etwas hinter meiner Schulter wanderte, riss sie sie auf und ihr entwich ein Schrei.

Ich sah hinüber und erblickte Melek in einem Sessel sitzen.

Eines seiner Beine war über das andere gelegt und er hielt eine Schüssel Eiscreme in den Händen. Der Löffel verweilte an seinen Lippen und Az kam ruckartig auf die Beine.

„Was?", fragte Melek mit gelassenem Tonfall, während Camillia über das Bett kletterte und ihre Blöße zu bedecken versuchte. „Ist Azazel der Einzige, der sich einen Snack gönnen darf?"

„Was zum Teufel hast du hier zu suchen?!", verlangte Az zu wissen und stellte sich vor Camillia, um sie abzuschirmen.

„Na ja, ich bin hergekommen, um eine Nachricht von Typhos zu überbringen, aber ich wollte nicht stören, also ..." Er deutete mit seinem Löffel auf seine Schale mit Eis und zuckte mit den Achseln. „Ich bin davon ausgegangen, dass ihr vielleicht noch ein paar Minuten brauchen würdet, und die Show hat mich ... hungrig gemacht."

Az strich sich mit der Hand übers Gesicht und fluchte. „Es ist nicht, wonach es aussieht."

Melek zog seine Augenbrauen hoch. „Aha? Also hast du nicht gerade versucht, Cami einen dritten Höhepunkt zu verschaffen?" Er legte seinen Kopf schief. „Was hast du dann gemacht?"

Ich schluckte schwer. Meleks Worte bestätigen, dass er einiges mehr gesehen hatte als Az auf seinen Knien.

Und er hatte mich, den Wärter, sie ficken sehen.

Die Fee, die er für Camillias Verschwinden verantwortlich machte.

Die Fee, der der König der Höllenfeen die Aufgabe übertragen hatte, die flüchtige Brautkandidatin zu verhören.

Was für einen brillanten Job ich dabei hingelegt hatte.

Sowie Melek Bericht an Luzifer erstatten würde, war ich ein toter Mann. Oder jedenfalls einer, der seinen Job verloren hatte.

Denn Luzifer würde mir nach dem hier nie wieder vertrauen.

Und wenn er mir nicht vertrauen konnte, dann würde ich im Reich der Höllenfeen nicht länger willkommen sein.

Was bedeutete, dass ich kein Zuhause mehr hatte.

Ich hatte überhaupt nichts mehr.

KAPITEL 13

CAMI

Az hob sein T-Shirt vom Boden auf und reichte es mir, während er Melek finster anstarrte. Er hatte Meleks Frage noch nicht beantwortet, was mich nicht überraschte, da Meleks Zusammenfassung der Geschehnisse so ziemlich ins Schwarze getroffen hatte.

Ich zog mir Az' schwarzes T-Shirt über, welches so weit war, dass es für mich eher ein Kleid war. Ich schätzte, das war einfacher, als mir meine Jeans und mein Tanktop wieder anzuziehen. Außerdem gefiel mir der ascheähnliche Geruch, den es barg. Wie die ersterbenden Funken eines prächtigen Lagerfeuers.

Das muss Az' Phönix sein, dachte ich und erschauderte.

„Wie lautet Typhos' Nachricht?", verlangte Az zu wissen, der mir die Sicht auf Melek versperrte.

Aber ich konnte nach wie vor Ajax sehen – der sich nicht bemüht hatte, sich etwas überzuziehen. Ich bewunderte seinen festen Po, dann, als ich realisierte, dass er sein Bein noch nicht geheilt hatte, runzelte ich die Stirn.

Tatsächlich hatte er keine seiner Verletzungen geheilt.

Warum?

„Er braucht euch im Palast", erwiderte Melek. „Euch alle drei."

Ajax erstarrte.

Az verschränkte bloß seine Arme. „Uns wurden drei Tage eingeräumt."

„Nicht mehr." Das Knarzen des Stuhles, der sich bewegte, erfüllte das Zimmer, dann schien Melek auf Az zuzugehen. „Im Unterwasser-Königreich hat sich ein weiteres Portal aufgetan. Und dieses Mal gab es Verletzte."

Jetzt erstarrte Az. „Was?! Wie? Wurde die Quelle erneut gestört?"

„Der Quelle geht es gut. Dieser Vorfall scheint nicht mit den wahllos auftauchenden Portalen zusammenzuhängen." Melek sah mich an, während er das sagte. „Aber Ty braucht eure Hilfe dabei, die Person zu orten, die diese illegalen Tore zu anderen Welten öffnet."

„Was ist mit dem Quellenproblem?", fragte Az.

„Ty weiß, was zu diesem Zwischenfall geführt hat, und wird sich persönlich darum kümmern." Wieder sah Melek zu mir, was seine Warnung nur noch eindringlicher machte.

Der König der Höllenfeen weiß, dass ich die Quelle berührt habe.

Und jetzt hat er vor, sich persönlich mit mir zu befassen.

Scheiße.

Az nickte, akzeptierte den Plan, ohne zu realisieren, was er wirklich zu bedeuten hatte. Nicht, dass ihn das besonders getroffen hätte. Sein Phönix mochte mich zwar, doch ich bezweifelte, dass das Motivation genug war, um sich vor Typhos für mich stark zu machen.

„Wurde das Portal verschlossen?" Az' geschäftlicher Tonfall ließ ihn sich beinahe gelangweilt anhören.

„Ja. Mehrere von Tys Leutnanten haben Ressourcen zusammengetrommelt, um den Riss zu verschließen. Aber wir wissen noch immer nicht, wie oder weshalb es geschehen ist. Das andere Portal hat ein Tor zu den Feierlichkeiten der Nacht der Monster geschaffen. Das neue Portal führt direkt an einen Standort im Reich der Sterblichen."

„In unserer Realität?", fragte Az, was mich meine Stirn runzeln ließ.

Wohin denn sonst?, fragte ich mich. *Und was ist die Nacht der*

Monster? Es hörte sich unheimlich an und überhaupt nicht nach einer Feier, der ich beiwohnen wollte.

„Ja", erwiderte Melek. „Wir waren in der Lage, die meisten Albtraumfeen zurückzuziehen, aber die Anzahl an Todesfällen liegt jetzt bei sechs. Wir glauben, dass die Ursache jene ist, dass das Portal wie ein schwarzes Loch funktioniert und unaufmerksame Feen in das andere Reich und in seine fremden Wasser saugt."

„Also anders als jenes im Königreich des Jenseits, von wo aus die Feen aus freien Stücken gegangen sind", überlieferte Az.

„Ganz recht."

„Habt ihr irgendwelche Hinweise? Irgendwelche Magiespuren, denen ich nachgehen kann?"

Melek zögerte. „Ich glaube, darum solltest du dich mit Ty treffen. Er wird dir alle Details geben, die du brauchst." Sein Blick wanderte zu Ajax. „Und dich will er auch sehen. Ich glaube, es geht um etwas anderes."

Ajax nickte ehrerbietig. „Natürlich, mein Prinz."

Die formelle Antwort schien mir seltsam. Aber weder Az noch Melek reagierten darauf.

„Ich rate euch, dass ihr euch direkt bei Ty meldet." Melek musterte Ajax' nackten Körper. „Na ja, vielleicht solltest du dir vorher etwas überziehen. Und dich heilen. Du wirst bei Kräften sein müssen, wenn du dich ihm stellst."

Ajax neigte bloß seinen Kopf erneut. Im nächsten Augenblick materialisierte sich sein Zauberstab und der Geruch von Tanne erfüllte die Luft.

Ich zog meine Augenbrauen hoch, als Ajax' Magie um ihn herumwirbelte und ihm in weniger als einer Sekunde Jeans sowie ein T-Shirt herbeizauberte.

„Heile dich vollständig, Wächter", sagte Melek zu ihm mit strengem Tonfall.

„Ich werde sicherstellen, dass er das tut", meinte Az. „Was ist mit Cami?"

„Oh, ich werde mich um unseren kleinen Engel kümmern", murmelte Melek und sein Lächeln ließ seine Grübchen hervortreten. „Mir wurde Erlaubnis erteilt, sie im Palast herumzuführen und sie zu den Gastgemächern zu bringen."

Ich starrte ihn an. Meine Gedanken blieben an der sarkastischen Freude hängen, die seinem Tonfall mitschwang. Denn natürlich würde Melek mein Führer sein. Außerdem erfüllte mich der Gedanke, wie diese *Gastgemächer* aussehen könnten, mit Schrecken.

Az blickte über seine Schulter zu mir. Seine violetten Augen gaben nichts preis. Doch Ajax' Blick verweilte auf Melek.

Bereut er, was wir getan haben?, fragte ich mich. *Wird er sich wieder in dieses unnahbare Arschloch zurückverwandeln, wie er es letztes Mal getan hat?*

„Ajax wird uns zum Ostflügel teleportieren. Von dort aus kannst du Cami mit auf deine Führung nehmen", sagte Az. „Wir sehen uns dort, Melek."

Der Höllenfeen-Prinz sah mich eine lange Zeit an. Ich konnte seinen vielfarbigen Iriden nichts entnehmen. „Sie muss sich zuerst umziehen. Dein T-Shirt ist keine angemessene Kleidung für ihre Führung."

„Und ich kann mir gut vorstellen, dass dir etwas anderes vorschwebt", säuselte Az.

Melek strahlte geradezu. „Ja. Ja, tut es." Er lehnte sich zu Ajax und flüsterte ihm etwas ins Ohr, woraufhin die Mitternachtsfee den Kopf schüttelte und seinen Zauberstab hervorzog. Melek murmelte weiter, ignorierte Ajax' Reaktion und wackelte mit den Augenbrauen. „Nur zu, Wächter."

Ajax seufzte und bewegte seine Hand durch die Luft, während er einen Bann murmelte.

Ein Rock aus schwarzem Leder materialisierte sich neben mir auf dem Bett, zusammen mit einem roten Korsett, das mit schwarzen Pailletten besetzt war.

Nein, Moment mal.

Das waren keine Pailletten.

Das waren Diamanten.

Ich sah das Outfit mit offen stehendem Mund an. „Das werde ich ganz bestimmt nicht tragen, wo ich doch Jeans und ein Tanktop da drüben habe."

Ich zeigte auf die erwähnten Klamotten.

Was Melek von mir zum anderen Outfit blicken ließ. Ein

Outfit, das sich umgehend in einen Haufen Glitzer verwandelte. „Oh, das geht nicht."

Ich funkelte ihn an. „Dann werde ich Az' T-Shirt tragen."

„Ich kann dafür sorgen, dass auch das sich in Glitzer verwandelt", warnte Melek. „Soll ich?"

„Zieh einfach die Kleidung an, Camillia", sagte Ajax erschöpft. „Dieses Spiel können wir nicht gewinnen."

Wir?, dachte ich. *Wo ist in dieser Situation das Wir? Ich bin es, die in ein Korsett gezwungen wird.*

„Ich bin keine Puppe, die man nach Herzenslust anziehen kann", sagte ich, mehr zu Melek als zu Ajax. „Wenn du willst, dass ich mich umziehe, lass mich wenigstens aussuchen, was ich tragen werde."

Der Höllenfeen-Prinz sah mich von Kopf bis Fuß an und gab ein zustimmendes Summen von sich. „Hm, na gut. Was würdest du gerne tragen, kleiner Engel? Ich kann dir sagen, ob es dem Hof angemessen ist oder nicht."

„Schwarze Jeans und ein Tanktop. Bevorzugt mit Unterwäsche."

Er musterte mich eine lange Zeit, bevor er Ajax abermals etwas ins Ohr flüsterte.

Die Mitternachtsfee zielte mit seinem Zauberstab und einem erschöpften Gesichtsausdruck auf mich, während er seine mit Tannenduft versehene Magie in die Luft wob. Ich schrie auf, als sie über meine Haut raste und mich in ein Outfit ihrer Wahl zwang.

Ich öffnete meinen Mund, um Einwände zu erheben – oder zu fluchen –, nur um im nächsten Augenblick zu realisieren, dass Melek meine Kleiderwahl mehrheitlich abgesegnet hatte.

Eine schwarze Hose – keine Jeans, aber aus weichem Stoff –, zusammen mit kniehohen Lederstiefeln und gefährlich hohen Absätzen. Ein tiefrotes, trägerloses Top, das sich am Rücken wie ein Korsett zusammenzog, jedoch weitaus bequemer war. Ich konnte die Stränge nicht sehen, aber ich spürte sie. Der Herzausschnitt passte sich perfekt meinem Dekolletee an und ich sah aus, als würde ich gleich eine Bikerbar besuchen.

Meine Hände waren in ein Paar schwarze Spitzenhandschuhe

gehüllt. Der Stoff schimmerte, wann immer er in Bewegung war, und zog sich bis zu meinen Ellbogen hoch.

„Okay." Dieses Outfit konnte ich akzeptieren, auch wenn es so eng war, dass es sich wie eine zweite Haut anfühlte.

„Nur noch etwas", murmelte Melek und steckte seine Hand in die Hosentasche.

Ich riss meine Augen auf, als er eine mir bekannte Halskette hervorzog. „Oh, nein. Nein, nein, nein. Diese Halskette bereitet nur Ärger."

„Sie bietet Schutz", konterte er. „Und das wirst du im Palast brauchen, kleiner Engel."

„Das letzte Mal ..."

„Wenn er den Talisman wieder hat, dann hat Typhos ihn ihm zurückgegeben", unterbrach Az. „Was bedeutet, dass du Erlaubnis hast, ihn zu tragen."

Ich blinzelte. „Aber ..." Aber Luzifer weiß, dass ich die Quelle berührt habe. *Warum würde er mir so etwas erlauben?*

„Vertrau uns", murmelte Melek und ging um Az' breitgebauten Körper herum, um meinen Hals erreichen zu können.

„Euch vertrauen ...", wiederholte ich fassungslos. „Ich kann keinem von euch trauen."

„Eine sehr weise Aussage", meinte Az. „Aber ich würde Meleks Geschenk an deiner Stelle annehmen. Vielleicht ist es das einzige, das du je bekommen wirst."

Ich kniff meine Augen zusammen, realisierte, was er damit sagen wollte. *Mein Dolch.* Dieser Mistkerl hatte mich mit diesem Kuss – und allem anderen – abgelenkt, nur um ihn zurückzubekommen.

„Das werden wir ja sehen", entgegnete ich und erwiderte den herausfordernden Blick, der in seinen strahlenden Augen loderte.

Seine Lippen zuckten. „Ja, ich schätze, das werden wir." Er streckte Ajax seine Hand hin. „Bring uns zum Palast. Melek kann sich um Camillia kümmern."

Ich schnaubte beinahe lachend. *So viel dazu, dass wir zusammen reisen würden.*

Ajax sah mir in die Augen. Sein Zögern traf mich mitten ins

Herz. Es war der Funke einer Emotion, die er mir vermutlich nicht hatte zeigen wollen, aber er machte sich Sorgen.

Was mich besorgte.

Er wusste ganz offensichtlich, dass etwas Schlimmes im Anzug war.

Weil er auch weiß, dass ich die Quelle berührt habe, realisierte ich. *Das habe ich während meines Verhörs zugegeben.*

Und jetzt würden wir alle vor Luzifer treten müssen. Na ja, Ajax war der Erste, der ihn besuchen würde, und wir würden bestätigen müssen, was auch immer Melek dem König der Höllenfeen bereits erzählt hatte.

Sex würde nichts an der Wahrheit ändern.

Und an meinem Schicksal auch nicht.

Der Hauch eines entschuldigenden Blickes schien in sein Gesicht zu finden und war im nächsten Augenblick auch schon wieder weg.

Dann griff er nach Az' Hand und verschwand.

KAPITEL 14

AZ

CAMIS GESCHMACK VERWEILTE in meinem Mund und stellte meinen inneren Phönix zufrieden. Es war eine Ablenkung, die ich im Augenblick nicht brauchen konnte. Nicht, wo Typhos doch meine volle Aufmerksamkeit brauchte.

Ein Portal im Unterwasser-Königreich. Verdammt.

Wenigstens war mein Halbbruder nicht der Auslöser. Es wurde noch immer aufgrund des ersten unbewilligten Risses festgehalten.

Meine Füße trafen auf den Boden eines Korridors im Ostflügel des Palastes. Ajax landete neben mir. Er ließ meine Hand umgehend los und sah sich mit ängstlichem Gesichtsausdruck um.

Ich runzelte die Stirn. „Was ist los?"

„Nichts", log er.

Mein Phönix erschauderte. Ihm gefiel die Antwort nicht im Geringsten.

Und mir auch nicht, wenn ich ehrlich war.

Ich packte ihn am Nacken und presste ihn gegen die Wand – ähnlich, wie ich es mit Cami getan hatte, nur rauer – und zwang ihn, mir in die Augen zu sehen. „Spuck es aus."

Er rollte seine Augen. „Fick dich, Az."

„Oh, du hast ja keine Ahnung, wie gerne ich im Augenblick

ficken würde." Mein Spiel mit Cami war unterbrochen worden. Natürlich hatte ich nicht vorgehabt, Lust in ihr zu finden.

Jedenfalls nicht heute.

Nein, alles davon war für sie und Ajax gewesen. Meine Art, mich für meine Fehltritte zu entschuldigen und Wiedergutmachung zu leisten.

Mein fehlgeleiteter Vogel hatte versucht, Ajax umzubringen – etwas, wofür ich mich nie hinreichend entschuldigen können würde. Und Cami ... Na ja, ich war mir nicht ganz sicher, warum ich das Bedürfnis verspürt hatte, sie zu befriedigen. Ich wollte daran glauben, dass es wegen meines Phönix gewesen war, der danach verlangt hatte, aber das wäre gelogen gewesen.

Ich hatte sie befriedigen wollen. Ihr ein gutes Gefühl geben wollen. Sie für ihre Stärke belohnen – dafür, dass sie sich mir entgegengestellt hatte, obwohl sie es nicht hätte tun sollen. Ich hatte mich in ihrer Vollkommenheit sonnen wollen.

Es war alles aus Selbstlosigkeit geschehen. Ich hatte ihnen ganz einfach Lust verschaffen wollen, und es hatte mir angemessen geschienen, dass ich Cami Ajax als Geschenk anerboten hatte, nach allem, was ich ihm angetan hatte.

Ganz zu schweigen von seinem herzzerreißenden Geständnis.

Er sprach nie über seine Vergangenheit. Obwohl mir bekannt war, was geschehen war, so war ich nicht darauf vorbereitet gewesen, den Schmerz in seiner Stimme zu hören, als das Wahrheitsserum ihn dazu gezwungen hatte, auszupacken.

Ich schluckte schwer. Die Erinnerung nahm meinen Kopf ein, ließ mich den Griff um seinen Hals lockern, doch ich ließ nicht von ihm ab.

Stattdessen presste ich meinen Mund auf seinen und gab ihm damit wortlos zu verstehen, dass er mir wichtig war. Dass ich hier war. Dass wir, obwohl vielleicht nicht in romantischer Hinsicht, dennoch miteinander verbunden waren. Vom Leben. Von *Erfahrung*.

Vielleicht wich meine von seiner ab, aber das schmälerte die Freundschaft zwischen uns oder die Zuneigung, die ich ihm gegenüber verspürte, nicht.

Er versuchte mich wegzuschubsen, doch das verunmöglichte ich ihm. Mein Mund verlangte danach, dass er sich der

Liebkosung hingab. *Du bist mein Freund. Mein Liebhaber. Mein ... etwas mehr. Es tut mir leid, dass ich meinen Phönix nicht habe ihm Zaum halten können. Es tut mir leid, wegen des Wahrheitsserums...*

„Hör auf", knurrte Ajax an meinen Mund gedrückt. „Hör einfach auf."

„Nein." Ich griff nach seiner Hüfte und drückte ihn gegen die Wand, zwang ihn, meine Zunge in seinem Mund aufzunehmen. *Meins.*

Er begann seinen Kiefer anzuspannen, hielt jedoch im letzten Augenblick inne, weil er sich bewusst war, was geschehen würde, wenn er vollständig zubiss. *Ein Gefährtenband würde entstehen.* Mitternachtsfeen wussten sich nicht zu helfen. Ein Biss war alles, was nötig war, um die spirituelle Verbindung zwischen zwei Feen zu schaffen.

Oh, bei Sterblichen war das kein Problem. Er konnte sie beißen, so viel er wollte – und das tat er auch, da er ihr Blut brauchte, um seine Magie anzutreiben.

Aber mich konnte er nicht beißen.

Nicht, ohne unsere Seelen miteinander zu vermählen.

Darum hatte er auch Cami nicht beißen wollen.

Mein Phönix würde eines Tages etwas Ähnliches tun, und dann würde auch ich nur einen einzigen Biss benötigen. Aber Formwandlerfeen mussten sich in ihrer Tierform befinden, um einen bedeutenden Abdruck zu hinterlassen, und als schwarzer Phönix war ich technisch gesehen zu einem Teil eine Formwandlerfee. Das bedeutete, dass ich so viel zubeißen konnte, wie ich wollte, solange ich mich in meiner menschlichen Form befand. Etwas, das ich vorhatte, in ganzer Fülle auszunutzen, wenn es um Cami ging.

Denn ihr Blut schmeckte himmlisch, sodass ich es zweifelsohne wieder tun würde. Vor allem, wenn es Ajax zugutekam.

Seine Zunge streifte meine, als würde er darüber nachdenken. Oder, was wahrscheinlicher war, er schmeckte die süße Lust unserer kleinen Kämpferin an meiner Zunge.

Sie hatte sich mit seinem einzigartigen Geschmack vermischt. Ihr Lustspiel hatte einen köstlichen Nachtisch kreiert, den ich mir vor nur wenigen Augenblicken noch hatte schmecken lassen.

Bis Melek uns unterbrochen hat, dachte ich und erinnerte mich daran, warum wir zum Palast gekommen waren.

Ich ließ Typhos nicht gerne warten, aber Ajax schien mich zu brauchen. Und ich war versucht, sicherzustellen, dass er in Ordnung war, bevor wir den König der Höllenfeen aufsuchten.

„Sag mir, was dich bedrückt", flüsterte ich an Ajax' Mund gedrückt. „Ist es, was gerade mit Cami passiert ist? Denn eines kannst du mir glauben, Ajax: Sie hat es noch mehr genossen als du."

„Unsere Aufgabe war es, sie zu verhören, nicht, sie zu ficken", knurrte er.

Ich lachte schnaubend und schüttelte meinen Kopf. „Sex ist eine hervorragende Verhörstrategie. Du weißt das besser als jeder andere." Ich presste meine Leiste an seine und erinnerte ihn absichtlich an unsere ersten paar Male im Bett, wo ich ihn stundenlang sinnlich gefoltert hatte. Mein Phönix hatte sicherstellen wollen, dass er vertrauenswürdig war – nicht nur meinetwegen, sondern auch zu Typhos' Sicherheit.

Und er hatte sich als äußerst verlässlich herausgestellt.

Ajax kniff seine Augen zusammen. „Das habe ich nicht gemeint."

„Fühlst du dich schuldig, weil du sie gefickt hast?"

„Das sollte ich, ja."

„Das habe ich nicht gefragt. Fühlst du dich schuldig?"

Er knirschte merklich verärgert mit den Zähnen. „Nein."

„Und das beschäftigt dich, weil du glaubst, dass du dich schlecht dafür fühlen solltest, dass du die Gefangene gefickt hast, obwohl du hättest deine Arbeit tun sollen", überlieferte ich, wusste nach all unseren Jahren der Freundschaft, wie er tickte. „Das ist lächerlich."

„Es ist nicht lächerlich. Ich habe versagt, da es ihr gelungen ist, zu fliehen, und es war meine Aufgabe sie ..."

„*Unsere* Aufgabe", unterbrach ich.

„... wieder einzufangen", sagte er. „Und mir wurde aufgetragen, Antworten aus ihr herauszubekommen, was ich auch habe, aber sie werden Luzifer nicht gefallen."

„Warum nicht?", fragte ich mit aufrichtiger Neugier. „Zakkai hat sie mit einem Wahrheitsbann belegt und sie hat dir alles erzählt, oder etwa nicht?"

„Ja, hat sie. Was zusammengefasst ist, dass sie keine Ahnung hat, was mit ihr geschehen ist, weil ein magisches Buch sie auf eine Reise zu einem hellen Licht mitgenommen hat, bevor sie in ihrem alten Zimmer auf der Universität aufgewacht ist", meinte er keifend.

„Vita", unterbrach eine tiefe Stimme, was mir Gänsehaut verschaffte.

Ich hasse *es, wenn du das tust,* sagte ich ihn Gedanken und blickte zur Stelle, an der der König der Höllenfeen stand. *Du könntest wenigstens die Luft schimmern lassen, um deine Ankunft anzukündigen.* Und Melek auch, verdammt. Leider schlich der Prinz der Höllenfeen nur zu gerne herum und überraschte Leute, also war ich seine Mätzchen mittlerweile gewohnt.

Doch Typhos warnte mich üblicherweise vor, bevor er aus dem Nichts erschien.

Ihr habt mich zu lange warten lassen, erwiderte Typhos mit gelangweiltem Tonfall in meinem Kopf. „Das Buch, das Camillia De la Croix erwähnt hat, heißt Vita", sagte er mit Blick zu Ajax.

Ich runzelte die Stirn. „Cami hatte Vita?"

„Offenbar." Ein Hauch Verärgerung wohnte dem Wort bei. „Wie es scheint, hat Vita sie besucht und hat ihr Dinge gezeigt, die er ihr nicht hätte offenbaren sollen."

Das ergab keinen Sinn. „Selbst wenn dem so wäre, sollte sie nicht in der Lage sein, es lesen zu können."

„Gemäß Melek kann und hat sie Vita gelesen." Typhos zuckte mit der Schulter. „Ich habe vor, der Sache persönlich auf den Grund zu gehen, weshalb ich auch darum gebeten habe, sie hierherzubringen. Also ... Wo ist sie?"

„Bei Melek", sagte ich zu ihm und ließ von Ajax' Hals ab. „Wir waren gerade auf dem Weg zu dir."

„Wart ihr das?", meinte Typhos mit amüsiertem Tonfall. „Denn es sah so aus, als hättet ihr gerade einen äußerst interessanten Moment miteinander geteilt."

„Als wäre dir das noch nie passiert", meinte ich ausdruckslos und bezog mich dabei auf die vielen Male, in denen ich Typhos in einer ähnlichen Situation angetroffen hatte. Und das meistens, wenn er weitaus weniger angehabt und sich mit Melek die Zeit vertrieben hatte.

Seine Mundwinkel zuckten. „Ganz recht." Sein Blick wanderte wieder zu Ajax. „Du hast mich als Wärter enttäuscht, aber ich werde dich nicht verbannen. Ich habe eine Aufgabe für dich, mit der du es wiedergutmachen kannst. Also ärgere dich nicht über deine Fehltritte und konzentriere dich auf die Wiedergutmachung deiner Fehler."

Ich zog meine Stirn kraus und sah zuerst Typhos, dann Ajax an. „Das war es, was dich beschäftigt hat? Dass Typhos dich dafür bestrafen könnte, dass du Cami gefickt hast?" Ich prustete beinahe los, doch Ajax' Gesichtsausdruck ließ mich umgehend ernüchtern. „Dann würde er mich auch bestrafen müssen. Und das wird er nicht."

Werde ich nicht?, fragte Typhos mit seidiger Stimme, die Worte nur für mich bestimmt. *Was macht dich da so sicher?*

Die Tatsache, dass du mich brauchst, erwiderte ich, ohne ihn anzusehen. *Also hör auf, Späße mit Ajax zu treiben, und erzähl uns vom neuen Portal.*

Ich treibe keine Späße mit Ajax, antwortete er und die samtweiche Beschaffenheit seiner Stimme zeigte sich, obwohl er log.

Doch, tust du, Eure Hoheit. Ich gab die letzten beiden Worte mich einem sarkastischen Tonfall von mir, im Wissen, dass es ihn verärgern würde, den formellen Titel aus meinem Mund zu hören. *Du hast ihm gesagt, dass er dich enttäuscht hat, obwohl dem nicht so ist. Er war ein fantastischer Wärter und das weißt du auch.*

Mag schon sein. Aber er ist ganz offensichtlich abgelenkt von Camillia De la Croix' Muschi.

Na ja … Es handelt sich dabei um eine wirklich fantastische Muschi. Vielleicht solltest du sie mal kosten, schlug ich vor und sah ihm unerschrocken in die Augen. *Wir beide wissen, dass dein kleiner Prinz es tun will.*

Hm. Er sagte es nicht mir verleugnendem, sondern eher mit abweisendem Tonfall. „Ich habe euch beide nicht zu mir berufen, um über die vormalige Kandidatin zu sprechen", meinte er schließlich. „Na ja, Ajax' Aufgabe hat mit ihr zu tun. Aber dazu kommen wir noch. Wir müssen uns über das neue Portal unterhalten und was ich in seiner Nähe gespürt habe."

Ich zog eine Augenbraue hoch. „Was hast du gespürt?"

„Nicht hier", sagte er. „In meinem Büro."

Mit diesen Worten verschwand er mithilfe derselben listigen Magie, die er benutzt hatte, um seine Ankunft zu verheimlichen.

Ich schüttelte meinen Kopf. *Angeber.*

Hör auf, Zeit zu verschwenden, und beweg deinen Arsch hierher, verlangte er.

Ja, Eure Hoheit.

Sein mentales Knurren war die einzige Antwort, die ich erhielt.

Ich grinste und sah Ajax an – der nicht so besorgt wie zuvor schien, aber dessen Augen nach wie vor ein gebrochener Blick innewohnte. „Er wird dich nicht verbannen", sagte ich zu ihm, wiederholte, was Typhos eben gesagt hatte.

„Das Problem ist nicht die mögliche Verbannung, sondern, was ich davon halte."

Ich runzelte die Stirn. „Was willst du damit sagen?"

Er sah aus, als wollte er darauf antworten, überlegte es sich jedoch anders. „Unwichtig. Wir sollten ihn nicht warten lassen. Meine Probleme können warten. Dieses Portal hat Vorrang."

Ich wollte Einwände erheben und ihn dazu bringen, sich mir zu öffnen. Aber er hatte recht. Diese wahllos entstehenden Portale waren die dringlichere Angelegenheit.

Genauso wie der Umstand, dass Cami in der Lage war, Vita zu lesen. Nur wenige konnten die Sprache verstehen, die der Foliant barg – nur ich, Melek und Typhos. Und das war nur, weil das Buch Typhos gehörte. Es war Teil seiner Magie. Was auch der Grund war, weshalb seine Gefährten die Seiten, die es barg, lesen konnten.

Aber Cami war keine von Typhos' Gefährten.

Warum kann sie es dann lesen?, fragte ich mich, während Ajax und ich den Korridor hinab zu Typhos' Büro liefen. *Und wie hat Typhos vor, die Sache zu handhaben?*

Ich würde mir diese Fragen zu einem späteren Zeitpunkt durch den Kopf gehen lassen müssen.

Nachdem wir den Riss im Unterwasser-Königreich besprochen hatten.

Als Kommandant war es meine Aufgabe, die Albtraumfeen im Höllenfeen-Reich zu handhaben. Wenn eine von ihnen dieses Problem verursachte, würde ich den Schuldigen finden und zerstören.

Und wenn es jemand außerhalb unserer Welt war, würde ich ihn auch aufspüren.

Das war meine Aufgabe.

Mein Lebenssinn.

Der *Schwur*, den ich geleistet hatte.

KAPITEL 15

CAMI

VOR EINIGEN MINUTEN

„Ist es wirklich nötig, mich zu tragen?", protestierte ich, während Melek mich in den Armen hielt. Meine Beine lagen über einen seiner Arme, während sein anderer meinen Rücken stützte.

Er antwortete nicht.

Stattdessen tanzten winzige energetische Nadelstiche über meine Haut und ein dröhnendes Geräusch erschreckte mich. Ich kreischte und klammerte mich an ihn. Die sich plötzlich verändernde Atmosphäre jagte mir Angst ein.

Und dann sah ich nur noch ihn.

Sein perfektes Gesicht.

Dieses kantige Kinn.

Glitzernde Augen.

Verlockende Lippen.

Etwas sagte mir, dass er diese Transportmethode absichtlich gewählt hatte. Denn nichts, was Melek tat, war jemals unschuldiger Natur, und mich in seinen Armen zu halten, während er die Sicht auf alles andere versperrte, außer sein gutaussehendes Gesicht, war zweifelsfrei hinterhältig.

„Wie geht es dir?", fragte er, ignorierte meine Frage und bestätigte meine Vorahnung.

Das Wort ‚gut' kam mir über die Lippen, nur um wieder geschluckt zu werden, als ein plötzlicher Übelkeitsanfall mich überkam, bevor ich antworten konnte. Ich kniff meine Augen zusammen und mein Kopf fiel gegen seine Schulter.

Es war, als hätten seine Worte eine Unmenge an Empfindungen freigesetzt.

Ich ächzte, konnte keine Worte mehr von mir geben. *Auch keine Fluchworte*, dachte ich, verärgert über, was auch immer er gerade mit mir gemacht hatte.

Und ich war doppelt genervt, als mein Ächzen ihn zum Lachen brachte.

„Ich dachte mir schon, dass das der Fall sein könnte, kleiner Engel", murmelte er. „Zwischen zwei Reichen zu reisen, will gelernt sein. Es handelt sich dabei um eine Fähigkeit, an die dein Körper sich mit der Zeit gewöhnen wird."

Ich habe mich nicht so gefühlt, als Ajax mich mittels seines Schattens ins Reich der Mitternachtsfeen gebracht hat, wollte ich ihm sagen.

Stattdessen schloss ich meine Augen, um gegen den Bann anzukämpfen, der mich einzunehmen drohte. Ein schönes Melek-Gesicht genügte. Ich wollte kein zweites oder drittes sehen.

„Hier." Seine Stimme war sanft, sein Atem ein Kuss an meiner Schläfe. „Ich werde dir helfen."

Eine beruhigende Welle von Kraft streifte über meine Haut und sandte ein Kitzeln an meinem Rücken hinab. Meleks betörender Geruch wusch über mich und ertränkte mich in einem Meer aus wonnehaftem Trost.

Ich war plötzlich hundemüde.

Wie damals ... Als ich zu einer Wolke wurde ...

Ein Teil von mir wusste es besser, als mich fallen zu lassen, aber *ooooh ... Nur ein paar wenige Sekunden ... können nicht schaden ... Richtig?*

Melek hatte mir erst vor wenigen Minuten noch gesagt, dass er mich berühren müsste, damit seine Teleportationsmagie funktionieren würde. Ich hatte erwartet, dass er nach meiner Hand greifen würde.

Aber nein.

Er hatte mich, zu meinem Missfallen, wie eine Braut in seine

Arme gehoben. Doch jetzt konnte ich mich nicht mehr daran erinnern, warum es mir etwas ausgemacht hatte.

Das hier fühlte sich gut an. Sicher. *Warm.*

Der Stoff meiner Hose rieb sich an den Beinen aneinander und meine hochhakigen Lederstiefel baumelten in der Luft. Meine Haltung drückte auch meine Brüste im enganliegenden, korsettähnlichen Oberteil zusammen, vorwiegend, weil meine Arme um Meleks Nacken geschlungen waren.

Warum habe ich mir etwas aus dem Outfit gemacht?, fragte ich mich stirnrunzelnd. *Warum bin überhaupt verärgert?*

Ich sah zu Melek, suchte nach einem Hinweis darauf, warum ich Einwände erhoben hatte. *Da war etwas*, dachte ich. *Es gab einen Grund, warum ich nicht wollte, dass er mich so in den Armen hält ...*

Meleks Grübchen zeigten sich und er lächelte mich mit merklicher Belustigung an.

Muss er so gut aussehen?, fragte ich mich.

„Um deine Frage von vorhin zu beantworten, kleiner Engel: Nein, ich brauchte dich nicht zu tragen. Aber ich war mir nicht sicher, wie du auf meine himmlischen Fähigkeiten reagieren würdest." Seine Lippen strichen über meine Schläfe und der flüchtige Kuss ließ Funken durch meine Nervenenden rauschen. „Außerdem kann ich nicht zulassen, dass du den Boden dieses Flügels berührst, bevor du die Halskatte um hast."

Als ich meine Augen wieder öffnete, starrte er mit erwartungsvollem Blick in seinen vielfarbigen Augen auf mich herab.

Er war ... hypnotisierend. Anders als Az' Phönix, aber genauso verlockend.

Als ich realisierte, dass er darauf wartete, dass ich mich bewegte, blinzelte ich ihn an.

„Ich halte die Halskette in meiner linken Hand, wenn du danach greifen willst", sagte er und seine Grübchen kehrten zurück.

„Es sei denn, du willst, dass ich dich für den Rest der Führung auf den Armen trage. Ich hätte nichts dagegen."

„Und was passiert, wenn ich den Boden berühre, ohne deine Halskette zu tragen?", konterte ich, während ich mich aus seinen

Armen zu winden versuchte. Ich brauchte Raum. *Abstand.* „Ist der Palast aus Lava oder ...“

Ich verstummte, sobald ich mich umpositioniert hatte und mehr als nur Meleks hypnotisierendes Gesicht erkennen konnte.

„Oh ...“ *Heilige ... Scheiße ...*

Ich hatte mit meinem Rateversuch nicht allzu sehr danebengelegen. Die Wände bestanden aus Feuer. Schwarze und rote Rauchwirbel und Flammen brannten in vertikaler Position, ließen den blutroten Boden jedoch unberührt.

Aber ich spürte keine Hitze von ihnen kommen. Vielleicht, weil Melek mich beschützte.

Der Boden bestand aus einer Art schimmerndem Stein, der die Energie reflektierte, die aus den Wänden zu strömen schien. Das könnte auch der Grund dafür sein, warum ich die Hitze des Feuers nicht spürte.

Ich musterte die Textur, bevor ich mich weiter umsah.

Wir sind nicht allein, realisierte ich.

Alle paar Meter war ein Höllenhund an einer langen Kette angekettet. Ich war es gewohnt, sie in ihren menschlichen Formen zu sehen, aber in ihrer tierischen waren sie angsteinflößend. Ihre spitzen Ohren waren gereckt und alle starrten uns mit feurigem, intensivem Blick an.

Es gab auch mehrere andere Feen, die den Korridor hinabgingen.

Okay. Also hat Melek keine Scherze hinsichtlich der Kleidung gemacht, dachte ich und musterte ihre formellen Outfits. *Es ist, als hätte er uns mitten in eine höllische Kunstgalerie teleportiert.*

Alle Feen um uns herum trugen Anzüge und diamantenbesetzte Manschettenknöpfe. Einige hatten schwarze Seidenkrawatten an, andere wiederum trugen knallige, rote Farben. Ich konnte keine Waffen erkennen – jedenfalls keine sichtbar getragenen –, doch die meisten Höllenfeen benötigten keine Waffen, um eine Bedrohung darzustellen.

Und auch wenn es zu einem Problem kommen würde, so ahnte ich, dass sie bloß die Höllenhunde auf einen Eindringling loshetzen müssten.

Ich hatte jede Menge Höllenhunde unschädlich gemacht, als Luzifer versucht hatte, mich für die Brautspiele in die Hölle zu holen, aber dabei hatte es sich immer um Eins-gegen-Eins-Kämpfe gehandelt.

Es mit all diesen Biestern allein aufnehmen? Nein, danke.

Obwohl ... Der Umstand, dass sie angekettet waren, riet an, dass es den Höllenhunden nicht erlaubt war, sich im Palast zu verwandeln. Ich fragte mich, was sie getan hatten, um so eine Behandlung zu verdienen, oder ob Luzifer sie ganz einfach in ihrer tierischen Form vorzog.

Ich sah mich kurz um und bemerkte, dass die Höllenhunde stachelige Halsbänder trugen, die mit Diamanten und schwarzem Onyx besetzt waren.

Na, ganz offensichtlich wurden keine Kosten gescheut für den Palast und jene, die sich darin aufhielten.

„Nein", sagte Melek und zog meine Aufmerksamkeit auf ihn zurück. „Der Boden ist nicht Lava."

Ich blinzelte ihn an, verstand den plötzlichen Themenwechsel nicht.

Dann erinnerte ich mich daran, dass ich mich gerade nach dem Boden erkundigt hatte und warum ich die Halskette tragen musste. „Oh." Ich schien heute Abend eine Frau der vielen Worte zu sein. *Ich meine, ähm, Nachmittag? Wie viel Uhr es auch immer ist.*

„Tatsächlich gibt es in keinem Teil des Palastes Lavaböden", fuhr er fort. „Die Wände bestehen aus Höllenfeuer. Jedenfalls in diesem Flügel. Aber der Ostflügel ist flammenlos, vorwiegend, weil er für Geschäftstreffen und Besucher aus anderen Reichen gedacht ist."

Er zog mich näher an seine Brust, sodass meine Sicht wieder blockiert wurde. Mir stockte angesichts seiner Nähe der Atem.

„Aber wir sind nicht im Ostflügel. Was bedeutet, dass du Schutz brauchst." Er sah an eine Stelle über meiner Schulter. „Du wirst nach der Halskette greifen müssen."

Ich brauchte eine Minute, um zu verarbeiten, was er gesagt hatte. *Stimmt. Er hält die Halskette in seiner linken Hand.*

Er hatte meine Frage, was passieren würde, wenn ich den Boden von Luzifers Palast ohne Halskette betreten würde, nicht beantwortet, doch angesichts dessen, was ich bisher gesehen hatte, würde ich vermutlich bei lebendigem Leibe verbrennen oder einen Höllenhund-Alarm auslösen.

Ich streckte und verdrehte mich, um nach der Halskette zu greifen, und presste sie an meine Brust.

„Halt sie einfach hoch. Ich werde dir helfen, sie anzulegen", sagte er zu mir und stellte mich ohne jegliche Vorwarnung vorsichtig ab.

Augenblicklich schoss Hitze in meine Beine und Energie rauschte durch meine Fersen. Urplötzlich überkam mich eine Welle der Erschöpfung. Scheiße. Ich umklammerte die Halskette und spürte, wie sie an etwas in mir zog. An etwas, das ich nicht verstand.

Melek hatte mir einmal gesagt, dass der Talisman eine Art Leiter war. Ich war nicht sicher, ob das bedeutete, dass er ein Leiter für seine Kraft oder meine oder beide war.

„Ist das der Grund, weshalb Ty – ich meine Luzifer – gesagt hat, dass du mir die Halskette zurückgeben darfst?", fragte ich, als Melek nach der Kette griff und sie um meinen Hals legte.

Er befestigte sie an meinem Hals und erwiderte: „Ty wird als Erstes mit dir sprechen wollen."

Das beantwortete meine Frage nicht.

Und es deutete zudem darauf hin, dass mich bei lebendigem Leibe zu verbrennen oder mich an die Höllenhunde zu verfüttern nicht vollends ausgeschlossen war. Luzifer war im Moment schlichtweg zu beschäftigt, um mich zu empfangen.

Weil er sich mit Ajax und Az trifft, während Melek mich mit einer Führung ablenkt.

Mein Tod war für Luzifer zudem vermutlich von geringem Interesse. Er würde ihn herbeiführen, aber erst dann, wenn er es mit seinem Terminkalender vereinbaren konnte.

Ich sah ruckartig nach oben, als einer der Höllenhunde mich anzuknurren begann.

Meine Hand wanderte instinktiv an meine Hüfte und suchte nach einer Waffe. Aber ich hatte keine.

Weil Az mir den Dolch wieder abgenommen und Ajax mit diesem Outfit keinen neuen heraufbeschworen hat.

Verdammt.

Az hatte kein Recht gehabt, mir den Dolch wegzunehmen.

Sein Phönix – *mein* Phönix – hatte ihn mir geschenkt. Ich war nicht sicher, was das zu bedeuten hatte, aber es gefiel mir, dass das gefiederte Wesen eine Schwäche für mich zu haben schien. Hoffentlich würde mir das etwas Schutz einräumen.

Vielleicht.

Unwahrscheinlich, dachte ich. Denn Az schien mir der Typ Mann, der seinen Phönix an der kurzen Leine hielt. Was bedeutete, dass ich den Mann für mich gewinnen musste, bevor mein Schutz gewährleistet sein würde. Und, na ja, das schien eher unwahrscheinlich – trotz der heißen Stunden, die wir zusammen verbracht hatten.

Aber ich hatte die vollumfängliche Hingabe gemocht, die sein Wesen an den Tag gelegt hatte. Niemand sonst hatte versucht, mich so erbittert zu beschützen. Niemand zuvor war willens gewesen, für mich zu *töten*. Nicht nur im Reich der Höllenfeen, sondern allgemein.

„Camillia!", rief Melek einige Meter entfernt und mit erwartungsvollem Blick. „Hier entlang."

Stimmt. Palastführung. Ablenkung. Habe verstanden.

Nicht das, was ich bevorzugt getan hätte, aber besser als von einem der knurrenden Höllenhunde gefressen zu werden.

Ich bewegte mich so schnell es meine hohen Absätze mir erlaubten, ohne mir die Knöchel zu brechen, und folgte Melek in einen Korridor, in dem noch mehr Flammen brannten. Zum Glück schien mir die Hitze jetzt nichts anhaben zu können.

Wegen der Halskette?, fragte ich mich.

Meine Finger wanderten zum Talisman. Das Metall war kalt. Als ich mich auf den Stein darin konzentrierte, rauschte eine erfrischende Welle durch meinen Körper.

„Also, ähm ... Das ist also Luzifers Palast?" Ich kannte die Antwort darauf bereits, wollte nur, dass Melek etwas sagte. *Bevorzugt etwas über Luzifer und was zum Teufel er mir antun wird.*

Nicht nur, weil er vermutlich glaubte, dass ich seinen Wärter und seinen Kommandanten verführt hatte, sondern auch, weil ich seine kostbare Quelle berührt hatte.

Was nicht hätte möglich sein sollen.

Nichts davon ergibt irgendeinen Sinn.

„Zu einem Teil, ja", sagte Melek vage, bog um die Ecke und lief an zwei Wachen vorbei und in, was wie ein Privatgemach aussah.

Oder jedenfalls nahm ich an, dass es ein Privatgemach war, weil wir die einzigen im Flur waren und die Höllenhunde und anderen Feen hinter uns ließen.

Er lief ein paar Minuten in Stille weiter, sodass ich die Wände aus Höllenfeuer und Steinböden mustern konnte.

Keine Fenster.

Keine Türen.

Nur ein endloser Flur aus blutroten Böden und Flammen.

Es fühlte sich gruselig an. Tödlich. *Als würde ich meiner eigenen Hinrichtung entgegenschreiten.*

Aber der Flur endete in einem weitläufigen Bereich, der von einem riesigen Balkon umgeben war. Aber es war der Gegenstand in der Mitte des Zimmers, der mich vollends einnahm.

Denn er war *riesig*.

Ich riss meine Augen auf, als ich die Statue von Luzifer musterte, sein Körper in roten Marmor gehauen und mit Gold versehen.

Wenn jemand mich gebeten hätte, den König der Höllenfeen artistisch wiederzugeben, hätte ich ihn auf einen Thron gesetzt und ihn dabei gezeigt, wie er über seinen Hof regierte. Aber hier war das nicht im Entferntesten der Fall.

Nein, das kolossale Kunstwerk zeigte einen gebrochenen Luzifer, der auf dem Boden kniete und seinen Kopf hängen ließ.

Die Statue schien beinahe lebensecht, mit den einzelnen Haarsträhnen und wie sie sich über seinen Körper ergossen und dann zu Boden zu fallen schienen.

Meine Absätze klackerten gegen den Boden, als ich langsam darum herumzugehen begann.

Jeder einzelne Muskel war angespannt, zeigte seinen Schmerz, ohne die Emotion auf Luzifers Gesicht auftreten zu lassen.

Als ich bei seinem Rücken ankam, erblickte ich zwei blutige Wunden auf je einer Seite seines Rückgrats. Sie sahen schmerzhaft aus. Quälend, sogar. *Realistisch*. Sie weckten dieses merkwürdige Bedürfnis in mir, meine Hand auszustrecken und ihm Trost zu spenden.

Aber ich hielt mich davon ab, war mir nur halbwegs gewahr, dass es sich hierbei um ein nicht lebendes Objekt handelte.

„Ty wollte, dass sie am Eingang seines Privatflügels platziert wird, sodass alle, die ihm nahestehen, sich daran erinnern, was uns verbindet", informierte mich Melek mit leiser Stimme, seine Präsenz an meiner Seite willkommen und doch erschreckend. Ich hatte beinahe vergessen, dass er hier war.

„Und was verbindet uns?", fragte ich. *Schmerz? Aufopferung?*

„Ablehnung", erwiderte er. Bisher hatte ich das Wort nicht mit uns in Verbindung gebracht, aber nach allem, was ich vor Kurzem erfahren hatte, ergab es durchaus Sinn.

Luzifer war gefallen.

Das war, was das Buch mir gezeigt hatte. Aber es war so viel mehr als das. Sein Fall war von Bedeutung gewesen, aber ich ahnte, dass, was auch immer *vor* seinem Fall geschehen war, das wirklich wichtige Ereignis gewesen war.

Er war von seinem Zuhause verbannt und, wie ich nur annehmen konnte, von jenen *abgelehnt* worden, die seine Familie hätten sein sollen.

Genau wie die anderen Abscheulichkeiten, die er unter seine gebrochenen Fittiche genommen hatte.

Weil ich nicht widerstehen konnte, begab ich mich zur Vorderseite der Statue. Ich nahm einen Schritt nach vorn und ließ meine Finger über den makellosen Stein wandern. Die Statue war so groß, dass ich nur über seine Finger streichen konnte. Zu meiner Überraschung war der Stein warm.

Jetzt hatte ich das Gefühl, Luzifer besser verstehen zu können. Die Schöpfung einer neuen Quelle war keine Zurschaustellung von unglaublicher Macht und Kontrolle gewesen.

Er hatte nur versucht, zu überleben.

Und indem er das getan hatte, hatte er andere, in Ungnade gefallene Spezies unter seinen Schutz gestellt.

Man hätte ihn vorbildlich nennen können.

Mal abgesehen von der ganzen Sache mit dem Entführen von Bräuten gegen ihren Willen.

Melek begab sich auf den Balkon zu und verschränkte die

Hände hinter dem Rücken. Sein weiches, blondbraunes Haar wehte im heißen Wind und erinnerte mich an Federn.

Ich stellte mich neben ihn und atmete scharf ein, als ich die Aussicht musterte.

Sie war, gelinde gesagt, beeindruckend. Rote, goldene und schwarze Gebäude zogen sich an einer Straße aus Marmor in der Ferne entlang, mit Höfen voller Flammen und Kohle, die den Palast von, was ich für die Stadt hielt, abgrenzten.

„Ist das das Herz des Höllenfeen-Reiches?", fragte ich, war mit den verschiedenen Königreichen innerhalb von Luzifers Toren nicht vertraut.

„Das ist das Königreich der Höllenfeen", murmelte Melek. „Hier leben Luzifer und ich, und seine Höllenfeen und die Verstoßenen – oder *Abscheulichkeiten*, wie die anderen Reiche sie gerne nennen – unter seiner Herrschaft."

Ich nickte langsam und versuchte an den glitzernden Stadtgebäuden vorbeizusehen. „Also ist das Ödland ..." Ich verstummte, konnte nichts in der Nähe erkennen, das der trockenen Landschaft ähnelte, mit der ich während der Spiele vor Kurzem Bekanntschaft gemacht hatte.

„Das Ödland liegt in einem anderen Königreich", erwiderte er. „Es ist eines der vielen Gebiete, das von Albtraumfeen bewohnt wird."

Ich runzelte die Stirn. „Und was ist der Unterschied?"

Er war einen Augenblick lang still, sein Blick auf der Umgebung verweilend. „Das Buch hat dir Luzifers Fall gezeigt, nicht aber, wie und wo er gelandet ist?"

Ich erinnerte mich an den Schmerz in Luzifers Gesicht, wie ich den Hauch eines Grinsens auf Meleks Lippen gesehen hatte, und die tief sitzende Wut, die darauf gefolgt hatte. Wie sie mich bis in meinen Kern erschüttert hatte ... Und dann ... „Alles ist aus den Fugen geraten, als er sich in Licht verwandelt hat", flüsterte ich. Mein Rachen fühlte sich plötzlich unheimlich trocken an. „Er war so wütend ..."

„Zu Recht", murmelte Melek und für einen winzigen Augenblick fand ein düsterer Ausdruck in sein Gesicht, bevor er mich wieder ansah. „Als Luzifer gefallen ist, ist er in der Höllengrube gelandet. Dorthin wurden die, wie wir sie für diese

Unterhaltung nennen werden, *Verstoßenen* hingeschickt. Diese *Verstoßenen* sind heute unter dem Namen Albtraumfeen bekannt."

Ich musterte Meleks Profil, überrascht darüber, dass er Begriffe verwendete, die ich verstand, anstatt in Rätseln zu sprechen. Aber ich hielt mich davon ab, etwas dazu zu bemerken, da ich den Moment nicht ruinieren wollte.

„Zuerst gab es nicht viele von ihnen", fuhr er fort. „Aber immer noch genug. Sie kannten keine Ordnung und hatten kein Zuhause, keine Könige, keine Anführer, die sie anleiten konnten. Nur verstoßene Seelen, die versucht haben, zu überleben."

Melek sah mit bewunderndem Blick zur Statue zurück.

„Luzifer hat die Bürde auf sich genommen, zu ihrem Licht zu werden. In den vergangenen Jahrtausenden hat er ihnen Struktur und Schutz geboten. Königreiche wurden geschaffen. Die Gebiete sind perfekt für die Albtraumfeen, die hier residieren. Aber die gnadenlose Umgebung ist nicht für alle ideal, was auch der Grund dafür ist, dass das hier geschaffen wurde." Er deutete auf den Palast und die Stadt, die sich dahinter ausbreitete.

„Das Königreich der Höllenfeen", sagte ich, verwendete den Begriff, den er vorhin benutzt hatte.

„Ja. Ein Ort, an dem Feen von gemischter Abstammung, wie du, sicher, ohne Vorurteile und ohne drohende Gewalt durch andere Feenreiche leben können. Wir benutzen den Begriff ‚Abscheulichkeit' hier nicht. Wir akzeptieren alle Arten von Feen und nehmen uns jenen an, die von anderen gefürchtet werden, und schenken ihnen ein Zuhause."

„Aber sie werden als anders als Albtraumfeen gesehen?", hakte ich nach, wollte sicherstellen, dass ich verstand.

„Ja. Albtraumfeen sind spezifischer in ihrer Natur. Sie stammen üblicherweise von einer einzigen Spezies ab anstatt von mehreren."

Er lehnte sich gegen das Balkongeländer und sah mir in die Augen.

„Okay. Was bedeutet, dass sie keine Höllenfeen sind, weil sie keine Mischung aus verschiedenen Feentypen sind", sagte ich, begann zu verstehen.

„Ja. Darum ist eine Naga, zum Beispiel, eine Albtraumfee,

weil sie nur von einer Naga abstammt. Im Gegensatz dazu ist Azazel eine Höllenfee, weil seine Vorfahren verschiedene Gene haben. Sein Vater war eine Höllenfee – zu einem Teil Zeitreisefee, Leichenfee und Ghul – und seine Mutter war eine reine Schwarzer-Phönix-Fee."

Das hatte ich nicht gewusst. Na ja, ich hatte von Az' Phönix-Teil gewusst. Aber der andere Teil war anscheinend genauso mächtig.

Nur eines verstand ich nicht. „Warum bezeichnet man eine Naga dann nicht einfach als, na ja, Naga?"

„Weil Nagas eine Unterart von Albtraumfeen sind. Genauso wie Rubindrachen, Zentauren und Minotauren. Sie sind alle Albtraumfeen-Unterarten."

„Weil sie, ähm, eine Art Monster sind? Und darum sind sie Albtraumfeen?", riet ich. Ich wollte keine Vorurteile haben. Es war nur, dass mir nie bewusst gewesen war, dass diese mystischen Wesen existierten, bis ich zu einer Höllenfeen-Braut geworden war. Luzifer hatte sie ganz offensichtlich gut versteckt.

Was, also, hat es zu bedeuten, dass ich erst jetzt davon erfahre? Hat Melek es ganz einfach mit mir teilen wollen und darauf vertraut, dass ich es niemandem verraten werde? Oder war es, weil er wusste, dass ich nicht lange genug leben werde, um mir die Information zunutze zu machen?

Melek zuckte mit der Schulter. „So kann man das auch sagen. Ich ziehe es vor, sie als missverstandene Kreaturen anstatt als Monster zu bezeichnen, aber viele der Feenreiche würden sie wegen Letzterem verstoßen und sie *albtraumhaft* und *monströs* nennen."

Seine Definition zu hören, ließ mich meine verwendeten Begriffe überdenken. „Missverstandene Kreaturen hört sich besser an."

„Tut es wirklich, nicht wahr?", sinnierte er und lächelte mich an. „Wie es der Zufall so will, ist er auch zutreffend. Etwas, dass du, wie ich glaube, während deiner Spiele gelernt hast, nicht wahr?"

Die Schimären, dachte ich, überlieferte seine Worte. *Er spricht von den Schimären.*

Ich hatte die Auren gewisser Albtraumfeen gesehen, während

ich durch das Ödland gerannt war. Einige Zentauren waren gewalttätig gewesen, während andere ... beinahe gütig geschienen hatten. Liebevoll, sogar.

Aber etwas, das Melek gesagt hatte, ließ mich meine Stirn runzeln. „Du hast gesagt, dass das Königreich für Höllenfeen geschaffen wurde, die in den Albtraumfeen-Gebieten nicht überleben können." Das war nicht direkt die wörtliche Wiedergabe seiner Aussage, aber er hatte es angedeutet.

Seine Augen, in denen ein hypnotischer Blick ruhte, glitzerten angesichts des einfallenden Lichts, was ihm einen überirdisches Glühen verschaffte, das mich beinahe von meinem Gedankengang abbrachte.

Aber im Moment war ich an einem gewissen Detail hängengeblieben. Eines, das mich meine Augen zusammenkneifen ließ.

„Wie sollen die Höllenfeen-Bräute dann im Ödland überleben? Es sei denn, das Königreich ist bewohnbar?" Ich konnte mir den sarkastischen Tonfall nicht verkneifen. Denn diese Umgebung war auf keinen verdammten Fall bewohnbar.

Er lächelte. „Die Albtraumfeen-Gefährtenbänder stellen sicher, dass die Höllenfeen-Bräute überleben."

Ich erwiderte sein Lächeln nicht. „Will heißen, dass die Bräute die Wahl haben zwischen sich mit ihren Entführern zu verbinden oder zu sterben?"

„Diejenigen, die sich als passende Gefährtinnen herausstellen, werden das Band nicht ausschlagen. Genau darum geht es ja bei den Spielen."

Er legte seinen Kopf schief. „Haben sie deiner Meinung nach verängstigt ausgesehen ... oder zufrieden?"

Ein Trick, dachte ich. Denn sie hatten verängstigt ausgesehen, bis ich die Schimäre durchschaut hatte. „Ihre Schreie haben angedeutet, dass sie von der Aussicht darauf nicht besonders angetan waren", legte ich nach.

Melek musterte mich mit einem wissenden Blick und ein amüsiertes Lächeln zog auf seinen Lippen auf. „Na ja, ich schätze, wir werden sehen, wie du nach der nächsten Probe darüber denkst."

Ich erblasste bei diesem Gedanken. „Und wann soll das sein?"

Bedeutet das, dass ich das noch miterleben werde?, ergänzte ich in Gedanken.

„Das ist eine Frage, die du Ty stellen musst", murmelte er. „Was mich daran erinnert, dass wir unsere Führung fortsetzen sollten."

Er gab mir keine Gelegenheit, weitere Fragen zu stellen, und wandte sich vom Balkon ab, um das Zimmer durch einen anderen Ausgang zu verlassen, welcher ebenfalls von stummen Wachen beobachtet wurde.

Ich stolperte um ein Haar über meine mit Absätzen besetzten Stiefel, während ich versuchte, mit ihm mitzuhalten. „Ich werde mir in diesen Dingern noch den Hals brechen."

Meleks sanfte Grübchen zeigten sich wieder. „Höllenfeen-Kleidung wird dir noch ans Herz wachsen. Immerhin wirst du vermutlich eine Weile lang hierbleiben."

„Im Palast?" *Und bedeutet das auch, dass ich überleben werde?*, fügte ich abermals in Gedanken hinzu.

Er führte mich einen weiteren gruseligen Flur hinab, der von Flammen eingenommen war, und direkt auf eine Flügeltür aus Obsidian zu führte. Er flüsterte ein paar Worte, die mir entgingen, sodass der Stein vor unseren Augen schmolz. Buchstäblich schmolz. Wie ein schwarzer Wasserfall.

Ich riss meine Augen auf und richtete meinen Blick umgehend zu Boden. Aber der flüssige Stein – oder was auch immer für ein Material das hier war – löste sich in Luft auf.

Und dann führte mich Melek über die Türschwelle.

Ein lautes Klicken hallte hinter mir wider, sowie ich das neue Gebiet betrat. Ich wirbelte nach Atem ringend herum.

Die Türen waren an ihren Platz gefallen.

Und wir standen mutterseelenallein in einem Flur.

„Was ist mit all den anderen Höllenfeen passiert?", fragte ich, plötzlich nervös.

„Sie halten sich immer noch in den öffentlichen Bereichen auf." Er hielt inne, als würde er sie mustern. „Die meisten von ihnen haben eine gewisse Stellung hier im Palast. Aber ein paar von ihnen waren nur zu Besuch. Ich glaube, sie wollten einen Blick auf Luzifer erhaschen, um sich rückzuversichern."

Ich wusste nicht so recht, was er mir mit dem letzten Teil

sagen wollte, und ich war auch nicht allzu sehr auf Details konzentriert. Es war der erste Teil, der mich beschäftigte. „Also befinden wir uns nicht mehr im öffentlich zugänglichen Bereich?", hakte ich schwer schluckend nach.

Dann gingen mir seine Worte über die Statue durch den Kopf.

„Ty wollte, dass sie am Eingang seines Privatflügels platziert wird ..."

„Wir ..." Ich verstummte und schluckte schwer. „Wir befinden uns in Luzifers Privatgemächern?"

Melek grinste. „Ganz recht, kleiner Engel. Und jetzt komm. Es gibt noch so viel zu sehen."

KAPITEL 16

CAMI

Ich bin in Typhos Luzifers Privatflügel.

Im Zuhause des Königs der Höllenfeen.

Dem Geschöpf, das mich vielleicht – oder vielleicht auch nicht – töten will.

Mir schnürte sich urplötzlich die Kehle zu und meine Beine waren schwer wie Blei. *So fühlt es sich also an, zu seiner eigenen Hinrichtung zu laufen. Verdammt.*

Melek war bereits in großen Schritten und mit selbstbewusster Haltung vorgegangen.

Ich sah zurück zur Tür hinter mir. *Es gibt definitiv keinen Ausweg.*

Aber wenigstens waren hier keine Höllenhunde mehr.

Ich fluchte leise und ging Melek hinterher. Meine Absätze klackerten laut gegen den Steinboden unter meinen Füßen. In diesen Stiefeln würde ich nicht wegrennen können. Nicht, dass ich gewusst hätte, wohin ich laufen sollte.

„Wir werden uns heute auf Luzifers Privatflügel beschränken", sagte Melek, als ich ihn einholte. „Es gibt im ganzen Palast schlichtweg zu viel zu sehen, um es in eine Führung zu packen, und ich dachte, es wäre am besten für dich, zuerst den Ort zu sehen, an dem du dich mehrheitlich aufhalten wirst."

Die Führung findet im Flügel statt, in dem ich mich mehrheitlich aufhalten werde …

Ich wiederholte die Worte in meinem Kopf und versuchte Sinn daraus zu machen.

„Aber das hier ist Luzifers Flügel", sagte ich benommen.

Ein schelmisches Glimmen fand in Meleks fraktale Augen. „Ja, ist es."

„Und ... Ich werde mich hier aufhalten?"

Er nickte. „Ja."

Mir rutschte das Herz in die Hose und ich hatte abermals das Gefühl, von Melek teleportiert worden zu sein.

Ich nahm an, dass es immer noch besser war, als in einem Kerker festzusitzen. *Aber ist es das auch?*, fragte ich mich. *Will ich dem König der Höllenfeen so nahe sein?*

Ein Schaudern rann an meinem Rücken hinab und ließ meine Gliedmaßen erstarren, während ich mich zwang, Melek zu folgen. Ich wusste nicht, was ich sagen oder welche Fragen ich stellen sollte. Ich war zu verwirrt, um mich konzentrieren zu können.

Melek sagte etwas von einem spezifischen Flur, das ich nicht ganz hörte. Das Wort ‚Spielzimmer' war alles, was ich registrierte. Und ich bat ihn nicht darum, näher auf das Thema einzugehen. Ich war nicht sicher, ob ich wissen wollte, was für ein ‚Spielzimmer' der König der Höllenfeen haben könnte.

Wir liefen für das, was sich wie Stunden anfühlte, in Wirklichkeit aber nur wenige Minuten waren.

Nur, um in einen neuen Flur zu gelangen, in dem noch mehr Höllenhunde weilten. Diese hier waren jedoch nicht an die feurigen Wände gekettet. Sie saßen auf erhöhten Lederplattformen. Und viele von ihnen befanden sich in ihrer menschlichen Gestalt.

Ich sah sie blinzelnd an und erschrak, als eine Höllenfee in einem Smoking mit einem Höllenhund an einer langen Leine vorbeilief.

„Ähm ..." Ich sah der Höllenfee dabei zu, wie sie den Flur hinabging, aus dem wir gerade gekommen waren. „Wird er bestraft, wie die anderen?"

Melek sah zu mir zurück und zog seine Augenbrauen hoch. „Bestraft?"

„Ja." Ich räusperte mich. „Wie die Höllenhunde im anderen Zimmer, die an die Wände aus Feuer gekettet waren?"

Er hielt an und drehte sich zu mir um. „Sie werden nicht bestraft. Höllenhunde mögen Feuer. Und sie nehmen Befehle besser in ihrer tierischen Form auf."

Einer der Höllenhunde in der Nähe schnaubte lachend und seine glänzenden schwarzen Augen sahen in meine, während sich ein Feuerball in seiner Hand formte. Ich war darauf gefasst, dass er das brennende Inferno in meine Richtung werfen würde, doch stattdessen schmiss er es dem verwandelten Höllenhund auf der anderen Seite des Zimmers zu.

Der die feurige Kugel mit seiner Schnauze fing und darauf biss, während er aufgeregt mit seinem Schwanz wedelte.

Dann rannte er auf vier Beinen zum anderen Höllenhund und schmiss ihn zu Boden, woraufhin die beiden sich ein Gerangel zwischen einem Mann und einem flammenden Hund lieferten.

„Siehst du?" Melek hörte sich amüsiert an. „Sie sind sehr verspielte Kreaturen. Das hier ist eines der Zimmer, das Luzifer ihnen an der Seite des Palastes gegeben hat und in dem sie sich während ihrer Pausen entspannen können. Ihr Sicherheitstrakt ist ungefähr eineinhalb Kilometer entfernt und obwohl das für einen Höllenhund keine große Distanz ist, so ziehen es viele von ihnen vor, sich hier zu entspannen."

„Sicherheitstrakt", wiederholte ich. „Der Palast wird also vorwiegend von Höllenhunden bewacht." Das ergab Sinn. „Aber warum müssen sie an Leinen geführt werden?"

„Wie ich schon sagte ... Sie nehmen Befehle besser auf, wenn sie in ihrer tierischen Form sind. Aber sie können chaotisch sein und ihre Vorliebe für Feuer führt regelmäßig zu Zerstörung. Es ist einfacher, wenn eine Höllenfee ihnen dabei behilflich ist, ihre Posten zu wechseln." Er zuckte mit den Achseln und lief weiter.

Melek war uncharakteristisch mitteilsam, was mir sagte, dass er mich vermutlich auf etwas vorbereitete. Ich hatte in den vergangenen Tagen oder Wochen – wie lange auch immer wir Zeit zusammen verbracht hatten – gelernt, ihn zu lesen. Alles, was er sagte und tat, hatte einen Grund. Hier war es nicht anders.

Und er hatte mir noch immer nicht verraten, was Luzifer mit

mir vorhatte. Das konnte kein Zufall sein – er wollte mir aus einem guten Grund nichts darüber verraten.

Ich wünschte mir bloß, dass ich den Grund kennen würde.

Meine Finger wollten einen Dolch umschlingen – irgendwas, das mir dabei helfen würde, mich vor dem zu schützen, was kommen würde. Leider waren meine Absätze das Schärfste, das ich derzeit bei mir hatte.

Absätze, die immer wieder laut gegen den blutroten Flur klackerten.

Der nächste Teil unserer ‚Führung' schloss einen Spaziergang durch ein Trophäenzimmer ein – in dem sich für meinen Geschmack zu viele Totenköpfe befanden. Dann zeigte mir Melek die Küchen, von denen es bemannte und Selbstbedienungsküchen gab, sowie ein paar Leseecken und Bibliotheken, die randvoll mit Büchern waren.

Es überraschte mich nicht, dass Luzifer der Literatur zugewandt war.

Vermutlich, weil ich mit einem seiner Bücher vertraut geworden war.

Mir begann ein Muster aufzufallen, während Melek mich herumführte. In jedem Zimmer hing ein bemerkenswertes Kunstwerk oder stand eine Statue. Manchmal merkte Melek etwas zu ihnen an, manchmal nicht. Aber wenn er etwas zu einem Stück sagte, hatte es immer etwas mit Luzifer zu tun.

„Ty hat dieses Stück vor rund zweitausend Jahren in Auftrag gegeben, um der Schöpfung des Unterwasser-Königreichs zu gedenken."

„Das hier wurde geschaffen, um Tys Verhandlung mit den Mythosfeen zu gedenken. Die Sammlung von Händen steht für ihre monumentale Übereinstimmung, aber wenn du es dir aus diesem Winkel ansiehst, kannst du sehen, dass die Hände einen Käfig formen. Man kann sagen, dass es ein sehr einschlägiges Kunstwerk ist."

„Das hier haben die Höllenhunde für Ty geschaffen. Es ist ... Na ja, *einzigartig*. Aber Ty liebt es, was auch der Grund ist, weshalb es in seiner Lieblingsbibliothek steht."

„Mein König liebt Handel und verspürt eine starke Abneigung gegen jene, die ihn hintergangen haben. Genau das spiegelt diese Sirenen-Statue wider – die ultimative Form von Bestrafung."

„Was auch immer du tust …, berühre nie diese goldene Feder. Ich weiß, sie ist verlockend, aber es handelt sich dabei um ein verzaubertes Relikt aus einem sehr alten Feenreich. Ty würde es in Glas aufbewahren, wenn er könnte, aber die Magie weigert sich, eingefangen zu werden."

Der zuletzt erwähnte Gegenstand schwebte in der Mitte einer der Leseecken und die weichen Enden verströmten ein Licht, das mich an die Quelle der Höllenfeen erinnerte. Ich machte einen weiten Bogen um das Relikt und folgte Melek.

„Und hier ist das Vertragszimmer", sagte er und deutete auf eine Doppeltür, die aus Metall bestand. Kreuzweise angebrachte Ketten sicherten das Zimmer und ein totenkopfförmiger Verschluss, aus dem Flammen quollen, versicherte mir, dass ich dieses Schloss nicht knacken können würde. Nicht, dass ich das wollte.

Okay, vielleicht ein kleines bisschen.

Ich hätte nur zu gerne nachgesehen, ob es mehr Details zum Handel zwischen meinem Vater und Luzifer gab. Denn der Vertrag, den ich gelesen hatte, konnte nicht alles sein.

Oder vielleicht war es wirklich so simpel. Es war ja nicht so, als ob sich meine Eltern jemals etwas aus mir gemacht hatten.

„Aber die meisten Feen sehen hier nur eine Flammenwand", ergänzte Melek mit einem Hauch Neugier in seiner Stimme.

Es dauerte einen Moment, bis ich begriff, was er damit sagen wollte. Er hatte mich auf den Prüfstand gestellt. *Hat er meine eingehende Prüfung so verstanden, dass ich die Schimäre durchschauen wollte oder dass ich bloß die Türen inspiziert habe?*

Vermutlich Letzteres.

Es war nicht so, als wäre meine Fähigkeit, Dinge zu sehen, die ich nicht hätte sehen sollen können, ein Geheimnis. Anstatt also etwas dazu anzumerken, zog ich eine Augenbraue hoch und wartete ab, was er als Nächstes tun würde.

Dieses teuflische Lächeln zog abermals auf seinen Lippen auf, was mir sagte, dass er ganz genau wusste, was ich gesehen hatte. Aber er sagte es nicht direkt. Er bemerkte nur: „Als Nächstes gehen wir in den Aufenthaltsbereich."

Das hörte sich wie ein Versprechen und eine Bedrohung zugleich an und erinnerte mich an mein unbekanntes Schicksal.

Ich folgte ihm wortlos und meine Gedanken flogen in einer Mischung aus Neugier und Schrecken durch meinen Kopf. Ersteres Gefühl gewann, als wir durch eine weitere schmelzende Tür gingen und einen breiten Flur mit noch mehr Flammen betraten.

In diesem Korridor befanden sich mehrere Höllenhunde. Alle von ihnen standen Wache an den Wänden. Ich schluckte schwer. *Ich laufe zweifelsohne meiner Hinrichtung entgegen.*

Dieser Gedanke festigte sich nur noch mehr, als Melek vor einer schimmernden roten Schranke stehenblieb, die sich in der Mitte des Flurs befand.

„Nach dir", sagte er.

Ich sah ihn mit hochgezogener Augenbraue an. „Du willst, dass ich hier durchgehe?"

„Ja." Diese verdammten Grübchen zeigten sich abermals. „Es sei denn, du würdest lieber bei den Höllenhunden schlafen?"

Ich sah ihn finster an. „Was erwartet mich auf der anderen Seite?"

Melek warf mir einen verspielten Blick zu. „Das wirst du schon sehen."

Als ich mich nicht augenblicklich in Bewegung setzte, zuckte er mit den Schultern und ging durch die Schranke hindurch, sodass ich allein zurückblieb.

Das Bedürfnis, wegzurennen, ergriff mich für einen kurzen Augenblick und raubte mir einen Moment lang den Atem. Mir schwirrte der Kopf von dem Labyrinth, das hinter uns lag. *Es gibt keinen Ausweg. Die Türen schmelzen hier, verdammt noch mal. Überall sind Höllenhunde. Ich befinde mich buchstäblich im Herzen des Höllenfeen-Reiches.*

Oder dem Höllenfeen-Königreich.

Wie auch immer es heißt.

Es ist Luzifers Palast.

Verdammt.

Selbst wenn ich gewusst hätte, wie man diesem Gebäude entrinnt, würde ich nur wieder aufgespürt werden. Und dann würde ich getötet werden.

Oder von Az und Ajax erneut verhört werden.

Gefolgt von mehr Sex. Vielleicht. Hoffentlich.

Ein Hitzeschwall rauschte über meine ohnehin schon erwärmte Haut, während Erinnerungen an meinem inneren Auge vorbeizogen. Ich umschlang den Talisman und konzentrierte mich auf die kühle Energie, die er absonderte, musste mich erden und konzentrieren.

Ja, es war wunderbar. Der beste Sex meines Lebens. Aber das ist im Augenblick unwichtig.

Es war reines Wunschdenken, dass es noch einmal passieren würde – vor allem, wenn ich flüchtete. Was ich nicht einmal zu bewerkstelligen wusste. Also ergab es keinen Sinn, überhaupt daran zu denken.

Oder in den Erinnerungen daran zu schwelgen.

Oder mehr davon zu begehren.

Vor allem, wo es doch gut möglich war, dass ich meinem Tod entgegentrat.

Konzentrier dich, Cami, tadelte ich mich selbst, mein Blick auf die Schranke gerichtet. *Du kannst das schaffen. Schultern straffen und Kopf hoch. Stell dich der Sache. Du hast nichts Falsches getan. Jetzt musst du nur Luzifer davon überzeugen.*

Außerdem hatte ich mich in meinem Leben schon vielen Teufeln gestellt. Arschlöchern auf Verbindungsfeiern. Verdammten Höllenhunden. Und nicht zuletzt meinem Vater.

Natürlich war das hier der Teufel in Person und er jagte mir eine Heidenangst ein – eine zutreffende Beschreibung, auch wenn sie Melek widerstrebte.

Was wird Luzifer mit mir machen?, fragte ich mich. *Es gibt nur einen Weg, es herauszufinden.*

Ich atmete tief ein, trat durch die Schranke und zuckte zusammen, als meine Halskette zum Leben erwachte. Weißes Licht breitete sich vor meinen Augen aus, was mich kurz etwas benommen machte, bevor Meleks schönes Gesicht in Sicht kam.

„Da ist ja mein kleiner Engel", murmelte Melek und streckte seine Hand aus. „Komm. Das Beste liegt noch vor uns."

Ich hatte nicht die geringste Ahnung, was er damit sagen wollte, und ich wusste auch nicht, warum ich meine Hand in seine legte. Ich fühlte mich benebelt, wie vorhin, was mich empfänglich für seinen Charme machte.

Vermutlich flößte er mir Drogen ein.

Denn es hatte zweifelsohne nichts mit dem Umstand zu tun, dass Melek mich gerade in einen Abschnitt geführt hatte, der ganz offensichtlich seine persönlichen Gemächer beinhaltete. Und es hatte auch nichts mit seinem engelsgleichen Aussehen oder dem verführerischen Lächeln zu tun, das er mir immer wieder zuwarf.

Nein. Ich fühle mich überhaupt nicht von ihm angezogen. Kein bisschen.

Seine Hand drückte meine, als könnte er meine Gedanken hören. *Lügner*, sagte die Geste.

Oder aber es war mein Gewissen, das da sprach.

Melek hatte nicht versucht, mir wehzutun, auch wenn seine Umwerbung mir Probleme bereitet hatte. Tatsächlich war er der Erste gewesen, der mir meine Geschichte hinsichtlich der verlorenen Zeit geglaubt hatte. Und er schien auch um meinen Schutz besorgt. So hatte ich den Talisman jedenfalls interpretiert.

Was ist mit der Feder?, dachte ich. *Was hat die mit mir angestellt?*

Ich stand kurz davor, zu fragen, doch als wir an einer Tür mit gehörnten Rändern vorbeiliefen, lenkte mich Melek ab, indem er sagte: „Meine Hölle."

Ich sah ihn blinzelnd an. „Was?"

Er zwinkerte mir bloß zu und führte mich zu einer weiteren Tür, die sich wenige Schritte entfernt befand. „Und das hier wird dein trautes Heim, Hölle allein sein."

„Meinst du ‚Zimmer'? Ich meine ‚Glück'?" Die Redewendung lautete doch ‚Trautes Heim, Glück allein', oder?

Anstatt auf meinen Wortschwall zu antworten – der, wie ich wusste, auf meine Nervosität zurückzuführen war –, trat er über die Türschwelle und gab Sicht auf eine wunderschöne Suite dahinter frei.

Ich riss meine Augen auf. *Das hier ist definitiv ein Upgrade meiner bisherigen Zelle.*

Was durchaus Sinn ergab, da wir uns in Luzifers Privatgemächern aufhielten.

Plötzlich zog ich meine bisherige Unterkunft mit den Gitterstäben und dem verzauberten Bett vor. Denn dieses Zimmer befand sich zu nahe am König der Höllenfeen.

Er wird mich in meinem Schlaf umbringen, dämmerte mir. *Oder noch schlimmer.*

Ein Schwall Wärme rauschte über meine Haut. Eine Wärme, die sich wieder wie eine Feder anfühlte. Aber es gab keine Federn hier und Melek sah nicht einmal zu mir, als ich ihn anblickte.

Merkwürdig.

Ich schluckte meine Nervosität herunter, betrat das Zimmer und musterte es.

Ein marmorner Empfangsbereich wurde von einem riesigen Wohnbereich mit schwarzen Ledersofas, blutroten Teppichen und einem riesigen schwarzen Bildschirm abgelöst. Ein Bildschirm, der, wie ich annahm, wie ein Fernseher im Reich der Sterblichen funktionierte. Daneben befand sich eine Küche mit einer Bar, deren Schränke aufgefüllt waren.

Und es hingen auch ein paar seltsam aussehende Gitterstäbe von der Decke, die aussahen, wie …

Moment mal.

„Sind das Stripstangen?", fragte ich ungläubig.

„Nur, wenn du sie als solche benutzen willst", murmelte Melek. „Es gibt auch ein Schlafzimmer und ein luxuriöses Badezimmer den Flur hinab rechts. Beide wurden geschaffen, um Gruppenspiele zu ermöglichen … Ich meine natürlich, mehrere Gäste zu beherbergen."

Ich warf ihm einen Seitenblick zu, war mir vollends gewahr, dass er diese Korrektur überhaupt nicht so gemeint hatte. „Mh-hm." Ich wollte ihn gerade korrigieren, doch ich wusste nicht, was ich entgegnen sollte. Schließlich hatte er mich gerade mit Az zwischen meinen Beinen und Ajax an meinem Mund erwischt. Melek begann zu flüstern.

Ich runzelte die Stirn, als sich der Bereich verzog. Moment mal. *War das alles bloß ein Trick, um Zeit totzuschlagen? Werde ich zu Luzifer gebracht …?* Meine Gedanken verlangsamten, als das Zimmer zurückkehrte, jetzt aber über mehrere Ergänzungen verfügte.

Ein Pizzaofen, in dem echte Flammen brannten, hatte sich im

Küchenbereich materialisiert. Auf der Frühstücksbar stand jetzt eine Espressomaschine. Und neben dem schwarzen Bildschirm im Wohnbereich stand ein Weinkühler.

„Oh." Na ja, das … ist echt nett. „Danke."

Meleks Grübchen zeigten sich erneut. Er schien froh, dass ich zufrieden war. „Ich habe ein paar meiner Lieblingssachen in den Kühlschrank gezaubert", sagte er. „Sterbliches Essen, meine ich. Darunter Käse."

Ich begann auf die Küche zuzulaufen, wollte sehen, was er sonst noch in den Kühlschrank gepackt hatte, als die Tür zum Zimmer aufschwang und mich einen Sprung machen ließ.

Oh, nein. Er ist …

„Ajax?" Erleichterung wusch über mich und ich atmete erleichtert aus, entspannte meine Schultern. Mein Puls verlangsamte sich umgehend. *Gott sei Dank.*

Ajax hingegen sah nicht direkt froh darüber aus, mich zu sehen. Tatsächlich schien er ziemlich verärgert.

Er stellte eine Reisetasche auf den Boden und begab sich direkt auf die Küche zu. „Wehe, hier drinnen gibt es keinen Alkohol."

Ich zog meine Augenbrauen hoch und Melek lachte. „Jetzt schon", erwiderte er mit einem Glitzern in den Augen. Dann sah er mich an und sagte. „Wie es scheint, ist meine Schicht vorüber. Aber wenn du etwas brauchst, zögere nicht, nach mir zu rufen."

Ähm … Ich war mir nicht sicher, ob ich wollte, dass er ging. Vor allem, wo Ajax anscheinend echt mies drauf war. „Willst du nicht bleiben?", fragte ich, hasste die hilfsbedürftige Note in meiner Stimme. Sie sah mir überhaupt nicht ähnlich, aber ich fühlte mich so schutzlos hier. Der Gnade des Königs der Hölle ausgeliefert.

Und so unvorbereitet auf das, was als Nächstes geschehen würde.

„Du bist in guten Händen, kleiner Engel", sagte Melek zu mir. Aber dann lief er zu Ajax und flüsterte ihm etwas zu, was die Mitternachtsfee die Stirn runzeln ließ.

Ich tat es ihm gleich, fragte mich, was er zu ihm gesagt hatte. Aber bevor ich fragen konnte, verschwand er und ließ mich allein mit dem Wärter.

Was auch immer es war, es brachte Ajax dazu, zu knurren, bevor er einen der Schränke öffnete und eine Flasche mit bernsteinfarbener Flüssigkeit hervorholte.

Er schraubte den Deckel ab und nahm einen großen Schluck, bemühte sich nicht darum, nach einem Glas zu greifen.

Ich starrte ihn an, wartete auf eine Erklärung seiner derzeitigen Laune. Aber er gab mir keine.

Az' Warnung ging mir durch den Kopf. Diejenige, die er mir gegeben hatte, als ich in Ajax' Bett aufgewacht war.

„Das hier wird Gefühle in ihm wachgerüttelt haben. Und er wird sein Bestes versuchen, sie abzustreifen."

„Er wird glauben, dass er es bereut. Aber das ist eine Lüge."

Liegt es vielleicht daran?, fragte ich mich. *Verwandelt sich Ajax wieder in ein Arschloch zurück?*

Denn ich weigerte mich, das zu akzeptieren. Nicht nach allem, was zwischen uns vorgefallen war. Er hatte mich verhört. Hatte Schlangen benutzt, um mich zu quälen. Dann hatte er sich reuevoll gezeigt – wenn auch angetrieben von einem Phönix, aber ich hatte seine Reue gespürt – und er hatte mir erlaubt, ihm dasselbe anzutun, wie er mir angetan hatte.

Er hatte seine Geheimnisse, seine Wunden, seine *Vergangenheit* mit mir geteilt.

Und dann hatte er mich besser gefickt als jeder andere zuvor. Er hatte mich geradezu beansprucht.

Also, nein. Wir würden nicht dahin zurückkehren, wie die Dinge einst gewesen waren. Vor allem nicht, wenn ich vielleicht nicht mehr lange zu leben hatte.

„Sag mir, was dir auf dem Herzen liegt", sagte ich zu ihm. „Spuck es aus, damit wir das Problem lösen können."

Seine dunklen Augen glitzerten im Schein des Feuers, das von den Wänden fiel. Die blaue Note in seinen Augen nahm einen violetten Ton an, der mich ein bisschen an Az erinnerte. „Ich bin kein Höllenhund, Camillia. Ich befolge keine Befehle."

Ich verschränkte meine Arme vor der Brust. „Na, ich akzeptiere keine brütenden Arschlöcher, die meinen Privatbereich ohne Grund mit schlechter Laune füllen. Also rede."

Er schnaubte und nahm einen weiteren Schluck von der

Flasche, bevor er sie auf den Tresen aus Obsidian stellte. „Das hier ist nicht dein Privatbereich, sondern Az'." Er sah sich um und zog die Stirn kraus. „Oder jedenfalls war es das, vor Meleks kleinen *Anpassungen*."

Als er mit zusammengekniffenen Augen zu den Stripstangen sah, nahm ich an, dass er diese auch als *Anpassungen* sah. Das überraschte mich nicht. Diese Stangen trugen Meleks Handschrift.

„Und ich verhalte mich nicht wie ein Arschloch. Ich denke nur nach", ergänzte er. „Aber ich kann ein Arschloch sein, wenn es das ist, was du willst."

Er holte seinen Zauberstab aus der Umhangtasche und zog ihn durch die Luft, sodass sich Handschellen materialisierten und eine davon sich um mein Handgelenk schlang. Ein Windstoß folgte, der mich direkt auf eine der Stangen zu stolpern ließ.

Die andere Handschelle schloss sich um die Stange.

Ich sah ihn mit zusammengekniffenen Augen an. „Mach sie auf. Sofort."

„Nein." Er griff nach seiner Flasche, um einen weiteren Schluck davon zu nehmen, und stellte sie dann wieder auf den Tresen. „Ich werde dich freilassen, nachdem ich geduscht habe. Bis dahin: *Bleib.*"

„Ajax." Während eines sinnlichen Lustspiels konnte ich problemlos mit Handschellen umgehen, aber das hier war etwas völlig anderes. „Du wirst mich nicht an eine verdammte Stripstange ketten."

„Das habe ich bereits", erwiderte er und lief an mir vorbei, um sich seinen Beutel zu schnappen. „Und jetzt versuch dich zu benehmen, dann werde ich dich nachher mit dem Schlüssel belohnen."

Ich zog meine Augenbrauen hoch. „Du willst mich wohl verarschen. Az hat mich gewarnt, dass du versuchen würdest, dich von mir zu distanzieren. Aber ich hatte nicht die geringste Ahnung, dass du so geübt darin sein würdest."

Er hielt in der Tür zum Schlafzimmer inne – oder jedenfalls vermutete ich, dass es sich dabei um das Schlafzimmer handelte, da Melek gesagt hatte, es würde sich den Flur runter befinden – und sah mich an. „Ich werde nichts anderes versuchen, als dich hier zu behalten, was mein neuer Auftrag ist. Und das letzte Mal, als ich ins Badezimmer gegangen bin, bist du verschwunden. Das wird nicht noch einmal vorkommen."

Neuer Auftrag? „Was meinst du damit? Du warst schon immer mein Wärter. Inwiefern ist das ein neuer Auftrag?"

„Ich war immer *der* Wärter." Er drehte sich zu mir um. „Aber jetzt bin ich nur noch *dein* Wärter. Meine Position wurde vorübergehend anderweitig besetzt, während Luzifer darüber nachdenkt, was er mit dir und mir machen will. Also tu mir einen Gefallen und benimm dich, verdammt noch mal. Denn ich habe kein Interesse daran, für dich zu sterben."

Mit diesen Worten ließ er mich, mit offen stehendem Mund, zurück.

Verdammt.

Also würden wir uns dieses Zimmer teilen? Schätze das erklärte die Reisetasche. Es erklärte auch, warum er so mies drauf war.

„Meine Position wurde vorübergehend anderweitig besetzt …"

Was bedeutete, dass Luzifer ihn von seinem Posten abgezogen hatte.

Meinetwegen.

Aber ich hatte nichts Falsches getan. Ich hatte nicht vorgehabt, zu fliehen. Ich hatte auch nicht vorgehabt, die Quelle zu berühren.

Was hat das für uns beide zu bedeuten? Wie wird Luzifer sich entscheiden?

Ich ließ mich zu Boden sinken, mein Blick auf den Flur gerichtet, den Ajax gerade hinabgelaufen war. Alle Frustration, die ich ihm gegenüber verspürt hatte, verblasste, als ich realisierte, dass er vermutlich genauso unwissend war wie ich.

Denn Luzifer gab ihm die Schuld daran, was mit mir geschehen war.

Ich war in Ajax' Bett gewesen, als ich nicht nur auf magische Art und Weise geflüchtet, sondern auch in der Nähe der Kraftquelle dieses Reiches gelandet war.

Es ergab Sinn, dass Luzifer Ajax verdächtigte, irgendwie in die Sache verstrickt zu sein oder mir auf irgendeine Weise indirekt geholfen zu haben.

Was Ajax zu meinem Verbündeten und gleichzeitig zu meinem Feind machte.

Ein Verbündeter, weil wir jetzt im selben Boot saßen.

Ein Feind, weil er nicht in die ganze Sache hatte verstrickt werden wollen.

Ich zog meine Knie an meine Brust und schlang meine Arme um meine Schienbeine, sosehr es die Handschelle mir erlaubte.

Die Worte ‚Tut mir leid' lagen mir auf der Zunge, obwohl ich nicht sicher war, wofür genau ich mich entschuldigen wollte. Dennoch verweilten sie dort, bis Ajax zurückkam. Er trug eine graue Jogginghose und ein weißes T-Shirt, das seine Muskeln betonte. Sein dunkles Haar war nass von der Dusche und er sah vollkommen erschöpft aus.

Er zuckte zusammen, als er mich zusammengekauert am Boden sitzen sah, und murmelte leise einen Bann, der Magie um meine Handgelenke schlang.

Ich strich über meine Haut, als die Handschellen verschwunden waren. Meine Wut hatte sich in den letzten paar Minuten in Luft aufgelöst. Ich war genauso müde wie er. Vielleicht sogar noch müder, wenn man alles bedachte, was vorgefallen war. Oder vielleicht weniger. Es war schwierig zu sagen.

„Ich werde auf dem Sofa schlafen", sagte er leise zu mir. „Das Schlafzimmer gehört ganz dir."

„Na ja, technisch gesehen, ist es Az'", erwiderte ich und versuchte dem Moment mit etwas Humor die Schärfe zu nehmen.

Aber Ajax lächelte nicht. „Technisch gesehen, ist es ein Gästezimmer für jene, die Luzifer zu seiner Familie zählt, aber Az ist der Einzige, der in diese Sparte fällt. Darum habe ich gesagt, dass es sein Zimmer ist."

„Dann ist es etwas seltsam, dass er uns beide hier drinnen hausen lässt, wenn wir ganz offensichtlich nicht zu seiner Familie gehören", meinte ich.

„Es ist nicht seltsam. Es ist ein strategisch weiser Zug. Er hätte uns in den Kerker werfen können, aber ich bin der vormalige Wärter. Ich kenne die Zellen besser als die Gefangenen, die darin verweilen. Und du hast dich magietechnisch als ein Problem herausgestellt, das den höchsten Levels an Babysitting bedarf. Uns in der Nähe zu behalten, ist schlau. So kann er uns persönlich beobachten."

Ja, überhaupt nicht seltsam, dachte ich und schluckte schwer. „Okay." Obwohl es zugegebenermaßen schön war, in dieser Situation ein *Wir* zu sein.

Eine Einsicht, die mir Schuldgefühle bereitete, weil es kein *Wir* geben sollte.

Ich strich mir mit der Hand übers Gesicht und gähnte. Eine heiße Dusche und ein Bett hörten sich fantastisch an. Aber ich würde vermutlich unter dem Duschstrahl einschlafen, wenn ich versuchen würde, mich zu waschen. Also würde ich mir vielleicht zuerst ein Nickerchen gönnen.

Ajax zauberte sich ein Kissen und eine Decke herbei, dann verschwand er in die Küche, um Wasser zu holen. Er brachte mir auch welches und reichte es mir wortlos, dann legte er sich auf das Sofa. „Versuch, etwas zu schlafen. Ich glaube, wir beide werden die Kraft brauchen."

Ich schluckte erneut, nickte und begann auf das Schlafzimmer zuzulaufen. „Gute Nacht, Ajax."

Als er nichts darauf erwiderte, seufzte ich und ließ ihn allein, damit er sich ausruhen konnte.

Doch gerade, als ich die Tür schloss, hörte ich ihn flüstern: „Gute Nacht, kleine Rebellin."

KAPITEL 17

TYPHOS

MEIN BETT FÜHLTE sich ohne Melek kalt an. Ich sehnte mich immer nach seiner Wärme, wenn ich aufwachte. Ich suchte instinktiv nach ihm in meinen Gedanken, musste wissen, dass er in Sicherheit war und es ihm gut ging.

Ich vermisse dich auch, flüsterte er mir zu, spürte mein Verlangen offenbar. *Wir sind immer noch im Königreich des Jenseits mit Maliki.*

Hat er euch etwas Nützliches verraten?, fragte ich.

Er liefert sich einen Kampf der Willen mit Az, also, nein. Melek hörte sich müde an. *Maliki verspürt keine Reue. Er hat gesagt, dass die Ghule hungrig gewesen sind und jemand sie füttern musste.*

Ja, das war dieselbe Ausrede, die er mir vorgetragen hatte, als ich ihm einen Besuch abgestattet hatte. Maliki hatte eine Leichenfee-Mutter und – wie Az – eine Mischfee zum Vater. Was zur Folge hatte, dass in ihnen beiden Zeitreisefeen-, Leichenfeen- und Ghul-Erbe schlummerte.

Aber das hatte Az nie dazu verleitet, die Ghule bevorzugt zu behandeln. Anders als Maliki, der die Ghule als seinesgleichen ansah – manchmal mehr als die Leichenfeen. Er war ein komplizierter Mann, den ich für seine Trotzhaltung vermutlich hätte töten sollen.

Aber er war mit Az verwandt.

Und seine Motive waren leider bewundernswert.

Denn er hatte recht: Die Ghule verhungerten zusehends. Was auch der Grund gewesen war, warum ihre Spiele vorgezogen worden waren. Sie hätten ihre Chance im Gefährtenring direkt nach den Leichenfeen bekommen.

Bis ihre kleine Nacht der Monster-Sause alles ruiniert hatte.

Ich strich mir übers Gesicht, erschöpft von den mehr als dreißig Tagen des Chaos.

Meine Albtraumfeen wurden langsam ungeduldig. Ich konnte ihr Verlangen, die Gaben der Bräute zu kosten, in meinem Hinterkopf spüren.

Doch dieses Gefühl wurde von einer tief sitzenden Ungewissheit überschattet. Einer Ungewissheit, die von der Kreation zweier illegal erschaffenen Portale in meinem Reich rührte.

Bisher hatte niemand meine Kräfte oder Macht direkt angezweifelt, aber das war nur eine Frage der Zeit. Denn diese Mätzchen untergruben meine Autorität und bedrohten meine Stellung.

Sie mussten sofort aufhören.

Wir werden das Problem lösen, Ty, flüsterte Melek in meinen Gedanken. *Az wollte zuerst versuchen, mit Maliki zu sprechen und das Portal erneut untersuchen, um zu ermitteln, ob wir eine ähnliche Spur wie jene im Unterwasser-Königreich finden können.*

Ich nickte, obwohl er mich nicht sehen konnte. *Wir waren so abgelenkt von der Nacht der Monster, dass wir sie vermutlich nicht spüren konnten.*

Das habe ich Az auch gesagt, aber er hatte bereits einen ähnlichen Gedanken gehabt.

Natürlich hatte er das. Darum ist er auch unser Kommandant.

Ja. Also vertraue darauf, dass er und dein Lieblingsprinz das Rätsel lösen werden.

Ich schnaubte. *Du bist mein einziger Prinz.*

Und du mein einziger König, erwiderte er. *Also sei heute bitte nett zu Cami. Für mich.*

Ich habe ihr bereits fünfzehn Stunden Zeit gegeben, um sich auszuruhen, erinnerte ich ihn. *Das war unsere einzige Abmachung.*

Melek hatte eingewilligt, Azazel dabei zu helfen, die Magiequelle zurückzuverfolgen, solange ich Camillia und Ajax mindestens fünfzehn Stunden ruhen ließ, bevor ich mein Verhör beginnen würde. Ich hätte ihn auch mithilfe ein paar neckischer Worte dazu bringen können, zu gehen – zum Beispiel, indem ich darauf hingewiesen hätte, dass dieses Anliegen weitaus dringlicher war als der Komfort eines Halblings –, aber es war so viel spaßiger, sich Meleks Spielchen hinzugeben, als seine Bemühungen auszuschlagen.

Würdest du gerne einen weiteren Handel abschließen?, bot er an.

Ich will immer Handel mit dir betreiben, kleiner Prinz. Aber ich glaube, ich habe hinsichtlich dieser Frau schon zu viele Zugeständnisse gemacht. Sie gehört jetzt mir. Ich werde mich bei dir melden, wenn ich fertig bin.

Wie du wünschst, mein König, antwortete er. Sein koketter Tonfall koste meine Sinne. *Ich bin hier, wenn du mich brauchst.*

Das weiß ich. Und dafür würde ich für immer dankbar sein. *Pass auf dich auf.*

Ich bin in deiner Welt, Ty. Hier bin ich immer sicher.

Ich wünschte mir, dass ich sosehr daran hätte glauben können wie er. Denn im Moment fühlte sich für mich nichts sicher an. Jemand war in mein Gebiet eingedrungen. Und was noch schlimmer war: Es gab einen Halbling, der nicht nur mein Buch lesen konnte, sondern auch *meine* Quelle berührt hatte.

Alles fühlte sich völlig durcheinander an.

Als hätte ich die Kontrolle verloren.

Ich hatte tausend Jahre damit zugebracht, alles Nötige für die Brautspiele der Höllenfeen vorzubereiten. Es gab tausende Pläne, allesamt mit Vorbehalten und möglichen Wendungen, um selbst die winzigsten Abweichungen zu berücksichtigen. Aber nirgendwo hatte ich diese Portale eingeplant – und dass Vita einer Frau die Quelle zeigen würde.

Na ja, wenigstens konnte ich gegen Letzteres jetzt etwas unternehmen.

Ich kroch aus meinem Bett und runzelte die Stirn, als eine Tasse mit frisch gebrühtem Kaffee erschien. Meleks ambrosiaähnlicher Geruch driftete durch das Zimmer und verriet mir, dass er einen Bann gesprochen hatte, damit die Tasse sich materialisieren würde, sowie ich einen Fuß auf den Boden setzte.

Danke, kleiner Prinz.

Ich will nur sichergehen, dass du gut versorgt bist, erwiderte er. *Jetzt muss ich mich auf Maliki konzentrieren. Er scheint dem Willen seines Bruders zu erliegen. Endlich.*

Ich antwortete nicht und ließ ihn sich konzentrieren, nahm einen Schluck vom himmlischen Gebräu, das nur Melek kreieren zu können schien. Er stellte etwas mit seiner magischen Essenz an, um den Geschmack zu intensivieren, dessen war ich mir sicher.

Nachdem das vorzügliche heiße Getränk meine Sinne belebt hatte, lief ich ins Badezimmer, um mich auf den heutigen Tag vorzubereiten.

Technisch gesehen, gab ich Camillia sogar mehr Zeit, um sich auszuruhen, als ich anfänglich versprochen hatte, aber Melek hatte für gute Stimmung gesorgt. Was vermutlich sein Ziel gewesen war – dieser gewiefte kleine Prinz.

Nach einer langen Dusche – in der ich zurück an Meleks Fantasie mit roter Seide und einer gewissen Frau gedacht hatte – zog ich einen schwarzen Anzug an. Mir gefielen andere Farben nicht besonders, aber von Zeit zu Zeit gab ich Meleks Bitten nach, wenn er spezifische Outfits im Sinn hatte.

Ich wärmte die Zacken eines Kamms und ließ ihn durch mein langes Haar gleiten. Die Strähnen trockneten aufgrund meiner Magie in Sekundenschnelle. Dann streifte ich es zurück über meine Schultern und sah mich im Spiegel an.

Warum mache ich mir etwas daraus, wie ich aussehe?, fragte ich mich. *Ich bin der König, verdammt noch mal.*

Dieses Mädchen bedeutete mir nichts.

Na ja, das war irgendwie gelogen. Es war ihr irgendwie gelungen, mit zwei meiner Gefährten anzubandeln, und sie hatte meinen Wärter verführt – jemanden, dem ich zu vertrauen begonnen hatte.

Az hatte recht gehabt, als er gestern gesagt hatte, dass ich nicht wirklich enttäuscht von Ajax war. Er hatte sich als vorbildlich herausgestellt. Ich würde ihn nicht wegen einer Liebesbeziehung mit einer Frau verbannen. Vor allem nicht, wo mein Prinz und mein Kommandant sie doch auch begehrten.

Dennoch musste ich es so aussehen lassen, als würde er für seine Fehltritte bestraft werden. Eine Brautkandidatin war unter seiner Aufsicht geflohen – und mehrere meiner Höllenfeen wussten davon. Man hätte mich als schwach angesehen, oder dass ich gewisse Feen bevorzugt behandelte, wenn ich mich dem Problem nicht annahm.

Natürlich konnte ich tun und lassen, was ich wollte. Ich war der König. Darunter auch, ihm zu gewähren, mit der Frau zusammen zu sein, auch wenn er keine Höllenfee war.

Aber ich würde die richtigen Schachzüge machen müssen, damit das funktionierte. Denn jetzt war nicht der richtige Zeitpunkt, um Entscheidungen zu treffen, die mich leichtgläubig oder ungewohnt sanftmütig aussehen ließen.

Ich musste den Anschein erwecken, stark und fähig und in Kontrolle zu sein. Nur so konnte ich gewährleisten, dass meine Bürger sich sicher fühlten. Sie mussten mich fürchten, um mich als ihren Herrscher zu akzeptieren.

Denn ein grausamer König würde die Bedrohungen gegen dieses Reich ausschalten und sie beseitigen, ohne mit der Wimper zu zucken. Ein sanftmütiger König, hingegen, wäre dazu geneigt, zu verhandeln, was die Leben unschuldiger Höllenfeen riskieren könnte. Ich würde immer Ersteres und nie Letzteres sein.

Mit diesem Gedanken verließ ich meine Gemächer und lief den Flur hinab zum Zimmer, das Melek Cami gegeben hatte. Es befand sich tief in meinem Privatflügel und war üblicherweise für Az reserviert, aber Az blieb nur selten über Nacht. In letzter Zeit zog er seine Hütte direkt außerhalb der Brautarena vor. Ab und zu auch Ajax' Haus im Wald.

Ich dachte kurz daran, an die Tür zu klopfen, überlegte es mir dann aber anders. Das hier war *mein* Revier. Ein König brauchte nicht anzuklopfen.

Also teleportierte ich mich stattdessen in den Wohnbereich.

Sowie ich mich materialisierte, überkam mich Meleks Geruch

und verschaffte mir Gänsehaut – in der freudigen Erwartung, ihn irgendwo im Zimmer zu sehen.

Aber nein.

Es war nicht mein kleiner Prinz. Es war seine *Magie*. Überall.

Denn er hatte den vormalig modernen Raum vollends umgestaltet.

Oh, die für meine Räumlichkeiten üblichen roten und schwarzen Farbtöne waren noch da, und die Wände brannten noch immer in all ihrem Glanze.

Aber alles Weitere war anders.

„Ist das ein Pizzaofen?", fragte ich, machte mich bemerkbar.

Ajax stand mit schläfrigem Gesichtsausdruck ruckartig vom Sofa auf.

Offenbar hatten fünfzehn Stunden nicht genügt.

Camillia lief mit einem Handtuch um ihren Kopf geschlungen ins Zimmer, ihr Körper in eine seidene Robe gehüllt, die mich an die Schleife erinnerte, die Melek in seine Fantasie eingeflochten hatte.

Sowie sie mich im Wohnbereich stehen sah, klappte ihr die Kinnlade herunter und sie begann sich umgehend im Raum umzusehen, als suchte sie nach jemandem oder etwas.

Ich runzelte die Stirn. „Suchst du nach einer Waffe? Denn ich kann dir versichern, dass dich die nicht retten wird."

„N-nein, eure Majestät. Ich ... Ich bin mir nicht sicher ... Soll ich mich verbeugen? Oder einen Knicks machen? Oder ...?" Sie machte eine merkwürdige Bewegung, ging in die Knie und lehnte sich von den Hüften aufwärts nach vorn und fiel beinahe vorneüber. Stattdessen rutschte nur ihr Handtuch vom Kopf und fiel zu Boden, sodass ihre Haare wie ein feuchter Waschlappen um ihr Gesicht hingen.

Ich sah sie blinzelnd an. Das *ist die Frau, die all meine Männer um den Verstand bringt?*

Klar, die Robe war sexy und kurz geschnitten und gab jetzt vermutlich Sicht auf ihren strammen Po frei, während sie versuchte, in ihrer seltsamen Position zu verweilen, aber die fehlende Eleganz und Grazie ließ einiges zu wünschen übrig.

„Was zum Teufel tust du da?", wollte ich wissen.

„Ich glaube, sie versucht, dich förmlich zu begrüßen", sagte

Ajax mit amüsiertem Tonfall. „Stattdessen sieht sie aus wie ein dementer Flamingo."

Camillia erhob sich ruckartig und blickte ihn finster an. „Woher soll ich wissen, wie man den König der Höllenfeen begrüßt? Es ist ja nicht so, als ob du oder Melek mir viel beigebracht habt."

„Nein, aber wie ich höre, hat mein Buch dir viel Wissen vermittelt", säuselte ich, bevor Ajax etwas erwidern konnte. „Und du solltest ihn *Prinz* Melek nennen, vor allem, wenn du mit seinem königlichen *Gefährten* sprichst."

Sie schluckte schwer und die feurige Art, die sie soeben gegenüber Ajax gezeigt hatte, erlosch augenblicklich. „Tut mir leid, mein ... ähm ... Sir."

Ajax prustete angesichts der gescheiterten Anrede.

Ich starrte sie blank an. „Dein Vater hat dich ganz offensichtlich nicht für diese Welt sensibilisiert." Das war keine Frage, sondern eine Feststellung.

Das brachte sie dazu, ein abschätziges Schnauben von sich zu geben. „Mein *Vater* hat viele Dinge versäumt, die er vermutlich hätte tun sollen. Darunter auch, mich darüber in Kenntnis zu setzen, dass er meine Seele buchstäblich an den Teufel verkauft hat."

„Cami", flüsterte Ajax.

Doch sie blendete ihn aus und in ihren Augen flammte wieder dieser feurige Blick auf, während sie mir unerschrocken in die Augen sah.

„Ich weiß, dass du hier bist, um über die Quelle zu sprechen. Oder vielleicht auch ganz einfach, um mich zu töten. Aber ich habe dieses Buch nur zu lesen angefangen, um ein Schlupfloch in der Abmachung zu finden, die du mit meinem Mistkerl von Vater getroffen hast. Dann hat das Buch angefangen, mir Dinge zu zeigen. Und ..." Sie verstummte und zuckte mit den Schultern. „Ich bin mir nicht sicher, was ich sonst noch sagen soll."

Hm. Jetzt begann ich zu verstehen, was sie anziehend machte. Zwar erinnerte sie mit ihrem nassen Haar und den zusammengekniffenen Augen an eine ertrunkene Katze, aber sie hatte zweifellos Mumm.

Und sie war zudem von Meleks Engelsstaub überzogen.

Etwas, das mir erst jetzt auffiel, als das Licht auf ihre Haut traf und sie schimmern ließ.

Gewiefter kleiner Prinz, sagte ich zu ihm. *Sie ist in deine Federn gehüllt.*

Nur eine Feder, korrigierte er. *Aber ich hatte gehofft, dass das genügen würde, um dich davon abzubringen, ihr wehzutun.*

Ich rollte meine Augen um ein Haar. *Ich kann deinen Schutz jederzeit unwirksam machen, Melek.*

Das könntest du, stimmte er zu. *Aber ich hoffe, dass du es nicht tun wirst.*

Ich erwiderte nichts. Denn er wusste, dass ich es nicht wagen würde, seinen Schutzmantel zu berühren. Diese Feder war genauso Teil von ihm wie jetzt auch von ihr.

Was bedeutete, dass es ihm Schmerzen bereiten würde, wenn ich den Bann auflöste.

Dabei handelt es sich zweifelsohne um ein greifbares Geschenk, kleiner Prinz, sagte ich zu ihm und mein Blick fiel auf ihren Hals. *Genauso wie der Talisman, den du mir gestohlen hast.*

Sie ist keine Kandidatin mehr, mein König. Darum finden die Bedingungen unserer vormaligen Abmachung keine Anwendung mehr. Aber wenn du neu verhandeln willst, nur zu.

Ich seufzte hörbar und in Gedanken. *Diese Runde geht an dich, kleiner Prinz.*

Seine Freude wärmte mir das Herz und hob meine Laune merklich. „Lass uns noch einmal von vorn anfangen", sagte ich und sah Camillia in die Augen. Sie zuckte nicht einmal mit der Wimper, stand aufrecht und selbstbewusst da, was mich ihr mit jeder Sekunde mehr Respekt entgegenbringen ließ.

Das hier war weitaus besser als ihre – mit welchem Tier hatte Ajax sie noch mal verglichen? Mit einem verrückten Pinguin? Oder war es etwas anderes? Was auch immer es gewesen war, es war besser als das.

„Ich glaube, wir wurden uns noch nicht offiziell vorgestellt, aber ich bin Typhos Luzifer. Die meisten nennen mich ‚mein König' oder ‚Eure Hoheit'. Aber du hast gewisse Beziehungen geschaffen, die die Regeln etwas biegen."

Ich bezog mich damit nicht bloß auf meine Männer, sondern auch auf etwas anderes.

Etwas, das von meiner Seele kreiert worden war.

„*Vita. Ven ad me*", sagte ich, rief das Buch zu mir.

Camillias Augen weiteten sich, als das in Leder gebundene Buch sich unter meinem Arm materialisierte.

„Also kannst du mich Luzifer nennen", schloss ich. „Fürs Erste."

KAPITEL 18

AJAX

CAMILLIA HATTE NICHT die leiseste Ahnung, was für eine große Sache es war, dass Typhos Luzifer ihr gerade Erlaubnis erteilt hatte, ihn bei seinem Nachnamen zu nennen.

Ich hatte beinahe acht Jahre lang für ihn gearbeitet, bis er mir gesagt hatte, dass ich die förmliche Anrede weglassen und ihn *Luzifer* nennen sollte. Und ich war um Längen weiter als viele, viele andere.

Zur Hölle, sogar seine Leutnante sprachen ihn üblicherweise mit ,Eure Hoheit' und ,mein König' an.

Der einzige Grund, warum ich in diesen inneren Zirkel eingelassen worden war, war, weil ich eine Verbindung zu Az hatte.

Also ergab es Sinn, dass Luzifer Camillia ähnliche Rechte einräumte, wo sie doch eine ganz offensichtliche Verbindung zu mir, Az und Melek hatte.

Aber nach ihrem ungebührlichen Verhalten war es noch erstaunlicher, dass er so etwas zuließ. Sie hatte ihn den *Teufel* genannt, was ein Spitzname war, den er verabscheute. Az hatte mich vor langer Zeit gewarnt, den Begriff im Königreich der Höllenfeen niemals auch nur im Flüsterton von mir zu geben, andernfalls würde Luzifer es hören.

Und doch hatte sie ihn bei diesem Namen genannt, und er

hatte daraufhin bloß erwidert: „Du kannst mich Luzifer nennen. Fürs Erste."

Na ja, er hatte einiges davor gesagt. Aber es war dennoch überraschend.

Camillia streckte ihre Hand aus. „Ich bin Camillia De la Croix. Meine Freunde nennen mich Cami. Deinesgleichen nennt mich Kandidatin sechsundsechzig."

Typhos grinste und schüttelte ihr die Hand. „Ich werde dich Camillia nennen." Er wandte sich den Sofas zu, sein Blick erneut im Raum umherwandernd, während er das Gesicht verzog.

Ich konnte es verstehen, weil ich zuvor schon mit Az in diesem Zimmer genächtigt hatte. Melek hatte das Zimmer definitiv nach Camillias Geschmack umgestaltet.

Mal abgesehen von den Stripstangen.

Die waren zweifellos für Melek. Obwohl ich mich nicht beschweren würde, wenn Camillia ihre Kleidung ausziehen und ein paarmal darum herumschwingen wollte.

Tatsächlich könnte sie das jetzt tun – ganz einfach die Robe ausziehen und die Stange hochklettern.

Aber stattdessen setzte sie sich neben mich auf das Sofa, während Luzifer es sich auf dem gegenüberliegenden Sofa bequem machte. Er spreizte seine langen Beine und sein muskulöser Körper schien an das schwarze Leder gelehnt geradezu königlich. Als hätte er gerade einen neuen Thron für seine einschüchternde Präsenz kreiert. Nur Luzifer konnte eine dominante Erscheinung wahren, während er mit einem Buch auf seinem breiten Schenkel dasaß.

Cami setzte sich in den Schneidersitz, hatte keine Probleme damit, es sich in einer Robe gemütlich zu machen. Ihr feuchtes Haar schien sie weitaus mehr zu stören. Sie strich sich durch die dunkelblonden Strähnen, als wollte sie sie zähmen.

Ich verspürte das plötzliche Bedürfnis, nach einer Bürste zu suchen und ihr anzubieten, es für sie zu kämmen. Glücklicherweise war mein Mund clever genug, sich nicht dem Bedürfnis zu ergeben, die Gedanken laut auszusprechen.

Denn ... Nein.

Ich würde ihr nicht anbieten, ihr Haar zu bürsten.

Was zum Teufel ist mit mir los?

„Das ist das Buch, das du gelesen hast, richtig?", fragte Luzifer und brach damit die Stille. Sein Blick verweilte auf Camillia.

„Ja. Es erscheint wahllos, dann versteckt es sich wieder. Und manchmal hat Melek es", erwiderte sie, was Luzifer eine Augenbraue hochziehen ließ. „Ich meine natürlich *Prinz* Melek."

„Hat mein Melek dich benutzt, um der Kandidatin zu helfen?" Luzifer schien mit seinem Buch und nicht mit Camillia zu sprechen, denn er strich mit seiner Hand über den Ledereinband, während er die Worte von sich gab. „Was genau hat er dir gesagt, dass du ihr zeigen sollst, hm?"

Das Buch öffnete sich und die Seiten flatterten, zeigten ein leeres Buch. Ich sah es stirnrunzelnd an, fragte mich, was das zu bedeuten hatte. Aber als ich Luzifer ansah, schien es, als würde er lesen.

„*Quomodo tame a bestia*", las Luzifer mit einem Grinsen vor. „Banne, mit denen Biester gezähmt werden können." Er sah zu Camillia hoch. „Du hast keine hiervon benutzt."

„Nein, habe ich nicht."

„Weil du sie vergessen hast?", hakte er nach.

„Weil ich Prinz Melek nicht traue", erwiderte sie. „Er hat mir eine Passage über Talismane vorgelesen und mir dann das hier gegeben." Sie zeigte auf den Talisman, der um ihren schlanken Hals hing. „Und das hat nicht gut geendet."

Luzifer dachte einen langen Augenblick darüber nach, bevor er sagte: „Bist du dir da sicher? Denn so, wie ich das sehe, hat dich das in die Zelle des Wärters gebracht, was wiederum dazu geführt hat, dass du mit ihm und Az im Bett gelandet bist. Und jetzt befindest du dich in der Gästesuite, die für jene reserviert ist, die ich als meine Familie ansehe, anstatt in den Barracken der Bräute mit den anderen Kandidatinnen festzusitzen."

Camillia zog ihre Augenbrauen hoch. „Willst du damit sagen, dass ich danach gestrebt habe, dass das alles geschieht? Dass ich Melek gebeten habe" – sie hielt ihre Hand hoch – „Entschuldigung. *Prinz* Melek darum gebeten habe, unzählige Male ungebeten und mit merkwürdigen Geschenken in meinem Zimmer aufzutauchen, nur damit ich am Ende hier, bei *dir*, landen würde?"

Sie lachte abschätzig, bemerkte die donnernden blauen Wellen ganz offenbar nicht, die in Luzifers Augen wüteten. Ich packte beinahe ihr Bein, um es warnend zu drücken, aber sie war noch nicht fertig.

„Ich muss zugeben, dass ich dich zu Anfang hin treffen wollte, damit ich vielleicht die Bedingungen der Abmachung neu verhandeln könnte, die du mit meinem Arschloch von einem Erzeuger getroffen hast. Aber das?" Sie zeigte um sich. „Die brennenden Wände. Stripstangen. Okay, der Pizzaofen ist nett, und die Bar ist auch nicht schlecht, aber du kannst mir glauben: *Nichts* hiervon war auch nur im Entferntesten mein Ziel. Ich wollte nur nach Hause."

„Was dir gelungen ist", bemerkte Luzifer. „Mithilfe *meiner* Quelle."

Das ließ sie innehalten. Ihre Brust hob und senkte sich angesichts ihres Gefühlsausbruchs schwer. „Na, das hatte ich so auch nicht geplant. Das Buch hat mich dorthin geführt. Ich habe nichts davon verstanden."

„Ich glaube, du hast mehr als genug verstanden", erwiderte er. „Mein Fall. Die Schöpfung der Höllenfeen-Quelle. Es mag unglaublich geschienen haben, aber du weißt, dass es stimmt – wie alles andere auch, das Vita dir gezeigt hat." Er sah auf den erwähnten Gegenstand. „Erzähl mir von diesem Tag, Vita. Zeig mir, was du ihr gezeigt hast."

Das Buch fächerte magiegeladen auf und offenbarte eine weitere leere Seite.

Doch wie es schien, befanden sich Worte darauf, die ich nicht sehen konnte. Worte, die Luzifer mühelos las und – ich sah zu Camillia – sie schien sie ebenfalls zu lesen.

Langsam beschlich mich das Gefühl, dass ich nicht hier sein sollte. Als wollte man mir Dinge zeigen, die zu meinem Tod führen könnten.

Denn das hier waren Luzifers Privatangelegenheiten. Ein Buch, das ihm ganz offensichtlich wichtig war.

Vielleicht würde nichts davon sehen zu können mich retten. Aber etwas sagte mir, dass ich viel zu tief drinsteckte, als dass Luzifer mich unversehrt laufen lassen würde. Und nicht nur wegen heute. Ich hatte mir meinen Weg nach oben in diesen inneren Zirkel jahrelang erkämpft, ohne es versucht zu haben.

Wenn ich ehrlich war, war es alles nur wegen Az.

Zu Beginn waren wir Freunde gewesen, die es genossen hatten, miteinander zu kämpfen und zu ficken.

Aber die Dinge hatten sich geändert. Und Camillia ... sie schien uns alle einen Schritt weiter geschubst zu haben, was mich in meinem Gefühl bestärkte, dass ich nicht mehr aus der Sache herauskommen würde.

„Das ist nicht, was das Buch mir gezeigt hat", sagte Camillia einen Augenblick später. „Das ist ... etwas anderes."

Luzifer sah zu ihr hoch und legte das Buch dann auf den Beistelltisch aus Obsidian. „Vita, hör auf, Spielchen zu treiben und zeig mir, was passiert ist, als du Camillia De la Croix zur Quelle gebracht hast."

Der Ledereinband schien daraufhin zu pulsieren, beinahe, als wollte das Buch sagen: *Das, du Idiot.*

Camillia schien vom Inhalt des Buches vollends eingenommen zu sein. Ihre Augen folgten dem Text und sie schüttelte ihren Kopf. „Ich verstehe nicht. Das Buch hat mir deinen Fall gezeigt, wie du schon gesagt hast. Aber ich hatte das Gefühl, dort gewesen zu sein und es mit dir erlebt zu haben. Das hier ... Das sind nur ein Haufen Kreise. Und ..." Sie legte ihren Kopf schief. „Was aussieht, wie ein Familienstammbaum."

Luzifer blätterte die Seite wortlos um.

„Na, *das* hat es mir ganz bestimmt nicht gezeigt." Sie riss ihre Augen auf und sah zu ihm hoch. „Ich habe nicht die geringste Ahnung, warum es mich mit einer Krone auf dem Kopf und einem Feuerball in den Händen zeigt. Oder vielleicht ist das jemand, der aussieht wie ich? Aber das ist nicht, was geschehen ist. Nicht im Entferntesten."

Anstatt zu antworten, blätterte Luzifer erneut um und richtete seine Aufmerksamkeit wieder auf etwas, was für mich wie eine leere Seite aussah.

Aber ganz offensichtlich stand etwas Schlechtes darauf, denn Camillia wurde kreidebleich. „Und das ist auch nicht passiert. Wenn Prinz Melek etwas anderes behauptet, lügt er. Das habe ich ihm nicht angetan."

Das ließ mich meine Augenbrauen voller Neugier hochziehen.

Doch Luzifer blätterte nur weiter durch die Seiten, beinahe, als würde er sich ein Fotoalbum anstatt ein Buch ansehen. Was, angesichts dessen, was Camillia gesagt hatte, vielleicht auch stimmte.

„Oh mein Gott ..." Ihre Augen wurden so rund wie Untertassen.

„Falscher Gott", murmelte Luzifer. „Aber das erinnert mich daran, dass ich einer gewissen Mythenfee ein Update über die Spiele schulde." Er zog das Buch zurück in seinen Schoß und las weiter, was es ihm zeigte. Sein Gesichtsausdruck verriet nichts.

Indessen war Camillia totenblass geworden. „Ich habe kein Interesse an deiner Quelle. Das Buch hat mich zu ihr gebracht. Ich habe einen Strang berührt, weil er ... er nach mir gerufen hat ... Und dann hat er wütend zu pulsieren begonnen, sodass ich für das, was sich wie wenige Minuten angefühlt, aber offenbar dreißig Tage waren, gerannt bin."

„Ich bin mit deiner Version der Geschehnisse vertraut, Camillia." Luzifer sah nicht hoch, während er sprach. „Jetzt sehe ich mir Vitas Erzählung an."

„Aber das Buch lügt. All diese Dinge ... Nichts davon ist geschehen."

„Noch nicht", erwiderte Luzifer. „Sie sind *noch* nicht geschehen."

Camillia blinzelte. „Wie bitte?"

„Ich glaube, Vita versucht sich zu erklären, indem sie mir zeigt, warum sie beschlossen hat, sich dir zu zeigen." Erst jetzt sah er Camillia erneut an. „Vita sieht Potenzial in dir, was mich wiederum wundern lässt, woher du abstammst. Zu schade, dass dein Vater Azazels Phönix entgangen ist."

Camillia biss sich auf die Zähne. „Mein Vater ist eine Höllenfee."

„Ja, dessen bin ich mir bewusst. Eine Abscheulichkeit. Eine Mischfee, was der Inbegriff einer Höllenfee ist. Vielleicht hat er auch Albtraumfeen-Wurzeln. Die Frage lautet: *Was* hat ihn zu einer Höllenfee gemacht?"

„Ich ... Ich weiß es nicht", gab sie zu. „Um ehrlich zu sein, habe ich ihn nie gefragt. Aber ich glaube nicht, dass er eine Albtraumfee ist. Ich wusste nicht, dass es die gibt, bis ich ... Teil deiner Spiele wurde."

Luzifer nickte. „Ja, ich habe mein Bestes versucht, um sie in den verschiedenen Königreichen in der Welt der Höllenfeen zu verstecken und habe sie mittels der Quelle der Höllenfeen beschützt. Sie würden in den meisten anderen Reichen gejagt und getötet werden, wie alle anderen, die ich hinter meinen Toren beschütze."

Die Abscheulichkeiten, überlieferte ich, war den Umgang mit ihnen gewohnt, nach allem, was im Reich der Mitternachtsfeen vor einem Jahrzehnt geschehen war.

Höllenfeen waren, wie Luzifer gesagt hatte, eine Mischung mehrerer Feenrassen, die man in vielen anderen Reichen als *Abscheulichkeiten* bezeichnete. Aber Luzifer ging einen Schritt weiter, indem er auch alle Unterrassen der Albtraumfeen beschützte, weil er die Albtraumfeen als eine Unterart der Höllenfeen sah.

Die Albtraumfeen waren alle von mehreren magischen Anomalien und chaotischen Kraftflüssen geschaffen worden. Also wohnte ihrer Existenz der Begriff ‚Abscheulichkeit‘ geradezu inne. Und Höllenfeen waren wahrhaftig eine Mischart, die aus verschiedenen Feentypen bestand.

Alles hing miteinander zusammen, aber das Kernstück der Sache für Luzifer bestand darin, dass Luzifer jene beschützte, von denen er glaubte, sie würden diskriminiert werden.

Viele andere Feen realisierten das nicht. Aber sowie ich seine wahren Absichten erkannt hatte, hatte ich ihm Treue geschworen. Denn ich wollte Gelegenheit haben, jene zu beschützen, die Schutz brauchten, da ich beim Versuch in meinen Jugendjahren, genau das zu tun, so spektakulär gescheitert war.

„Na, für mich steht fest, dass mein Vita hohe Erwartungen an dich hat", meinte Luzifer und schloss das Buch. „Ob diese Erwartungen gut oder schlecht sind, wird sich zeigen. Aber du kannst ganz offensichtlich nicht mehr an den Brautspielen teilnehmen. Du bist hiermit disqualifiziert."

Camillia setzte sich kerzengerade auf. „Bin ich das?" Ein

Hauch Aufregung schlich sich in ihre Stimme und im nächsten Augenblick weilte ein misstrauischer Blick in ihren Augen, als sie begriff, was das vielleicht zu bedeuten hatte. „Bedeutet das, dass du mich umbringen wirst?"

Luzifer knurrte. „Sosehr ich das tun will, kann ich das im Augenblick nicht. Das bedeutet, dass ich einen anderen Verwendungszweck für dich finden muss." Ein schelmisches Grinsen zog auf seinen Lippen auf, das mich ein bisschen an Melek erinnerte. „Deine Seele gehört immerhin nach wie vor mir. Aber vielleicht, wenn Az eine Chance hat, deinen Vater aufzuspüren, können wir neu verhandeln."

„Wenn das ein Versuch ist, mich dazu zu bringen, seinen Aufenthaltsort preiszugeben: Es wird nicht funktionieren, denn ich weiß nicht, wo er ist. Glaub mir, ich wäre die Erste, die es dir sagen würde. Ich würde nur zu gerne dabei zusehen, wie du ihn umbringst."

Ein amüsiertes Lächeln zog auf Luzifers Antlitz auf. „Du sinnst auf Rache, was? Kein Wunder, das Azazel dich mag." Er sah mich an. „Und Ajax auch."

Ich schluckte schwer, unsicher, ob das eine positive oder negative Anmerkung war. Bei Luzifer war es immer schwierig zu sagen.

„Na, ich glaube, fürs Erste ist das alles." Er legte das geschlossene Buch auf den Tisch und stand auf. „Aber da du vermutlich eine Weile hierbleiben wirst, halte ich es für gut, wenn Ajax dir beibringt, was es heißt, eine Höllenfee zu sein. Er hat ein Jahrzehnt lang gelernt. Ich bin mir sicher, dass er dir sein Wissen weitergeben kann." Er sah mich mit intensivem Blick an.

„Oder?"

„Selbstverständlich, mein Herr", sagte ich. „Wie Ihr wünscht."

Er seufzte tief. „Ich mag dich vorübergehend von deinen Wärter-Pflichten befreit haben, aber das bedeutet nicht, dass ich dich aus meinem Zirkel entfernt habe. Und du weißt, wie sehr mich formeller Mist langweilt. Mach mich nicht wütend damit."

„Tut mir leid. Das alles ist … sehr verwirrend", gab ich zu.

„In diesem Punkt sind wir uns einig, Ajax." Er warf mir einen unentzifferbaren Blick zu und begann auf die Tür zuzulaufen.

„Oh, und Camillia ... Wenn ich dich wieder ohne meine Erlaubnis in der Nähe meiner Quelle finde, werde ich dich töten. Also lass dich vom Buch nicht dazu verführen, zu sündigen. Es wird nicht gut für dich enden."

Mit diesen Worten verschwand er aus dem Zimmer – und das nicht durch die Tür.

Camillia stand mit offen stehendem Mund im jetzt leeren Foyer.

KAPITEL 19

CAMI

Ich murmelte etwas von wegen ,anziehen' und zog mich ins Schlafzimmer zurück, während ich verdaute, wie beschissen meine erste Begegnung mit Luzifer gelaufen war.

Mit dem König der Höllenfeen.

Mit der vermutlich mächtigsten Fee in allen Reichen.

Und ich hatte mich gerade verhalten wie ein … Wie hatte es Ajax noch mal genannt?

Richtig – ein dementer Flamingo.

„Gut gemacht, Cami", knurrte ich mir selbst zu, während ich mein Haar mit einem Handtuch trockenrieb.

Dann war da noch die Sache mit dem, was das Buch Luzifer gezeigt hatte.

Äußerst verstörende Bilder, dachte ich.

In meinem Hinterkopf meldeten sich andere Worte.

Äußerst heiß, auch.

„Konzentrier dich", zischte ich mir selbst zu, während ich das benutzte Handtuch in einen schwarzen Wäschekorb schmiss. Es verschwand in einer Rauchwolke.

Vermutlich war es besser, wenn ich die Bilder, die das Buch gezeigt hatte, mir ganz einfach aus dem Kopf schlug, denn nichts davon würde passieren.

Ich würde mich stattdessen auf das vorliegende Problem konzentrieren. Was im Moment jenes war, was ich anstelle des

Morgenmantels anziehen sollte. Zum Glück stand mir ein ganzer Wandschrank zur Verfügung.

Ist zur Abwechslung ganz nett, dass ich mir mein Outfit selbst aussuchen kann, dachte ich und betrat den begehbaren Kleiderschrank. Ich ließ mir Zeit dabei, meine Finger über die verschiedenen Kleidungsstücke zu streifen.

Alles war enganliegend und offenbar konnte ich mich nur für etwas Schwarzes, Rotes oder eine Mischung der beiden entscheiden. aber es gab mehr als genug Optionen, die meinem Geschmack entsprachen.

Ich entschied mich für ein rotes Oberteil und zog das trägerlose, bauchfreie Kleidungsstück über meinen Kopf.

Als Nächstes zog ich mir schwarze Lederhosen über. Mir wären Jeans lieber gewesen, aber offenbar gab es keine. Außerdem fühlte sich das Leder gut an meiner nackten Haut an.

Anstatt Schuhe anzuziehen, band ich mein Haar zusammen, stellte sicher, dass meine Halskette noch an war und begab mich barfuß zurück in den Wohnbereich.

Zum Glück war Luzifer während meiner Abwesenheit nicht spontan zurückgekehrt. Nicht, dass ich das erwartet hatte, aber so, wie er mich vorhin überrascht hatte, konnte ich mir nicht sicher sein.

Ich bin gerade dem König der Höllenfeen begegnet, dachte ich staunend. *Und er hat nicht versucht, mich zu töten.*

Stattdessen hatte er Ajax gesagt, dass er mich in das Leben der Höllenfeen einführen sollte. Ich war nicht ganz so sicher, was der Befehl zu bedeuten hatte, aber zu einer Höllenfee ausgebildet zu werden, hörte sich nicht viel besser an als zu einer Höllenfeen-Braut ausgebildet zu werden.

Anstatt nachzufragen, sah ich Ajax an und sagte: „Also, ähm … Das lief … echt gut?"

Er knurrte. „Ja, er hat dich nicht umgebracht."

Ich zuckte zusammen. „Und dich auch nicht."

„Und mich auch nicht", stimmte er zu. „Stattdessen will er, dass ich dich ausbilde. Aber zuerst will ich meine Mahlzeit beenden und duschen."

Wir beide hatten die Mehrheit der vergangenen fünfzehn Stunden damit verbracht, zu schlafen, also überraschte mich das nicht. Mich zu duschen, war das Erste gewesen, das ich getan hatte, nachdem ich aufgewacht war.

Dann war ich aus dem Badezimmer gekommen, und hatte Luzifer im Wohnzimmer stehen sehen.

Und ... Mein Hirn hatte augenblicklich den Geist aufgegeben. Mir war mein Verstand und damit auch mein Stolz abhandengekommen.

Ajax stand auf, ließ sein halbgegessenes Frühstück auf dem Tisch stehen. Ich war mir nicht sicher, wie oder wann er es zubereitet hatte, aber ich ging davon aus, dass Magie im Spiel gewesen war.

Er kam mit einem Tablett zurück und reichte es mir. „Es ist nichts Besonderes, nur Eier und Speck. Wenn du etwas anderes willst, kannst du es mir sagen. Dann zaubere ich es dir herbei."

„Ähm, danke." Ich schenkte ihm ein schiefes Lächeln und schloss mich ihm auf dem Sofa an. Auf dem Tisch stand ein Glas Orangensaft neben der Mahlzeit, die er erwähnt hatte. Er schien einen Bloody Mary zu trinken, obwohl ich mir ziemlich sicher war, dass es sich dabei um reines Blut handelte.

Denn er ist eine Mitternachtsfee. Stimmt.

Mein Nacken kitzelte an jener Stelle, an der er von mir getrunken hatte, und mein Kopf generierte augenblicklich Erinnerungen daran, wie es sich angefühlt hatte, seine Lippen an meiner Haut zu spüren.

Ich räusperte mich, zwang die Erinnerung aus meinem Kopf. Denn jetzt war kein guter Zeitpunkt. Vor allem nach Luzifers Besuch ... und der Warnung, die er ausgesprochen hatte.

Das ist nicht alles, was er zurückgelassen hat, dachte ich und sah zum Buch.

Vita.

Ich war mir nicht sicher, warum er es hier gelassen hatte, wo er mich doch gewarnt hatte, mich nicht von ihm verführen zu lassen.

Vielleicht ein Test?

Ich gab um ein Haar ein abschätziges Lachen von mir. *Na, wenn dem so ist, dann ist es ein einfacher Test.*

Denn ich würde dieses verdammte Ding niemals wieder anrühren. Nicht nur wegen Luzifers Warnung, sondern auch wegen allem anderen, das es mir angetan hatte. *Verlorene Zeit. Mir die Quelle zeigen. Eine potenzielle Zukunft zeigen, die ich nicht in Betracht ziehen wollte ...*

Ich schob mir die Eierspeise in den Mund, zwang mich, mich auf das Essen zu konzentrieren, anstatt auf die Bilder, die sich in meinem Kopf zusammenzubrauen drohten. *Nein. Ich werde nicht daran denken. Niemals wieder.*

Das Buch und ich waren fertig miteinander. Finito. Fertig. *Auf Nimmerwiedersehen.*

Meine Hände zitterten leicht, als ich einen Schluck von meinem Orangensaft nahm – etwas, das Ajax aufzufallen schien, weil er murmelte: „Luzifer kann ziemlich einschüchternd sein.“

Was du nicht sagst, dachte ich und räusperte mich. Ich beäugte die Espressomaschine und stellte mein Tablett beiseite. „Ich brauche etwas Stärkeres als Orangensaft.“

Bevor ich aufstehen konnte, materialisierte sich ein Glas mit Kaffee und Schlagsahne. Ich zog meine Augenbraue hoch. „Was zum Teufel ist das?“

„Ein sehr starker Kaffee“, erwiderte Ajax mit funkelndem Blick. „Nach irischer Art.“

Ich legte meinen Kopf schief und hob das Glas neugierig hoch. „Nach irischer Art, was?“ Das deutete an, dass er der Mischung Whisky beigefügt hatte. „Okay.“ Ich nahm einen Schluck davon und stöhnte, als sich der dekadente Geschmack auf meiner Zunge ausbreitete. „Ooooh, ja. Mehr davon, bitte.“

Ajax lachte und zwei weitere Gläser erschienen auf meinem Tablett. „Sieh es als Entschuldigung für mein Verhalten von gestern Abend an.“

Ich warf ihm einen Seitenblick zu. „Nur gestern Abend?“

„Um mich für alles andere zu entschuldigen, würde ich mehr irische Kaffees herbeizaubern müssen“, bestätigte er.

„Das stimmt“, stimmte ich zu und schenkte ihm ein fahles Lächeln. Das hier war irgendwie nett ... Eine fast normale Unterhaltung. Also sprach ich die Sache mit der Ausbildung, was auch immer das zu bedeuten hatte, nicht an, weil ich den Augenblick nicht ruinieren wollte.

Wir aßen eine Weile lang in Stille, wobei ich mich vorwiegend dem köstlichen irischen Kaffee widmete. Er würde mich vermutlich betrunken machen, aber mein übernatürlicher Metabolismus würde das schnell genug beheben.

„Es ist ein gutes Zeichen, dass Luzifer dir erlaubt hat, ihn informell anzusprechen", sagte Ajax plötzlich. „Das kommt nicht oft vor."

„Und doch hat er dir gesagt, dass er formelle Anreden hasst", bemerkte ich.

„In gewissen Situationen schon. Aber wie ich ihm gesagt habe ... Im Moment fühlt sich alles ziemlich verwirrend an. Das führt dazu, dass ich nicht genau weiß, wie ich weiterverfahren soll." Er leerte sein Glas und stellte es auf den Tisch. „Aber wenigstens weiß ich, wie man sich richtig verbeugt, wenn die Situation es erfordert."

Ich funkelte ihn an, während er lachte.

„Das könnte die erste Lektion sein, sobald ich geduscht habe", ergänzte Ajax, was mich meine Augen rollen ließ, während er einen Bann sprach, der sein Tablett verschwinden ließ. „Bist du fertig?"

Ich knurrte etwas Unfreundliches und nahm einen letzten Bissen, bevor ich nickte. „Danke", sagte ich, als das Geschirr verschwand, ein irischer Kaffee jedoch verblieb.

„Gern geschehen." Er legte seinen Kopf schief und grinste mich an. Das ließ sein verwuscheltes Haar in seine Stirn fallen, was ihn irgendwie noch attraktiver und edgy aussehen ließ. „Aber echt jetzt ... Wir müssen an deinem Knicks arbeiten."

Ich runzelte die Stirn. „Gehört das zum Höllenfeen-Dasein mit dazu?"

Er zuckte mit den Achseln. „Jetzt schon, weil ich es vorziehe, dass du nicht um ein Haar auf dein Gesicht fällst, wenn du Luzifer das nächste Mal begegnest."

Ich wusste nicht, ob das sarkastisch gemeint war. Ein schelmisches Funkeln weilte in seinem Blick, das mich verunsicherte.

„Solange du mich darauf vorbereitest, eine Höllenfee-Bewohnerin zu sein und keine *Braut*, werde ich vielleicht kooperieren", sagte ich zu ihm.

Er lehnte sich zu mir und die plötzliche Nähe zu ihm ließ mir den Atem stocken. „Oh, ich werde dafür sorgen, dass du kooperierst. Ich kann es mir nicht leisten, zu scheitern. *Schon wieder.*"

Ich schluckte schwer und ein Kloß formte sich in meinem Hals. Ajax' jungenhafter Charme war von der mächtigen Fee abgelöst worden, die in ihm schlummerte.

Ajax konnte zweifellos überzeugend sein, wenn er es sein wollte. Und ich dachte über all die Arten nach, wie er mich zur Kooperation bewegen würde.

Zum Beispiel, mich jetzt zu küssen. Das würde mich folgsam machen.

Nur wenige Zentimeter trennten uns voneinander. Ajax trug kein Oberteil. Er musste es ausgezogen haben, um auf dem Sofa zu schlafen, nachdem er sich endlich geheilt hatte. Mir war bisher nicht aufgefallen, dass er halbnackt war, während Luzifer hier gewesen war, aber jetzt ...

Ganz so, wie mir diese graue Jogginghose wieder ins Auge fiel.

Ja, er könnte zweifelsohne dafür sorgen, dass ich kooperiere ... Es wäre nicht schwierig.

Ich muss wirklich aufhören, daran zu denken.

An ihn zu denken.

An Sex zu denken.

Ich räusperte mich und versuchte eine Ablenkung zu finden. *Wovon haben wir eben noch gesprochen?*

Oh, richtig. Dass ich es vorziehe, eine Höllenfeen-Bürgerin zu sein anstatt eine Braut.

„Das sind doch zwei verschiedene Dinge, oder?", fragte ich mit belegterer Stimme als beabsichtigt. „Eine Bürgerin und eine Braut, meine ich."

Sein Blick fiel auf meinen Mund. „Ich schätze, das kommt darauf an, ob du dich dafür entscheidest, eine Höllenfee zu deinem Gefährten zu machen. Das Training für Bräute ist eine Vorbereitung auf die Prüfungen der Quelle und um mit einem Höllenfee-Gefährten mithalten zu können."

Die ungesagten Worte verweilen in der Luft. Die Quelle hatte mich nicht direkt angenommen, aber sie hatte mich auch nicht umgebracht.

Und wenn ‚mithalten mit einer Höllenfee' auch nur im

Geringsten so war, wie zwischen ihm und Az zu liegen, dann wünschte ich mir sehnlichst, qualifiziert dafür zu sein.

Was mir jedoch aufgefallen war, waren die spezifischen Worte, die er gewählt hatte.

„Das kommt ganz darauf an, ob du dich dafür entscheidest, dir einen Höllenfee-Gefährten zu nehmen."

Das war ein ziemlich herber Unterschied. Brautkandidatinnen wurde keine Wahl gelassen.

Dann fiel mir eine weitere Nuance in dieser Aussage auf.

„Würde es mir nur erlaubt sein, eine Höllenfee zu wählen?", fragte ich und legte meinen Kopf schief.

Ajax war keine Höllenfee. Er war eine Mitternachtsfee.

Er warf mir ein Lächeln zu, das irgendwie traurig aussah. „Das würdest du mit Luzifer ausmachen müssen. Ich bin nicht einmal sicher, ob du gefährtenlos bleiben kannst. Die Quelle der Höllenfeen weist Frauen üblicherweise ab. Genau deshalb wurden diese Spiele ins Leben gerufen."

„Um zu testen, ob die Bräute würdig sind?", riet ich.

„Ja, um würdige Kandidatinnen für Verbindungen zu finden. Während es durchaus vorkommt, dass zwei Männer sich finden, so gibt es auch jene, die Frauen bevorzugen. Frauen werden außerdem auch für die Fortpflanzung benötigt." Er zuckte mit den Achseln. „Also versucht Luzifer einen sicheren Weg zu finden, um die Bedürfnisse seines Volkes zu decken."

„Indem er weibliche Feen dazu zwingt, an den Brautspielen teilzunehmen", sagte ich ausdruckslos.

„Nicht alle von ihnen wurden gezwungen, Camillia. Viele von ihnen wollen hier sein."

„Ich nicht", sagte ich, ohne mit der Wimper zu zucken. „Ich habe nichts hiervon gewollt."

Sein Blick wanderte wieder auf meinen Mund, bevor er mir abermals in die Augen sah. „Ich schätze, das stimmt. Aber es ist nicht Luzifer, der dir dieses Schicksal aufgezwungen hat, sondern dein Vater. Und vielleicht wirst du mit der Zeit verstehen, warum Luzifer gewisse Entscheidungen treffen musste."

Mit diesen Worten stand er auf und streckte seine Arme über seinen Kopf. Offenbar war das Gespräch für den Augenblick beendet.

Ich bewunderte seine sich anspannenden Muskeln, während er sich bewegte, und mein Mund wurde etwas trocken, als ich die attraktiven, V-förmigen Muskeln, die sich an seinen Hüften hinabzogen, erblickte.

Aber Ajax ist keine Höllenfee.

Also kann ich ihn nicht zu meinem Gefährten machen.

Ich runzelte die Stirn, als mir das durch den Kopf ging. *Warum denke ich darüber nach, ihn zu meinem Gefährten zu machen?* Ich konnte ihn auch ganz einfach nur ficken, oder? Und vielleicht wollte ich gar keinen Höllenfee-Gefährten.

Scheiße, ich war nicht einmal sicher, ob ich überhaupt eine Höllenfee sein wollte. Obwohl das Teil meines Erbes sein mochte, so definierte es nicht, wer ich war.

„Ich habe eine Dusche nötig", sagte Ajax, zog mich aus meinen Gedanken. „Aber wenn ich fertig bin, werden wir uns über die Höllenfeen-Königreiche unterhalten. Ist ein guter Startpunkt für deine Ausbildung."

Das war der plötzliche Themenwechsel, den ich gebraucht hatte. Ein frischer Eimer von sprichwörtlichem Eis, um die bizarren Flammen auszulöschen, die in meinem Innern loderten. „Königreiche?", wiederholte ich. „Ähm, ja. Hört sich gut an."

Melek hatte erwähnt, dass wir uns im Königreich der Höllenfeen befanden, und ich wusste, dass das Ödland in einem anderen lag. Ajax hatte zuvor auch schon das Königreich des Jenseits erwähnt. Mehr über diese Orte zu lernen – und alle anderen – könnte durchaus hilfreich sein.

„Bleib schön hier", sagte Ajax, bevor er davonlief.

Ich fragte um ein Haar: *Was denn? Keine Handschellen?*, hielt mich aber davon ab.

Stattdessen bewunderte ich seinen Rücken, und wie er sich oberhalb seines Pos zuspitzte. *Was für ein wunderschöner Mann.*

Hör auf, tadelte ich mich selbst. *Ja, er fickt gut, aber es gibt Wichtigeres auf dieser Welt als Sex.*

Vielleicht war es dieses Zimmer, das mir übel mitspielte. Wie ich Melek kannte, hatte er eine Art Aphrodisiakum zurückgelassen, das meine Libido verrücktspielen ließ.

Aber als ich Ajax' Schulter sich sinken sehen ließ, bevor er die

Tür erreichte, brach mein Herz ein kleines bisschen. Einsamkeit schien sich wie ein unsichtbarer Umhang um ihn zu ranken.

Vielleicht bildete ich mir das bloß ein und zog Schlüsse, die auf dem basierten, was er gesagt hatte, als er unter dem Wahrheitsserum gestanden hatte. Aber er schien ... traurig. Deplatziert. Unsicher.

Weil er kein Wärter mehr ist, dämmerte mir. Obwohl er gesagt hatte, dass das nicht sein Hauptmotiv für sein Verhör gewesen war, so hatte er zugegeben, dass es durchaus ein Faktor gewesen war.

Jetzt, wo ich dieses Detail über ihn kannte, konnte ich irgendwie verstehen, warum. Er hatte im Reich der Mitternachtsfeen alles verloren. Aber er hatte wieder Freude in etwas gefunden – oder jedenfalls eine Version davon. Einen Lebenszweck im Reich der Höllenfeen als Wärter.

Aber das war ihm weggenommen worden.

Wegen mir.

Meine Lippen zuckten und ein frustriertes Gefühl breitete sich in mir aus. Ich war nicht schuld daran, was passiert war, und doch trieb etwas seinen Stachel tief in mein Herz. Etwas, das sich verdächtig nach Schuldgefühlen anfühlte.

Ich atmete schwer aus und griff nach meinem irischen Kaffee, brauchte eine Ablenkung. Der schwarze Bildschirm vor mir war ein willkommener Zeitvertreib, doch es schien nirgendwo eine Fernbedienung dafür zu geben.

„Okay, wie schalte ich dich an?", fragte ich und sah mich erneut im Zimmer um. „Hm."

Ich erhob mich, wollte nachsehen, ob es an der Wand oder vielleicht am Bildschirm einen Knopf gab, als etwas gegen meine Schenkel klatschte, was mich mit einem Ächzen zurück aufs Sofa fallen ließ.

Ich starrte auf meine Beine und sah das Buch in meinem Schoß beben.

Ich lachte abschätzig. „Auf keinen Fall", sagte ich zu ihm und griff nach dem Einband, um es zurück auf den Tisch zu legen. „Das letzte Mal, als ich auf dich gehört habe, habe ich Erinnerungen an dreißig Tage verloren. Ich hoffe, du kannst verstehen, dass ich nicht interessiert bin."

Das Buch verschwand einen kurzen Augenblick außer Sichtweite, dann tauchte es wieder in meinem Schoß auf.

„Ich habe *Nein* gesagt", meinte ich zum Buch und hob es erneut hoch. Es verschwand aus meinen Händen und landete erneut auf meinen Oberschenkeln.

Verdammtes, stures Stück Pergamentpapier.

Ich funkelte es an. „Nein."

Daraufhin schlug es sich selbst auf.

Ich kreischte und bedeckte meine Augen mit meinen Händen. „Wirst du wohl aufhören?!", schrie ich. „Luzifer hat gesagt, dass er mich töten wird, wenn ich mich der Quelle erneut nähere, du dummes Stück!"

Vita pulsierte, als wollte sie mir in die Beine kneifen oder mich anstupsen.

Ich knurrte verärgert und verschränkte meine Arme. „Ich weigere mich, dich zu lesen."

Ein Teil von mir begriff, dass das vermutlich das Lächerlichste war, das mir in meinem ganzen Leben je passiert war. Ich stritt mich mit einem unbeseelten Gegenstand.

Einem leblosen Gegenstand, der jetzt noch mehr zu pulsieren begann. So fest, dass mein Kiefer angesichts der Vibrationen, die durch mein Rückgrat rauschten, zu klappern begann.

„*Verdammt*", fluchte ich und sah schließlich nach unten. „Wenn du mich wieder zur Quelle bringst, schwöre ich, dass ich all deine Seiten verbrennen werde."

Das Buch fächerte aus und die erwähnten Seiten gaben ein flatterndes Geräusch von sich, das beinahe einem Kichern ähnelte.

Ich verliere meinen verdammten Verstand.

Luzifer hatte mir gerade gesagt, dass ich seine Quelle nicht wieder anrühren sollte, und hier war ich jetzt und starrte auf jenen Gegenstand, der mich genau dorthin gebracht hatte.

Natürlich hatte er nicht gesagt, dass ich das Buch nicht lesen dürfte. Zur Hölle, er hatte es sogar hier gelassen.

Vermutlich ist das ein Test, ermahnte ich mich. *Ein Test, den ich nicht bestehe, weil ich auf eine offene Seite starre.*

Ich schüttelte meinen Kopf und seufzte. „Na gut. Dann zeig mir etwas Interessantes. Bevor ich sterbe, will ich mich wenigstens amüsieren." Vielleicht würde es wieder diesen Kreis zeigen. Diesen Kreis mit einer nackten Frau zwischen vier Männern.

Vier Männer, die Ajax, Az, Melek und Luzifer verdächtig ähnlich gesehen hatten.

Ich frage mich, wer von ihnen am besten fickt, dachte ich. *Vielleicht kann das Buch es mir verraten, als letzter Wunsch vor meinem Tod.*

Zu meiner großen Enttäuschung waren keine Bilder von Schwänzen auf der Seite zu sehen. Und auch keine Sex-Profile.

„Macht nichts", murmelte ich. „Ich kann mir meine Fantasie zu Hilfe nehmen."

Ajax hatte ein pralleres Glied und sein Piercing verschaffte meinen erogenen Zonen ein interessantes Kitzeln.

Az hatte das längere Glied und war dominanter. Seine Stöße ... würden auf die beste Art und Weise wehtun.

Melek würde aufmerksam sein, vielleicht sogar sanft und gutmütig – und besonders gründlich.

Und Luzifer ... Na ja, Luzifer würde bestrafend sein. Vermutlich genoss er es, anderen Schmerzen zuzufügen. Jede Menge davon.

Ich erschauderte, während alle vier von ihnen mir durch den Kopf gingen – dank dem Buch, das explizite Bilder gezeigt hatte, als Luzifer noch hier gewesen war.

Jetzt war die Seite leer, was mich misstrauisch machte. Was würde mir das Buch gleich zeigen? Aber als es spürte, dass es endlich meine ungeteilte Aufmerksamkeit hatte, blätterte es auf eine neue Seite um, auf der ein Bild meines Vaters zu sehen war.

Definitiv ein Stimmungskiller, dachte ich und sah das Bild düster an. „Zeigst du mir meinen Erzeuger, weil du weißt, wo er ist?", fragte ich das Buch.

Denn das war es tatsächlich wert, Luzifers Zorn zu ernten.

Soweit Az mir erzählt hatte, wollte Luzifer meinen Vater finden. Wenn das Buch also seinen Aufenthaltsort preisgeben wollte, würde ich die Information nur allzu gerne weitergeben. Wenn auch nur, um dabei zuzusehen, wie der Mistkerl umgebracht wurde, weil er mich in diesen Schlamassel reingeritten hatte.

„Okay, ich höre", sagte ich und streckte einen Finger hoch. „Aber wenn ich auch nur den Hauch eines gleißenden Lichts sehe, werde ich meine Augen schließen und dich quer durchs Zimmer werfen."

Dieses Mal blätterte das Buch nicht um und ersetzte das Bild meines Vaters stattdessen mit einem Bild von einem glitzernden Stern.

Ich zog eine Augenbraue hoch.

„Ähm, okay?" Ich wartete, ob da noch mehr kommen würde, doch das Buch sprang an meine Brust und fiel dann zurück in meinen Schoß. „Aua!", raunzte ich. „Was sollte das denn?!"

Vita zitterte daraufhin – nicht aus Angst, sondern viel eher in drängender Manier.

„Ich erinnere mich nicht daran, dass du zuvor so gewalttätig warst", murmelte ich und rieb mir die Brust. Die verdammten Seiten hatten meinen Talisman beinahe in meine Haut ...

Moment mal.

Ich sah auf den Talisman, der zwischen meinen Brüsten hing. *Ein glitzernder Stern.* Ich sah zum Buch zurück. *Wie der da.*

„Willst du mir damit sagen, dass ich den hier dazu benutzen kann, um meinen Vater zu orten?", fragte ich das Buch.

Ich hatte mich nicht getraut, Meleks Geschenke zu benutzen, sodass ich nie darüber nachgedacht hatte, inwiefern der Talisman mir helfen könnte.

Aber er hatte ihn einen Leiter genannt. Und er hatte mir auch ein paar Banne verraten.

Was, wenn er meine Blutverbindung zu meinem Vater verstärkt?, dachte ich. *Würde mir das dabei helfen, ihn zu finden?*

Meine Finger schlangen sich um die Halskette und ein eiskalter Schauer rann über meinen Rücken.

Das hier war gefährlich.

Riskant.

Und würde vermutlich blutig enden.

Aber das ist jetzt mein Leben, oder etwa nicht?

Ich atmete zitternd ein und klammerte mich an die Halskette, während die Seite mir etwas Neues zeigte.

Dieses Mal war es eine Verschriftlichung eines Bannes.

Versuchte das Buch, mich erneut hinters Licht zu führen?

Ich war mir nicht sicher, was es davon gehabt hatte, mich überhaupt zur Quelle zu bringen, oder ob es das wieder tun wollte. Aber das hier könnte mir vielleicht ein paar Antworten liefern und mir etwas Vergeltung an meinem Vater verschaffen, für alles, was er getan hatte.

Diese Aussicht allein war zu gut, um sie mir entgehen zu lassen.

Blut rauschte durch meine Ohren, während ich von mir gab: *„Invenire. Inveniunt. Aperi ianuam."*

Mein Haar wurde aus dem Gesicht gepustet, als sich ein riesiges Portal öffnete und die Flammen an den Wänden auslöschte, sodass Rauch von ihnen quoll.

Nein, nicht Rauch. *Schatten.*

Eine flackernde, ovale Form zeigte eine andere Welt dahinter. Eine, die randvoll mit Grabsteinen war, die vom fahl leuchtenden Mondlicht erhellt wurden. Es erinnerte mich beinahe an die Welt der Mitternachtsfeen – oder jedenfalls, wie ich mir diese hinter den Kerkerwänden vorgestellt hatte. Aber in dieser Welt tanzten Schatten in der Ferne. Schatten, die überhaupt nicht nach Mitternachtsfeenwelt aussahen.

Das kann nichts Gutes bedeuten.

„Mein Vater ist hier?", flüsterte ich dem Buch zu. Ich wollte nicht zu laut sprechen und von etwas gehört werden, das womöglich auf der anderen Seite lauerte. „Auf einem Friedhof?"

Das Buch erwiderte nichts und dieselbe Seite blieb bestehen, als wollte das Buch mir bedeuten, sie noch einmal zu lesen.

Oder durch das Portal zu gehen, dämmerte mir und ein kalter Schauer rann an meinem Rücken hinab. *Auf keinen Fall. Kommt nicht infrage.*

Auch wenn es nicht wie ein heimgesuchter Friedhof ausgesehen hätte, so hatte ich meine Lektion das letzte Mal gelernt. *Ich werde nicht weglaufen.*

Jedenfalls nicht, solange ich keinen klaren Fluchtweg hatte.

Und einen Plan für das, was auf meine Flucht hin folgen würde.

Was vermutlich niemals ...

Eine mir bekannte Stimme rieselte durch das Meer von schwarzen Grabsteinen herein, die Worte beinahe zu leise, um sie vernehmen zu können, bis sie ihren Weg mithilfe eines eisigen Windstoßes ins Zimmer fanden. „Spürst du das?"

Ich runzelte die Stirn. „Az?"

Im Portal wütete ein Strudel, zeigte mir plötzlich Az und Melek, die mitten auf dem Friedhof standen.

Ich riss meine Augen auf. „Oh. Ähm, Hallo?"

Keiner der beiden erwiderte etwas, ihre Blicke auf den Boden gerichtet.

Ich zog die Stirn kraus. *Können sie mich nicht sehen?* *Und was hat das alles mit meinem Vater zu tun?*

Ich sah auf Vita herab, doch die Seite hatte sich nicht verändert.

„Das tue ich." Meleks misstrauischer Tonfall versiegte im Wind und versah seine Stimme mit einer schaurigen Note. „Es fühlt sich an, wie das, was ich im Unterwasser-Königreich gespürt habe. Engelsmagie."

Az nickte und fuhr sich mit den Fingern durch sein dichtes, dunkles Haar. „Aber warum würden sie nach all der Zeit auftauchen?"

„Zeit ist relativ", erwiderte Melek und die zittrige Brise, die durch das Portal brauste, verzerrte seine Stimme. „Vor allem für Wesen, die so alt sind wie wir. Aber sie stecken ganz offensichtlich hinter dem Portal. Die Frage lautet: Was haben sie zu bezwecken versucht? Denn Albtraumfeen ins Reich der Sterblichen einzulassen, war nicht ihr Ziel."

„Nein, das war nur eine Ablenkung." Az kniff seine violetten Augen zusammen. „Wir müssen mit König Onyx sprechen, vielleicht sogar mit Hades. Mal sehen, was für andere Hinweise ihnen vielleicht entgangen sind, weil sie von der Nacht der Monster abgelenkt waren."

Melek gab ein zustimmendes Summen von sich. „Abgemacht."

Ich lehnte mich nach vorn, begierig darauf, mehr zu erfahren. Doch das Portal wurde urplötzlich schwarz und der Rauch kam ins Stottern, als hätte er kein Antriebsgas mehr. Ich umschlang meine Halskette, bereit, den Bann erneut zu benutzen, als Ajax sich mit nichts weiter als einem Handtuch um die Hüfte mittels eines Schattens ins Zimmer teleportierte.

Oh.

Oh, Scheiße, dachte ich, als ich realisierte, wonach das hier aussehen musste.

Das letzte Mal, als geduscht hatte, war ich dreißig Tage lang verschwunden. Und er hatte vermutlich gerade das Portal im Wohnzimmer gespürt, weshalb er voreilige Schlüsse gezogen hatte.

„Ajax", sagte ich. „Es ist nicht ..."

„Was zum Teufel, Camillia?!", brüllte er und warf mich zu Boden, bevor ich den Satz beenden konnte.

Ich sah mich benommen nach dem Buch um, um zu erklären, was ich getan hatte.

Aber es war spurlos verschwunden.

War ja klar. Verdammt noch mal.

KAPITEL 20

AJAX

„DU BIST EINFACH *UNMÖGLICH*", knurrte ich.

Verdammt, ich konnte es nicht fassen, dass ich ihr vertraut hatte. Dass ich ihr ihre Lügen abgenommen hatte. Dass ich sie für unschuldig gehalten hatte.

Doch jetzt kannte ich die Wahrheit.

Ein Portal. So war sie entkommen.

Und es war ihr um ein Haar gelungen, noch eines heraufzubeschwören. Aber ich hatte einen Hauch der Magie in der Luft erhascht und sie aufgehalten, bevor sie hatte fliehen können.

Ihre eng anliegende Lederhose klebte an meiner Haut, während ich einen Arm gegen ihren Hals presste und sie zu Boden drückte. Ich hatte im Prozess mein Handtuch verloren, aber Scheiß drauf.

Und *Scheiß auf sie.*

Ich hatte ihr dank dieses vermaledeiten Wahrheitsserums mein Herz ausgeschüttet, und das war ihre Reaktion?

Einen Fluchtversuch zu wagen? *Schon wieder?*

„Wenn du mich ... einfach ..." Sie wand sich und versuchte mich von sich zu stoßen, aber ich würde sie sich nicht aufrichten lassen, bis ich mir sicher war, dass das Portal vollständig verschwunden war. Es flackerte hinter mir und stotterte angesichts der schwindenden Kraft.

Weil ich sie abgelenkt habe.
Und das gerade rechtzeitig.

Luzifer würde mich vielleicht nicht für mein erneutes Scheitern töten, aber meine Tage in seinem inneren Zirkel waren zweifellos gezählt.

Meinen Titel als Wärter zu verlieren, würde nicht mehr von vorübergehender Natur sein. Und vielleicht würde er sogar meine lose Verbindung zum Reich der Höllenfeen kappen und mich damit verbannen.

Obendrein würde er Camillia töten. Und obwohl mir im Augenblick genau danach zumute war, so wollte ich sie nicht sterben sehen. Ich wollte, dass sie *überlebte*. Dass sie *lebte*. Das sie ... *frei war.*

Ich runzelte die Stirn. Hier konnte sie nicht frei sein. Nicht wirklich. Aber sie könnte überleben. Und vielleicht würde sie anfangen, es hier zu mögen.

Darum will Luzifer vermutlich, dass ich sie einführe. Dass ich ihr dabei helfe, dieses Reich zu verstehen und ihr Grund zu geben, bleiben zu wollen.

Sie hatte nicht die geringste Ahnung, was für eine seltene Gelegenheit sich ihr bot, vor allem für eine weibliche Höllenfee. Sie waren so rar hier, weil die Quelle neunundneunzig Prozent von ihnen ablehnte.

Aber Luzifer schien zu glauben, dass Camillia vielleicht in der Lage war, zu bleiben. Und er wollte, dass ich ihm dabei half, ihr Überleben zu sichern.

Leider konnte ich das nicht, wenn sie immer wieder versuchte, wegzurennen.

„Obwohl ich deinen Kampfgeist zu schätzen weiß, kleine Rebellin, wünschte ich mir wirklich, dass du dir einen Augenblick Zeit nehmen würdest, um über die Möglichkeiten nachzudenken, die dir hier zuteilwerden. Denn ich kann dir versichern, dass sie besser sind als das, was auch immer dich im Reich der Sterblichen erwartet."

Sie rollte ihre Augen und versuchte erneut, mich von sich zu schieben. „Ajax", schaffte sie hervorzubringen, bevor ich meinen Arm wieder gegen ihren Hals presste.

Die Energie des Portals hinter mir war fast schon verebbt,

aber ich weigerte mich, mich zu bewegen, bis ich mir sicher war, dass sie es nicht benutzen können würde.

„Du gehst nirgendwohin", informierte ich sie und verlagerte mein Gewicht auf ihren Brustkorb.

Ich ließ genug von ihrem Hals ab, um sie einen Atemzug nehmen zu lassen, während ich darauf wartete, dass die verbleibende Kälte in der Luft versiegte.

Sie hatte ein Portal hochbeschworen.

Zum Königreich des Jenseits.

Was zur Hölle?!

Nicht direkt der Ort, an den ich fliehen würde, aber vielleicht war sie mir und Az so für eine so lange Zeit entkommen? Hatte sie zwischen den verschiedenen Reichen des Höllenfeen-Königreichs gewechselt, während wir die verschiedenen Feenreiche abgesucht hatten?

Das schien mir ... unmöglich. Und lächerlich. Sie wäre in den meisten dieser Reiche lebendig gefressen worden, und das hätten wir gespürt.

Vielleicht war sie also nur vorübergehend dort gewesen?

Ist sie das letzte Mal ins Jenseits und durch das Portal der Nacht der Monster gereist? Hat sie sich dreißig Tage lang in einer alternativen Realität versteckt? Warum ist sie zurückgekommen?

„*Ajax.*" Sie drückte ihr Becken hoch. „Geh runter von mir!"

Sie schob ihr Knie zwischen uns, was einen Schmerz in meiner Leistengegend erblühen ließ.

Mieser Tiefschlag, kleine Rebellin.

Weil ich kurz abgelenkt war, gelang es ihr, sich unter mir hervorzurollen, und sie versteckte sich hinter dem Sofa.

Als ob sie das retten würde.

„Zeig dich, Vita. Hilf mir." Sie sah sich fieberhaft im Zimmer um. „*Komm schon.*"

Das Geräusch von flatternden Seiten machte sich bemerkbar, was Camillia erleichtert seufzen ließ.

„Danke", sagte sie, bevor sie zu mir sah. „Und jetzt ... Hör mir einen Augenblick lang zu." Sie streckte ihren Arm über die Sofalehne und griff nach dem Buch. „Ich habe nur das hier gelesen ..."

Fluchend ging ich auf sie zu und wollte ihr das Buch

abnehmen. Denn vielleicht stimmte dieser Teil ihrer Geschichte – dass das Buch ihr dabei geholfen hatte, zu entkommen. Sie hatte nur vergessen, zu erwähnen, wie sie es geschafft hatte. Stattdessen hatte sie gelogen und mir gesagt, dass das Buch sie zur Quelle gezogen hatte.

Vielleicht war die alternative Geschichte nahe genug an der Wahrheit gewesen, um Zakkais Bann unschädlich zu machen.

Na, jetzt bin ich dir auf der Spur, kleine Rebellin.

„Du wirst kein weiteres Portal hochbeschwören", knurrte ich und griff nach dem Buch. Es pulsierte protestierend, aber ich ignorierte es. „Du wirst schön hierbleiben. Bei mir. Deinem *Wärter*."

Ich hatte hart dafür gearbeitet, meine neue Identität zu schaffen. Obwohl noch Luft nach oben war, war ich nach wie vor Luzifers Wärter – nur in anderweitiger Kapazität, fürs Erste.

Camillia verschränkte ihre Arme und funkelte mich an, als wäre ich ein Idiot. „Ich glaube, Vita gefällt es nicht, so grob behandelt zu werden."

Als wollte es Camillias Aussage bestätigen, erhitzte sich das Buch sosehr, dass es mich verbrannte und ich mir ein Fluchen verkneifen musste, bevor ich es zu Boden fallen ließ.

„Und ich habe nicht versucht, zu fliehen", ergänzte sie.

„Ach, wirklich?", säuselte ich und lief um das Sofa herum. „Weil es ganz danach aussah."

Ich beschwor meinen Zauberstab hoch und zauberte die Handschellen herbei, die ich ihr von Anfang an hätte anlegen sollen. Ganz so, wie ich es letzte Nacht getan hatte. Es war ein Fehler gewesen, sie ihr abzunehmen.

Sie löste ihre Arme und nahm einen Schritt zurück. „Die wirst du mir nicht anlegen."

Ich machte eine kreisende Bewegung mit meinem Zauberstab, woraufhin die Handschellen sich um ihre Handgelenke schlossen.

Aber sie wehrte sie ab. Ein gleißendes Licht strömte aus ihrer Halskette und die Handschellen schepperten zu Boden.

Es schien, als hätte sie mehr Tricks erlernt, als bloß Portale heraufzubeschwören.

Ich zog eine Augenbraue hoch. „Also war alles nur gelogen?", fragte ich sie. „All deine Geschichten? Die sinnlichen Spiele? Deine vorgegaukelten Gefühle?"

Sie schien erschrocken, als hätte sie nicht erwartet, dass ich sie damit konfrontieren würde, was sie getan hatte. „*Wie bitte?!*"

„Du hast richtig gehört." Ich nahm einen Schritt auf sie zu. „Jetzt habe ich deine Lügen durchschaut, Camillia. Ich sehe ganz klar, wer du bist." Für ein paar unglaubliche Augenblicke hatte ich ihr ihre Märchen abgekauft.

Und wer konnte es mir verübeln? Sie war clever. Wunderschön. Willensstark.

Verdammt, ich wurde nur schon hart, weil ich sie in diesem Moment anstarrte. All die ausgefuchste Energie und Intelligenz machten sie so unheimlich stark, so verdammt *schön*.

Ich schattete mich direkt vor sie und drückte sie gegen die Flammenwand, presste sie dagegen. Zuerst zuckte sie zusammen, ganz offensichtlich besorgt darum, verbrannt zu werden, doch im nächsten Moment stieß ihre innere Kraft aus ihr, um sie zu beschützen und sagte mir alles, was ich wissen musste.

„Du bist so viel mehr, als du vorgibst, zu sein, kleine Rebellin", murmelte ich, meine Hände um ihre Hüften geschlungen und meine Knöchel sich gegen die Wand schabend. „Doch dasselbe gilt für mich."

Was ich bestätigte, indem ich sie festhielt, während die Flammen auflodderten.

Ich mochte keine wahre Höllenfee sein, doch meine Kraft hatte sich dank Zakkai wieder eingeordnet. Das war alles Teil von Luzifers Bitte gewesen – seine Art, meine Sicherheit zu gewährleisten, während ich in seinem Reich arbeitete.

Die Wiedereinordnung machte mich zu einer wahren Abscheulichkeit – mit der Quelle der Mitternachtsfeen und der Quelle der Höllenfeen gleichzeitig verbunden zu sein. Nicht viele wussten von der Verbindung, weil das zerbrechliche Band eher ein Test war anstelle einer permanenten Verbindung. Aber sie beschützte mich jetzt, während das Höllenfeuer heiß hinter Camillia loderte.

Doch Camillias Magie fühlte sich anders an. Sie schien ihre Haut aufleuchten zu lassen, was mich meine Stirn runzeln ließ. Denn sie unterschied sich merklich von jener einer Höllenfee.

Tatsächlich erinnerte sie mich viel eher an ... Melek.

Wegen ihrer Halskette?, fragte ich mich, beäugte den leuchtenden Stern. Sie hatte das Accessoire ebenfalls dazu benutzt, meine Handschellen abzuwehren.

Ich zog die Stirn kraus. *Benutzt sie Banne, die er ihr beigebracht hat? Oder ist das etwas völlig anderes?*

Ich sah in ihre grauen Augen, bemerkte die schiere Panik, die ihre Pupillen sich weiten ließ. Sie schien wie erstarrt, obwohl sie gegen eine heiße Wand gepresst wurde, und spannte ihren Kiefer an.

„Tue ich dir weh?", fragte ich mit barscher Stimme. Denn ein Teil von mir wollte ihr wehtun, sie würgen, sie dafür tadeln, dass sie versucht hatte, mich – schon wieder – zu benutzen. Doch ein tiefgelegener Teil von mir – einer, den ich für eine sehr lange Zeit ausgeblendet hatte – machte sich Sorgen, dass ich gerade einen schrecklichen Fehler begangen hatte.

Sie antwortete nicht, blickte mich an wie ein Geist, was mich an genau jenes Königreich erinnerte, in das sie um ein Haar geflohen war.

Aber ... Sie war nicht einmal in der Nähe des Portals gewesen. Sie hatte auf dem Sofa gesessen und sich nur nach vorn gelehnt, als hätte sie sich einen spannenden Film oder eine packende Serie angesehen.

Ich versuchte mich an die Situation zurückzuerinnern, mir in Erinnerung zu rufen, was ich wirklich gesehen hatte. Ich war so eingenommen davon gewesen, Camillia aufzuhalten und das Portal zu verschließen, dass ich mich mehrheitlich auf sie konzentriert hatte. Aber es waren Teile des Jenseits da gewesen.

Und Stimmen auch.

Az' Stimme.

Ich hatte ihn auch gespürt, ganz so, wie ich den Bann gespürt hatte.

Das ergibt keinen Sinn. Warum würde sie ein Portal in der Nähe des Höllenfeen-Kommandanten kreieren?

War es ein Unfall gewesen? Hatte sie versucht, den richtigen Fluchtort zu finden, war dann aber auf Az gestoßen?

Ein weiterer Kraftschub stieß aus ihrer Halskette und hüllte sie in schimmernden Staub, der sie erschaudern ließ. Ihre Lippen begannen zu zittern.

Ein Hauch von Verfall folgte, der mich wieder sehr an Melek erinnerte. *Weil es sein Talisman ist*, dachte ich erneut. *Aber etwas stimmt hier nicht.*

Ich nahm einen Schritt zurück, ließ von ihr ab.

Sie bewegte sich nicht, schien wie erstarrt.

Seufzend griff ich mit einer Hand nach ihrer Hüfte und legte meine andere an ihren Hals, um sie von den Flammen wegzuziehen.

Sie fühlte sich starr in meinen Armen an, als hätte sie sich in einen Eiswürfel verwandelt. Aber ihre Haut fühlte sich nicht kalt an, nur kühl.

Ich führte sie zum Sofa und setzte sie auf ein Sitzkissen. Das Buch erschauderte und die Seiten fächerten aus, während es sich vom Boden zum Tisch bewegte. Das Geräusch erinnerte mich an eine Frau, die ein scheltendes ‚Hmpf' von sich gab.

Merkwürdiges, verdammtes Buch, beschloss ich und beschwor meinen Zauberstab hoch. Ich brauchte Kleidung, vorwiegend, um meine physische Reaktion auf Camillia zu verbergen. Nicht, dass es ihr aufzufallen schien. Ihr Blick schien etwas verloren, was mich dazu brachte, all meine Taten zu bereuen.

Vielleicht hatte sie erneut versucht, zu fliehen. Vielleicht aber auch nicht.

Mittlerweile hatte ich keine Ahnung mehr. Aber eines stand fest: Ich hatte die Nase voll von Spielchen. Ob sie nun die Form von Verhören oder bloß Meleks nervenaufreibender Einmischung annahmen. Ich wollte bloß ein normales Gespräch mit ein paar aufrichtigen Antworten.

Ich beschwor königliche Kleidung hoch, stattete mich mit einem Anzug mit offener Weste aus, der meine Brust betonte, zusammen mit Diamanten-Manschettenknöpfen und blutroten Zierstreifen, die am Hof gerne gesehen waren. Ich wollte bereit sein, für den Fall, dass ich nach Luzifer suchen musste.

Ich zauberte auch ein neues Paar Handschellen herbei, für die es keinen Schlüssel gab, und befestigte sie an meinem Gürtel, bevor ich mich neben eine noch immer fröstelnde Camillia setzte.

„Ich v-verstehe d-diese M-magie nicht", sagte sie mit klappernden Zähnen und zuckte am Ende des Satzes zusammen. „D-das P-portal ... h-hat mir Azzz und Mel..." Sie schloss ihre Augen und ein frustrierter Ausdruck lag auf ihrem Gesicht. Ein leises Knurren durchfuhr ihre Brust. Eines, das mich umgehend wieder hart werden ließ.

Ganz offensichtlich fühlte sie sich nicht gerne hilflos.

Das konnte ich verstehen.

Ich setzte mich neben sie und beschwor Apfeltee hoch – eines meiner liebsten Hausmittel gegen kalte Schauer – und hielt ihn ihr hin. „Hier. Trink das. Und dann werden wir reden."

Sie sah den Tee mit misstrauischem Blick an.

„Es ist ähnlich wie heißer Apfelwein, nur etwas dünnflüssiger. Und nein, es sind keine Betäubungsmittel drin." Ich ergänzte Letzteres, weil ich wusste, dass sie das Gegenteil vermutete.

„Auch w-wenn du es m-mit etwas v-versehen hättest. Es s-spielt keine R-rolle, was?" Sie gab die Worte zitternd von sich, erhob jedoch eine zitternde Hand, um das Getränk entgegenzunehmen.

„Warum würde es keine Rolle spielen?", fragte ich, mein Blick auf der zitternden Tasse in ihrer Hand verweilend. Ich hatte fest vor, sie abzufangen, wenn sie sie versehentlich fallen lassen würde. Das Letzte, was ich wollte, war, dass sie sich verbrühte.

Anstatt zu antworten, führte sie die Tasse an ihre Lippen und schloss ihre Augen. Dann begann sie, in geschlagener Haltung, am Getränk zu nippen.

Das erinnerte mich daran, wie ich mich gestern gefühlt hatte. Erschöpft und fix und fertig.

Fühlt sie sich so, weil ich sie bei einem Fluchtversuch ertappt habe? Oder wegen meiner Reaktion?

Stille kam über uns und verweilte einen langen Augenblick. Sie schluckte langsam, während sie immer wieder kleine Schlucke vom Getränk nahm, das ich für sie geschaffen hatte. Als sie fertig war, zitterte sie nicht mehr. Ihre Wangen nahmen einen sanften roten Hauch an und ihre Haut erhielt dringend benötigte Farbe, bevor sie die Tasse auf den Tisch stellte.

Mehrere weitere Minuten verstrichen, während ich ihren nächsten Schachzug abwartete – begierig darauf, zu erfahren, was sie als Nächstes versuchen würde. Doch alles, was sie tat, war sich zu mir zu drehen und mich mit einem misstrauischen Blick in ihren grauen Augen anzusehen. „Was passiert jetzt?", fragte sie. „Oder ist dein Bann dazu gedacht, mich mit gespannter Erwartung zu foltern?"

„Was für ein Bann?", fragte ich.

Sie deutete mit dem Kinn auf ihre Tasse. *„Der* da."

„Er hat bereits Wirkung gezeigt", sagte ich zu ihr. „Du fröstelst nicht mehr." Es war kein Bann gewesen, nur ein heißes Getränk.

Sie zog eine Augenbraue hoch. „Willst du damit sagen, dass du mir wahrhaftig helfen wolltest?"

„Ja."

„Warum?", fragte sie ungläubig.

„Weil du es gebraucht hast", gab ich zu. „Du schienst wie erstarrt."

„Ich habe mich starr wie ein Eisklotz gefühlt", erwiderte sie und erschauderte. Ihr Blick fiel auf den Talisman, der von ihrem Hals hing. „Es ist dieses Ding hier. Ich verstehe ihn nicht so ganz. Zum Beispiel, wie er deine Handschellen abgewehrt hat oder die kühlende Kraft, die er über meine Haut schickt."

Ein weiteres Schaudern erfasste sie, sodass sie sich auf die Unterlippe biss und wimmerte.

Ich lehnte mich zurück und schlang meinen Arm um sie.

„Es ist schwierig, zu unterscheiden, was echt ist und was nicht, wenn es um dich geht, Camillia." Ich wandte meinen Körper ihrem zu und legte meinen Fußknöchel auf meinen Schenkel. „Und ich habe es satt, es erraten zu müssen. Können wir einfach ehrlich zueinander sein? Bitte?"

Sie gab einen kehligen Laut von sich und schüttelte ihren Kopf. „Ich habe dich nicht angelogen, Ajax. Tatsächlich war ich von Anfang an ziemlich ehrlich zu dir."

„Dann lass uns noch einmal von vorn anfangen", schlug ich

vor. „Erzähl mir, was du mit dem Portal zu schaffen hattest, und ich werde versuchen, dir zu glauben."

KAPITEL 21

AJAX

CAMILLIA WARf mir einen Seitenblick zu. „Du wirst *versuchen*, mir zu glauben? Wie nett von dir."

„Ich versuche es, Camillia. Aber nichts von dem, was geschehen ist, war einfach. Du ..."

„Du hast recht", unterbrach sie. „Nichts von dem, was geschehen ist, war einfach. Seit dem Moment, in dem du mich ins Reich der Höllenfeen verschleppt hast, war alles ganz schön hart. Und sosehr ich dir die Schuld daran geben will, kann ich das nicht. Weil nicht *du* den Handel eingegangen bist. Er wurde von Luzifer und meinem Vater abgeschlossen."

„Na ja, ich bin in gewisser Hinsicht mitschuldig, weil ich dich gefangen und ins Paradigma gebracht habe", bemerkte ich. Es schien mir nur richtig, meinen Teil der Schuld einzugestehen.

„Du hast nur deine Arbeit getan. Ganz so, wie du deine Arbeit getan hast, als du mich aufgespürt und verhört hast." Sie schüttelte ihren Kopf erneut und ließ sich gegen das Sofakissen fallen. Ihr Haar streifte meinen Arm.

„Mein Vater ist der wahre Schuldige."

„In dem Punkt sind wir uns einig." Denn sie hatte recht. Sie wäre nicht hier, wenn ihr Vater und der Handel nicht gewesen wären. „Aber ich bin überrascht, dass du Luzifer nicht auch die Schuld an deiner Lage gibst."

„Oh, ihn trifft zweifelsohne auch einen Teil der Schuld",

sagte sie mit einem trockenen Lachen. „Aber ich weiß nicht ... Er ... Etwas an ihm lässt mich seine wahren Motive anzweifeln."

Ich nickte, verstand, was sie meinte. „Er ist ein Rätsel."

„Ja, ist er", stimmte sie zu.

Ein weiterer Moment kam und ging, bevor sie sich zu mir drehte und mich mit suchendem Blick ansah.

„Ich habe nicht versucht, zu fliehen", sagte sie mir. „Das Buch wollte mir unbedingt etwas zeigen und ist immer wieder in meinem Schoß gelandet. Also habe ich schlussendlich auf seine Seiten geschaut, woraufhin es mir ein Bild von meinem Vater gezeigt hat."

Sie rümpfte ihre Nase, als sie das sagte, was sie in ihrer Wut unheimlich süß aussehen ließ.

Aber anstatt das zu sagen, fragte ich: „Und was ist dann passiert?"

„Na ja, es hat mir einen Stern gezeigt." Ihre Finger wanderten zum Talisman und sie streichelte mit dem Daumen über die glitzernden Edelsteine. „Und dann hat es einen Bann aktiviert."

Also ist es wieder Melek, der seine Finger im Spiel hat, dachte ich, fasste den Gedanken jedoch nicht in Worte.

„Ich dachte, es wollte mir dabei helfen, meinen Vater aufzuspüren. Stattdessen hat es ein Portal heraufbeschworen. Aber es war kein wirkliches Portal. Oder jedenfalls glaube ich das. Denn darin waren nur Az und Melek zu sehen. Ich habe versucht, mit ihnen zu sprechen, aber sie konnten mich nicht hören."

Ihr Gesichtsausdruck wurde wieder nachdenklich und sie strich mit ihren Fingern über den Talisman. Ich fürchtete um ein Haar, dass sie etwas Verdorbenes tun würde, wie einen weiteren Bann zu sprechen, um mich zu immobilisieren, damit sie fliehen konnte, aber stattdessen seufzte sie bloß und ließ vom Stern ab.

„Melek hat einmal gesagt, dass das hier ein Leiter ist, also dachte ich, dass es vielleicht der Leiter eines Blutbandes ist und das Buch mir zu erklären versuchte, wie ich es benutzen kann. Du weißt schon, um mir dabei zu helfen, meinen Vater zu finden. Dann ließ ich mein Verlangen nach Rache überhandnehmen." Sie ballte ihre Hände zu Fäusten und ein entschlossener Ausdruck zog auf ihrem Gesicht auf.

Was natürlich wieder dazu führte, dass mein Schwanz zuckte. *Diese Frau wird mich noch umbringen.*

„Wie auch immer ... Das Buch hat mich hinters Licht geführt, wie es das immer tut, und mir Az und Melek auf einem Friedhof gezeigt."

„Das war das Reich des Jenseits", korrigierte ich. „Das Reich ist randvoll mit Leichen- und Todesfeen." Es hätte der Schauplatz der nächsten Probe letzten Monat sein sollen, aber nach dem Chaos, das die Nacht der Monster heraufbeschworen hat, ist es nicht dazu gekommen. „Ich hätte dir dabei helfen sollen, mehr über sie zu erfahren. Für die Brautspiele."

Sie nickte langsam. „Ich erinnere mich daran." Ein Funkeln zog in ihren Augen auf. „Denn das ist für mich erst ein paar Tage her. Oder einen Tag. Ich weiß es nicht. Die Zeit lässt meinen Kopf ganz schön verrücktspielen."

„Na ja, meiner schwirrt mir wegen allem anderen", erwiderte ich, verbarg meine Verärgerung nicht. Ich wollte Camillia glauben, aber das barg ein Risiko. Nicht weil sie vielleicht erfolgreich fliehen würde, sondern weil ich nicht wollte, dass sie in der Lage war, mich zu verletzen.

Ich hatte mehr als genug Schmerz in meinem Leben erfahren. Ich brauchte nicht noch mehr davon.

Aber etwas an dieser Frau drohte, die Mauern niederzureißen, die ich um mein Herz herum errichtet hatte.

Es war nicht nur die Tatsache, dass sie mich an Emelyn erinnerte, obwohl das ein bedeutender Faktor war. Oder zumindest hatte dieser Umstand mein Interesse geweckt. Aber jeder Augenblick, den ich mit Camillia verbrachte, brachte mich ihr näher.

Wie jetzt, wo ich ihr für ihren Trick den Hals umdrehen sollte, und sie stattdessen einfach nur küssen wollte. Sie verehren wollte. Sie *ficken* wollte.

Es ging gegen jeglichen vernünftigen Gedanken. Und das machte mich völlig verrückt.

„Wie lautete der Bann?", fragte ich, begierig zu wissen, was das Buch ihr angeblich gezeigt hatte.

„Oh, ähm ..." Sie runzelte die Stirn. „*Invenire. Inveniunt. Aperi ianuam.*" Ihr Blick wanderte zur Wand, als erwartete sie, dass das Portal erneut auftauchen würde. Als es das nicht tat, atmete sie erleichtert aus. „Stimmt ja. Ich muss den Talisman berühren", sagte sie, schien mit sich selbst zu sprechen. „Oder ..." Sie sah mich an. „Willst du es sehen?"

Ich schüttelte meinen Kopf. „Nein, die Worte genügen mir." Und zu wissen, dass sie den Talisman brauchte, um Banne zu weben, sagte mir auch, was ich wissen musste. „Das ist keine Höllenfeen-Magie." Ich sah ihre Halskette an. „Und das da auch nicht."

Was bedeutete, dass Melek seine Finger im Spiel hatte. *Dieser verdammte Prinz.*

„Ich glaube auch, dass das Buch nicht wirklich von Höllenfeen-Magie geschaffen wurde", sagte Camillia, ihr Blick auf dem alten Folianten verweilend, der auf dem Tisch lag. „Etwas daran fühlt sich ... *überirdisch* an." Sie sah zurück zu mir. „Kannst du es lesen?"

Ich schüttelte meinen Kopf. „Nein. Die Seiten waren vorhin, als ich darauf gesehen habe, leer."

„Also hat Melek mir wenigstens in dieser Hinsicht die Wahrheit gesagt. Er hat mich am ersten Tag hier in der Bibliothek aufgesucht. Ich hatte nach einem legalen Weg gesucht, den Handel zwischen meinem Vater und Luzifer aufzulösen, und die Fantasiewesen haben mir dieses Buch gebracht. Aber es half mir nicht auf die Art, wie ich erwartet hatte." Sie sah den besagten Gegenstand mit zusammengekniffenen Augen an. „Es tut nie, was ich erwarte."

„Hört sich ganz nach Melek an", sinnierte ich. „Mal abgesehen davon, dass ich immer erwarte, dass er etwas im Schilde führt."

Sie schnaubte. „Jedes. Verdammte. Mal." Ein nachdenklicher Ausdruck fand in ihr Gesicht. „Aber er war in letzter Zeit weitaus offener. Ja, sogar ernst. Als er im Portal-Fenster-Ding mit Az gesprochen hat, hat er sich überhaupt nicht verspielt angehört."

„Was hat er gesagt?"

„Etwas von wegen Engelsmagie." Sie runzelte die Stirn. „Ist dir das ein Begriff?"

Ich schüttelte meinen Kopf bedächtig und presste meine Lippen aufeinander. „Nein, davon habe ich noch nie gehört."

Was verstörend war. Denn wenn Az und Melek eine Art von Magie besprachen, von der ich noch nie gehört hatte, dann bedeutete das, dass niemand davon wissen sollte.

Luzifer hatte mir nicht einmal von den Albtraumfeen erzählt, bis ich einige Prüfungen bestanden und mir mehr seines Vertrauens verdient hatte. Sie wurden dem Feenvolk geschickt verborgen, um sie zu schützen. Luzifer vertraute nicht jedem seine Geheimnisse an. Ich hatte einige von ihnen erfahren, weil ich es mir verdient hatte.

Mehrheitlich wegen Az.

„Und du willst mein Lehrer sein?", fragte Camillia mit einem neckischen Tonfall. Als ich nicht lachte, räusperte sie sich. „Tut mir leid. Ich ... Ich dachte, du würdest vielleicht ... Egal."

„Wenn es sich um etwas handelt, das ich nicht kenne, sollte niemand von uns davon wissen", sagte ich zu ihr. „Luzifer hat viele Geheimnisse. Eine der ersten Lektionen, die er mir hinsichtlich dieses Reiches erteilt hat, war, dass man nie nachhaken soll. Alles hier geschieht aus einem guten Grund. Selbst Dinge, die mir nicht gefallen."

Sie starrte mich an. „Dinge, wie die Brautspiele?"

„Kann sein, dass ich mit einigen Methoden nicht einverstanden bin, aber ich verstehe den Zweck der Spiele, weshalb ich sie respektieren kann."

„Und was ist der Zweck der Sache?", fragte sie mit ehrlicher Neugier in ihrer Stimme. „Bis auf die Tatsache, dass Feen gegen ihren Willen dazu gezwungen werden, sich mit jemandem zu verbinden?"

„Nein, das ist es ja gerade. Es ist nicht gegen den Willen der Bräute. Die Höllenfeen-Bänder können sich nur festigen, wenn beide Seelen willens sind, und die Spiele sind dazu gedacht, die Würdigen von den Unwürdigen zu trennen."

„Und was geschieht mit denen, die für nicht würdig befunden werden?", hakte sie nach. „Sterben sie?"

„Das kommt ganz darauf an, warum die Quelle sie als unwürdig erachtet. Die meisten Frauen werden ganz einfach dahin zurückgeschickt, wo sie hergekommen sind. Aber wenn die Kandidatinnen schlechte Absichten haben, oder eine Dunkelheit in ihnen ruht, wird die Quelle den Eindringling beseitigen –

wenn auch nur, um die Sicherheit jener zu gewährleisten, die von ihr beschützt werden."

„Okay, wenn das stimmt, warum bin ich dann hier?", wollte sie wissen und zog ihre blondbraune Augenbraue mit merklicher Verärgerung hoch. „Die Quelle hat mich wortwörtlich nach Hause geschickt. Und doch habt du und Az mich zurückgeschleppt."

„Das stimmt", sagte er. „Aber ich spreche von den Kandidatinnen, die der Feen in diesem Reich am Ende der Spiele für unwürdig befunden werden. Deine Lage ist einzigartig, da du die Quelle berührt hast, und das war nicht während der Spiele."

Sie zog ihren Mund zur Seite, schien etwas dagegen einwenden zu wollen, aber die Wahrheit konnte nicht abgetan werden.

„Willst du den wahren Zweck dieser Spiele erfahren?", fragte ich sie. „Der wirkliche Grund, aus dem sie kreiert wurden?"

„Um Gefährten für die Albtraum- und Höllenfeen zu finden?", riet sie.

„In gewissem Maße, ja. Aber der Grund ist weitaus tiefgreifender, Camillia."

„Erleuchte mich, Professor Ajax. Sag mir, warum."

Ich wusste, dass sie das sarkastisch gemeint hatte, ignorierte es jedoch. Denn sie musste das alles verstehen. Das war ihr Hauptargument – dass sie zu diesen Spielen gezwungen worden war. Und obwohl ich ihre Wut verstehen konnte, musste sie verstehen, warum es nötig gewesen war.

„Mehrere der Albtraumfeen-Spezies sind vom Aussterben bedroht, weil es keine Frauen gibt, und ohne Frauen gibt es keine Reproduktion. Aber die Quelle ist sehr wählerisch und gewährt nur sehr wenigen Frauen Zutritt. Der springende Punkt dieses Reiches ist, die Monster zu beschützen, die von jedem anderen Reich verstoßen werden. Und alles, was vonnöten ist, um alles zu zerstören, was Luzifer kreiert hat, sind eine oder zwei böse Feen."

„Und aus irgendeinem Grund weist die Quelle eher Frauen als Männer ab?", fragte sie mit zweifelndem Tonfall.

„Ja. Ich weiß nicht warum, aber es scheint, Frauen sind weniger mitfühlend gegenüber Monstern. Vielleicht aus Angst oder aber aus Abscheu. Aber es scheint für männliche Feen öfter kein Problem zu sein."

„Also scheinen auch Höllenfeen-Frauen eher verstoßen zu werden", sagte sie.

Ich nickte. „Ja. Obwohl ... Höllenfeen-Frauen generell selten vorkommen. Die meisten Höllenfeen sind Männer. Aber Luzifer hat die vergangenen tausend Jahre darauf verwendet, die richtigen Kandidatinnen zu finden. Höllenfeen und andere Feen, die an den Spielen teilnehmen können. Er hat nur Handel für jene abgeschlossen, von denen er wusste, dass die Quelle sie durch die Tore schreiten lassen würde. Die Spiele wurden geschaffen, um zu ermitteln, ob all seine Recherche und Arbeit von Erfolg gekrönt sein würden."

Sie dachte einen Moment lang darüber nach. „Also hat er nach Blutlinien von Frauen gesucht, die in dieser Welt überleben würden, aber nur, wenn sie wirklich mitfühlend gegenüber oder seiner missverstandenen Kreaturen würdig sind."

„Ja", bestätigte er. „Und wenn sie sich als würdige Kandidatinnen herausstellen, werden sich ihre Seelen mit der einer Fee vereinen und ein Gefährtenband schmieden. Aber es muss von beiden angenommen werden."

„Hm." Sie hörte sich nicht komplett überzeugt an, aber ich konnte sehen, wie die Puzzleteile langsam an ihren Platz fielen. „Also bin ich jetzt nicht mehr zugelassen, weil die Quelle mich nach Hause geschickt hat."

„Du bist nicht mehr zugelassen, weil du dich als ganz schöne Krawallmacherin herausgestellt hast", korrigierte ich sie. „Die Quelle hat dich nicht abgestoßen, aber auch nicht angenommen. Und Luzifer versucht abzuwägen, was er jetzt tun soll."

„Mich töten oder behalten", sinnierte sie. „Wunderbare Aussichten."

„Oder ein guter Grund für dich, zu flüchten", sagte ich.

Sie sah mich mit scharfem Blick an. „Du glaubst mir noch immer nicht?"

Ich erwiderte ihr wütendes Starren einen Augenblick lang, bevor ich sagte: „Ganz ehrlich ... Ich glaube, ich glaube dir. Alles." Ich streckte meine Hand aus, um ihren Talisman zu berühren, und strich über die eisige Textur. „Melek spielt ein

Spiel, das uns beide involviert. Ich muss nur noch herausfinden, ob ich eine Schachfigur auf seinem kleinen, vermaledeiten Spielfeld sein will."

„Was ist mit Az?" Ihre Stimme wurde eine Oktave tiefer, als sie das sagte, was meine Aufmerksamkeit von ihrer Halskette weg zu ihren Lippen und dann zu ihren wunderschönen Augen wandern ließ. In ihnen flackerte Kraft und ihre Pupillen weiteten sich, was mich wundern ließ, was der Talisman im Moment mit ihr anstellte.

Oder stammt dieser Hauch Magie ganz einfach von ihr?

„Was soll mit Az sein?", wiederholte ich. „Willst du damit fragen, ob er auch eine Schachfigur ist?"

„Ja. Nein. Ich weiß es nicht. Ich … Ihr beide scheint euch nahezustehen. Und ganz offensichtlich kennt er Melek gut. Kannst du mit ihm darüber sprechen?"

„Das werde ich vermutlich, ja."

„Und er wird dir erzählen, was es mit dieser Engelsmagie auf sich hat?", hakte sie nach. „Und worüber er und Melek gesprochen haben?"

Was das anbelangte … Da war ich mir nicht so sicher. „Das kommt darauf an, ob ich es wissen muss."

„Warum würdest du es nicht wissen müssen?"

Ich zuckte mit den Achseln. „Manchmal sind selbst zwischen guten Freunden Geheimnisse nötig."

Diese Lektion hatte ich vor Jahren von Shade gelernt. Es gab Dinge, die er getan hatte, um das Reich der Mitternachtsfeen zu retten, von denen ich nie erfahren würde, und das war in Ordnung für mich. Mehrheitlich. Ich musste daran glauben, dass er etwas unternommen hätte, wenn er gewusst hätte, was meinen Eltern und Emelyn zustoßen würde. Dass er mich gewarnt hätte. *Irgendwas.* Denn etwas anderes zu glauben …

Ich schluckte schwer.

Denn etwas anderes zu glauben, würde eine lebenslange Freundschaft zerstören.

Ich schob den Gedanken beiseite, konzentrierte mich auf Camillia und lenkte mich von diesem Gedanken ab, indem ich fragte: „Hast du sie sonst noch etwas sagen gehört?" Vermutlich sollte ich nicht nachfragen, da sie sozusagen ein Privatgespräch belauscht hatte. Aber ich war zu neugierig, um mir die Frage zu verkneifen.

Sie schüttelte ihren Kopf. „Sie haben etwas von wegen mit König Onyx und, ähm, Hades sprechen gesagt. Etwas von wegen andere Hinweise. Aber ich konnte den Rest nicht vernehmen, weil du mich wie ein Verrückter gerammt hast."

Ich grinste, amüsiert über den beschreibenden Begriff. „Ich schätze, das habe ich. Tut mir leid, dass ich dich *wie ein Verrückter* angegriffen habe, Camillia."

Sie öffnete ihre Lippen ein kleines Stück. „Was?" Sie sah mich blinzelnd an. „Hast du ... dich gerade entschuldigt?"

Ich zuckte mit der Achsel. „Ich kann für meine Fehler einstehen. Tu nicht so überrascht. Aber wo wir schon davon sprechen ... Es tut mir auch leid, dass ich dich gegen die Wand gedrückt habe. Ich habe nicht erwartet, dass du *erstarren* würdest."

Sie zuckte zusammen. „Ich auch nicht." Ihre Finger fanden zurück zu ihrem Talisman. „Ich vertraue diesem Ding nicht, aber ich kann es mir auch nicht leisten, es abzumachen. Ganz offensichtlich versucht es, mich zu beschützen."

„Sieht ganz danach aus", meinte ich. „Wie wäre es, wenn wir dich auf andere Gedanken bringen?"

Sie musterte mich mit unverborgener Skepsis. „Was schwebt dir vor?"

Ich deutete mit dem Kopf auf den Pizzaofen. „Eine Anleitung zum Gebrauch dieses Dings."

Ihr Blick folgte meinem und ein süßes Lächeln zog auf ihren Lippen auf. „Es ist ziemlich einfach. Man macht eine Pizza und schiebt sie ins Feuer."

„Wie wäre es dann, wenn du mir dabei hilfst, die Pizza zu machen und ich das Feuer überwachen werde?" Denn ich musste mich irgendwie von der Lust ablenken, die sich in meiner Leistengegend bemerkbar machte, und dem Chaos, das in meinem Kopf wütete. Und ich ahnte, dass sie dasselbe brauchte – vor allem hinsichtlich Letzterem.

„Ich hätte vorgeschlagen, dass du uns eine Pizza mit deinem Zauberstab hochbeschwörst, aber zu kochen, hört sich irgendwie spaßig an", gab sie zu. „Hört sich beinahe normal an." Sie sah zur

Wand. „Wenn man von der Tatsache absieht, dass ich mich in einem Höllenschloss befinde und in einem Zimmer wohne, das sich den Flur runter vom König der Höllenfeen befindet."

„Versuchen wir unser Bestes, das zu vergessen. Jedenfalls, bis wir gegessen haben", schlug ich vor. „Deal?" Ich konnte mir den Begriff nicht verkneifen, war mir gewahr, dass er direkt mit ihrer derzeitigen Lage in Zusammenhang stand.

Zum Glück wurde ihr Lächeln daraufhin nur noch breiter. „Deal", sagte sie und streckte mir ihre Hand hin.

Ich schlug ein und half ihr vom Sofa hoch.

Dann folgte ich ihr in die Küche und tat so, als wären wir nichts weiter als zwei normale Feen, die zu Abend essen würden.

Danach würde ich wieder zu ihrem Wärter werden.

Aber fürs Erste würden wir ganz einfach im Hier und Jetzt, als Ajax und Cami, leben.

KAPITEL 22

CAMI

EINIGE TAGE SPÄTER

AJAX und ich hatten in den vergangenen Tagen eine Art Routine entwickelt.

Wir aßen zusammen Frühstück, sprachen über verschiedene Typen von Albtraumfeen, aßen zu Mittag, besuchten eine von Luzifers vielen Bibliotheken, um zu lesen, aßen zu Abend und verbrachten die Abende damit, einfach wir zu sein.

Letzte Nacht hatten wir uns sogar einen Film aus dem Reich der Sterblichen angesehen. Einer, den ich mir letzten Monat hatte ansehen wollen. Als ich dies gegenüber Ajax erwähnt hatte, hatte er ein Gerät herbeigezaubert, dem der Film innegewohnt hatte. Dann hatten wir es uns mit etwas Popcorn auf dem Sofa gemütlich gemacht und das Wohnzimmer zu unserem eigenen kleinen Kino gemacht.

Wie sich herausstellte, bedurfte der schwarze Bildschirm keiner Fernbedienung, sondern spezifischer Befehle. Befehle, die Ajax mir beigebracht hatte, damit ich das Gerät benutzen konnte.

Leider war der Speicher des Fernsehers mehrheitlich voll mit Überwachungsvideos der Höllenfeen, anstatt unterhaltsamer Sendungen.

Darum hatten mich die vielen verschiedenen Bücher in Luzifers Bibliothek weitaus mehr interessiert. Und darum lag jetzt auch ein Buch auf meinem Nachttisch, das ich lesen wollte, sowie ich mich bereitgemacht hatte.

Das einzige Problem war, dass ich mich heute schlichtweg nicht für ein Outfit entscheiden konnte, weil meine Routine mit Ajax unterbrochen worden war.

Er war heute Morgen von Az wegberufen worden, was unser übliches Frühstück verunmöglichte. Anstatt mir zu sagen, dass ich mitkommen sollte – worauf ich, naiv, wie ich war, gehofft hatte –, hatte Ajax mir aufgetragen, in der Gäste-Suite zu bleiben und etwas zu lesen. Dann hatte er eine Art magisches Netz geschaffen, das sich um mich gelegt hatte und sicherstellte, dass ich die Suite nicht verlassen konnte.

„Wie ich sehe, vertraust du mir noch immer nicht", hatte ich ihm zu gemurmelt, genervt darüber, dass ich ausgeschlossen und mit einem Babysitting-Bann belegt wurde.

Ein pragmatischer Teil von mir hatte eingesehen, dass seine Vorkehrungen Sinn ergaben, aber das hatte den anderen Teil von mir nicht davon abgehalten, enttäuscht darüber zu sein, dass mir jetzt wieder der Gefangenenstatus zukam.

„Da bin ich mir nicht so sicher", hatte er erwidert und mir einen kryptischen Blick zugeworfen. „Aber dem da traue ich nicht." Er hatte auf Vita gedeutet, die auf dem Beistelltisch gelegen hatte – genau da, wo sie seit jenem Tag gewesen war. „Bitte kreiere keine Portale, während ich weg bin. Wenn Luzifer vorbeischaut und das sieht, wird ihm das überhaupt nicht gefallen."

Mit dieser unnötigen Warnung war Ajax verschwunden, sodass mir nichts anderes übriggeblieben war, als mir mein eigenes Frühstück zuzubereiten. Ich hatte mich für Kaffee entschieden, hatte dann geduscht und starrte jetzt meinen Wandschrank an, während ich versuchte, mich für ein Outfit zu entscheiden.

Ich wollte etwas Bequemes tragen, aber die Pyjamas bestanden mehrheitlich aus Dessous-Sets, was auch der Grund dafür war, weshalb ich die vergangenen paar Nächte ein Tanktop und Spitzenunterwäsche getragen hatte. Sie waren praktisch, aber auch süß. *Nur für den Fall, dass sich eine gewisse Mitternachtsfee mir anschließen könnte*, dachte ich seufzend.

Aber das hatte er nicht. Er hatte die vergangenen fünf Nächte auf dem Sofa verbracht.

Ich kniff meine Augen zusammen. Ajax hatte mich nicht einmal ansatzweise angerührt. Na ja, mal abgesehen von seinem Angriff nach dem Portal-Vorfall, jedenfalls.

Selbst letzte Nacht hatte er sein Bein zwischen uns gestellt, während wir uns den Film angesehen hatten. Als hätte er aktiv versucht, sich von mir zu distanzieren, obwohl wir uns nahe waren.

Er hatte tatsächlich irgendwie erleichtert darüber geschienen, heute Morgen von Az zu hören. Ich hatte spüren können, wie begierig er darauf war, hier rauszukommen, als er seine Absichten kundgetan hatte. Vielleicht interpretierte ich auch ganz einfach zu viel in die Situation hinein.

Es wäre nicht überraschend gewesen, angesichts dessen, was geschehen war, seit ich ins Reich der Höllenfeen verschleppt worden war.

Ich atmete schwer aus und konzentrierte mich wieder auf mein Outfit.

Vielleicht sollte ich mich für bequem und doch sexy entscheiden, dachte ich mir. *Wer weiß, wie lange Ajax weg sein wird? Ich kann mich wenigstens wohlfühlen, während er weg ist, oder?*

Und vielleicht hoffte ein verruchter Teil von mir auch darauf, dass er nicht allzu lange weg sein und zufällig eintreten würde, während ich *zufällig* etwas Provokatives anhatte.

Mal sehen, wie entschlossen du dann noch bist, dachte ich und ein Lächeln zog auf meinen Lippen auf.

Denn ich wusste, dass er mich attraktiv fand. Ich hatte an jenem Tag, an dem er mich zu Boden und dann an die Wand gedrückt hatte, Beweise dafür in all ihrem Glanze gespürt.

Es war nicht so, als ob er nicht gewusst hätte, ob die Anziehung auf Gegenseitigkeit beruhte. Wir hatten vor weniger als einer Woche Sex miteinander gehabt. Offensichtlich fühlte ich mich zu ihm hingezogen. *Und zu seinem breiten, gepiercten Schwanz.*

Ich musste eingestehen, dass das zu meiner Enttäuschung darüber beigetragen hatte, nicht zum Mitkommen eingeladen worden zu sein. Ich hatte auch Az sehen wollen.

Weil etwas nicht mit mir stimmt.

Oder aber ich war von den beiden männlichen Feen ganz

einfach komplett zerstört worden. Sie hatten eine Libido in mir erweckt, die jetzt nach Aufmerksamkeit verlangte – mit oder ohne Verstand.

Meine Hormone ließen mich meine Augen rollen, bevor ich mich für ein sexy Outfit entschied, das eher einem offenherzigen Babydoll-Kleid als einem anständigen Kleid ähnelte. Das kräftige Rot schimmerte, als bestünde das Kleidungsstück aus Feuer und nicht etwa aus Seide. Es war zudem überraschend warm, was anriet, dass der kräftigen Farbe ein Bann innewohnte.

Ein nettes Extra, wenn ich wirklich mit diesem Kleid ausgehen würde, dachte ich.

Aber das würde ich nicht.

Also kombinierte ich das Kleid mit einer passenden Robe und genoss den angenehmen Stoff auf meiner Haut. Die Ärmel waren von ein paar glitzernden, diamantenähnlichen Nieten umringt, was der Robe ein opulentes Flair verlieh und mir ein Lächeln auf die Lippen zauberte.

Ich verkleidete mich nicht gerne, aber das hier war angenehm.

Ich nickte meinem Spiegelbild zu, kehrte dann in mein Zimmer zurück und sah Vita auf meinem ausgewählten Buch liegen.

„Ha. Ganz bestimmt nicht." Ich schob es beiseite und machte es mir zwischen den Kissen bequem, um mich einem *ungefährlichen* Buch zu widmen.

Vita vibrierte, aber ich ignorierte sie, entschied mich stattdessen, nach meiner lauwarmen Tasse Kaffee zu greifen.

Ich dachte kurz daran, in die Küche zu gehen und mir frischen Kaffee zu brühen, entschied mich aber dann, die Keramiktasse ganz einfach gegen die Flammenwand gelehnt auf den Nachttisch zu stellen.

Die Wände umgaben den Kopfteil des Betts und warfen einen feurigen Schein. Und jetzt würden sie mir auch dabei helfen, meinen Kaffee wiederaufzuwärmen.

„Okay. Lass uns lesen, hm?" Ich öffnete das Buch mit dem Titel *,Marschland: Eine historische Dokumentation von Zerfall'.*

Vita pulsierte erneut.

„Mit dir werde ich nicht interagieren", sagte ich zu ihr und wandte mich wieder meinem Buch zu.

Die Abbildung eines dichten Waldes erwartete mich auf der Titelseite, was mich meine Augenbraue hochziehen ließ. *Das habe ich definitiv nicht erwartet*, dachte ich.

Aber die nächste Seite erklärte, dass das Bild ein Relikt der Vergangenheit war ...

Der einst ein von Zentauren und Greifen bewohnte Wald bot in der Vergangenheit viel Raum für Leben in diesem weitläufigen Gebiet mit fruchtbarem Boden. Die Spezies hatten jedoch eine Menge des Landes eingenommen, das jetzt zwischen dem Unterwasser-Königreich und dem Ödland liegt. Ohne einen Anführer, der die Kreaturen anleiten konnte, wurde schnell klar, dass ihre Bemühungen leider umsonst waren, woraufhin sie eine Brücke zwischen den beiden Regionen geformt haben, was zum heutigen Marschland führte.

Von der Neugier gebissen, blätterte ich um. Wie es schien, hatte Luzifer weitaus mehr getan, als die verschiedenen Königreiche zu schaffen ... Er hatte auch die existierenden ‚Verstoßenen‘ davor bewahrt, die Dinge noch schlimmer zu machen.

Typhos Luzifer hat Könige zweier kompatibler Spezies ernannt, die das Marschland regieren sollten. Die Naga und Unseelie wurden damit beauftragt, zusammenzuarbeiten, um ihr Gebiet zu bewirtschaften und ihm dabei zu helfen, zu erblühen.

Das Geräusch eines Nippens brachte mich dazu, das Buch fallen zu lassen und auf die Knie zu kommen.

Ich blickte zur Seite und sah Melek meinen Kaffee trinken. „Hey!", sagte ich mit tadelndem Tonfall, erschrocken und verärgert über sein unerwartetes Erscheinen. „Hol dir deinen eigenen Kaffee."

Er antwortete nicht.

Stattdessen starrte er auf mich hinab, die Tasse an seine Lippen gedrückt und sein Blick mein Outfit musternd.

Meine Robe war mir anscheinend über die Schulter gerutscht, als ich aufgeschreckt war, sodass mein Babydoll-Kleid darunter hervorblitzte.

Er ließ die Tasse langsam sinken und ein erfreutes Grinsen breitete sich auf seinem gutaussehenden Gesicht aus, ließ seine Grübchen in Erscheinung treten. „Na, ich hatte definitiv nicht erwartet, dass du dieses spezifische Geschenk schon so bald annehmen würdest."

Ich wurde knallrot, und es hatte nichts mit den uns umgebenden Wänden zu tun.

Räuspernd kroch ich vom Bett, denn plötzlich fühlte sich dieses wie eine Einladung an, und richtete meinen Morgenmantel, bevor ich den Stoff um meine Hüfte herum zuzog und mit dem Gürtel befestigte. „Was hast du hier zu suchen?", fragte ich ihn.

Sein Grinsen erlosch und er sah stirnrunzelnd auf den verworrenen Knoten meiner Robe. „So bindest du einen Knoten?"

Ich sah nach unten und runzelte die Stirn. „Was?"

„Süßer Engel ... Nein", fuhr er fort und tat so, als hätte ich nichts gesagt. „Das ist schlichtweg inakzeptabel."

Er hatte die Tasse auf den Nachttisch gestellt und kam jetzt auf mich zu. Seine Hand wanderte an die seidene Schleife und band sie um meine Mitte. Ich kreischte, als er den Knoten geschickt und mit wenigen Handgriffen löste.

„Was ...?" Ich verstummte.

Er schlang die Seidenschleife um die Kurve meiner Hüfte und brachte die Robe wieder über meinen Brüsten an, bevor er sicherstellte, dass der Stoff in einer Diagonalen zu meinem Bauchnabel hinabführte. Dann griff er wieder nach der Schleife und kreierte einen komplizierten Knoten vor meinem Bauch, der die Form einer Rose hatte. „Viel besser."

Mit offenem Mund starrte ich auf den Knoten. Ich hatte plötzlich das Gefühl, als Geschenk verpackt worden zu sein. Die Frage war, für wen er mich gerade eingepackt hatte.

Ich schüttelte meinen Kopf, um mich von den ungebetenen Gedanken zu befreien, und fragte: „Warum bist du hier, Melek?"

Nein, Moment mal. „Tut mir leid ... *Prinz* Melek."

Oder musste ich ihn nur so nennen, wenn Luzifer anwesend war?

Ich hatte den formellen Titel nicht verwendet, als ich mit Ajax über Melek gesprochen hatte, weil wir ihn immer nur bei seinem Namen genannt hatten. Doch jetzt, wo ich dem König der Höllenfeen begegnet war, war ich mir nicht sicher, wie ich Melek richtig ansprach.

Er zog seine blondbraune Braue hoch. „Prinz?"

„Ich, ähm, ja. Luzifer hat gesagt, dass ich dich mit *Prinz Melek* ansprechen soll."

Seine Mundwinkel zuckten. „Und doch sprichst du über Luzifer, ohne seinen Titel zu erwähnen?"

„Er hat mir gesagt, dass ich ihn Luzifer nennen soll." Ich wollte gerade mit meinen Fingern durch mein Haar streichen, doch dann erinnerte ich mich daran, dass ich es zu einem Pferdeschwanz hochgebunden hatte.

Bäh. Warum bin ich so nervös?

Ich atmete schwer aus und schüttelte meinen Kopf. Melek machte mich normalerweise mit seinen niemals endenden Rätseln unruhig. Aber das hier war anders ... Ich war ... nervös. Als wäre ich nicht sicher, wie ich mich in seiner Anwesenheit verhalten sollte. Oder was ich sagen sollte.

Mir entfuhr ein frustrierter Laut. *So bin ich doch sonst nicht. Ich bin weder unfähig noch unsicher. Ich bin Cami. Ich lebe nach meinen eigenen Regeln. Ich trete anderen in den Hintern und achte auch nicht darauf, wie ich andere anspreche. Und ich verbeuge mich nicht.*

Außer vor Luzifer.

Wie ein dementer Flamingo.

Ein weiteres Ächzen drohte, mir über die Lippen zu kommen, doch ich schluckte es wimmernd herunter.

„Willst du mich ‚Prinz' nennen, kleiner Engel? Oder vielleicht ‚Sir'?", meinte Melek und seine seidene Stimme zog meine Aufmerksamkeit zurück auf ihn. Er war nähergekommen und sein schwarzer Anzug war nur wenige Zentimeter von meiner Robe entfernt. „Oder willst du wissen, was ich bevorzuge?"

„Ich will heute keine Spielchen spielen", erwiderte ich. „Nicht einmal eines, das mit Titel und Namen zu tun hat."

Er musterte mich einen Augenblick lang und sein Blick wurde sanfter. „Dann nenn mich Melek. Für dich habe ich keinen Titel. Ich gehöre ganz einfach dir."

„Mir?" Ich gab um ein Haar ein schnaubendes Lachen von mir, doch der Teil von mir, der angesichts seiner Worte dahinschmolz, hielt den ungläubigen Tonfall aus meiner Stimme heraus. „Du bist Luzifers Gefährte."

„Das bin ich", stimmte er zu. „Aber ich gehöre auch dir."

Ich runzelte die Stirn. „Du bist nicht mein Gefährte." Die Aussage kam mir eher verwirrt als in abwehrender Manier über die Lippen. Denn was er da sagte, ergab keinen Sinn.

Er lächelte bloß. „Dann sagen wir einfach, dass ich vorhabe, dein zu werden, wenn du das eines Tages willst." Er strich mir mit den Knöcheln über die Wange, was eine warme Energie über mein gesamtes Wesen streifen ließ. „Aber deswegen bin ich nicht hergekommen."

Ich ... Ich wusste nicht, was ich darauf erwidern sollte.

„Ich habe vor, dein Gefährte zu werden", hatte er gesagt.

Mein ... Gefährte.

KAPITEL 23

CAMI

MELEK HAT VOR, sich mit mir zu verbinden?

Das war das Letzte, was ich erwartet hatte.

Ist das ein Trick? Eine Lüge? Ein neues Spiel?

Will ich seine Gefährtin werden?

Ich konnte die Frage nicht beantworten. Ich konnte kaum klar denken.

Seine Knöchel wanderten an meinem Hals herab und versahen meine Haut mit noch mehr Wärme. Sein dekadenter Geruch folgte und hüllte mich in eine sinnliche Decke ein, die mich erschaudern ließ.

Ich wiederholte seine Worte immer und immer wieder in meinem Kopf, versuchte hinter die verborgene Bedeutung zu kommen. Er sagte mir nie die Wahrheit. Nicht direkt, jedenfalls.

Obwohl ... In letzter Zeit hatte er das.

Auf der Führung war er sehr offen gewesen und hatte mir von Luzifer und seiner Geschichte erzählt. Er hatte mir zudem geholfen, die verlorene Zeit nachzuvollziehen, indem wir herausgefunden hatten, was das Buch mit mir gemacht hatte.

Und jetzt sagt er, dass er vorhat, mein Gefährte zu werden.

„Warum?", platzte ich heraus. „Weil ich das Buch lesen kann?"

„Ironischerweise wollte ich genau darüber mit dir sprechen", murmelte er. „Aber was meinst du mit ‚Warum'?"

„Warum willst du mein Gefährte sein?", wiederholte ich.

Er lächelte. „Weil du einzigartig bist, kleiner Engel. Warum sonst?"

Ich gaffte ihn an. „Aber wir kennen uns doch kaum. Und Luzifer ..." *Ist dein Gefährte? Will mich vermutlich sowieso schon töten? Das wird ihn doch nur noch verstärkt dazu bringen, mir das Leben nehmen zu wollen?* Ich war mir nicht sicher, welcher der beiden Satzenden passender war.

Aber Melek schwebte ein anderes vor, als er sagte: „Ja, Luzifer wird etwas Zeit brauchen, um diese Entwicklung zu schätzen zu wissen. Was gut ist, weil das bedeutet, dass wir einander besser kennenlernen können." Er zog seine Hand weg und setzte sich aufs Bett. „Jetzt zu Vita ... Warum vernachlässigst du ihn?"

„*Ihn?*", wiederholte ich, überrascht über das von ihm gewählte Pronomen und noch immer verblüfft über alles andere, was er gesagt hatte.

Er zog eine Schulter hoch. „*Es*, wenn dir das lieber ist. Warum gehst du Vitas Informationen aus dem Weg?"

„Ähm ... Na ja ..., weil Vita mich immer wieder in Schwierigkeiten bringt", erwähnte ich. Es war meiner Meinung nach ein guter Grund, um das magische Buch nicht zu lesen. „Es hat mich zur Quelle gebracht und Luzifer hat klargemacht, dass er mich töten wird, wenn das noch einmal vorkommt. Und gerade erst vor ein paar Tagen, hat es ..."

„Ty hat was gesagt?", unterbrach Melek.

„Er hat gesagt, dass er mich töten würde, wenn ich seiner Quelle noch einmal zu nahe komme", wiederholte ich.

Meleks Haar flatterte in einer unsichtbaren Brise um sein Gesicht und goldener Glitzer schwebte über seiner Haut. „Verstehe." Seine Stimme vertiefte sich, als er das sagte, und er hörte sich merkwürdig bedrohlich an. Oder vielleicht waren es seine funkelnden Augen, die mir diesen Eindruck vermittelten.

Ist er ... wütend?, fragte ich mich.

„Ich werde mit Ty sprechen." Das hörte sich eher wie eine Bedrohung als ein Versprechen an. „Aber hast du schon einmal daran gedacht, dass es nicht Vita war, der dich zu Luzifers Quelle gebracht hat?"

Ich blinzelte ihn an. „Na, ich war es jedenfalls nicht." *Woher würde ich überhaupt wissen, wie das geht?*

Melek schien nicht überzeugt. „Bist du dir sicher?", hakte er nach. „Vielleicht hat das Buch ganz einfach versucht, dich auf dein Schicksal vorzubereiten, indem es dir die Vergangenheit gezeigt hat. Und vielleicht hast du dich selbst zur Quelle gebracht, um die Gegenwart zu sehen."

„Ich wüsste nicht einmal, wie ich das bewerkstelligen sollte", entgegnete ich. „Es muss das Buch gewesen sein."

„Hm, aber du bist jetzt im Reich der Höllenfeen, kleiner Engel. Hier ist alles möglich. Und etwas an dir ist einzigartig. Ich meine ... Warum sonst kannst du Tys Buch lesen? Wie sonst konntest du die Quelle berühren und es überleben?"

Er legte seinen Kopf schief, sodass eine seiner blondbraunen Strähnen in seine Stirn und über seine Augen fiel.

„Nein, kleiner Engel. Ich glaube nicht, dass es das Buch war", fuhr er fort. „Du bist etwas sehr Mächtiges. Ein Rätsel, das wir lösen müssen. Aber nicht heute."

Etwas Mächtiges, wiederholte ich in Gedanken. Die Worte erinnerten mich an das, was Zakkai – der Architekt der Mitternachtsfeenquelle – gesagt hatte.

Ich bin nur eine halbe Höllenfee, wollte ich einwenden.

Aber wenn Meleks Vorschlag, dass ich Luzifers Quelle aus eigener Kraft erreicht hatte, stimmte, dann war mein Leben zweifellos bedroht.

Denn ich konnte mir nicht vorstellen, dass der König der Höllenfeen eine derartige Drohung dulden würde.

„Wenn das alles stimmt, bin ich so gut wie tot", flüsterte ich. „Luzifer wird mich umbringen."

Melek schien ungerührt. „Nein, kleiner Engel. Wird er nicht. Und du wirst mir dabei helfen, dich zu beschützen, indem du ihn besser kennenlernst – indem du sein Buch liest."

Ich starrte ihn an. „Wie soll mir das dabei helfen, den König der Höllenfeen besser kennenzulernen?"

„Weil das Buch Typhos Luzifer *ist*", erwiderte Melek. „Es ist ein Teil seiner Seele. Was auch der Grund ist, weshalb ich dich so interessant gefunden habe, als wir uns zum ersten Mal begegnet sind, und warum du mich immer noch faszinierst. Du bist stark. Mutig. Unglaublich intelligent. Einfallsreich." Er musterte mich mit seinen hypnotischen Augen. „Und wunderschön dazu."

Meine Wangen erwärmten sich angesichts seines Blicks und mein Herz begann wie wild zu pochen, als er aufstand und auf mich zukam.

„Zu verstehen, wie du mit Ty kommunizieren musst, wird deine Sicherheit gewährleisten, Cami", sagte er mit sanfter Stimme. „Das Buch ist der Schlüssel, um zu erlernen, wie du das tust. Denn, wie ich schon sagte ... Das Buch ist Typhos Luzifer. Ein Teil von ihm, zumindest. Und dieser Teil von ihm will dich kennenlernen. Andernfalls wärst du nicht in der Lage, es zu lesen."

Seine Handfläche berührte meine Wange, während seine freie Hand zu meiner Hüfte wanderte.

„Ich glaube, dass ist auch der Grund, weshalb du die Quelle erreichen konntest. Sie ist ein Teil seiner Seele, ganz wie Vita. Und diese Teile haben dich auserwählt. Nimm sie an, dann wird Ty dich auch annehmen."

„Warum würde ich das wollen?", fragte ich und sah ihm in die Augen. „Warum würde ich auch nur etwas hiervon wollen?" Ich runzelte die Stirn.

„Und woher weiß ich, dass du nicht hinter alledem steckst?" Er war bei mir gewesen, als ich das Buch gefunden hatte. „Vielleicht bist du der Grund, warum ich Vita lesen kann."

Ein belustigter Ausdruck zog auf seinem Gesicht auf, während er näherkam und seinen Körper an meinen presste. „Ich mag Tys Gefährte sein, aber ich verfüge nicht über die nötige Kraft, um jemanden seine Seele berühren zu lassen. Nur seine immerwährende Magie ist dazu imstande."

Ich dachte einen Augenblick darüber nach.

Immerwährende Magie? Was hatte das zu bedeuten? Das erinnerte mich beinahe daran, was ich durch das Portal hindurch gehört hatte.

Ein Portal, das zu kreieren das Buch mich ermutigt hatte.

Um mehr über Luzifer zu erfahren?, fragte ich mich. *Mehr über das Reich? Mehr über Melek und Az?*

Sie lagen Luzifer beide am Herzen. Also konnte es durchaus um sie gehen.

Oder vielleicht war mein erster Instinkt richtig gewesen. Vielleicht hatte das Buch mir mehr über Luzifer verraten wollen.

„Engelsmagie", sagte ich langsam, erinnerte mich an den Begriff, den ich an jenem Tag vernommen hatte.

Melek riss seine Augen auf, was mir einen Blick auf die vielen Farben verschaffte, die sich um seine Pupillen herum tummelten. „Kleiner Engel ... Es kommt nicht oft vor, dass ich überrascht bin." Er legte seinen Kopf schief. „Also hast du ein wenig darin gelesen."

„Nicht genug, um zu wissen, was das zu bedeuten hat", meinte ich.

„Dann lege ich dir ans Herz, das richtige Buch aufzuschlagen und deine Ausbildung fortzuführen", antwortete er, sein Atem warm gegen meinen Mund wehend. „Bevor ich gehe ..."

Seine Hand glitt von meiner Hüfte an mein Kreuz, seine andere wanderte an meinen Hals.

Ich erzitterte unter seiner Berührung, schockiert darüber, dass er mich so nahe an sich gedrückt hielt, so intim, so perfekt. Ich hatte mich die ganze vergangene Woche nach männlicher Berührung gesehnt. Meine Hormone hatten um eine Wiederholung der Performance mit Ajax oder Az gefleht.

Aber das hier ... Das hier hatte ich nicht erwartet. Ich hatte bisher nicht einmal realisiert, dass ich das hier wollte.

Was eine Lüge war.

Durch und durch gelogen.

Denn ich hatte mich zu Melek hingezogen gefühlt, seit ich ihm zum ersten Mal begegnet war. Seine Spielchen waren abschreckend, verschafften mir aber auch Einsichten, und ich fand die Offenheit, die er seit neulich an den Tag legte, äußerst charmant.

Warum küsst er mich dann nicht?, fragte ich mich. *Warum zieht er mich so nahe zu sich, ohne die Distanz zwischen unseren Lippen zu schließen?*

„Um den Augenblick spannender zu machen", flüsterte er, was ein Schaudern an meinem Rücken hinabsandte. *Kann er mich hören?* „Und um dich an unsere Schwüre zu erinnern", fuhr er fort, während sein Daumen über meine Halsschlagader strich. „Du bist meine intendierte Gefährtin, Camillia De la Croix. Aber am Ende wird die Entscheidung bei dir liegen. Eine vorübergehende Umwerbung oder eine Ewigkeit zusammen?"

Da sind seine rätselhaften Aussagen ja wieder, dachte ich benommen.

Doch als sein Mund endlich den meinen berührte, konnte ich mich nicht genug konzentrieren, um die Bedeutung dahinter zu entziffern. Ich war zu verloren in der Energie, die angesichts seiner Nähe über meine Haut sauste, und seiner potenten Magie, die mich in seinem sündhaft guten Geruch ertränkte.

Ich öffnete meine Lippen, sehnte mich danach, diese köstliche Reinheit von ihm zu kosten, und er gab sie mir eifrig mit seiner Zunge. Ich stöhnte, genoss die Intensität und verlor mich in seinen Berührungen, in seiner Kraft, in seinem Kuss.

Er war langsam und mit Absicht behaftet. Eine eingehende Kostprobe dessen, was er mir anzubieten hatte: erotische Ekstase. Melek würde nicht sanft, aber auch nicht grausam sein. Er würde meisterhaft sein. Wissend. *Wunderbar penibel.* Ich konnte es in jedem seiner Zungenschläge spüren, sein unausgesprochenes Versprechen darauf, was er mit meinem Körper anstellen würde, wie er meine Lust mit sanftem Kneifen und sinnlichen Fesseln steigern würde.

Seine Finger tanzten über die Schleife meiner Robe, was mich wundern ließ, ob er vorhatte, weiterzugehen.

Doch als er in der Nähe des Knoten innehielt, dämmerte mir, dass er mir eine völlig andere Nachricht zu vermitteln versuchte. Etwas, das nur er zu verstehen schien. Etwas, von dem ich *wollte*, dass er es mir erklärte.

Denn es fühlte sich gefährlich nahe an etwas wie einem Schwur an. Eine Art, mir die Zukunft zu verraten, ohne Worte von sich zu geben.

Bald, sagte die Berührung. *Wenn du bereit bist.*

Er entfernte sich von mir. Seine Augen hatten eine tiefgoldene Farbe angenommen. „Du bist wirklich sehr mächtig", murmelte er. „Lies das Buch, Camillia. Vertrau mir."

Ich erschauderte, konnte ihm nicht antworten.

Dann blickte er über meine Schulter, was mich erstarren ließ.

Oh, Gott. Steht Luzifer hinter mir? Bitte ... Bitte, lass es nicht Luzifer sein.

„Ah, Wärter", sagte Melek. Seine Begrüßung ließ mich meine Schultern erleichtert sinken.

Bis ich realisierte, dass der *Wärter* gerade meinen Kuss mit Melek bezeugt hatte.

Verdammt.

„Ich habe einen Vorschlag für Camillias Training", fuhr Melek fort, während seine Hände von mir abließen und ein gefaltetes Stück Papier sich in seiner Hand materialisierte. „Basierend darauf, was ich bisher gesehen habe, braucht Cami dringend Förderung in diesem Bereich." Er lief um mich herum, vermutlich, um Ajax den Brief zu überreichen.

Ich drehte mich langsam um, fürchtete den Ausdruck, den ich auf dem Gesicht des Wärters sehen würde. Doch er sah bloß interessiert auf das Stück Papier.

„Und Vita verfügt über das Wissen, das Cami brauchen wird, um Tys Prüfungen zu bestehen", fügte Melek an. „Nicht diese verstaubten, alten Bücher. Also vergeude keine kostbare Zeit an etwas, das ihr am Ende nicht helfen wird."

Prüfungen?, dachte ich. *Was für Prüfungen?*

„Sie mag nicht mehr an den Brautspielen teilnehmen", fuhr Melek fort und sein wissender Blick fiel auf mich, die goldenen Flammen darin nach wie vor lebendig. „Aber ich ahne, dass sie Tys Version einer Probe unterzogen werden wird. Und du auch."

Mit dieser kryptischen Aussage verschwand er in typsicher Melek-Manier.

Ajax sah die Stelle, an der Melek eben noch gestanden hatte, stirnrunzelnd an. Dann blickte er zu mir und riss seine Augen auf. „Hat Melek das für dich hochbeschworen?", fragte er mit Blick auf mein Outfit.

Ich blinzelte. Der abrupte Themenwechsel irritierte mich etwas.

Und vielleicht hatte auch Meleks Kuss etwas damit zu tun. „Ich, ähm ... Nein." Ich räusperte mich und versuchte meinen verlorenen Verstand wiederzufinden. „Er ... Ich meine ... Ich habe mir das hier ausgesucht. Ich dachte mir, dass ich es mir auch ein bisschen bequem machen kann. Und es ist ja nicht so, als ob in meinem Wandschrank Jogginghosen hängen."

Das hörte sich weitaus lahmer als beabsichtigt an. Immerhin hatte ich gehofft, Ajax mit meinem Outfit verführen zu können – oder zumindest, ihm eine Reaktion zu entlocken. Aber jetzt war ich zu verwirrt, um konzentriert zu bleiben.

„Gefällt mir", sagte Ajax, was mich überraschte. Dann schien er sich jedoch aus seiner Trance zu schütteln und sah auf das Stück Papier in seiner Hand. Er entfaltete es, woraufhin er seine Augen noch weiter aufriss. „Okay." Er zerknüllte das Papier und wollte es in einen nahegelegenen Abfalleimer werfen.

In einen Eimer, der den Inhalt in Asche verwandeln würde, sowie er im Behälter landete, genau wie die Wäschekörbe hier es taten.

Ich agierte instinktiv, hechtete nach vorn und fing das Stück Papier ab. Ich musste wissen, was Melek vorgeschlagen hatte.

„Nicht", knurrte Ajax. „Es ist nur wieder einmal typisch Melek."

Ajax' Beharren darauf, dass ich mir das Papier nicht ansah, machte mich nur noch entschlossener, es mir anzusehen.

Ich öffnete den Papierball und hielt die Seite hoch, bevor Ajax mich zu Boden warf. Ich wirbelte herum und schlang meine Beine um seinen Hals, wie ich es vor langer Zeit im Kampfsport-Unterricht gelernt hatte.

Höllenfeen-Überlebenstraining mit Papa.

Wenigstens hatte er mir ein paar nützliche Tricks beigebracht.

Ich atmete scharf ein, als ich sah, dass es sich dabei nicht um Anweisungen handelte, sondern um eine Zeichnung.

Wenn Melek das hier gezeichnet hatte, war er äußerst talentiert. Aber es war mehr als das. Es war die Komplexität der Zeichnung, die meine Aufmerksamkeit erhaschte und mir seine wahren Fähigkeiten eröffnete.

Denn ... Darauf war ich abgebildet.

Gefesselt.

In einer sehr erotischen Pose.

Und überall waren Knoten. *Komplizierte Knoten.*

„*Camillia*", knurrte Ajax mit tiefer, heiserer Stimme, die sich beinahe schmerzgeplagt anhörte.

Ich sah nach unten, wo er zwischen meinen Beinen eingeklemmt war. Seine Wangen waren an mein rotes Seiden-Unterhöschen gepresst.

Oh.

KAPITEL 24

AJAX

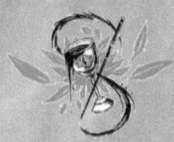

CAMILLIAS GERUCH HIELT mich zwischen ihren Beinen gefangen.

Es war, als wäre mir jeglicher Kampfgeist abhandengekommen und mein ganzes Wesen erstarrt, sowie ihr rotes Unterhöschen in Kontakt mit meinem Gesicht gekommen war.

Ich wollte nichts lieber tun, als sie zu vernaschen.

Und dieses feurige Outfit, das sie trug, machte es mir auch nicht leichter.

Es war warm. Sinnlich. Wunderschön. Ich hatte es kaum sehen können, weil ihre Robe die Mehrheit des Stoffes verdeckt hatte.

Aber ich hatte genug gesehen, um zu wissen, dass es Camillia perfekt passte.

„Ähm", meinte sie summend und wand sich ein wenig.

Was ihre mit Spitze verhüllte Mitte nur noch ärger gegen meine Wange drückte.

Verdammt. Ihre Erregung roch so süß, so verlockend. Ich wollte ihr das Höschen vom Leib reißen und sie lecken. Sie *beißen*. Mich an ihrem süchtig machenden Verlangen laben.

Az hatte mir vor einer Stunde ein dringend benötigtes Ventil geboten – in Form eines gewalttätigen Sparring-Kampfes. Ich war in der vergangenen Woche, in der ich die Wohnung mit dieser reizenden Frau geteilt hatte, beinahe umgekommen.

Es hatte physischer Zurückhaltung bedurft, sie nicht anzurühren. Aber ich wusste, dass es sich hierbei um einen Test von Luzifer handelte. Eine Art, meine Fähigkeit zu testen, sich Verlockungen nicht hinzugeben.

Camillia De la Croix war es nicht bestimmt, mein zu sein. Zur Hölle, genau das hatte Melek gerade mit dem Kuss, den er ihr gegeben hatte, demonstriert. Ich hatte mich gerade herbeigeschattet, als er seine Lippen auf ihre gepresst hatte.

Ich war zu verdattert gewesen, um das Zimmer zu verlassen. Die einst ausgelassene Aggression in mir war mit voller Kraft zurückgekommen und hatte meine Knie angesichts des Verlangens, zu agieren, zittern lassen. Ich hatte Melek wegstoßen wollen. Oder vielleicht mich ihm anschließen.

Ich hatte nicht gewusst, was ich mehr begehrte. Ich wusste es auch jetzt noch nicht.

Ich kann sie nicht haben. Nicht weil Luzifer das explizit gesagt hatte, sondern weil ich wusste, dass sie zu nehmen Konsequenzen haben würde.

So ging Luzifer nun einmal vor. Er mochte mich nicht verbannen oder töten, aber wenn ich Camillia erneut anrührte, würde eine Strafe folgen.

Er wollte, dass ich meine Aufgabe, sie zu bewachen, ernst nahm – und sie nicht als Ausrede benutzte, um sie zu ficken.

Ich knirschte mit den Zähnen, als sie sich erneut bewegte, woraufhin mir noch mehr von ihrem sinnlichen Aroma in die Nase stieg und meine Sinne verführte.

Das hier war die ultimative Prüfung meiner Selbstbeherrschung. Dieses Bild von ihr, wie sie gefesselt war, ging mir durch den Kopf, gefolgt davon, wie sie Melek geküsst hatte.

Er hat es getan, um mich zu foltern, beschloss ich. *Er will, dass ich verliere, was auch immer für ein Spiel das hier ist. Aber warum?*

Melek musste wissen, was Luzifer ausheckte. Dass das alles nur ein ausgefuchster Test meiner Würdigkeit war. Luzifer strebte immerzu danach, Kontrolle über alles zu haben. Es gab keine Zufälle oder belanglosen Aufgaben. Er tat alles aus einem Grund.

Darin inbegriffen, mich Camillia als persönlicher Wächter zuzuteilen.

Genau das hatte ich Az vorhin gesagt, als er gefragt hatte, warum ich mich nicht mit Camillia vergnügte.

„Warum, zum Teufel, schläfst du auf dem Sofa?", hatte er gefragt, als ich meine Rückenschmerzen erwähnt hatte. „Das Bett ist mehr als groß genug für euch beide. Und ich weiß, dass du das weißt, weil wir es auch schon geteilt haben."

„Ich habe ihr das Schlafzimmer überlassen, damit sie ihre Privatsphäre hat."

Das hatte ihn seine Augenbraue hochziehen lassen. „Privatsphäre? Nach allem, was wir getan haben? Sie hat doch sicherlich kein Problem mehr damit, in deiner Gegenwart nackt zu sein."

„Ich würde es lieber nicht herausfinden", hatte ich zähneknirschend von mir gegeben, während Az mich wieder auf die Matte gelegt hatte. „Sie ist verlockend genug, wenn sie Kleidung trägt. Ich muss sie nicht auch noch nackt sehen." Ich hatte die Worte etwas außer Atem von mir gegeben, weil Az mich angegriffen hatte.

Er war über mir erstarrt. „Moment Mal ... Du fickst sie nicht?"

„Nein." Ich hatte mir seine Überraschung zunutze gemacht und ihn mittels eines Magieschubs von mir geschubst.

Anstatt dies mit einem Gegenangriff zu vergelten, hatte er mich fassungslos angestarrt. „Warum zum Teufel nicht?"

„Weil Luzifer mich auf die Probe stellt und ich nicht durchfallen werde."

Az hatte ein schnaubendes Lachen von sich gegeben. „Das ist ein beschissener Grund. Typhos würde dich nicht in einem Zimmer mit einem Bett unterbringen, wenn er nicht erwarten würde, dass du sie fickst. Ja, er mag so tun, als wäre er wütend, aber er ist ein Sadist. Er findet ganz einfach gerne Gründe, um jene, die er unter seinen Schutz gestellt hat, zu bestrafen."

„Aber stehe ich wirklich unter seinem Schutz?", hatte ich entgegnet. „Ich bin keine Höllenfee. Jedenfalls nicht wirklich."

Meine Kraftverbindung mochte von Zakkai wiederbelebt worden sein, um meine Fähigkeiten an der Quelle der Höllenfee zu sichern, aber ich wurde hier nach wie vor als Außenseiter angesehen.

Az hatte mit einem weiteren Angriff darauf reagiert und mich dieses Mal zu Boden gedrückt, bevor er sich rittlings auf mich gesetzt hatte.

„Hör auf, deinen Platz in dieser Welt anzuzweifeln. Hör auf, dich deinen Instinkten zu verweigern. Und hör auf, Typhos als Grund zu benutzen, um Camillia nicht zu ficken. In Wahrheit fürchtest du dich vor deinem Verlangen danach, sie zu beißen. Gib es zu, überwinde deine Angst und gib ihr, was ihr beide braucht."

Ich hatte daraufhin geknurrt und seine Anschuldigung mit einem Faustschlag bestritten.

Und dann hatte er mir in typischer Az-Manier in den Hintern getreten.

Aber die Prügelei war eine willkommene Ablenkung vom Verlangen in meiner Leistengegend gewesen.

Ein Verlangen, das sich in gänzlicher Fülle wieder entzündet hatte, als ich Camillia in Meleks Armen gesehen hatte.

Jetzt drohte dieses Verlangen, mir meinen Verstand zu rauben, als ich tief einatmete und Camillias Geruch aufnahm.

Sie war feucht. Ich konnte es an meiner Wange spüren.

Willig.

Begierig.

Sie flehte geradezu darum, dass ich sie anfasste.

Sie hatte sich noch immer nicht darum bemüht, ihre Position zu ändern, beinahe, als wäre sie gelähmt.

„Camillia", wiederholte ich, versuchte erneut, sie dazu zu bringen, sich zu bewegen. „Wenn du nicht von mir ablässt, werde ich dir dieses Unterhöschen vom Leib reißen und dich mit meiner Zunge ficken."

Sie zuckte zusammen und presste das feuchte Stoffstück fester an mein Gesicht. „Okay", meinte sie keuchend.

Ihre Schenkel blieben um mich geschlungen und ihre Wärme fand in meinen Körper. Es war eine sinnliche Einladung. Eine, die ich ausschlagen musste.

Aber dann kam ihr ein weiteres sanftes Stöhnen über die Lippen und sie zuckte erneut zusammen. Ihr Verlangen schlang sich um meinen Hals wie eine Schlinge, verengte sich und drohte, mich zu erdrosseln, wenn ich nichts unternahm.

Az' Worte gingen mir immer wieder durch den Kopf. Wie er gesagt hatte, dass Luzifer das alles aus einem Grund – jedoch aus einem völlig anderen, als jene, die ich glauben wollte – getan hatte.

„Aber er ist ein Sadist. Er findet ganz einfach gerne Gründe, um jene, die er unter seinen Schutz gestellt hat, zu bestrafen."

Ist es das?, fragte ich mich. *Nichts weiter als ein verrücktes Spiel? Ein Weg, um Luzifer einen Grund zu geben, die Kontrolle zu übernehmen und mich zu bestrafen ..., weil er es genießt?*

Das schien nicht allzu abwegig. Tatsächlich hörte es sich nach etwas an, das Luzifer tun würde.

Und es würde Melek ähnlich sehen, sicherzustellen, dass sein Höllenfeen-König-Gefährte bekam, was er wollte.

Ich stöhnte, hin- und hergerissen, ob ich mich gegen ihre verdrehten Absichten auflehnen oder dem Verlangen nachgeben sollte, das sich auf meiner Zunge bemerkbar machte.

Camillia hatte sich noch immer nicht bewegt. Sie hatte sogar ‚Okay' gesagt, als hätte sie meine Drohung als Angebot angesehen.

Das ist doch verrückt, verdammt noch mal.

Wie soll ich sie abweisen?

Ich hatte ihre Muschi schon zuvor gekostet, hatte ihre Mitte an meinem Schwanz pulsieren gespürt, und es hatte nicht gereicht. Vielleicht würde es nie reichen.

Ich knabberte an ihrer feuchten Mitte und ein Knurren breitete sich in meinem Rachen aus. „Melek hat dich angeheizt." Meine Stimme hörte sich barsch an, als würde ich nicht genug Luft bekommen. „Und jetzt willst du meine Zunge."

„Du hast mich angeheizt", korrigierte sie, und sie legte sich auf ihren Rücken, während ihre Beine nach wie vor um meinen Hals geschlungen blieben.

Ich rollte instinktiv mit ihr mit, hypnotisiert von ihrem verführerischen Körper, und landete auf meinem Bauch – mit meinem Gesicht in perfekter Position, um sie zu vernaschen. Ich musste nur noch ihr Unterhöschen entfernen.

Ihre Schenkel, die um meinen Hals gelegt waren, drückten fester zu und ihre nackten Zehen vergruben sich in meinem Rücken.

„Ich habe dich die ganze Woche über gewollt, Ajax. Aber du hast dich geweigert, mich anzurühren." Ihrem Tonfall wohnte eine anschuldigende Note inne, während sie ihre Finger in meinem Haar vergrub.

„Weil ich dich nicht anfassen sollte."

„Was soll das denn heißen?", wollte sie wissen. „Ich bin keine Kandidatin, oder? Mich kann man nicht beanspruchen. Es sei denn ..."

Ich sah zwischen ihren Beinen hoch in ihre sturmgrauen Augen. „Es sei denn, was?"

„Ist es wegen dem, was Melek gesagt hat? Dass er vorhat, mich zu seiner Gefährtin zu machen?" Der anschuldigende Tonfall war ihrer Stimme gewichen und den Worten schwang ein nachdenklicher Unterton mit.

„Hat er dir das gesagt?", fragte ich. Mir schmerzte das Herz. *Melek will sich mit Camillia verbinden?*

Sie sah etwas perplex aus. „Ja, er hat gesagt, dass ich seine intendierte Gefährtin bin. Aber wir sprechen hier von Melek. Er spricht immer in Rätseln."

„Hm." Die Vibration meines Summens ließ sie zusammenzucken und ihre Finger, die in meinem Haar lagen, spannten sich an. Ich war davon ausgegangen, dass Melek irgendein Spielchen getrieben hatte – und Camillia vielleicht nur Teil eines weitaus größeren Plans war.

Aber vielleicht wollte er sie wirklich.

Was hat das für mich zu bedeuten? Und für Az?

Und warum denke ich überhaupt darüber nach? Camillia kann mir nicht gehören. Ich kann mich mit ihr amüsieren, sie für den Augenblick genießen, aber ich kann sie nicht behalten.

Wieder schmerzte mir das Herz. Das Gefühl war mir bekannt und doch fremd. Bekannt, weil ich es unzählige Male verspürt hatte, als ich meine Liebsten verloren hatte. Und fremd, weil ich nicht erwartet hatte, dieses Gefühl im Zusammenhang mit Camillia zu verspüren.

Was hatte es zu bedeuten?

Warum machte ich mir Gedanken über Meleks Absichten mit Camillia?

Weiß Luzifer davon? Ist das alles Teil seiner durchdachten Probe?

Würde Az nicht auch davon wissen? Er war ein Gefährte von Luzifer. Er hätte es wissen müssen, wenn Camillia sich potenziell Meleks und Luzifers Zirkel anschließen würde.

Camillia zog abermals an meinen Haaren und ihre grauen Augen sahen erneut in meine. „Wärter."

„Rebellin", erwiderte ich.

„Berühr mich."

Ich grinste an den feuchten Stoff gedrückt. „Das tue ich doch schon."

Sie gab einen ungeduldigen Laut von sich und ihre Beine lösten sich von meinem Hals. „Wenn du kompliziert sein willst, dann werde ich mich selbst darum kümmern."

Ich packte ihre Hüften, als sie wegzurutschen versuchte. Dann wanderte ich an ihrem attraktiven Körper hoch, um sie mit meinen Armen einzufangen. „Sag mir, was du willst, kleine Rebellin. Dann werde ich darüber nachdenken, es dir zu geben."

Oh, es war ein gefährliches Spiel, das ich soeben losgetreten hatte. Aber ich konnte mich nicht zurückhalten.

Sie war die Versuchung in Person. Ein Preis, den zu gewinnen mir nicht bestimmt war. Eine Frau, die nicht in meiner Liga spielte.

Aber ich drückte sie zu Boden und ihre willige Mitte schmiegte sich an meinen schmerzenden Leistenbereich.

Weil sie mich will. Sie hatte es laut ausgesprochen und all meine Fantasien damit Realität werden lassen.

Melek mochte vorhaben, sie zu beanspruchen, aber ich war es, der sie im Augenblick hatte.

Vielleicht war das genau das, was er wollte. Warum sonst hätte er mir diese Zeichnung von einer gefesselten Camillia dagelassen?

Ich sah sie mir an. Das Papier war zur Seite geweht, als Camillia sich herumgerollt hatte.

Es war wahrhaftig ein Meisterwerk. Ihr gefesselter, nackter Körper, der in seidene Stränge gehüllt war. Es verleitete mich dazu, an ihren entblößten Nippeln zu knabbern, während ich am sorgfältig platzierten Knoten zwischen ihren Beinen zog.

„Ist es das, was du willst?", hakte ich nach und deutete mit dem Kinn auf die Zeichnung. „Gefesselt werden?"

Sie schluckte schwer. „Ich ... Ich will wissen, worauf du stehst. Was du magst. *Dich* kennenlernen."

Ich blinzelte sie überrascht an. „Das ist dir lieber, als in seidene Knoten gehüllt zu werden?"

„Es wäre mir lieber, dich zu erfahren, Ajax. Deine Wünsche. Nicht Meleks." Sie legte eine Hand an mein Gesicht und ihren Augen wohnte ein intensiver Blick inne. „Az ist nicht hier, um anzuleiten. Meleks Bild hat seinen Zweck erfüllt. Und mein Outfit auch. Glaube ich, jedenfalls. Jetzt will ich nur noch dich."

Mein Blick wanderte zu ihrem Hals hinab und zur Robe, die von ihren Schultern rutschte. „Du hast das hier für mich angezogen?", fragte ich amüsiert.

„Ich habe es für mich getragen", korrigierte sie. „Aber auch, um deine Reaktion darauf zu sehen." Ihre Finger glitten erneut in mein Haar und ihre Berührung führte meine Aufmerksamkeit zurück zu ihren Augen. „Ich will dich, Ajax."

„Ich will dich auch, Camillia", gab ich zu.

Ein Teil von mir hatte sich gefragt, ob Az' Phönix unsere vergangenen beiden Zusammentreffen beeinflusst hatte. Sein verführerisches Tier war ein natürliches Leuchtfeuer der Sinnlichkeit und der Grazie. Obwohl ich gewusst hatte, dass ich sie begehrt hatte – und es auch jetzt noch tat – war ich mir nicht sicher gewesen, wie es um ihre Gefühle gestanden hatte.

Az' Phönix war ein mächtiger Einfluss und in der Lage, seine Beute mühelos zu hypnotisieren. Zu wissen, dass Camillia mich hier und jetzt, *allein*, begehrte, ließ meinen Körper sich mit unverborgener Vorfreude anspannen.

Sie will mich. Ajax. Hier. Und Jetzt.

Und es war auch nicht wegen Meleks Einfluss, sondern meinetwegen.

Wie könnte ich ihr diesen Wunsch abschlagen?, dachte ich staunend. *Warum versuche ich es überhaupt?*

Luzifer wollte einen Grund, um mich bestrafen zu können? Na schön. Ich würde die Strafe ertragen, wenn es bedeutete, dass ich mich diesem leidenschaftlichen Moment hingeben durfte. Eine Erinnerung mit Camillia war tausende Strafen wert.

Sie mochte nicht für immer mein sein, aber für heute würde sie das. Vielleicht sogar für diese Woche.

Mein ganz allein, dachte ich und mein Blick fiel auf ihren Mund. *Und ich werde jede einzelne Sekunde genießen.*

KAPITEL 25

CAMI

Schatten wirbelten um mich herum, als Ajax seine Kräfte aktivierte, was mir den Atem stocken ließ.

Ich öffnete meinen Mund, um Einwände zu erheben – besorgt, dass er vorhatte, zu verschwinden. Doch dann traf mein Rücken auf die Matratze des Betts und Ajax' angenehmes Gewicht breitete sich wieder auf mir aus.

Ich hatte klar kundgetan, was ich brauchte, hatte sichergestellt, dass er ganz genau verstand, wo ich stand und was ich wollte. *Ihn.*

Vielleicht hatte Melek geholfen, die Feuer in mir zu schüren, aber es war Ajax, der diese Flamme entzündet hatte. Und ich wollte ihn erleben. Nur ihn. Ohne andere Einflüsse. Ohne Erwartungen. Ich sehnte mich schlichtweg nach einer Verbindung unserer Körper in einem sinnlichen Tanz, der von gegenseitiger Befriedigung inspiriert war.

Er war es gewesen, der mich in die Hölle gebracht hatte.

Jetzt würde er mich in den siebten Himmel befördern, wenn so eine Ebene wirklich existierte.

Es war gefährlich, ihn zu wollen, aber ich hatte es satt, mir ständig Gedanken darüber zu machen, was richtig und was falsch war. Er war mein Wärter – na und? Ja, ich mochte eine kranke Vorliebe dafür hegen, entführt zu werden. Aber mein Leben war immer schon das reinste Chaos gewesen.

Und ich würde jetzt auch nicht damit anfangen, nach Normalität zu streben.

Ajax sah mir mit finsterem Blick in die Augen, die blauen Ränder schienen unter einem schwarzen Inferno von lustgetriebenem Verlangen zu verblassen. Er hatte mir nicht gesagt, was er mochte, aber ich hoffte, dass er es mir zeigen würde.

Seine Nase strich über meine Wange, sein warmer Atem traf auf meine Haut. „Dein Blut lockt mich, süße Rebellin", flüsterte er und sein Körper, der auf meinem lag, erzitterte. „Aber ich darf dich nicht beißen."

„Du kannst mich schneiden", bot ich an und erschauderte, als ich den Vorschlag von mir gab. Az hatte leicht in meine Brust geschnitten, als wir das erste Mal miteinander gespielt hatten, was Ajax die Essenz gegeben hatte, die er begehrte. Zuerst hatte es gebrannt, aber dann hatte Ajax' Mund den Schmerz vergehen lassen und ihn mit wunderbaren Lustgefühlen ersetzt.

Ich wollte es noch einmal erleben.

Wollte ihm geben, was er brauchte, während er auch meinen Wünschen nachkam.

Ein tiefes Knurren stieß aus seiner Brust, als er meinen Hals zu küssen begann und seine Hände an meinen Seiten hochgleiten ließ. Wir hatten beide Kleidung an – ich eine Robe und ein Babydoll-Kleid, er graue Jogginghosen und ein T-Shirt. Ich konnte riechen, dass er vor Kurzem geduscht hatte – vielleicht sogar mit Az.

Haben sie gefickt?, fragte ich mich. *Oder haben sie gekämpft?*
Vielleicht beides.

Meine Fantasie malte ein erotisches Bild der beiden, wie sie kämpften, während sie den anderen fickten, was meine um Ajax' Hüfte geschlungenen Beine sich nur noch mehr anspannen ließ. Die beiden Männer waren tödliche Kreaturen – ihr Hunger groß. Ich teilte dieses körperliche Verlangen, verzehrte mich nach ihrer Grobheit. Nach ihren männlichen Berührungen. Nach ihrem erbitterten *Verlangen*.

Ajax' Hände erreichten meine Schultern und sein Mund näherte sich meinem Ohr. „Sosehr ich diesen seidenen Stoff auf deinem Körper auch mag, er muss weg." Seinen Worten folgte ein

Magieschub, der meine Haut versengte und mich nach Atem ringen ließ.

Wärme breitete sich in meinen Adern aus, die vom Geruch von Tanne und Pfefferminze verstärkt wurde.

Ich erzitterte und Gänsehaut breitete sich an meinen erwärmten Gliedmaßen aus, als der Stoff von meinem Körper zu schmelzen schien und mich nackt unter Ajax zurückließ. „Was für ein praktischer Trick", keuchte ich.

Er gab ein zustimmendes Summen von sich, während eine weitere Kraftwelle kurzen Prozess mit seinen Klamotten machte. „Gewiss. Aber versteh das ja nicht falsch. Ich will den Moment nicht vorantreiben. Ich werde dich so gut für mich vorbereiten, dass du mich anflehen wirst, dich zu ficken."

Ich war schon auf halbem Wege dahin. Meine Unverfrorenheit hatte Worte aus meinem Mund kommen lassen, die zu sagen ich nicht erwartet hatte.

Aber irgendwie hatte ich gewusst, dass ich meine Begierden laut kundtun musste.

Und es hatte funktioniert.

Oh, ja, und wie es funktioniert hat, staunte ich, während sein gepierctes Glied meine Mitte berührte. Ich drückte mich daraufhin an ihn, was dem Mann über mir ein Lachen entlockte.

Er knabberte an meinem Ohr und küsste sich dann einen Weg von meinem Hals hinab zu meinem Schlüsselbein. Ich ließ meine Finger über seinen Rücken wandern, genoss die festen Muskeln und wie sie sich anspannten, wenn er sich bewegte.

So mächtig.

Ich konnte seine potente Energie unter seiner Haut summen spüren. Der magnetische Puls sprach zu meiner Seele. Er war so stark und männlich. Sein Mitternachtsfeen-Erbe kennzeichnete ihn als unzerbrechlich und intensiv.

Seine Lippen schlossen sich um meinen Nippel, was mich unter ihm zusammenzucken ließ, während seine Zähne meine sensible Knospe flüchtig berührten und mehr versprachen.

Ich kratzte mit meinen Fingernägeln an seinem Rücken hoch, erinnerte ihn an mein Angebot. Ich fürchtete mich nicht vor ein bisschen Schmerz – und auch nicht davor, ihn zu verursachen. Er stöhnte und sein Bauch spannte sich an, bevor er seine Hüfte nach hinten drückte und von meiner Mitte entfernte.

„Ich habe gedroht, dich zu lecken, oder?" Seine Worte vibrierten gegen meinen Nippel, bevor er leicht mit seiner Zunge darüber leckte. „Obwohl ... Irgendwann hast du dich ja bewegt." Er knabberte an meinem steifen Nippel und sein niederträchtiger Blick wanderte nach oben. „Was soll ich tun, kleine Rebellin?"

„Du solltest deine Drohung definitiv wahrmachen." Die Antwort kam mir mit heiserer Stimme über die Lippen und mein Kern pulsierte voller Verlangen. „Ich will deinen Mund an meinem Körper spüren."

„Er berührt deinen Körper bereits", murmelte er und begab sich an meine andere Brust. „Ich habe vor, jeden Zentimeter von dir gekostet zu haben, wenn ich fertig bin."

Ja, bitte, dachte ich und rang nach Luft, als der kalte Hauch von Metall sich an meine Seite drückte. Das Gefühl war so plötzlich und unerwartet, dass ich erstarrte. Im nächsten Augenblick ließ Ajax den scharfen Gegenstand von meinen Rippen an meine Brust gleiten. Der Hauch von mit Tannenduft versehener Magie folgte, was mir sagte, dass er die Klinge hochbeschworen hatte.

Mein Herz setzte mehrere Schläge aus, als er sie an meine Brust führte und seine dunklen Augen mich ansahen, als suchte er nach meinem Einverständnis. Oder vielleicht wollte er auch bloß meine Reaktion sehen.

Ich leckte mir die Lippen und mein Blick fiel auf den Dolch, bevor ich ihm wieder in die Augen sah. Dann forderte ich ihn mit meinem Blick heraus, weiterzumachen. Ich wollte, dass er mich benutzte. Wollte, dass er mich beanspruchte. Wollte, dass er mich zu seinem machen würde – wenn auch nur für diesen kurzen Augenblick.

Er ließ die scharfe Spitze am voluminösen Teil meiner Brust entlangwandern. Er drückte nicht fest genug zu, um mich bluten zu lassen – nur, um mich zu necken. Dann drückte er direkt oberhalb meines Nippels zu und schuf einen nadelgroßen Einstich. Ein Schaudern rann an meinem Rücken hinab. Das sanfte Kneifen hatte meine Nervenenden aktiviert.

Ajax pikste mich ein zweites Mal. Die beiden winzigen Einstiche erinnerten mich an den Biss eines Vampirs.

Und dann führte er seinen Mund daran. Seine Zunge ließ das Brennen vergehen.

Ich schluckte schwer und krümmte angesichts der sinnlichen Berührung meine Zehen. Es war weniger einer überwältigende Empfindung, sondern viel eher das Gefühl eines langsamen Brennens, das sich über meine Haut ausbreitete und mein Herz einen Sprung machen ließ.

Ajax kreierte zwei weitere Einstiche an meiner anderen Brust, wiederholte die Bewegung mit seinem Mund und sandte damit noch mehr Wärme durch meine Adern.

Es war anders als alles andere, was ich je erlebt hatte. Seine Berührung war nicht einmal annähernd so rau, wie ich nach unseren vergangenen beiden Malen erwartet hatte. Aber das hier war Ajax. Was ihm gefiel. Seine Begierden. Wie es schien, zögerte er gerne Lust heraus, indem er meine Nervenenden neckte und Schmetterlinge in meinem Bauch flattern ließ.

Ich erzitterte, als er sich nach unten begab. Sein Dolch folgte seinem Mund und hielt an meinem Hüftknochen inne, wo er zwei weitere Einstiche machte. Sie brannten etwas mehr, weil die Haut dort dünner war, aber es trug zur Sinnlichkeit des Augenblicks bei.

Jeder einzelne Teil von mir fühlte sich bereit. Bereit, zu explodieren. Angeheizt von seinen Verführungsmethoden.

Wie ist das überhaupt möglich?, staunte ich. *Es ist, als ob er mich kaum berührt hat, und doch fühle ich mich aufgrund dieser wenigen Einstiche von ihm beansprucht.*

Er fügte zwei weitere Einstiche an meinem Innenschenkel hinzu und sein Mund legte sich über die Schnitte, um meine Essenz aufzunehmen. Meine Adern pulsierten auf die beste Art und Weise und mein Herz pochte im selben Rhythmus, wie sich seine hypnotisierende Zunge bewegte.

Sein Dolch drang etwas tiefer in mein anderes Bein, was mich zusammenzucken ließ, als er mich aus meinem benommenen Zustand riss, nur um mich dann so viel tiefer in ihn zu treiben, als seine Lippen sich um die neue Wunde schlossen.

Jetzt konnte ich spüren, wie er trank. Wie er meine Essenz

wahrhaftig in sich aufnahm. Wie er meine Lebenskraft in sein Wesen fließen ließ und mich tiefer in diesen merkwürdigen Kokon der glühend heißen Empfindungen sinken ließ.

Ich fühlte mich benommen.

Überwältigt.

Und mir war so verdammt heiß.

Wie es schien, hatte Ajax eine Vorliebe für Messerspiele. Oder vielleicht tat er das hier nur mit mir. Wie dem auch war, er war bewandert und ich verlor mich in seinen Bemühungen.

Meine Finger griffen in sein Haar und ich hielt ihn an meinen Schenkel gedrückt, verlangte nach mehr. Ich wollte, dass er sich nahm, was er brauchte, und mich weiterhin mit seinem Mitternachtsfeen-Kuss benebelte.

Doch wenige Augenblicke später entfernte er sich von mir und sein Mund wanderte an meine sich nach ihm verzehrende Mitte.

„Du riechst fantastisch", murmelte er und ließ seine Nase an meiner feuchten Ritze hoch zur sensiblen Knospe fahren, die sich danach verzehrte, von ihm berührt zu werden. „Ich werde dich verschlingen, Camillia."

Mein Gott, ich hatte bereits das Gefühl, von ihm verschlungen worden zu sein. Mein ganzer Körper brannte angesichts seiner Berührungen. Wer hätte gedacht, dass Messerspiele so verdammt stimulierend sein konnten?

„Bitte", flüsterte ich und meine Finger vergruben sich tiefer in sein Haar. „Ich ... Ich brauche mehr."

„Das weiß ich, kleine Rebellin." Seine Worte vibrierten gegen meine sensible Mitte. „Aber ich habe dir versprochen, dass ich dafür sorgen werde, dich darum flehen zu lassen. Und das wirst du auch."

Er senkte seinen Mund auf meine Klitoris, bevor ich etwas darauf erwidern konnte. Seine Zunge entlockte mir einen Schrei. Ich drückte meine Hüften an seinen Mund, doch seine Hand, die auf meinem Bauch lag, drückte mich nach unten. Seine Klinge lag gefährlich nahe darunter.

Wenn ich mich noch einmal bewegte, würde die Spitze sich in meine Haut bohren.

Und verdammt, wenn mich dieses Wissen nicht noch feuchter machte.

Ich mochte angedrohte Strafen, wenn ich ungezogen war, was mich vermutlich zu einer Verrückten machte. Aber es ging hier um Ajax. Um uns. Nichts hiervon war normal.

Stürmische Beben drohten, mich einzunehmen, als Ajax seine Zunge gegen mich presste. Seine Gewandtheit sandte ein Kitzeln durch jeden Zentimeter meines Wesens.

Ich stöhnte seinen Namen und mein Griff um seine Haare verfestigte sich.

Ich bin kurz davor, dachte ich, schockiert darüber, wie schnell er mich an den Rande des Wahnsinns getrieben hatte. *So verdammt nahe.*

Alles brannte und mein Herz pochte wie wild. Die Zeit schien stillzustehen.

Und dann hörte er auf.

„Ajax."

Seine Barstoppeln kitzelten meine stimulierten Stellen und ein spitzbübisches Grinsen zog auf seinen Lippen auf, das zu seinem bösartigen Blick passte.

Ich knurrte, frustriert, angeheizt und verdammt noch mal überwältigt. „Du bringst mich um."

„Tue ich das?" Seine Finger glitten zwischen meinen feuchten Schamlippen hindurch und wanderten an meine Öffnung, bevor er sie hineingleiten ließ. „Mhh, du bist so feucht."

Er leckte meine Mitte erneut, was mir ein tiefes Stöhnen entlockte.

„Du bist so bereit, zu kommen", fuhr er fort. „Aber ich will diese süße Muschi zuerst noch einmal um meinen Schwanz geschlungen spüren."

Seine Finger und sein Mund entfernten sich, was mich keuchend unter ihm zurückließ, während er zu mir hochkrabbelte.

„Bist du bereit, zu flehen, Camillia?", fragte er leise. „Oder würdest du dir lieber nehmen, was du brauchst?"

Er stemmte sich auf seine Ellbogen und sein Schwanz brandmarkte meinen unteren Körper. Ich keuchte unter ihm, bereit, zu sagen, was immer er hören wollte, doch seine letzte Frage hatte mich überrumpelt.

„Oder würdest du dir lieber nehmen, was du brauchst?"

Mir gefiel, wie sich das anhörte.

Ich packte seine Schultern und schubste ihn leicht an, um zu sehen, was er tun würde.

Er grinste und sagte: „Du hast dich also für Letzteres entschieden. Na gut, Camillia." Er rollte sich von mir und auf seinen Rücken. „Ich kenne keine Grenzen. Nimm, was immer du willst."

Oh, dieses Angebot würde ich nur zu gerne annehmen.

Sein Grinsen wurde breiter, als ich mich rittlings auf ihn setzte. Sein Schwanz war heiß und lag bereit an meiner Mitte. Aber ich wollte ihn necken, wie er mich geneckt hatte. Mehr als das: Ich wollte ihn *kosten*. Wollte dieses Piercing in meinem Mund spüren. Wollte ihn an den Punkt bringen, an dem er seinen Verstand verlor. Wollte ihn dazu bringen, *mich* anzuflehen, ihm mehr zu geben.

Ich lehnte mich nach unten, um ihn zu küssen, und genoss es, meinen Nektar an seiner Zunge zu schmecken, bevor ich leicht zubiss. Er stöhnte, mochte den seichten Schmerz ganz offensichtlich. Diese Reaktion würde ich zu meinem Vorteil nutzen und herausfinden, was für andere Laute ich ihm entlocken konnte.

Ich entfernte meinen Mund von ihm und suchte nach dem Dolch, den er benutzt hatte, konnte ihn jedoch nirgendwo finden. Er musste ihn irgendwann, während unseres Stellungswechsels, weggezaubert haben, denn jetzt waren seine Hände hinter seinem Kopf verschränkt.

„Keine Bewegung", sagte ich zu ihm.

„Wie du wünschst", erwiderte er und sein Schaft pulsierte zwischen meinen Schenkeln.

Also mag er es, wenn ich die Führung übernehme, sinnierte ich. *Gut.*

Ich leckte einen Weg zu seinem Torso hinab, bewunderte die muskulösen Dellen und straffen Hautstellen auf dem Weg nach unten. Seine Augen ähnelten zwei schwarzen Sphären, während er mir zusah. Sein Verlangen war eine spürbare Präsenz, die zwischen uns pulsierte. Ich verspürte dieselbe Lust, aber ich wollte die Sache etwas hinauszögern.

Wollte uns beide foltern.

Wollte die Befriedigung *genießen*, die irgendwann folgen würde.

Mein Inneres spannte sich angesichts des Verlangens an, ihn bis zum Anschlag in mir aufzunehmen. Ihn zu reiten. Doch zuerst musste ich tun, wonach sich mein Mund verzehrte. Ich wollte diese gepiercte Eichel aufnehmen, wollte ihn in meinem Rachen beben spüren und ihn so sehr anheizen, dass er kurz vor einem Orgasmus stehen würde – wie er es vor nur wenigen Augenblicken bei mir getan hatte.

Quid pro quo, dachte ich, als ich seine Leistengegend erreichte.

Ein Lusttropfen glitzerte an der Spitze seiner Eichel und der fahle Geruch meiner Erregung benetzte seine Haut. Ich leckte von seiner Wurzel hoch zu seiner Eichel, bevor ich die sinnliche Gabe aufnahm und seinen Geschmack in meinem Mund erblühen ließ.

Er zischte und seine Muskeln spannten sich an, während er damit haderte, sich nicht zu bewegen und die Führung zu übernehmen. Ich ahnte, dass das hier eine Art Geschenk war – dass er mir erlaubte, Kontrolle zu haben – und ich schwor mir, dass ich es wertschätzen würde, indem ich keine Zeit verlor.

Stattdessen öffnete ich meinen Mund und nahm ihn so tief in mir auf, wie ich konnte, ohne würgen zu müssen – was ich aufgrund seines Piercings etwas schwieriger fand.

„Verdammt." Das Wort kam ihm mit einem Knurren über die Lippen, das meine Schenkel sich anspannen ließ.

Mein Gott, ich will ihn in mir haben.

Aber noch nicht.

Ich will, dass er sich in meinen Berührungen genauso verliert wie …

Ich stöhnte, als noch mehr seines Lustsafts meine Zunge bedeckte. Seine Erregung barg einen erotischen Geschmack, der mein eigenes Verlangen steigerte. Ich war eingenommen von seiner Essenz, sein Körper ein Kunstwerk, das ich erforschen wollte. Markieren wollte. Bis ans Ende der Zeit beanspruchen wollte.

Es war eine instinktive Reaktion, so unerwartet und neu.

Dieses Verlangen nach ihm ist unnatürlich.

Und doch konnte ich nicht damit aufhören, ihn zu lutschen. Mein Mund bewegte sich an seinem Schaft hoch und runter, und jedes Mal berührte sein Piercing meinen Rachen. Es fühlte sich genauso fabelhaft an, wie ich es mir vorgestellt hatte. Seine breites Glied war eine willkommene Präsenz in meinem Mund.

„*Camillia.*" Er griff nach meinem Haar und zog mich von seinem Schwanz weg, um mich zu sich hochzuziehen. „Steck mich in dich. *Sofort.*"

Ganz offensichtlich hatte er die Beherrschung verloren, aber es war mir egal. Ich gehorchte seinem Befehl nur zu gerne. Jeder Teil von mir stand in Flammen und in meinen Adern brauste ein Inferno, das nur Ajax eindämmen konnte.

Ich setzte mich rittlings auf ihn, brachte ihn in Position und schrie, als er nach oben und in meine wartende heiße Mitte drang. Alles um mich herum verwandelte sich in ein dunkles Netz euphorischen Hungers. Wir beide hatten unsere Seelen an das physische Verlangen verloren, das stetig zwischen uns wuchs.

Er setzte sich auf und schlang seine Arme um mich. Eine seiner Hände fand an meinen Hals und sein Mund verschlang den meinen.

Ich war mir kaum gewahr, wie es ihm gelungen war, sich so schnell zu bewegen, oder wo mein Körper anfing und wo er aufhörte, denn jeder einzelne Teil von mir war an Ajax gepresst. Meine Beine schlangen sich um seine Hüfte, sodass ich noch enger an seinen Schoß geklemmt war, während er rau in mich stieß.

Dieses Piercing, staunte ich, bevor meine Gedanken aussetzten, während Lust drohte, mich vollends einzunehmen. *Mein Gott, dieses Piercing ...*

Er war so tief in mir so. So breit. So verdammt surreal.

Ich passte mich seinem Rhythmus an, meine Hüften verzaubert von seinem sexuellen Tanz. Seinem Können. Seiner Kraft.

„Oh mein Gott", keuchte ich und meine Muskeln

verkrampften sich, als Lust sich in meinem unteren Bauch auszubreiten begann. „Gleich ..."

Ich konnte keine zusammenhängenden Sätze mehr formen, aber Ajax musste wissen – musste *spüren* –, dass ich kurz davorstand, zu kommen. Dass all das aufgestaute Verlangen und die Energie zwischen uns in einer ...

Explosion aus mir dringen würde.

Ajax schluckte meinen Schrei. Seine Hand, die um meinen Hals geschlungen war, zwang mich, ihn weiterzuküssen, während ich einen der intensivsten Orgasmen meines Lebens erfuhr.

Dann verschwand seine andere Hand zwischen uns und sein Daumen zog kleine Kreise um meine Klitoris, um meinem Wesen gewaltige Beben zu entlocken. Ich wand mich. Die daraus resultierenden Empfindungen waren zu viel, aber er ließ nicht von mir ab. Er war stärker als ich und sein Piercing massierte mich von innen.

Berührte mich.

So tief.

Genau da.

Ooooh ...

Noch mehr Beben folgten und der nächste Ausbruch zog bereits am Horizont auf. Jeder Teil von mir war zu geil, überstimuliert und schwach in seinen Armen.

„Ajax", sagte ich in seinen Mund. „*Ajax.*"

„Du hältst das aus", versprach er und sein Daumen und sein Schwanz zerstörten mich. „Und jetzt *schrei.*"

Dieses Mal dämpfte er den Laut nicht. Er ließ mich kommen und sein Name hallte laut und klar durch das Zimmer, während mein Körper zusammen mit den feurigen Wänden tobte.

Ajax legte mich auf meinen Rücken und seine Hüften drückten sich an meine, als Welle um Welle dieser orgastischen Wonne mir das Bewusstsein zu rauben drohte.

Ich hätte schwören können, dass er mich ein drittes Mal hatte kommen lassen. Vielleicht hatte er das auch. Ich war zu verloren in meiner Wonne, um es zu wissen. Ich zitterte bloß und meine Gliedmaßen wurden aufgrund der Kraft meiner Leidenschaft taub. *Zu viel*, dachte ich deliriös. Aber oh, auch nicht genug ...

Ajax schien mir zuzustimmen. Sein Glied bebte in mir, während er weiter in mich drang und mich beanspruchte.

Mein Atem kam stockend, mein Herz pochte zu schnell und mein Wesen war ausgelaugt und halbwegs paralysiert von unserem Liebesspiel.

Und doch konnte ich spüren, wie sein Schwanz in mir anschwoll, seine Eichel sich anspannte und drohte, uns beide zu zerstören.

Denn er würde mir einen weiteren Höhepunkt verschaffen. Ich konnte es spüren. Mein Körper reagierte auf seinen, lernte seine Vorlieben kennen, um ihnen nachzukommen.

Ich griff nach seiner Schulter und krallte meine Fingernägel in seine Haut. Ich musste mich irgendwo festhalten.

Nur um mich mit dem nächsten Atemzug zu lösen, als wir beide kopfüber über eine Klippe und in die schwarze Nacht stürzten, wo unsere gesamte Existenz sich nur um den anderen drehte.

Ich war mir seiner Zunge, die meine neckte, kaum gewahr. Sein Mund holte sich einen Kuss, der unsere Seelen aneinanderbinden sollte.

Nicht als Gefährten. Nicht wirklich. Aber als etwas weitaus Bedeutenderes als nur Liebhaber.

Ich verstand es nicht. Ich glaube, er genauso wenig. Und anstatt es anzuzweifeln, genoss ich es. Genoss ihn. Entspannte mich. Existierte. *Badete in der Wonne.*

Seine Arme waren um mich gelegt, sein Körper hielt meinen und bildete damit einen Schutzwall um mich herum. Langsame Küsse. Gemurmelte Worte. So viel Sanftheit, dass ich die Mitternachtsfee in mir kaum wiedererkannte.

Aber es war perfekt.

Wunderschön.

Heiß.

„Wir werden es noch einmal tun, sobald du bereit bist", flüsterte er. Sein Versprechen ließ meine Schenkel, die um seine Beine geschlungen waren, sich anspannen.

Ich würde mich nicht beschweren.

Denn das hier war so viel besser, als das Leben von

Höllenfeen zu behandeln. So viel besser, als an die Zukunft zu denken oder was das alles zu bedeuten hatte. So viel besser, als sich um Vita und die Quelle zu sorgen.

Wir lebten einfach nur im Moment.

Und daran hätte ich mich durchaus gewöhnen können.

KAPITEL 26

MELEK

CAMIS LUST WÄRMTE mir die Seele und hob meine Stimmung etwas.

Dennoch konnte ich das frustrierende Gefühl nicht abschütteln, das meinen Kopf einnahm. Den äußerst echten Zorn, den ich gegenüber dem Mann hegte, den ich am meisten liebte.

Ich stand in unserem Schlafzimmer und wartete darauf, dass mein Liebster zurückkehrte.

Mein Ty.

Mein Lebenssinn.

Mein *Gefährte*.

Er wusste, dass ich wütend war, konnte es in unserer Verbindung ganz klar spüren, doch er hatte bisher nicht versucht, sich bei mir zu melden. Dennoch spürte ich, dass sein Wesen sich meinem näherte. Ty war auf dem Weg hierhin – zweifellos bereit für einen Kampf.

Ich nippte an meinem Wein und ging rastlos auf und ab. Meine Seidenrobe flatterte hinter mir auf. Ich hatte die königliche Kleidung ausgezogen, sowie ich Camillias Neugier gespürt hatte – im Wissen, dass sie und Ajax sich einem Liebesspiel hingeben würden. Und das Letzte, was ich wollte, war, in einer unbequemen Hose hart zu werden.

Seide war ein weitaus angenehmerer Stoff an meiner

unangenehmen Erektion. Vielleicht würde ich Ty mich wirklich davon befreien lassen.

Aber nur, wenn er darum bettelte.

„Luzifer hat klargemacht, dass er mich töten wird, wenn das noch einmal vorkommt."

„Er hat gesagt, dass er mich töten würde, wenn ich seiner Quelle noch einmal zu nahe kommen würde."

Camis Worte gingen mir durch den Kopf, was mich um ein Haar den kristallenen Glasstängel in meiner Hand zerbrechen ließ. Es kam äußerst selten vor, dass ich wütend war. Es war eine Seltenheit, dass ich wahre Wut empfand. Aber diese beiden Sätze von ihr hatten genau das bezweckt.

Wie ich Ty kannte, hatte er bloß versucht, sie einzuschüchtern. Aber ich musste sichergehen.

Die Quelle hätte sie abgemetzelt, wenn sie sie für eine wahre Bedrohung gehalten hätte, und das wusste er auch. Ich wusste das. Alle in diesem verdammten Königreich würden das begreifen, wenn man ihnen die Geschichte erzählen würde.

Obwohl ich verstand, dass er das Bedürfnis verspürte, sich selbst, uns, die Quelle – alles davon – zu schützen, so konnte er nicht einfach eine Seele bedrohen, die meiner so nahestand.

Sie kann die Quelle aus einem guten Grund berühren, dachte ich. *Ganz so, wie sie Vita aus einem guten Grund lesen kann.*

Und dieser Grund war offensichtlich für mich. *Es ist ihr bestimmt, uns zu gehören.*

Nicht nur mir und Ty, sondern auch Az und Ajax. Wir fünf würden einen hervorragenden Gefährtenzirkel abgeben. Das würde Ty nur stärker machen, was es uns wiederum erlauben würde, dieses Reich und jene, die darin verweilten, noch besser zu schützen. Und außerdem würde es die neueste Bedrohung ausschalten.

Engelsfeen.

Az und ich hatten bestätigen können, dass ihre Magie irgendwie mit diesen illegalen Portalen zusammenhing. Was bedeutete, dass jemand aus der Vergangenheit beschlossen hatte, alte Spiele wiederaufzugreifen.

Spiele, die sie nicht zu treiben wagen würden, wenn Ty einen stärkeren Zirkel hätte.

Camillia war der Schlüssel. Ich hatte es gewusst, sowie ich sie sein Buch lesen gesehen hatte. Sie konnte von mir aus glauben, dass ich etwas getan hatte, um ihr dies zu gewähren, so sehr sie wollte, aber das würde es niemals wahr werden lassen.

Die Wahrheit war, dass Tys Seele in ihr eine potenzielle Übereinstimmung gefunden hatte, die ihr Zugriff auf seine tiefsten Geheimnisse gegeben hatte: *Vita*.

Das konnte nicht einfach abgetan werden. Es konnte nicht übergangen werden.

Und vor allem konnte es nicht *getötet* werden.

„Hm", summte Ty, als er im Zimmer erschien. Er hatte seine Teleportationsfähigkeiten anstatt der Tür benutzt. „Wie ich sehe, hat der Wärter endlich der Versuchung nachgegeben. Bist du wütend, weil du nicht eingeladen wurdest?"

Ich drehte mich langsam zu ihm um und sah ihn mit zusammengekniffenen Augen an. „Ich würde keiner Einladung bedürfen. Wir beide wissen, dass sie nicht Nein sagen würden, wenn ich die beiden ficken wollte."

„Aber du willst sie doch ficken, Melek. Warum es nicht versuchen?"

„Weil es noch nicht an der Zeit ist", sagte ich.

Und es würde nicht an der Zeit sein, bis Camillia mich auserwählte.

Und Ajax auch.

Bis dahin würde ich sie auf meine eigene Art umwerben. Na ja, Ajax vielleicht nicht. Obwohl ... Ich hätte nichts gegen etwas Gruppenspiel mit Camillia, das ihn involvierte. Er entsprach eher Az' Geschmack als meinem, aber ich respektierte das Potenzial, das er unserem Zirkel zu bieten hatte, und es gefiel mir, dass er sich um unsere intendierte Gefährtin kümmerte.

Wie es schien sogar sehr gewissenhaft.

Denn sie vergnügten sich schon wieder.

Die Hitze, die von Camillias Leidenschaft herrührte, versengte meine Adern und ließ meinen Schwanz voller Verlangen beben.

Aber Ty anzusehen, erdete mich in der Gegenwart und meine Wut trat wieder an die Oberfläche.

Er zog seine Augenbraue hoch. „Du bist wütend auf mich."

Das war keine Frage, sondern eine Aussage. Denn er konnte den Zorn in meinen Augen zweifellos erkennen.

„Ja, bin ich."

Seine Belustigung verblasste etwas und schien in Sorge umzuschlagen. Er hätte mühelos in meine Gedanken blicken können, um die Antworten dort zu finden, aber so spielten wir nicht. Wir wussten Kommunikation zu schätzen – und manchmal auch Rätsel, die als Spiel getarnt waren. Er würde nicht in meine Privatsphäre eindringen, wenn es nicht unbedingt nötig war.

„Hm", summte er erneut und lief zur Bar hinüber, um sich dort ein Getränk einzugießen. Etwas, das ich normalerweise für ihn übernahm, jetzt aber nicht getan hatte. „Hättest du gerne noch einen, mein Prinz?"

Mein Prinz, anstatt *kleiner Prinz*.

Ein Zugeständnis.

Oder vielleicht wollte er damit bloß zeigen, dass ich ihm gehörte.

Vielleicht ein bisschen von beiden.

„Nein." Ich stellte mein Glas ab und steckte meine Hände in die Taschen meiner Robe, während Camillias Lust durch mein Blut rauschte.

Ja, Ajax kümmert sich wirklich hervorragend um unsere intendierte Gefährtin, dachte ich und erschauderte, als sich meine Leistengegend erwartungsfroh anspannte.

Ty drehte sich um und lehnte sich mit dem Rücken an die Bar, während er an seinem Scotch nippte. Der intensive Blick in seinen saphirblauen Augen verweilte auf mir, während er darauf wartete, dass ich etwas sagen würde.

Normalerweise würde ich ein geschicktes Wortspiel entwickeln und etwas mit ihm spielen. Aber ich war zu wütend, um es überhaupt zu versuchen.

„Du hast Camillia bedroht." Die Worte schmeckten bitter in meinem Mund. „Du hast ihr gesagt, dass du sie töten würdest, wenn sie sich der Quelle noch einmal nähert."

„Ja, habe ich." Nicht der Hauch von Reue, nur Entschlossenheit. „Ich toleriere keine Bedrohungen gegen unser Reich, Melek. Und noch weniger toleriere ich eine Bedrohung, die dir oder mir Schaden zufügen könnte. Nichts daran sollte dich überraschen."

Oh, es überraschte mich überhaupt nicht. Es machte mich bloß wütend, dass er nicht über sein Verlangen danach, zu beschützen, hinwegsehen konnte und Alternativen herbeizog. „Kannst du für einen winzigen Augenblick auch mal darüber nachdenken, was das vielleicht bedeuten könnte, Ty? Warum, glaubst du, kann diese Frau nicht nur Vita lesen, sondern auch die Quelle berühren?"

Er starrte mich an. „Ich kann keinen positiven Grund dafür erkennen, nein."

„Weil du zu sehr von deinen Instinkten geblendet wirst", wandte ich ein.

„Und du von den deinen", konterte er und stellte sein Glas mit Gusto ab. „Alles, was du siehst, ist ein hübsches Mädchen mit einer Muschi, die du ficken willst. Also, geh und tu es. Sieh zu, dass du sie aus deinem System bekommst. In der Zwischenzeit werde ich dich und das Königreich, das wir erschaffen haben, beschützen."

Ich erschauderte angesichts der Andeutung, dass es mir wichtiger war, flachgelegt zu werden, anstatt unser Reich zu unterstützen. „Glaubst du wirklich, dass ich mich von meinen Hormonen kontrollieren lasse? Dass ich nur Lust für sie verspüre?"

Denn das würde mich zu einem äußerst oberflächlichen Engel machen.

Ich nahm einen Schritt auf ihn zu. Seine Worte hatten Öl in das bereits lodernde Feuer gegossen. „Alles, was ich in meinem Leben tue, ist *für dich*, Ty. Es war schon immer alles für dich. Jeder Deal. Jedes Spielchen. Jede *Entscheidung*. Warum sollte das bei Camillia De la Croix anders sein? Hältst du mich für so verzweifelt, dass ich über ihre Schönheit nicht hinwegsehen könnte?"

Er spannte seinen Kiefer an. „Ich glaube, dass sie eine magische Muschi hat, die meine besten Männer verzaubert hat."

Ich lachte abschätzig. „Es geht nicht um ihre Muschi, Ty. Es geht um *sie*. Sie ist einzigartig. Und du bist der Einzige, der sich weigert, das zu sehen."

„Oh, ich sehe es", raunzte er. „Ich sehe ganz genau, was sie mit dir, Az und Ajax – der sie in diesem Moment fickt – gemacht hat. Ich verstehe nur nicht, *warum*."

„Ganz genau." Ich stellte mich vor ihn hin. „Weil du dich weigerst, über deine Voreingenommenheit hinwegzusehen. Sie ist eine Frau und darum kann man ihr deiner Meinung nach nicht trauen. Aber nicht alle Frauen sind wie Vivaxia, Ty."

Er zuckte zusammen, als er den verbotenen Namen hörte. Wir sprachen nur selten über dieses Miststück. Aber er musste das hier hören.

„Du hast tausende Jahre damit zugebracht, weibliche Feen zu hassen, nur weil dir eine unrecht getan hat. Und ich habe an deiner Seite gestanden und habe es zugelassen, weil ich verstehen kann, warum. Verdammt, ich war ja da. Aber irgendwann müssen wir heilen. Wir müssen neue Hoffnung schöpfen. Wir müssen *vertrauen*."

Die Quelle war ein Teil von ihm. Es gab einen guten Grund, warum die Quelle nur selten Frauen annahm. Es war an der Zeit, dass er das einsah.

Ich presste meine Hand auf sein Herz. Er entfernte sich mit wutentbranntem Ausdruck von mir. „Und du willst, dass ich das bei *ihr* tue? Die Frau, die bei einem Knicks aussieht wie ein dementer Pelikan?"

Ich blinzelte ihn an. „Wie bitte?"

Er winkte ab. „Das spielt keine Rolle. Nichts davon spielt eine Rolle, Melek. Sie ist eine vorübergehende Fantasie, eine, die ich dir zu haben erlaube, solange du dich amüsierst. Aber *wir* werden gar nichts tun. Sie ist dein Spielzeug, das du ficken und dann wegwerfen kannst. Ich will nichts damit zu tun haben."

„Warum ist sie dann im Gästeflügel?"

„Weil *du* sie dorthin gebracht hast", entgegnete er. „Ich hätte sie in einen Kerker geschmissen. Aber sie hat bewiesen, dass sie ziemlich gut darin ist, zu fliehen. Also habe ich dich gewähren lassen und es als Gelegenheit ausgenutzt, um Ajax zu testen. Und er fällt gerade durch, wie ich anmerken will. Weil er genauso besessen von der Frau ist wie du."

Ich schüttelte meinen Kopf. „Ajax verdient es nicht, auf den

Prüfstand gestellt zu werden. Er ist uns treu. Das war er schon immer. Az hat das sichergestellt."

„Warum vergnügt er sich dann mit der Frau, obwohl er sie bewachen sollte?"

„Weil Az' Phönix einen Abdruck auf ihr hinterlassen hat und Az und Ajax enger miteinander als Gefährten verbunden sind, als ihnen bewusst ist. Also fühlen sie sich beide zu ihr hingezogen", antwortete ich freiheraus.

Schock war ein seltener Ausdruck auf dem Gesicht des Höllenfeen-Königs, doch jetzt sah er mich mit weit aufgerissenen Augen an.

Ich erwiderte seinen Blick. „Es wäre dir aufgefallen, wenn du nicht so beschäftigt damit gewesen wärst, die Frau als Feindin zu schimpfen. Wenn ich es nicht besser wüsste, würde ich sagen, dass du ein bisschen eifersüchtig bist. Ihr zu sagen, dass sie mich *Prinz Melek* nennen soll?" Ich schnaubte. „Du weißt, dass ich das hasse, *König Luzifer*."

Ty entfernte sich ein paar Schritte von mir und strich sich übers Gesicht. „Ich war abgelenkt vom Portal-Problem und davon, dass ich mich mit den verschiedenen Höllenfeen-Königen befassen musste."

Ich ließ die Ausrede gelten. Es war eine gute.

Aber das brachte mich nicht davon ab, was ich ihm klarzumachen versuchte.

„Wenn du sie umbringst, Ty, wirst du allen in deinem inneren Zirkel wehtun. Nicht nur mir. Zur Hölle, Az' Phönix könnte dich durchaus daran hindern. Er hat vor ein paar Tagen versucht, Ajax zu töten, weil er sie verhört hat."

Ty zuckte zusammen und setzte sich auf unser Bett, während eine Vielzahl von Emotionen über sein sonst stählernes Antlitz wusch. Es waren Momente wie dieser, in denen ich das Herz meines Gefährten zu sehen bekam – das verwundbare Wesen, das er unter einem eisernen Schild des Selbstbewusstseins verbarg.

Doch jetzt sah er alles andere als selbstbewusst aus.

Er sah besorgt aus. Etwas gebrochen. Verloren.

„Sie ist eine Bedrohung", flüsterte er.

„Wenn die Quelle sie als solche sehen würde, hätte sie sie vernichtet. Aber sie hat ihr erlaubt, weiterzuleben."

„Indem sie sie zurück ins Reich der Sterblichen verfrachtet hat", bemerkte er.

„Ich glaube, sie hat sich selbst dorthin gebracht, weil sie nicht wusste, wie man zurück in unser Reich findet", sagte ich zu ihm. „Also ist sie an den letzten Ort zurückgekehrt, an dem sie sich sicher gefühlt hat. Das war nicht die Quelle. Das war sie ganz allein."

Ich brachte ihm sein Getränk, doch er nahm keinen Schluck davon, hielt es nur in seinem Schoß, während er mir in die Augen sah. „Warum hat sich einer der Stränge dann aufgrund ihrer Berührung schwarz verfärbt?"

„Vielleicht war es ein Zeichen. Vielleicht wollte sie dir zeigen, dass sie da war", meinte ich achselzuckend. „Mir fallen viele verschiedene Gründe ein, aber es wären allesamt nur Rateversuche."

Was es zu einem unnützen Spiel machte, zu versuchen, zu erörtern, warum die Quelle reagiert hatte, wie sie reagiert hatte. Der springende Punkt war, dass sie nicht versucht hatte, Camillia zu töten. Das musste etwas zu bedeuten haben, oder nicht?

Aber anstatt das laut auszusprechen, sagte ich: „Alles, was ich weiß, ist, dass die Quelle ein Teil von dir ist. Vita ist ein Teil von dir. Und diese beiden Teile haben sich Camillia geöffnet. Vielleicht ist sie eine Bedrohung. Oder aber vielleicht etwas ganz anderes. Aber du wirst es nie erfahren, wenn du nicht einmal versuchst, sie kennenzulernen."

„Was lässt dich glauben, dass sie mich überhaupt kennenlernen will?", fragte er, einen Hauch seiner Härte wieder auf seinem Gesicht auftauchend. „Oder vielleicht geht es genau darum … Vielleicht versucht sie, mich in eine Falle zu locken. Das sähe *ihr* ähnlich."

„Camillia ist nicht Vivaxia", sagte ich zu ihm, fürchtete mich nicht davor, den Namen dieses bösartigen Miststücks auszusprechen. „Aber am besten ließe sich das bestätigen, wenn du Cami besser kennenlernen würdest, findest du nicht? Und du hast recht: Vermutlich will sie dich im Moment nicht besser kennenlernen, weil du *ihr Leben bedroht hast.*"

Ein lauer Wind blies um seine Schultern und ließ sein langes

Haar flattern, wie es seine vormaligen Flügel immer getan hatten. „Deine Wut beunruhigt mich, Melek."

„Warum? Weil du sie mit deinem eigenen immerwährenden Feuer erwidern willst?", neckte ich ihn, war mir bewusst, dass mein König über genug Zorn verfügte, um das gesamte Universum tausende Male niederzubrennen. „Du hast meine intendierte Gefährtin bedroht. Es ist absolut nachvollziehbar, dass ich wütend bin."

„Ich versuche dich zu beschützen", gab er zähneknirschend von sich. „Und du zeigst dich unerhört undankbar."

Ich nahm einen Schritt zurück. Mir schmerzte das Herz. „Ich bin nicht undankbar, Typhos. Aber langsam beginne ich zu glauben, dass du es bist."

Die Wut wich seinem Gesicht und wurde ersetzt von einem reuigen Blick, der ihn so viel jünger erscheinen ließ als seine uralte Aura. „Melek ..."

„Ich weiß, dass du unter ganz schön viel Druck stehst, die Brautspiele weiterzuführen. Und ich weiß, dass die Sache mit den Portalen dich beunruhigt. Aber diesen Tonfall verbitte ich mir, Typhos. Und ich werde auch nicht zulassen, dass du Camillia De la Croix ohne Grund wehtust. Manchmal mausern sich jene, die wir als Bedrohung sehen, zu unseren Verbündeten. Aber nur, wenn wir es zulassen."

Viel mehr als das konnte ich nicht sagen, also verschwand ich in unseren Wandschrank, um mich umzuziehen. Camis Lust rauschte noch immer durch meine Adern, aber meine Stimmung war so tief gefallen wie Luzifer einst.

Ich war gerade dabei, mir meine Hose anzuziehen, als Ty hinter mir erschien, seine Arme um meinen nackten Oberkörper schlang und mich an seine Brust zog.

„Bitte geh nicht so, kleiner Prinz", flüsterte er. „Bitte." Er vergrub sein Gesicht an meinem Hals und sein Haar fiel über meine Schulter. „Ich werde dich immer beschützen, auch wenn du es nicht willst."

„Du musst mich nicht vor Camillia beschützen."

„Das kannst du nicht wissen." Er sprach mit sanftem Tonfall, jedoch entschlossenen Wortes. „Aber du hast recht. Ich kann mir nicht sicher sein, dass sie eine Bedrohung ist, bis ich sie richtig einschätzen kann. Aber ich hatte keine Zeit dafür."

„Ich weiß." Ich drehte mich zu ihm um und legte meine Hände an sein Gesicht. „Ich bitte dich nicht darum, es umgehend zu tun, aber ich ersuche darum, dass du nichts Unüberlegtes tust – wie zum Beispiel, sie zu töten, wenn sie die Quelle versehentlich erneut berührt."

Sein Kiefer spannte sich unter meinen Händen an. „Ich will nicht, dass sie der Quelle nahekommt."

„Ich bezweifle, dass sie sich der Quelle nähern will", sagte ich zu ihm. „Aber sie ringt damit, ihre Kräfte zu kontrollieren. Was mir sagt, dass sie nicht die geringste Ahnung hat, wer sie ist oder woher sie kommt."

„Ich würde Az ja erneut darauf ansetzen, nach ihrem Vater zu suchen, aber er muss auf die Engelsfeen konzentriert bleiben."

„Ja", stimmte ich zu. „Also ergibt es Sinn, Camillia fürs Erste hier bei Ajax zu belassen. So kannst du ein Auge auf sie haben und Ajax wird sie bewachen – während Az und ich unsere Jagd fortsetzen."

Die bisher leider nicht besonders erfolgreich verlaufen war. Aber wir gingen nach wir vor einigen Fährten nach. Wir waren nur zurückgekommen, um unsere Funde mit Ty zu teilen und unsere Vorräte aufzufrischen. Ich hatte mich um Ersteres gekümmert, bevor ich zu Camillia gegangen war, während Az ein paar Stunden mit Ajax gesparrt hatte und jetzt die Gegenstände zusammentrug, die wir brauchten.

Tys Stirn berührte meine. „Wie kann ich darauf vertrauen, dass Ajax sie bewacht, wenn er zu beschäftigt damit ist, sie zu ficken?"

„Dem möchte ich entgegensetzen, dass die Tatsache, dass er sie fickt, ihm umso mehr Motiv gibt, sie zu beschützen, Ty."

„Ich will nicht, dass sie *beschützt* wird, ich will, dass sie *bewacht* wird."

Meine Mundwinkel zuckten. „Diese beiden Bedürfnisse gehen oft Hand in Hand. Und unser Wärter ist für diese Position wie geschaffen."

Ty knurrte. „Das werden wir ja sehen."

„Du suchst nur nach einem Grund, um mit ihm zu spielen",

sagte ich zu ihm. „Du vergisst, wie gut ich dich kenne, mein König. Bestrafung ist, worauf du aufbaust, und Ajax hat sich deiner Meinung nach soeben eine verdient. Du bist nicht wütend. Du bist erregt. Oder irre ich mich?"

Seine blauen Augen glitzerten, als er mir in die Augen sah. „Er hat mir Anlass gegeben, sie von den Spielen zu disqualifizieren. Einen Grund, den ich als Erklärung für unsere Feen benutzen kann."

„Aber er ist keine Höllenfee", sagte ich. „Er kann sie nicht beanspruchen."

„Nein, aber er kann dafür bestraft werden, es versucht zu haben", sagte er. Der Hauch von Vorfreude, den ich bereits erwartet hatte, machte sich in seinen Worten bemerkbar. Er hörte sich nicht aufgeregt an und sah auch nicht so aus, aber wie ich ihm schon gesagt hatte: Ich kannte ihn gut.

„Und sie kann disqualifiziert werden, weil sie sich von seinen Mitternachtsfeen-Berührungen hat hinreißen lassen", ergänzte ich. „Richtig?"

Er nickte. „Sie ist nicht länger für die Spiele geeignet. Also werde ich sie dem Wärter überlassen, aber erst, nachdem ich ein Exempel an ihnen statuiert habe."

„Wie gnädig von dir", witzelte ich.

Er zuckte mit der Schulter. „Es ist besser, als die Wahrheit zu erklären. Vorerst, jedenfalls."

„Du könntest sagen, dass ich sie beansprucht habe. Das würde mir nichts ausmachen."

„Aber unseren Höllenfeen schon. Ich kann es mir nicht leisten, einige bevorzugt zu behandeln. Nicht nach allem, was geschehen ist."

„Und das schließt unseren Wärter mit ein", erwiderte ich, folgte seinem Gedankenstrang. „Du kannst sie ihm nicht einfach als Geschenk überlassen. Er muss sie sich verdienen."

„Oder dafür bestraft werden, versucht zu haben, sie sich ohne Zustimmung zu nehmen", konterte er.

„Sie zusammen in ein Zimmer zu sperren, war alle Zustimmung, die er brauchte, Ty."

„Er hätte es besser wissen sollen, anstatt etwas einfach so anzunehmen. In meinem Reich ist nichts, wie es scheint."

Meine Mundwinkel zuckten. „Na gut. Und du wirst sicherstellen, dass er das bald schon versteht."

„Das werde ich."

„Und du wirst es genießen", sagte ich, während meine Hand zu seinem harten Glied streifte und es durch die schwarze Hose hindurch streichelte. „Allein die Aussicht darauf erregt dich."

„Vielleicht habe ich ganz einfach vor, dich zu genießen", murmelte er. Seine Hand wanderte an meinen Hals und sein heißer Atem bewegte meine Lippen dazu, sich zu öffnen. „Soll ich mich vor dich hinknien, mein Prinz? Dir beweisen, wie dankbar ich bin, dass du in meinem Leben bist?"

Ich gab ein Summen von mir, dachte über das Angebot nach. „Es wäre ein guter Anfang der Entschuldigung, die ich hören will, ja." Nicht, dass er sie jemals laut aussprechen würde. Tys Version von Reue war üblicherweise eher physischer als verbaler Natur. Aber er konnte die Worte von Zeit zu Zeit von sich geben, wenn er das Gefühl hatte, dass sie wirklich vonnöten waren.

Seine Lippen streiften meine. „Dann lass mich das wiedergutmachen", sagte er und seine Hand wanderte mühelos in meine Hose, da ich sie noch nicht geschlossen hatte.

Eine weitere Explosion von Cami sauste im selben Augenblick durch meinen Körper, wie Ty meinen Schaft berührte und mich dazu brachte, angesichts seiner Berührung und Camis überwältigender Lust zu stöhnen.

Ich schluckte schwer und meine Gedanken wurden unter einer Welle heißer Lust begraben. „Versprich mir, dass du ihr nicht wehtun wirst, ohne vorher mit mir zu sprechen", schaffte ich von mir zu geben. „Schwöre es mir."

„Ich verspreche, dass ich ihr nicht wehtun werde. Es sei denn, sie stellt sich als Bedrohung heraus oder bringt dich in irgendeiner Weise in Gefahr", erwiderte er stattdessen.

Nicht perfekt.

Aber besser als vorher.

Damit kann ich arbeiten, beschloss ich und nickte. *Wir werden ihn mit der Zeit optimieren.*

„Du kannst mir jetzt deine Dankbarkeit entgegenbringen", sagte ich zu ihm.

Er lächelte an meinen Mund gepresst. „Mit Vergnügen, kleiner Prinz."

KAPITEL 27

AJAX

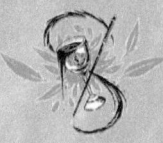

So schön, dachte ich, mein Blick auf Camillias ruhendem Körper verweilend. Sie schlief nicht, döste bloß in meinen Armen, während wir beide uns von unserer dritten Runde erholten.

Ihre Ausdauer ähnelte meiner, was meine Theorie, dass ihre sterbliche Seite sie zerbrechlicher machte, widerlegte. Was auch immer für Gene sie von ihrem Vater geerbt hatte, waren ganz offensichtlich mächtiger als die sterblichen Gene ihrer Mutter.

Irgendwie ergab es Sinn. Das Feenerbe der meisten Halblinge war oft stärker als ihr sterblicher Teil.

„Woran denkst du?", murmelte Camillia benommen. Sie sah mich mit ihren grauen Augen über meine Schulter hinweg benebelt an. Sie hatte ihren nackten Körper an meinen geschmiegt und ihr Arm lag auf meinem Bauch, während unsere Beine ineinander geschlungen waren.

„Dein Erbe", gab ich zu. „Oder viel eher an deine Ausdauer als Halbling und wie dein Höllenfeen-Erbe ganz klar überwiegt."

Sie dachte einen langen Augenblick darüber nach und runzelte die Stirn. „Das erinnert mich daran, was Melek vorhin gesagt hat."

Ich strich mit meinen Fingern durch ihr dunkelblondes Haar und fragte: „Was hat er gesagt?"

„Dass er bezweifelt, dass es das Buch war, das mich zur Quelle gebracht hat. Er glaubt, dass ich es selbst getan habe." Ihren sturmgrauen Augen wohnte ein Hauch Besorgnis inne. „Wenn dem so war, habe ich es nicht mit Absicht getan. Und ich habe nicht die leiseste Ahnung, wie es mir gelungen ist."

Ich war mir nicht sicher, ob sie mir das offenbarte, weil sie davon ausging, dass ich es bereits wusste, oder ob sie einfach bloß mit jemandem darüber sprechen wollte. Vermutlich beides.

„Er hat mir gesagt, dass ich öfters in Vita lesen soll, dass ich darauf vertrauen muss, dass das Buch mich führen wird", fuhr sie fort. „Er hat auch gesagt, dass das Buch ein Teil von Luzifers Seele ist."

Ich zog meine Augenbrauen hoch. „Das alles hat er dir gesagt?"

Sie nickte. „Ich bin mir nicht sicher, was ich davon halten soll. Das alles ... ist ganz schön viel auf einmal. Selbst der Architekt der Mitternachtsfeen-Quelle hat angedeutet, dass etwas an mir einzigartig ist. Aber was könnte es sein? Mein Vater war nur eine normale Höllenfee."

„Vielleicht war er doch nicht so normal", meinte ich. „Ich meine ... Er war in der Lage, Az' Phönix zu entgehen. Genau wie du."

„Vielleicht hat er sich in der Nähe der Quelle versteckt ...?", fragte sie mit gerunzelter Stirn. „Würde Luzifer ihn dort nicht spüren können?"

„Das könnte man denken, aber er hat dich nicht gespürt, oder?"

„Ich weiß es nicht", gab sie zu. „Aber wenn er es wieder tut, bin ich eine tote Fee."

„Vielleicht, vielleicht auch nicht", sagte ich. „Ich weiß, dass er das gesagt hat, aber wenn das, was Melek dir gesagt hat, wahr ist und er dich zu seiner Gefährtin machen will, glaube ich nicht, dass es so simpel sein wird."

Sie kaute auf ihrer Unterlippe herum und runzelte ihre Stirn erneut. „Ich weiß auch nicht, was ich davon halten soll. Ich bin mir nicht sicher, ob ich einen Gefährten haben will. Ich ... Ich bin ganz allgemein nicht sicher, was ich will."

„Nicht direkt, was die meisten Männer hören wollen,

nachdem sie mehrere Stunden mit einer Frau im Bett verbracht haben", witzelte ich. „Aber ich kann das verstehen."

Und meinte es auch so. Ich hatte selbst nicht die geringste Ahnung, was ich wollte. Alles, was ich wusste, war, dass ich Camillia wollte. Aber ich konnte sie nicht für längere Zeit behalten. Also würde ich sie genießen, solange ich konnte, und alles andere auf mich zukommen lassen.

Eine unangenehme Empfindung braute sich in meiner Brust zusammen. Eine, die mich wiederholt an die Vergangenheit und die Personen erinnerte, die ich verloren hatte.

Camillia war mir unter die Haut gegangen, vielleicht hatte sie sich sogar einen Weg in mein eiskaltes Herz gebahnt. Aber ich war ein Realist. Ich wusste, dass das hier keine Zukunft hatte. Luzifer würde es nie zulassen.

Es sei denn, Az hat recht und er will mich bloß dafür bestrafen, Spaß zu haben.

Was würde das bedeuten? Wie würde sich das gestalten? Für mich? Für Camillia? Für Az? Dachte Luzifer längerfristig und benutzte mich bloß als Schachfigur, um ein viel größeres Ziel zu erreichen?

Oder tut Melek es vielleicht?, fragte ich mich in der nächsten Sekunde. *Versucht er mich an einen gewissen Ort zu manövrieren?*

Luzifer und Melek waren mir immer schon ein Rätsel gewesen. Obwohl ich Luzifers Absichten hinsichtlich der Albtraumfeen und des Reiches der Höllenfeen verstand, so hatte ich ihn – den Mann, hinter der Maske des Höllenfeen-Königs – nie ganz verstanden.

Aber Az tut es, sinnierte ich. *Und Az glaubt, dass Luzifer mit mir spielt.*

„Du siehst schon wieder in Gedanken verloren aus", sagte Camillia leise und streichelte mir mit der Hand übers Gesicht. „Denkst du darüber nach, was ich gesagt habe, oder an etwas anderes?"

Ich dachte einen Moment lang über die Frage nach, wog ab, wie ich darauf antworten sollte.

Sie war ehrlich zu mir gewesen, also wollte ich den Gefallen erwidern.

Vorwiegend, weil wir ein gutes Gleichgewicht in unserer

Verbindung erreicht zu haben schienen. Eines, das ich nicht stören wollte.

„Ich denke über etwas nach, das Az mir vorhin gesagt hat." Ich räusperte mich, versuchte einen Weg zu finden, um es in angemessene Worte zu fassen, beschloss dann jedoch, unverblümt zu sein. „Er hat nicht verstehen können, warum ich mich davon abgehalten habe, dich anzufassen, also habe ich ihm gesagt, dass ich vermute, dass Luzifer mich auf den Prüfstand stellt. Az hat gelacht und mir sozusagen gesagt, dass jeder Test von Luzifer dazu bestimmt ist, den Prüfling scheitern zu lassen, weil der König der Höllenfeen gerne Strafen erteilt."

Sie riss ihre Augen auf. „Darum hast du mich nicht angerührt? Weil du glaubst, dass es ein Test ist?"

„Ich weiß, dass es ein Test ist", erwiderte ich. „Es gibt einen Grund, warum er mir aufgetragen hat, dich zu bewachen. Er wollte herausfinden, ob ich der Versuchung widerstehen oder, wenn es nach Az geht, wie lange ich mich beherrschen konnte."

Sie rümpfte ihre Nase. „Oh, das verheißt nichts Gutes."

Ich zuckte mit der Schulter. „Ich bin zum Schluss gekommen, dass eine Erinnerung mit dir, was auch immer für eine Strafe Luzifer mir dafür erteilt, es wert ist."

Camillia erschrak über meine Worte. „Du ... Zu diesem Schluss bist du gekommen?"

Ich nickte, dann zuckte ich abermals mit der Schulter. „Ich bereue es nicht, Camillia. Ich glaube, ich hätte es bereut, dich nicht noch einmal zu ficken." Ich strich mit meinen Lippen über ihre Stirn. „Ich *weiß*, dass ich es bereut hätte."

Sie starrte mich einen langen Augenblick mit emotionsgeladenem Blick an. „Ich glaube, das war das Netteste, das du je zu mir gesagt hast."

Ein Grinsen breitete sich auf meinen Lippen aus und ein Lachen kitzelte meine Brust. „Ich bin mir ziemlich sicher, dass ich deiner Muschi während der letzten Runde dutzende Male Komplimente gemacht habe. Gilt das nicht auch als nett?"

Sie rollte ihre Augen. „Männer sagen so einiges, was sie nicht meinen, wenn sie sich in den Wogen der Lust befinden."

„Das stimmt, aber ich habe jedes einzelne Wort so gemeint."

„Na ja, ich glaube dennoch, dass zu sagen, dass eine

Erinnerung mit mir zu schaffen es wert ist, bestraft zu werden, netter ist", erwiderte sie. Ihre Stimme nahm gegen Ende des Satzes einen sanfteren Tonfall an. „Es ist beinahe, als würdest du mich jetzt aufrichtig mögen, Wärter."

„Ich glaube, das tue ich, Rebellin", erwiderte ich.

„Dann könntest du vielleicht damit anfangen, mich *Cami* anstatt *Camillia* zu nennen. Das hast du schon einige Male vor ... dem Vorfall getan."

„Dem Vorfall?", wiederholte ich. „Du meinst damals, als du weggelaufen bist?"

Sie kniff ihre Augen zusammen. „Ich bin nicht weggelaufen. Jedenfalls nicht absichtlich. Aber wenn du ..."

Ich griff nach ihren Hüften und kitzelte sie, was ihr einen schockierten Laut entlockte, während sie sich zu winden begann.

„Hey!"

Ich setzte meinen Angriff fort, zog sie unter mich und sie kicherte und wehrte sich, versuchte meine Hände von sich zu streifen und sich aus meinem Griff zu winden.

Als ich sie genau da hatte, wo ich sie haben wollte, drückte ich meine Hüften an ihre, packte ihre Handgelenke und zog diese über ihren Kopf. Sie keuchte und ihr entfuhr ein sanftes Lachen, als die übrigen Empfindungen in ihre Nervenenden fanden.

Ihr wunderschönes Lächeln brachte mich zum Grinsen und ihre Augen glichen tosenden Sturmwolken. Es war eine berauschende Kombination, eine, die mich ihre Nase und ihre Wange küssen ließ. „Ich weiß, dass es nicht deine Absicht war, wegzulaufen", flüsterte ich leise. „Ich glaube dir, *Cami*."

Sie erschauderte unter mir und die Sturmwolken in ihren Augen verwandelten sich umgehend in einen lusterfüllten Blick. Ihr Körper schien sich auf eine vierte Runde vorzubereiten.

Ich war genauso bereit wie sie, was mein hartes Glied bestätigte, das gegen ihren Bauch gepresst war.

Doch gerade, als ich sie küssen wollte, sprach eine tiefe Stimme: „Achtung, Königreich der Höllenfeen."

Ich erstarrte über Cami gelehnt und sah umgehend zum schwarzen Bildschirm, der in der Ecke des Schlafzimmers stand. Darauf erschien Luzifers Gesicht, sein Oberkörper in den üblichen schwarzen Anzug gehüllt. Cami folgte meinem Blick und ihr schneller pochender Puls dröhnte in meinen Ohren.

„Ich weiß, dass ihr alle gebannt auf ein Update hinsichtlich der Brautspiele wartet", fuhr Luzifer fort. „Nach weitschweifenden Überlegungen, haben wir beschlossen, die Spiele in zwei Tagen fortzusetzen. Wie bei den letzten Spielen, werde ich eine Zuschauerparty im Fegefeuer organisieren. Alle Höllenfeen sind herzlich eingeladen."

Ja, aber Mitternachtsfeen nicht, dachte ich. Was nicht ganz stimmte. Wenn ich ins Fegefeuer gehen wollte, würde Luzifer es mir erlauben. Aber ich fühlte mich angesichts meiner Wurzeln im Klub nie besonders willkommen, also hatte ich nicht viel Zeit dort verbracht.

„Wenn ihr eine der Kandidatinnen sponsert", fuhr Luzifer fort, „empfehle ich euch Geschenke, die im Marschland von Nutzen sind. Wie letztes Mal werde ich nicht detaillierter auf die Spiele eingehen und euch nur den Standort verraten. Es wird keine Sonderbehandlungen geben."

„Marschland?", flüsterte Cami. „Darüber habe ich doch vorhin zu lesen begonnen."

Ich nickte, kannte das Buch, für das sie sich entschieden hatte.

„Ich möchte zudem erwähnen, dass die Spiele nicht im Königreich des Jenseits oder dem Königreich der Träume abgehalten werden. Die Herrscher jener Königreiche halten ihre eigenen Spiele mit den Bräuten der Nacht der Monster ab. Diese Bräute werden nicht für die Verbindung mit Höllenfeen bereitstehen."

Er hielt inne und sein Gesichtsausdruck sagte dem Königreich, dass er sich in diesem Punkt nicht umstimmen lassen würde.

„Wenn ihr Fragen habt ... Ich werde in zwei Tagen im Fegefeuer sein, um euch zu empfangen", schloss er.

„Danke und gute Nacht."

Der Bildschirm wurde schwarz.

Ich schluckte schwer. *Die Brautspiele werden wieder aufgenommen.* Ich war nicht direkt überrascht darüber, aber ich hatte gedacht, dass Luzifer warten wollen würde, bis das Problem mit den Portalen beseitigt wäre. Offenbar nicht.

„Also ..." Cami verstummte. Ihre Stimme erinnerte mich daran, dass ich nach wie vor auf ihr lag. Ich rollte zur Seite und sie drehte sich mit mir, sodass wir beide auf demselben Kissen lagen. „Müssen wir, ähm, ins Fegefeuer reisen, um ... zuzusehen?"

„Vermutlich nicht. Es wäre zu riskant für dich als einzige Frau im Raum, und ich bin als Außenseiter nicht direkt willkommen dort."

Sie runzelte die Stirn. „Du bist ein Außenseiter?"

„Ich ... bin eindeutig anders. Eine Mitternachtsfee mit Verbindungen zur Quelle der Höllenfeen. Nur so konnte ich zum Wärter werden." Ich erklärte ihr, wie Zakkai meine Kraft neu angelegt hatte, damit sie eine Mischung aus beiden war. „Er hat mich sozusagen in eine Abscheulichkeit verwandelt."

„Melek hat gesagt, dass sie diesen Begriff hier nicht gerne hören. Er hat sie stattdessen ‚missverstandene Kreaturen' genannt."

Ich lächelte. „Dann bin ich eine missverstandene Kreatur."

„Das bist du wirklich", stimmte sie zu, was mein Lächeln breiter werden ließ. „Aber ich glaube nicht, dass du ein Außenseiter bist. Vermutlich sind sie eifersüchtig, weil Luzifer dir Gnade gezeigt hat. Du hast einen Titel und du stehst ihm weitaus näher als die meisten."

„Wegen Az."

„Warum wegen Az?"

„Weil Az mit Luzifer verbunden ist. Und Melek auch", erklärte ich.

Sie riss ihre Augen auf. *„Sie sind Gefährten?!"*

Ich lachte. „Ja, so habe ich auch reagiert, als er mir das erzählt hat. Aber es ist eine andersartige Verbindung. Sie sind eher beste Freunde als Liebhaber. Melek hingegen ..."

„Ist sein Prinz", beendete sie den Satz an meiner Stelle.

„Ja. Aber Az ist ihm genauso wichtig und Az' Freundschaft zu mir hat eine einzigartige Bindung zwischen mir und Luzifer geschaffen. Aber wir stehen uns nicht nahe. Nicht wirklich."

„Aber näher als die meisten", wiederholte sie. „Also glaube ich, bist du kein Außenseiter. Du ... wirst nur beneidet."

„Vielleicht", stimmte ich zu. „Aber, um auf deine Frage zurückzukommen ... Ich hege kein Interesse daran, ins Fegefeuer zu reisen. Und ich bezweifle stark, dass Luzifer dich dort einlassen wird. Also können wir uns die Spiele hier ansehen, wenn du willst. Das wird eine gute Lektion in Sachen Höllenfeen für dich sein."

„Es wird irgendwie seltsam sein, sie mir anzusehen, nachdem ich sie durchlebt habe", sagte sie nachdenklich. „Vor allem jetzt, wo ich doch einige der Kandidatinnen kenne."

„Das stimmt. Oder aber es könnte dir eine einzigartige Perspektive verschaffen", meinte ich. „Und dann weißt du wenigstens, ob sie in Sicherheit sind."

„Oder ob sie sterben", flüsterte sie und erschauderte.

„Nur jene, die den Tod wirklich verdienen, sterben."

„Wenn die Quelle herausfindet, dass sie üble Absichten haben", ergänzte sie. „Ja. Ich erinnere mich daran, dich das sagen gehört zu haben."

„Dir die Spiele anzusehen, würde dir zeigen, dass es stimmt", sagte ich ausweichend. „Es könnte dir zeigen, was passiert."

„Weil ich die Schimären durchschauen kann?", fragte sie.

Ich runzelte die Stirn. „Schimären?"

„Die optischen ... Was auch immer ..." Sie zog ihren Mund zur Seite. „Vielleicht existieren sie nicht auf dem Bildschirm und nur auf dem Spielfeld."

„Ich bin mir nicht sicher, wovon du sprichst. Also vielleicht schon."

„Dann könnte es vielleicht interessant sein, die Spiele zu verfolgen." Ihr Blick wurde nachdenklich. „Gibt es einen Weg, herauszufinden, wie es den Kandidatinnen geht, die ich kenne?"

„Vermutlich gibt es einen offenen Feed auf dem Bildschirm, ja."

Sie drückte ihren Kopf ins Kissen und nickte. „Vielleicht wäre ich interessiert daran. Aber zuerst will ich mehr über das Marschland erfahren."

„Damit kann ich dir behilflich sein. Vermutlich mehr als das Buch. Wir können auch Aufnahmen von den Nagas und den Unseelie beschaffen. Das wird dir dabei helfen, sie etwas besser zu verstehen."

Ihr Ausdruck sagte mir, dass sie nicht sicher war, ob sie sie verstehen wollte oder nicht, aber sie nickte dennoch. „Okay. Aber können wir morgen damit anfangen? Ich glaube, ich möchte einfach noch ein bisschen unter uns sein, wenn das in Ordnung ist."

Ein Lächeln zog auf meinen Lippen auf. „Das würde mir gefallen."

„Dann werden wir die Höllenfeen-Schulung morgen weiterführen", murmelte sie.

„Ja, morgen", stimmte ich zu und lehnte mich zu ihr.

Dann küsste ich sie, weil ich es konnte.

Weil ich es wollte.

Weil es sich richtig anfühlte.

Ich verlor mich in der Gegenwart, weil die Zukunft bis morgen warten konnte.

KAPITEL 28

CAMI

ZWEI TAGE SPÄTER

„Hmm", summte ich leise, während ich verträumt und eingenommen von einem angenehmen Gefühl der Befriedigung in die Küche lief, während Ajax sich anzog.

Er hatte den Morgen damit zugebracht, mich von den heutigen Ereignissen abzulenken – und das mehr als nur einmal. Aber jetzt, wo ich vor der Espressomaschine stand, begann die Realität mich einzuholen.

Heute werden die Brautspiele fortgesetzt. Im Marschland.

Soweit ich verstanden hatte, was Ajax mir erzählt hatte, wurde das Marschland mehrheitlich von den Nagas und den Unseelie bewohnt. Es handelte sich dabei um zwei verschiedene Arten von Albtraumfeen, was bedeutete, dass die Bräute vermutlich mindestens zwei Spiele erwarteten – ähnlich wie in der ersten Runde bei den Zentauren und Minotauren.

Ich kaute auf meiner Unterlippe herum, während ich die Maschine so programmierte, dass sie mir eine Tasse Kaffee zaubern würde.

„Wenn die Quelle bereits jene beseitigt hat, die schlechte Absichten haben, dann sollte dieses Mal niemand sterben, oder?", hatte ich Ajax gestern gefragt.

Er hatte seinen Kopf geschüttelt. „Nur weil man sie nicht in der ersten Probe erwischt hat, heißt das nicht, dass sie dieses Mal nicht auffallen werden. Es gab über sechshundert Bräute. Das sind ganz schön viele Auren, die die Quelle prüfen muss."

Was bedeutete, dass wir heute vielleicht so einige grausame Tode in der Live-Übertragung sehen würden.

Ich sah zum großen schwarzen Bildschirm und dachte an die verschiedenen Kanäle, die ich entdeckt hatte, und die Aufnahmen, die vermutlich darauf zu sehen waren.

Wie bereiten sich die Bräute vor?, fragte ich mich. *Wie viel wissen sie über das Gebiet?*

Ajax hatte gesagt, dass die Sponsoren die Bräute technisch gesehen warnen und ihnen vielleicht sogar sagen konnten, in welchem Königreich die Probe stattfand und was für Albtraumfeen sie heute erwarten sollten. Denn der Zweck eines Sponsoren war jener, dass er sicherstellte, dass die Braut lange genug überlebte, um von einer Höllenfee auserwählt zu werden.

„Irgendwie scheint es mir kontraproduktiv für einen Sponsoren, seiner Braut bei der Albtraumfeen-Probe zu helfen, da das bedeuten könnte, dass er sie an ein anderes Königreich verliert", hatte ich zu Ajax gesagt. „Sind sie denn nicht eher dazu geneigt, zu versuchen, ihrer Kandidatin, ich weiß nicht, beim Schummeln zu helfen?"

„So sind Höllen- und Albtraumfeen nicht gestrickt", hatte er erwidert. „Sie unterstützen einander, auch wenn sie im Wettstreit liegen. Außerdem soll dieser erste Wettbewerb zeigen, dass die Brautspiele gute Erfolge erzielen, damit Luzifer in einem Jahrtausend wieder welche organisiert."

„Er hat vor, das hier noch einmal zu tun?"

„Nur, wenn sie sich als lohnenswert herausstellen."

Ich hatte geschlossen, dass es darauf ankam, wie viele Bräute es am Ende schafften. Als ich letzten Monat in der Arena gewesen war, hatte ich das Gefühl gehabt, dass mindestens die Hälfte aller Bräute umgekommen war. Doch offenbar waren weniger als zwanzig umgekommen und sechzig Bräute waren ins Ödland zu den Zentauren und Minotauren gebracht worden.

Was etwas weniger als sechshundert Kandidatinnen für die heutige Probe übrigließ, da Luzifer mit sechshundert-sechsundsechzig Frauen begonnen hatte.

Das Piepsen der Maschine gab mir zu verstehen, dass mein

Kaffee bereit war. Ich griff nach der Tasse und dachte darüber nach, ob ich ihn schwarz wollte oder nicht. Irgendwie schien es angemessen, ihn angesichts der bevorstehenden Ereignisse schwarz zu trinken.

Wie es den Bräuten wohl geht?, fragte ich mich und dachte an jene, die ich kannte.

Vermutlich saßen sie jetzt alle beisammen und warteten auf das Unvermeidbare. Ich hatte dieses Treffen das letzte Mal versäumt, weil ich dank Meleks Mätzchen in einer Gefängniszelle festgesteckt hatte.

Ich nahm einen Schluck Kaffee und sah erneut zum Bildschirm. Ein Teil von mir wollte die Bräute nicht wiedersehen.

Nicht alle von ihnen waren gütig gewesen. Und diejenigen, die es gewesen waren ... Mit ihnen hatte ich Mitgefühl. Aber ein stärkerer Teil von mir wollte bei ihnen sein und sie unterstützen.

Dieser stärkere Teil bewegte mich dazu, zum Bildschirm zu laufen und ihn mit dem Befehl anzumachen, der Ajax mir beigebracht hatte.

Ich musste nicht nach dem Kanal suchen, den ich brauchte, weil er schon auf mich zu warten schien. Das aufgeregte Geschnatter von Frauen erfüllte den im Übrigen stillen Raum.

Ich zog meine Augenbraue überrascht hoch. Ich hatte nicht so viel Enthusiasmus erwartet.

Es sei denn, die Kameras sind absichtlich nur auf diese Gruppe gerichtet und nicht auf die anderen.

Ich konnte ein paar verängstigte Kandidatinnen im Hintergrund sehen, aber nicht viele. Die meisten lächelten, einige von ihnen machten Dehnübungen und mehrere präsentierten den anderen ihre Geschenke.

Während ich es mir auf dem Sofa gemütlich machte und meine Kaffeetasse umschloss, konnte ich einige bekannte Gesichter ausmachen. Eine Frau mit einem Punker-Look, der ich in der Zentauren-Probe begegnet war, und eine weitere Frau namens Sarah, die ich auf dem Weg zur Bibliothek gesehen hatte.

Eine Gruppe stach heraus, weil sie weitaus mehr ‚Geschenke‘ als die anderen hatte. Es war jedoch ihre Attitüde, die sie verriet.

„Die Elite-Gruppe", sagte ich zu mir selbst, erinnerte mich an die Gruppe von Bräuten, denen ich in einer der Spiele begegnet war.

Sie waren vorbereitet, arrogant und *unhöflich* gewesen. Aber mit dem Wissen, das ich jetzt besaß, verstand ich sie besser. Sie hatten ihr ganzes Leben lang hierfür trainiert.

Sie ... hatten sich darauf gefreut.

Und ihre nach hinten gerollten Schultern und gereckten Kinne deuteten an, dass sie sich nicht im Geringsten verändert hatten.

Sie waren im wahrsten Sinne des Wortes Höllenfeen-Bräute. Wunderschön. Mächtig. Selbstbewusst.

Und ganz offensichtlich hatten sie jede Menge Geschenke von Höllenfeen-Verehrern eingeheimst. Ich konnte die Magie beinahe vom Bildschirm triefen sehen, als ich sie mir näher ansah.

Die engen Ledersachen zeigten jede Menge Haut, aber ihnen wohnte ein magisches Schimmern inne, das mir sagte, dass sie speziellen Schutz zur Verfügung hatten – wie so manche, die Talismane trugen, die jenem ähnlich sahen, den Melek mir gegeben hatte.

Die Talismane, die sie trugen, waren zwar nicht identisch, aber sie bargen zweifellos Magie. Mir fiel auf, dass eine von ihnen eine Halskette aus purem Feuer hatte, das sie jedoch nicht verbrannte. Es schien sie viel eher zu wärmen.

„Ich hoffe, dass wir zuerst ins Gebiet der Unseelie reisen", informierte sie die anderen. „Dort werde ich mit meiner neuen Magie einigen ganz bestimmt den Kopf verdrehen." Sie zeigte die Flammen, die an ihren Fingern züngelten. „Mein Sponsor hat mir beigebracht, wie man Höllenfeuer hochbeschwört."

Ein weiteres Mädchen, die bis auf die Zähne mit Messern bewaffnet war, rümpfte ihre Nase. „Aber Unseelie mögen kein Feuer."

Gemäß dem, was ich über die Unseelie gelesen hatte, stimmte das. Was darauf hindeutete, dass die Elite-Bräute ihre Hausaufgaben gemacht hatten.

Verraten ihre Sponsoren ihnen diese Details? Oder haben ihre Eltern sie vorbereitet?

Eine Höllenfee zum Vater zu haben, würde einer Kandidatin

definitiv einen Vorteil verschaffen. Vorausgesetzt, dass er ihr von den Albtraumfeen erzählt hatte.

Meiner hatte es jedenfalls nicht.

Aber immerhin hatten meine Eltern mich auf eine bizarre Art und Weise vorbereiten wollen, wenn der Granaten-Kuchen zum Geburtstag ein Hinweis war. Mein Vertrauen in sie war so gut wie nicht vorhanden und wegen ihrer merkwürdigen Ausbildung war ich sehr gut darin, zu überleben.

Aber in Sachen Gefährten hatte nie jemand Erwartungen an mich gestellt.

Meine Eltern hatten sich wenig bis gar nicht für mein Liebesleben interessiert. Mal abgesehen davon, dass sie mich immerzu daran ermahnt hatten, dass Feenmänner über natürliche Verhütung verfügten. Sie konnten sich nur fortpflanzen, wenn sie es wollten, und typischerweise nur mit einer Gefährtin – weshalb ich eine Fee wie Ajax genießen konnte, ohne mir den Kopf über ansteckende Krankheiten oder Schwangerschaften zu zerbrechen.

Also gab es keine Feeling-Unfälle.

Bei sterblichen Männern sah das anders aus.

Was bedeutete, dass ich gewusst hatte, dass sie meine Zeugung geplant hatten. Leider wusste ich jetzt auch, warum.

Ich war nur ein Vermögenswert gewesen, den mein Vater an Luzifer hatte veräußern können.

Der Preis für den Vater des Jahres geht an ... meinen guten alten Papa.

„Ich weiß", erwiderte die erste Braut und ballte ihre Faust. „Es geht mir auch nicht darum, die Albtraumfeen zu beeindrucken. Ich mag meinen Höllenfeen-Gönner. Also werde ich diese Probe gewinnen, indem ich ihnen mehr Probleme bereite, als ich wert bin."

Stimmt ... Weil eine Probe nicht zu bestehen nach wie vor zum Tod führte. Was den Kandidatinnen zwei Optionen ließ: Entweder wurden sie zu Albtraumfeen-Bräuten und lebten mit den Monstern in den ungastlichen Gebieten oder aber sie hielten bis zum Ende der Spiele unversehrt durch und wurden zu einem Mitglied von Luzifers Hof.

Eine weitere Kandidatin schnaubte und verschränkte ihre

Arme. „Du willst wirklich eine Höllenfeen-Braut sein und im Königreich der Höllenfeen leben? Ich nicht. Mein Sponsor ist so nervtötend. Ich würde lieber im Sumpf leben als mit ihm."

Ich zuckte zusammen, als mir dämmerte, dass diese Frau vermutlich nicht wusste, dass ihre Aussage derzeit im Fernsehen ausgestrahlt wurde.

„Ich hoffe, dass ein Naga mich auserwählt", ergänzte sie mit einem Zwinkern. „Wie ich gehört habe, haben sie einzigartige ... *Flossen.*"

Sie schien zufrieden mit sich selbst, bis ein Blitz durch ihre Halskette rauschte und sie zerstörte.

Ein anderes Mädchen, welchem ich während der ersten Spiele den Spitznamen ‚Königin der Miststücke' gegeben hatte, lachte schallend. „Du bist so ein Dummkopf. Wir sind vermutlich in Echtzeit im Fernsehen zu sehen und dein Sponsor hat dich gerade gehört. Und jetzt ist dein Geschenk dahin. Viel Glück dabei, die Probe jetzt noch zu bestehen."

Sie machte ein langes Gesicht und die Kamera schwenkte über zur anderen Seite des Zimmers, wo die weniger erfreuten Kandidatinnen standen und nicht so viele Geschenke wie die Elite-Truppe zu haben schienen.

„Was ist ein Unseelie?", flüsterte eine Frau der anderen zu.

„Nicht den leisesten Schimmer. Was ist ein Naga ...?"

„Ich habe gehört, dass es einen geheimen Abschnitt in der Bibliothek gibt, wo man mehr über die Spiele und die Monster erfahren kann, denen wir entgegentreten müssen. Die Elite-Bräute scheinen zu wissen, wo er sich befindet, aber sie verraten es uns nicht."

Aha, das erklärt, woher sie ihr Wissen haben. Obschon ich mir fast sicher war, dass ihnen ein Elternteil oder ein Sponsor ihnen von diesem geheimen Abschnitt erzählt hatte. Wie dem auch war, sie hatten den anderen gegenüber einen Vorteil.

Aber das bestätigte nur, dass die Bräute genauso schlecht vorbereitet waren wie bei der letzten Probe.

Was haben sie dann den ganzen letzten Monat getrieben?

Ajax kam aus dem Schlafzimmer. Sein feuchtes Haar hing attraktiv in seine Stirn. Er sah auf den Bildschirm und gab ein Summen von sich, während er sich neben mich auf das Sofa setzte und sich im nächsten Moment mittels Magie eine Tasse Kaffee in seinen Händen materialisierte.

„Wie ich sehe, haben die Bräute ihr letztes Mahl", murmelte er, während er das Geschehen auf dem Bildschirm verfolgte. „Das bedeutet, dass die Spiele in zwei oder drei Stunden beginnen werden."

Ich schluckte schwer. „Okay." Luzifer hatte zwar keine Uhrzeit angegeben, aber Ajax schätzte, dass dieses Spiel, wie das letzte, am Mittag gestartet werden würde.

„Der wahre Zweck des Mahls ist nicht, ihnen etwas zu essen zu geben. Sondern das hier." Er deutete mit seinem Kinn auf die Live-Übertragung. „Es ist ein Test. So will man sichergehen, dass sie das Herz am rechten Fleck haben."

„Schätze, das erklärt, warum eines der Mädchen gerade ihr Geschenk verloren hat. Sie hat ziemlich unschöne Dinge über ihren Sponsor gesagt."

Ajax knurrte. „Ja, das hat man davon."

Ich runzelte die Stirn. „Okay, aber eine Braut kann nur ein Geschenk gewinnen, indem sie mit einem Sponsor flirtet, was ... falsch ist. Oder nicht? Und sie dafür zu bestrafen, dass sie genau das tun, was sie tun sollten ...""

Vermutlich ergab das, was ich sagte, keinen Sinn. Irgendwie haderte ich damit, diesen ganzen *Sponsoring*-Mist zu begreifen. Außerdem konnte ich die Elite-Bräute nicht leiden, hatte aber dennoch Mitgefühl mit dem Mädchen, das ihr Geschenk verloren hatte. Sie hatte nur das Spiel gespielt, wie es gespielt werden sollte.

„Niemand wird bestraft", sagte Ajax, sein Blick auf den Bildschirm gerichtet. „Das ist bloß eine Konsequenz. Wenn eine Höllenfee eine Kandidatin beschenkt, dann, weil er will, dass die Braut überlebt, damit sie zu seinem wird. Wenn sie ihn nicht will, dann sollte sie sein Geschenk nicht haben. Es wäre besser für sie, sich nach einem anderen Verehrer umzusehen."

„Okay. Mal abgesehen davon, dass ich dachte, dass es darum ging, das Überleben der Bräute zu sichern. Wenn nicht für die Höllenfee, dann wenigstens für die potenzielle Verbindung mit einer Albtraumfee."

„Stimmt", sagte er. „Aber wenn sie versucht, das Spiel zu

ihrem Vorteil zu nutzen, dann könnte es durchaus sein, dass sie keiner von beiden Spezies würdig ist. Oder vielleicht ist sie die ideale Kandidatin für eine andere Albtraumfee. Dann wiederum mögen Unseelie Betrüger, also könnte dieses Spiel durchaus ihr Schicksal sein."

„Sehen sie sich die Übertragung auch an?"

„Ich bin mir nicht sicher", gab er zu. „Ich habe die Spiele nur auf dieser Seite des Reiches ausgestrahlt gesehen, nicht auf der Seite der Albtraumfeen."

„Also könnte es sein, dass sie nicht wissen, was sie getan oder gesagt hat."

„Vielleicht nicht, aber sie sind intuitiv agierende Kreaturen, die über gute Intuition verfügen ..." Er wedelte mit der Hand in Richtung Bildschirm und murmelte einen Befehl, der den Kanal wechselte. „Ja, ich habe mir schon gedacht, dass das läuft. Vor den letzten Spielen mit den Zentauren und Minotauren ist die Sendung auch gelaufen. Sieh dir das an."

Das Bild ging von Brautkandidatinnen über zu einem moorigen Gebiet, aber nicht alles war von nassem Laub bedeckt.

In der Ferne schien etwas in die Höhe zu ragen. Etwas, das farbig glitzerte. Ajax bewegte seine Hand, woraufhin der Gegenstand näherkam, was mir das Gefühl gab, über das moorige Königreich zu fliegen. Dann kam ein wunderschönes Schloss in Sicht. Die Türme waren von Ranken umgeben, die voller Kraft glitzerten.

Herumflatternde Kreaturen kamen und verschwanden immer wieder, was mich glauben ließ, dass es sich um eine Störung auf dem Bildschirm handelte.

Doch dann war eine Männerstimme aus den Lautsprechern zu vernehmen. „Wir ehren den Brautgarten."

Ich blinzelte ein paarmal, während die Kamera durch das Schloss, vorbei an verschiedenen Korridoren mit lebenden Blumengestecken und nassen Fußabdrücken auf dem spiegelähnlichen Stein flog.

Das Bild auf dem Bildschirm folgte einer Art unsichtbarem Wesen. Bis auf die schimmernde Magie, die aus dem Bildschirm zu dringen schien, konnte ich nicht viel erkennen.

Als das Etwas erreichte, was ich nur als feenähnlichen

Friedhof beschreiben kann, atmete ich scharf ein. Anders als das Königreich des Jenseits roch es nicht nach Tod und Verwesung. Das hier erinnerte eher an die Verlorenen und steckte voller Leben.

Statuen von lebensechten, wunderschönen weiblichen Wesen mit durchsichtigen, seidenen Flügeln erhoben ihre Hände gen Himmel. Sie trugen Blumen, die an Reben wuchsen und die Frauen in einer Umarmung umschlossen. Ihre Steine bestanden aus demselben spiegelnden Material, das mich an bewegtes Wasser erinnerte.

Was mich seltsam melancholisch stimmte, war, dass ihnen Tränen aus spiegelähnlichem Stein aus ihren Augen kullerten.

„Was ist das?", fragte ich.

Ajax streckte seinen Arm hinter mir auf der Sofalehne aus und sagte: „Das ist alles, was von den Unseelie-Frauen noch übrig ist. Abgesehen von einer kleinen Handvoll versteckten Weibchen, die noch am Leben sind. Unter den Unseelie ist ein Bürgerkrieg ausgebrochen, weil Männer in den höheren Rängen versucht haben, Frauen für sich zusammenzuscharen."

Ich zog eine Augenbraue hoch. „Ich erinnere mich nicht daran, ein Kapitel darüber im Buch über das Marschland gesehen zu haben."

„Das ergibt durchaus Sinn, da es nicht erlaubt ist, den Umstand zu dokumentieren. Luzifer weiß, dass die Geschichte dazu tendiert, sich zu wiederholen, weshalb er es vorzieht, dass man sich auf gewisse Weise an die Geschichte erinnert." Ajax deutete mit dem Kinn auf den Bildschirm. „Zum Beispiel, zu was interne Streitigkeiten führen. Viele Frauen sind während des Krieges gestorben, sodass die Unseelie einen besonders hohen Bedarf an Bräuten haben."

„Ich dachte, es wäre die Quelle, die immer wieder Frauen ablehnt, weshalb Luzifer deswegen Bräute braucht?"

„Es ist eine Mischung aus vielen verschiedenen Gründen. Aber man munkelt, dass die Quelle eine Rolle bei der Ausrottung der Unseelie-Frauen gespielt hat. Sie hat den Streitpunkt beseitigt, um dem Krieg ein Ende zu bereiten."

„Oh." Ich schätzte, das ergab Sinn. Und angesichts dessen,

was ich über Luzifer erfahren hatte, schien es durchaus möglich, dass seine Seele so etwas tun würde.

Mehr Geflatter folgte auf dem Bildschirm, was meine Aufmerksamkeit zurück auf die Unseelie zog. Jetzt, wo ich einige der Statuen gesehen hatte, fiel es mir leichter, die Kreaturen zu identifizieren, die herumschwirrten.

Die großen, unheimlich schönen Kreaturen bewegten sich beinahe zu schnell, um sie mit bloßem Auge erkennen zu können. Sie alle hatten kaum sichtbare Flügel, mit denen sie schlugen und mich an die Flügel von Kolibris erinnerten. Glitzer schimmerte mit einer metallenen, spiegelähnlichen Beschaffenheit auf ihrer Haut und brach das Licht, als sie sich bewegten. Vermutlich war es deshalb so schwierig, sich auf sie zu konzentrieren.

Obwohl die maskulinen Körper und beeindruckenden Muskeln mir klarmachten, dass es sich dabei um Männer handelte, so wohnten ihnen dennoch weiche Züge und eine wilde Schönheit inne, die mich zweimal hinsehen ließ.

„Wow", meinte ich keuchend. „Sie sind ... echt hübsch." Normalerweise beschrieb ich einen Mann nicht mit diesem Wort, aber zu einem Unseelie passte es allemal.

Ich verstand, warum einige Bräute interessiert an Unseelie waren, wenn sie alle so aussahen.

Ajax lachte. „Ja, wie ich gehört habe, sind die Unseelie ziemlich gutaussehend, obwohl ich noch nie einen gesehen habe. Aber lass dich von ihrer Schönheit nicht blenden. Sie sind unheimlich gefährlich. Und grausam dazu."

„Du kannst sie nicht sehen?", fragte ich, verwirrter darüber als über die anderen Dinge, die er eben gesagt hatte. Ich zeigte auf den Bildschirm. „Da sind sie doch."

Er zuckte mit den Achseln. „Das müssen deine Höllenfeen-Qualitäten sein, die sich melden. Ich sehe nichts als schimmernde Lichter. Az sagt, dass sie sich zu schnell bewegen, um erkannt zu werden."

„Also kann er sie auch nicht sehen?"

„Oh, nein, er kann sie sehen. Aber er ist unheimlich mächtig. Außerdem hat er hohe Ansprüche, was das Aussehen anderer anbelangt, also glaube ich ihm, wenn er sagt, dass sie gutaussehend sind." Ajax lehnte sich zu mir und ließ seine Lippen über meine Wange streifen. „Ich meine, Az findet dich genauso schön wie ich. Ich würde also sagen, dass er guten Geschmack hat."

„Aha, du findest mich also hübsch, was?", fragte ich, ließ die kokette Ablenkung zu.

„Sehr", sagte er und knabberte jetzt an meinem Ohrläppchen.

Ich lehnte mich in Ajax' Umarmung und genoss die Schmetterlinge, die in meinem Bauch flatterten. *Vielleicht würde mir eine weitere Runde dabei helfen, mich etwas mehr zu entspannen*, dachte ich, drehte mich in seine Richtung und setzte mich rittlings auf ihn. *Wir haben schließlich Zeit, oder?*

Ajax zog seine Augenbraue hoch als meine kurze Robe an meinen Schenkeln hochglitt und mein Spitzenunterhöschen darunter freilegte. „Begierig auf mehr, hm?", fragte er.

„Halt die Klappe und lenk mich ab", sagte ich zu ihm und griff nach dem Knopf an seinem Hosenbund.

Ich wollte sie ihm eben vom Leib reißen, als eine plötzliche Hitze und steigende Kraft mich auf ihm erstarren ließ.

Ich drehte mich um und sah Luzifer auf uns hinabfunkeln. „Ich hätte nicht gedacht, dass das Brautbankett deine Art von Vorspiel ist, Camillia."

Zur Hölle sollst du fahren, verdammt und zugenäht, knurrte ich in Gedanken, während ich von Ajax' Schoß krabbelte.

Mal abgesehen von der Tatsache, dass wir bereits in der Hölle waren.

Und ich war ganz bestimmt verdammt, denn ich war gerade dabei erwischt worden, wie ich rittlings auf dem Wärter gesessen hatte, während ich versucht hatte, ihn auszuziehen.

Obwohl ich für diesen Augenblick unermüdlich an meinem Knicks gearbeitet hatte, verfing sich mein Fuß in Ajax' Hosentasche, sodass ich kopfüber zu Boden krachte.

„Mir gefiel der demente Pinguin besser", sagte Luzifer, während ich mich aufrichtete.

„Flamingo", korrigierte ich, nur um meinen verletzten Stolz hinunterzuschlucken, als ich dem mächtigen König der Hölle in die Augen sah.

Sein angespannter Kiefer und die kantigen Gesichtszüge waren aus nächster Nähe unheimlich einschüchternd. Seine Augen brannten zudem geradezu mit Höllenfeuer, das er beherrschte, was mir versicherte, dass das hier kein angebrachter Moment für Witze war.

„König Luzifer, Eure Majestät. Sir", sagte ich, wie eine komplette Vollidiotin.

Er kniff seine nachtblauen Augen zusammen und sein dunkles Haar tanzte um sein Gesicht. Ein heißer Wind brauste aus dem Schlafzimmer und klang im nächsten Augenblick ab.

„Wie ich schon sagte ... Du kannst mich Luzifer nennen", erinnerte er mich und deutete dann mit der Hand auf das Schlafzimmer. „Dein Outfit für heute Abend liegt auf dem Bett."

„Mein Outfit?", wiederholte ich und zog meinen Morgenmantel zu.

„Du wirst dich auch anziehen müssen", sagte Luzifer, der mich ausblendete und seine Aufmerksamkeit stattdessen auf Ajax richtete, der jetzt aufrecht dastand und seinen nicht zu übersehenden Steifen zu verbergen versuchte. „Du wirst dich mir und Camillia im Fegefeuer anschließen, wo wir uns die Brautspiele ansehen werden."

„Im Fegefeuer?", kreischte ich beunruhigt. Der Name des Clubs war mir bekannt, da Luzifer angepriesen hatte, dass er sich später am heutigen Tag mit seinen Höllenfeen dort einfinden würde. „Moment mal, warum? Mit allen anderen Feen?"

Luzifer blendete mich erneut aus, sein Blick auf Ajax verweilend. „Ich habe einen Wagen für euch organisiert. Er wartet vor diesem Flügel. Sobald sie also bereit ist, eskortiere sie ins Fegefeuer. Deine heutige Aufgabe ist, sicherzustellen, dass es keine Unterbrechungen gibt. Und bei ihr zu bleiben und sie zu beschützen."

Der Höllenfeen-König sah mich an. Sein erbitterter Ausdruck brachte mich dazu, wegrennen und mich verstecken zu wollen.

„Und du", sagte er mit einem Tonfall, der klarmachte, dass er keine Widerrede dulden würde. „Vergiss nicht, den Mantel zu tragen."

Dann löste er sich in Luft auf. Ich stand erstaunt da und gaffte auf die Stelle, an der er eben noch gestanden hatte.

Denn offenbar würde ich in ein Auto gepfercht und zu einem Club gefahren werden.

Einem Höllenfeen-Club.

Und wozu würde ich einen Mantel in der buchstäblichen Hölle brauchen?!

„Wir werden uns die Spiele nicht hier ansehen?", fragte ich Ajax wie betäubt, obwohl ich wusste, dass wir das ganz offensichtlich nicht würden.

Ich war mir nur nicht sicher, was das alles zu bedeuten hatte.

Ajax war offensichtlich genauso besorgt wie ich, denn an seinem Hals hatte sich eine pulsierende Ader gebildet. „Offenbar nicht. Zieh ... dich einfach an, Cami. Wir werden im Auto darüber sprechen." Er zauberte sich ein neues Outfit herbei, das ich schon eine ganze Weile nicht mehr gesehen hatte.

Seine Wärter-Sachen.

Ein offener Mantel gab ihm einfachen Zugriff auf seinen Zauberstab, der in der Innentasche ruhte, und die schweren Stiefel versprachen, rebellierenden Kreaturen schmerzhafte Tritte zuzufügen. Aber jeder Gegenstand schien für die heutigen Ereignisse verbessert.

Rubine und Diamanten glitzerten im feurigen Licht, das die Wände warfen, und eine lederne Peitsche mit roten Bordüren ruhte an seiner Hüfte, direkt neben einem Paar Handschellen.

Das ist nicht gut, dachte ich. *Überhaupt nicht gut.*

Und Ajax' Gesichtsausdruck bestätigte meine Annahme.

Anstatt mich aus der Sache herauszuhandeln – weil Ajax nichts tun konnte und ich das auch wusste –, begab ich mich ins Schlafzimmer.

Und hielt abrupt inne, als ich das ‚Outfit' sah, das auf dem Bett ausgebreitet lag.

„*Das* ziehe ich auf keinen Fall an."

KAPITEL 29

CAMI

Ich ging im Schlafzimmer auf und ab, während mir verschiedenste Fluchworte über die Lippen kamen.

Denn ... Nein. *Zur Hölle, nein.* Auf keinen verdammten Fall. *Nein.*

Ajax musste mich fluchen gehört haben, denn er betrat das Zimmer hinter mir. „Was ist los?"

„*Das* ist kein Outfit", raunzte ich.

Er sah sich die Ketten auf dem Bett an und zuckte zusammen. „Na ja, das könnte es in der Hölle durchaus sein. Wo wir uns nun einmal befinden."

Ich wirbelte herum und sah ihm wutentbrannt ins Gesicht. „Das ist kein Witz, Ajax."

„Nein, ist es definitiv nicht", stimmte er mir zu. „Aber du wirst es anziehen müssen, Cami."

„Es anziehen?", wiederholte ich und hob die Ketten hoch, zwischen deren Kettengliedern sich rote Spitze hindurch wob. „Das hier ist nichts, was ich tragen kann. Es ist ... Es ist ... *Ein Dessous aus Metall*." Was sich wie ein Witz anhörte, der mich überhaupt nicht zum Lachen brachte.

Und Ajax auch nicht.

Das einzig akzeptable Kleidungsstück, das auf dem Bett lag, war der Mantel. Er war bestickt mit goldenen Federn, die sich mit roten Flammen vermischten. Aber er passte zu den Ketten, was bestätigte, dass Luzifer tatsächlich erwartete, dass ich all diesen Mist anzog.

Er würde mir erlauben, es zu verbergen.

Aber wann würde ich dazu gezwungen werden, die Jacke auszuziehen?

Und wer würde diese Monstrosität zu sehen bekommen?

War es zu seinem persönlichen Sehgenuss? Meleks? Oder würde ich wie eine verdammte Trophäe präsentiert werden, die man anlässlich der Spiele gewinnen konnte?

Vielleicht hatte Melek versucht, mit Luzifer über seine Absichten zu sprechen, mich zu seiner Gefährtin zu machen, und das hier war eine Art sinnlicher Test. *Bedeutet das, dass Luzifer auch vorhat, mich zu seiner Gefährtin zu machen?* Denn seine Art, mir dies zu zeigen, war absolut daneben.

Mal abgesehen davon, wollte ich Luzifer auch nicht zum Gefährten haben. Klar, er sah gut aus, aber er war auch der König der Höllenfeen. Der Mann verängstigte mich.

Scheiße, die Chancen darauf, dass er mich töten würde, standen genauso hoch, wie jene darauf, dass er mich ficken würde.

Aber hier ging es nicht um Sex. Hier ging es um Gehorsam. Er testete mich, versuchte herauszufinden, ob ich seine Befehle befolgen würde, wie es sich für eine gute kleine Höllenfee gebührte.

Ich legte meine Arme um mich selbst und gab in Gedanken ein entschlossenes ,Scheiß drauf' von mir.

„Cami … Es wäre dumm, dich Luzifer zu widersetzen", sagte Ajax mit sanfter Stimme. „Wenn du es nicht anziehst, wird er mich zwingen, es dir mittels Magie anzuziehen."

Wut brodelte in meiner Brust. „Und wenn er dir sagen würde, dass du von einer Klippe springen sollst, würdest du das dann auch tun?"

Ajax bewegte sich kein bisschen, was anriet, dass er seinen Atem anhielt. Dann, endlich, spannten sich seine Muskeln an und er atmete aus. „Wir wissen nicht, was für ein Spiel er spielt. Für Erste ist es am besten, mitzuspielen."

Das war keine Antwort auf meine Frage.

Und üblicherweise war es Melek, der Spiele trieb. Im

Moment zog ich die Mätzchen des Höllenfeen-Prinzen dem hier bei Weitem vor.

Was auch immer *das hier* war.

Ich zog die Metallketten auseinander und versuchte zu ermitteln, was wohin gehörte. Rote Riemchen deuteten an, dass es zusammengeschnürt werden konnte. Einige der Ketten waren kleiner, beinahe winzig kleine Schlaufen. Andere waren dicker und die mittigen Öffnungen waren mit knalligem, gewobenen Stoff versehen. Vielleicht würde es reichen, um einige meiner sensibleren Stellen zu verdecken.

Vielleicht ist es eine Art erotisches Puzzle?, fragte ich mich.

Oder vielleicht sollte ich auch ganz einfach als Geschenk verpackt werden.

Vielleicht hatten Luzifer die Bilder in Vita ebenfalls neugierig gemacht und er wollte sie in gewisser Hinsicht Realität werden lassen.

Das wird nicht gut enden.

„Brauchst du Hilfe?", bot Ajax an, was mich erschaudern ließ.

„Nein", erwiderte ich postwendend. Die Situation war bereits erniedrigend genug. Ich würde Ajax nicht diese Ketten um mich schlingen und mich bemitleiden lassen, wenn er sah, wie wenig sie bedeckten.

„Okay", sagte er und ging aus der Tür. „Dann werde ich auf dich warten. Wenn du fertig bist, können wir nach unten gehen." In seinen obsidianschwarzen Augen loderten Flammen, was daraufhin deutete, dass er beinahe genauso unzufrieden mit der Situation war wie ich. Aber irgendwie bezweifelte ich, dass ihn das hier so sehr traf wie mich.

Er ging ohne ein weiteres Wort, was mir bestätigte, dass er nichts gegen das Ganze unternehmen würde. Nicht, dass er das konnte. Aber es tat dennoch weh, zu wissen, dass ich auf mich allein gestellt war.

Wie immer, dachte ich und knurrte leise. *Das ist doch alles total beschissen.*

Ich schmiss die Ketten auf die Laken, öffnete meine Robe und entledigte mich des Nachthemds darunter.

Während ich nackt neben dem Bett stand, ordnete ich die Ketten so an, wie ich es für richtig empfand.

Mal sehen, wie schlimm es ist, beschloss ich. Das würde mir dabei helfen, zu ermitteln, wie wütend ich sein sollte.

Basierend darauf, was ich bis jetzt sah, war ich fuchsteufelswild.

Die dickeren Ketten gehörten nach oben, was vielleicht genügen würde, um meine Brüste zu bedecken, aber das ließ dann fast nichts mehr für die niederen Regionen übrig.

Stirnrunzelnd drehte ich es herum und sah die widerliche Kreation funkelnd an.

Es sollte zweifellos auf die Art getragen werden, was bedeutete, dass meine Brüste komplett unverhüllt sein würden – mal abgesehen von den kaum vorhandenen kleinen Ketten. Aber das war der einzige Weg, um meine niederen Regionen und meinen Po zu bedecken.

Verdammt.

Ich knirschte so fest mit den Zähnen, dass mir der Kiefer wehtat, stieg langsam durch die Ösen und schlang sie um meine Schenkel.

„Wenn dieses Ding auch nur einen winzig kleinen Teil meiner Geschlechtsteile zeigt, werde ich es nicht anbehalten", schwor ich.

Ein Teil von mir hoffte, dass sich ein magisches Kleid materialisieren und die Ketten ersetzen würde, nachdem ich diese ‚Prüfung' des Gehorsams bestanden hatte.

Aber als ich die erste Schicht anlegte, realisierte ich, dass das nicht geschehen würde.

Denn sobald ich die Ketten angelegt hatte, ließen sie sich nicht mehr bewegen.

Und die Enden verschmolzen mittels Magie miteinander, sodass das Ding an mir befestigt war. Mir klappte die Kinnlade runter.

Scheiße.

„Es ist bestimmt nur ...", murmelte ich leise, während ich am Metall riss und versuchte, den festen Griff zu lösen, den es um meinen Oberschenkel hatte.

Es bewegte sich kein bisschen.

„Verdammt."

Sobald alles an seinem Ort war, würde das sogenannte ‚Outfit' sich nicht abnehmen lassen. Jedenfalls nicht ohne magische Hilfe.

Aber es war ja nicht so, als ob ich jetzt aufhören konnte.

Verdammt noch mal.

Weil mir nichts anderes übrigblieb, zog ich das Ding weiter an.

Eine widerwillige Akzeptanz und das Gefühl von eiskalten Schlangen wanden sich um mein Herz, während ich die mit Spitze versehenen Kettenglieder an die vorgesehene Stelle brachte. Ein dicker Metallstrang führte von meinem Bauchnabel an meinen Hügel hinab und bedeckte meine Geschlechtsteile vollumfänglich.

Wenigstens das.

Doch die Noppen an den Ketten rieben ein gewisses Nervenbündel, was mich immer dann fluchen ließ, wenn ich mich bewegte.

Ich schlang meine Hände um die Ketten, die sich um meine Hüften wanden, und versuchte daran zu ziehen, um ihre Position anzupassen, aber die Magie sorgte dafür, dass sie sich nicht bewegen ließen, wie der andere Teil an meinem Schenkel.

Was bedeutete, dass ich jetzt eine Kreation aus Metall anhatte, die meine Klitoris immer dann stimulierte, wenn ich mich bewegte.

Fantastisch.

„Wenn das Meleks Idee war, werde ich ihn umbringen", schwor ich.

Aber ich bezweifelte, dass eine so hirnrissige Idee von Melek stammte.

Hier schien es um Schikane zu gehen, was zweifellos Luzifers Forte war.

Und ich würde schikaniert werden, selbst wenn ich meinen Mantel nicht ausziehen musste. Denn jeder Schritt, den ich machte, erzeugte Reibung an meiner Mitte und würde mich daher zwingen, mich für den Rest des Tages so wenig wie möglich zu bewegen.

Was eine lange Zeit sein würde, wo es doch erst Morgen war

und die Spiele sich vermutlich in die Nacht hinein ziehen würden. Vielleicht sogar bis morgen früh.

Ich hasse das hier.

Sobald ich mich fertig ‚angezogen‘ hatte, fuhr ich mir mit den Fingern durchs Haar, griff dann nach meiner Jacke und legte sie um.

Ajax ging nervös vor dem Sofa auf und ab, als ich aus dem Schlafzimmer kam.

Er sah zu mir hoch und runzelte die Stirn. „Du bist noch nicht fertig?"

Ich sah ihn mit hochgezogener Augenbraue an. „Ich trage die verdammten Ketten. Du weißt es nur nicht, weil es nicht viel davon zu sehen gibt. Und ich werde diesen Mantel *nicht* ausziehen."

Er schüttelte seinen Kopf. „Nein, ich meinte dein Haar. Und du brauchst Schuhe."

Ich sah an mir herunter und realisierte, dass ich noch immer barfuß war. „Okay, na gut. Vielleicht brauche ich Schuhe. Aber was, bitte, ist mit meinem Haar so verkehrt?"

Anstatt mir zu antworten, zog Ajax seinen Zauberstab hervor und richtete ihn auf mich.

Sind wir etwas ungeduldig?

Ich funkelte ihn an, als Energie, die den Geruch von Tanne barg, mich einhüllte. „Begierig darauf, mich meinen Mantel ausziehen zu sehen?", raunzte ich.

Magie zog an meinem Haar und befestigte etwas an meinen langen Strähnen, während ein Paar rote Riemchenpumps sich an meinen Waden hochschnürten. „Nein", sagte er.

Fügte jedoch nichts hinzu.

Als der Bann sich auflöste, fuhr ich mir mit der Hand durchs Haar und musste feststellen, dass er rote Spitze herbeigezaubert hatte, die in die Zöpfe eingeflochten worden war.

„Warum ziehst du mit alledem hier mit?", fragte ich.

Ich hatte meine Frage wütend stellen wollen. Stattdessen hörte ich mich bloß verletzt an.

Warum machst du dich nicht stark für mich?

Ajax' Wut war nach wie vor spürbar, wurde jedoch von einer anderen Emotion verborgen. Eine, die ich beim Wärter schon zu viele Male gesehen hatte, um sie nicht wiederzuerkennen.

Akzeptanz. Sie kreierte einen eiskalten Schild um ihn herum. Einen, der die verschwommenen Grenzen des Königs zu rechtfertigen schien.

„Ich habe keine andere Wahl, Camillia. Und du auch nicht."

Oh, jetzt bin ich plötzlich Camillia und nicht mehr Cami?, wollte ich fragen.

Stattdessen konterte ich mit: „Du könntest mir wenigstens eine Waffe herbeizaubern, wenn du schon Dinge anpasst."

Ajax warf mir bloß einen entnervten Blick zu, als wollte er, dass wir den heutigen Tag ganz einfach hinter uns brachten. „Lass uns gehen."

Er wartete nicht auf meine Antwort und ging voran. Ich sah seinen Rücken mit finsterem Blick an. Na, selbst wenn er sein Schicksal akzeptiert hatte, bedeutete das nicht, dass ich das auch musste.

Ich würde eine Waffe finden. Ich würde meine Zähne, meine Füße, meine Hände, meine *Magie* verwenden –, wenn es mir gelang, herauszufinden, wie ich Letztere aktivierte.

Aber wenn ich so ‚mächtig' war, wie gewisse Leute sagten, dann musste ich mir diesen Mist nicht gefallen lassen. Wenn man mir befehlen würde, diesen gefiederten Mantel auszuziehen, würden die Puppen tanzen.

Zumindest war das mein Plan.

Bis diese Reibung zwischen meinen Schenkeln meine Gedanken überwältigte.

Sie wurde mit jedem Schritt intensiver, während wir uns ins Erdgeschoß des Palastes begaben. Die metallenen Noppen rieben sich an meiner Mitte, was mir das Atmen erschwerte.

Wir hielten inne, nachdem wir eine Gruppe Höllenhunde passiert hatten, was mir einen kurzen Augenblick einräumte, um mich zu erholen. Ich lehnte mich gegen einen der roten Marmorsteine und atmete die warme Luft tief ein, während ich meinen Talisman umschlang, um mir etwas kühle Magie zu verschaffen.

„Geht es dir gut?", fragte Ajax mit leicht besorgtem Tonfall. „Bergen die Ketten eine Art aussaugende Magie?"

Er streckte seine Hand aus, doch ich ließ ihn innehalten, als ich meine Hand erhob und ein gewürgtes Geräusch von mir gab.

Ajax' Energie jetzt zu spüren, würde mich bloß die Fassung verlieren lassen, und ich wollte wirklich nicht erklären, warum ich kurz davorstand, mitten im Palast einen Orgasmus zu haben. Er hatte mir genug von ihnen verschafft, um zu wissen, was vor sich ging.

Nein, keine Magie. Nur Reibung …

„Es geht mir gut", sagte ich stattdessen, sobald ich aufgehört hatte, zu zittern.

Ajax passte sein Tempo an meines an und fragte mich kein zweites Mal, ob es mir gut ging, doch die Anspannung war spürbar.

Er wusste, dass etwas nicht stimmte. Was offensichtlich war, weil er mir immer wieder Blicke zuwarf.

Als wir die Tore des Palastes erreicht hatten, tropfte Schweiß an meiner Stirn hinab und ich bereute es, mein Haar nicht zu einem Pferdeschwanz hochgebunden zu haben.

Ajax nickte den Höllenfeen zu, die die Tore bewachten, und wartete geduldig, während sie sie für uns öffneten.

Ein magisches Knacken sauste über meine Haut, als wir das Gelände verließen. Ich konnte es kaum noch spüren, als die Stadt in Sicht kam.

Mir war damals mit Melek ein Blick auf die schwarzen Gebäude vom Balkon vergönnt gewesen, aber auf den Straßen der Stadt zu sein, eröffnete mir einen neuen Blickwinkel. Die Stadt erinnerte mich aufgrund der gelassenen Atmosphäre und dem subtilen Wind, der durch die Straßen brauste, ein bisschen an Chicago. Der einzige Unterschied war, dass es sauberer und die Brise warm war.

Es war der perfekte Ort für mich.

Mächtig.

Düster.

Aufregend.

Ich hatte das Gefühl, inmitten eines kontrollierten Sturms zu stehen. Einer, der mehrere verschiedene Strömungen und Kanäle barg, die zusammenarbeiteten, um das Donnern zu erzeugen, das uns immer wieder heimsuchte.

Mir war nicht aufgefallen, dass ich lächelte, bis Ajax seine Schultern erleichtert hängen ließ. Er war vermutlich froh zu sehen, dass nichts besonders Ernstes los war. „Ich wollte dich schon lange hierherbringen", sagte er. „Aber ich war nicht sicher, ob es dir gefallen würde. Und ich war auch nicht sicher, ob es mir erlaubt war."

Seine Worte erinnerten mich daran, warum ich hier war, was mein Lächeln ersterben ließ.

„Es ist in Ordnung", log ich, zuckte mit den Schultern und dann zusammen, weil die Bewegung an meiner sensiblen Stelle zog. „Lass es uns einfach hinter uns bringen." Ich musterte die geschäftige Straße. „Ich dachte, es würde ein Auto für uns bereitstehen?"

Ajax deutete auf eine Gebäudefront neben uns, was andeutete, dass wir uns bei einem Parkdienst befanden.

Der königliche ‚Parkplatz', wenn man ihn so nennen konnte, erstreckte sich über drei Autolängen. Er war komplett unnötig, da Luzifer sich teleportieren konnte.

„Das ist ... ganz schön übertrieben", sagte ich und starrte das limousinenähnliche Gefährt an.

Obwohl ich annahm, dass man sich ein Auto wie dieses vorstellte, wenn man an den Wagen des Königs der Hölle dachte.

Es glänzte, als wäre es aus schwarzem Stahl gefertigt und war an den Seiten mit Totenkopf- und Feder-Verzierungen geschmückt. Das Design war stylisch und machte klar, wem dieses Auto gehörte. Die getönten Scheiben stellten darüber hinaus sicher, dass niemand in das Gefährt spähen konnte.

Höllenfeen in schwarzen Anzügen erwarteten uns und erinnerten mich irgendwie an den Geheimdienst. *Wenn der Geheimdienst leuchtend rote Augen und scharfe Zähne hätte, jedenfalls.*

Einer von ihnen öffnete die Hintertür des Autos, als wir näher kamen.

Ich zog meinen Mantel zu, damit er nicht aufgehen würde, und setzte mich eilig auf den Rücksitz.

Ajax stieg auf der anderen Seite ein und ich sah das dunkle Glas an, das die Sicht auf den Fahrer verunmöglichte.

„Warum sind wir nicht einfach ...", ich wedelte mit meiner Hand und machte eine ‚Simsalabim'-Bewegung, „zum Club?"

Ajax lachte. „Vielleicht wollte Luzifer dir zeigen, wo du leben wirst." Sein Mund blieb offen stehen, als wollte er dem etwas hinzufügen, doch dann schloss er ihn.

Anspannung machte sich zwischen uns breit, während er aus dem Fenster sah.

Ich brauchte seine Gedanken nicht zu lesen zu können, um den Satz zu beenden. *Vorausgesetzt, du wirst überleben ...*

Oder vielleicht will er ganz einfach eine große Sache daraus machen, dass etwas Einzigartiges zum Klub fährt, dachte ich.

Während die Stadt an uns vorbeizog, breitete sich ein ungutes Gefühl in meiner Magengegend aus. Die Gebäude waren architektonische Perlen, irgendwie modern, und verfügten über ein gewisses europäisches Flair. *Also handelt es sich hierbei definitiv nicht um Chicago,* beschloss ich. *Eine Mischung aus, na ja, allem.*

Mehrere Höllenfeen hielten an, um das Auto zu mustern. Ich wusste, dass wir uns dem Klub näherten, weil der Kleidungsstil sich rasch von lässig zu prunkvoll veränderte.

Erst jetzt begriff ich, dass nicht alle Höllenfeen die Mittel hatten, um eine Braut sponsern zu können. Selbst mit anfänglich sechshundertsechsundsechzig Kandidatinnen gab es nicht genug für alle.

Was bedeutete, dass jene, die sich im Klub aufhielten, die hochrangigen Höllenfeen waren. Jene, die in mit einem Seil abgetrennten Bereiche weilten, Anzüge trugen und mit etwas Ähnlichem wie Diamanten besetzte Stiefel anhatten. Einige hatten Piercings an ihren Augenbrauen und andere Tätowierungen mit Höllenmotiven, die eher ein Zeichen ihrer Macht als künstlerischer Vorliebe war.

Ich war froh um die getönten Scheiben, als die anzüglichen Blicke sich häuften.

Dieses ungute Gefühl drehte mir den Magen um, denn diese Höllenfeen sahen *hungrig* aus.

„Was wird Luzifer tun?", fragte ich.

Die verschiedenen Möglichkeiten, die mir durch den Kopf

gingen, bekamen mir überhaupt nicht. Ich begann zu glauben, dass er uns mit dem Auto hatte abholen lassen, um mich mit Was-Wenn-Szenarien zu quälen, weil er wusste, dass mich das total irre machen würde.

„Ich weiß es nicht", erwiderte Ajax leise. Er legte seine Hand auf meinen Oberschenkel, was mich dazu anhielt, mich zu ihm zu drehen. „Was auch immer passiert, Cami, ich werde die ganze Zeit über bei dir sein, okay?"

Er versuchte mich zu beruhigen, doch das war kein Versprechen darauf, dass er sich für mich stark machen würde, wenn die Dinge zu weit gingen.

Was, wenn Luzifer vorhatte, mich eigenhändig auszupacken? Würde Ajax ihn gewähren lassen? Er schien mir nicht besonders besitzergreifend, vor allem, wo er mich doch mit Az geteilt hatte. Aber ... würde er mich so einfach gehen lassen?

Was, wenn Luzifer etwas Schlimmeres als das vorhat?, fragte ich mich und schluckte schwer. *Was, wenn er vorhat, mich umzubringen? Wird Ajax mir dann helfen?*

Oder würde er mit dieser kalten Maske der Akzeptanz zusehen?

Schätze, es gibt nur einen Weg, es herauszufinden ... „Gibst du mir bitte eine Waffe?", fragte ich Ajax. „Damit ich mich verteidigen kann?"

Sein Versprechen genügte nicht.

Ich brauchte etwas Greifbares.

Etwas *Scharfes*.

Die Maske des Wärters schien sein wahres Gesicht zu verbergen, was mir den Magen umdrehte, als das Auto zu einem Halt kam. „Nein, Cami. Ich kann dir keine Waffe geben."

Natürlich nicht, wollte ich sagen und Tränen brannten in meinen Augen. *Weil ich auf mich allein gestellt bin, wie ich es immer schon war.*

Ich zwang das Gefühl von Verrat in die Untiefen meines Wesens zurück und nahm die brennende Wut an, die folgte. Dann öffnete ich die Tür, bevor die Männer im Anzug es konnten.

Ich werde es allein schaffen.

Luzifer mochte versuchen, mir eine Lektion zu erteilen, aber er würde mich noch kennenlernen.

Niemand schikaniert mich.

Nicht einmal der König der Hölle.

4

KAPITEL 30

TYPHOS

DIE UNRUHE, die am Eingang des Clubs ausbrach, sagte mir, dass mein Paket eingetroffen war.

Hervorragend, dachte ich, zufrieden darüber, wie sich die Geschehnisse entfalteten.

Vielleicht machte mich das zu einer grausamen Person, aber Camillia musste auf den Prüfstand gestellt werden. Und Ajax hatte sich seine Strafe mehr als verdient. Er würde ihr offizieller Begleiter für heute Nachmittag sein – gezwungen, sie zu bewachen, während meine Höllenfeen die Show genossen.

Es war meine Art, zu ermitteln, wie sehr er sie wollte. *Geht es nur um Sex? Oder geht es um mehr?*

Er würde nicht der Einzige sein, den ich vorhatte, einzuschätzen. Az und Melek würden auch beobachtet werden. Ich musste ermitteln, wie viel diese Frau ihnen allen wirklich bedeutete – musste in Erfahrung bringen, wie wichtig es war, dass ich sie leben ließ.

Nach meinem gestrigen Gespräch mit Melek ahnte ich, dass es unheimlich wichtig sein würde. Etwas, das ich zu Beginn der Spiele niemals erwartet hatte.

Aber jetzt sind wir hier, sinnierte ich. *Mal sehen, wozu all die Aufregung ist, hm?*

Camillia war eine wunderschöne Frau. Aber war sie genug, um selbst mich zu verführen?

Ich schätze, wir werden es herausfinden.

„Mh, der Look gefällt mir", murmelte Melek, als er sich in unserer Privatnische zurücklehnte und ein interessierter Blick in seine vielfarbigen Augen fand. „Du führst etwas im Schilde."

„Ja, tue ich", gab ich zu und grinste, als ich Az' gelangweilten Blick sah. „Du darfst ihm helfen, aber erinnere dich daran, was ich gesagt habe."

Sadist, erwiderte Az und verließ seinen Posten, um meine Befehle auszuführen.

Ich lächelte seinen Rücken an. *Wir beide wissen, dass du es genießen wirst, seine Kraft zu zügeln, Kommandant. Er sieht gut aus unter dir.*

Az erwiderte nichts, doch ich hörte ihn mental zustimmen. Obwohl ... Ein Teil von ihm war alles andere als zufrieden mit mir, was ich erwartet hatte.

Denn er hatte sich genauso in dieser bezaubernden Frau verloren wie Ajax und Melek. Zum Glück, aber, kannte mein Kommandant seine Rolle. Er würde die ihm übertragene Aufgabe effizient und effektiv ausführen – auch wenn er mich im Prozess verfluchen mochte.

Obwohl ich ahnte, dass er zu beschäftigt damit sein würde, Ajax zu immobilisieren, um sich um mich zu scheren. Es war unbedingt erforderlich, dass mein Wärter seine Bestrafung mit Haltung annahm, andernfalls wäre ich gezwungen, etwas Schlimmeres zu tun.

Ich konnte es mir nicht leisten, ihn bevorzugt zu behandeln. Nicht nach all dem Tumult, der das Reich in den vergangenen Wochen befallen hatte.

Meine Feen mussten daran erinnert werden, dass ich das Sagen hatte. Dass ich ein fähiger Anführer war und dass ich all ihre Bedürfnisse über die meinen stellte.

Was Camillia De la Croix zu einem Problem machte.

Sie war nicht länger eine Kandidatin und meine Höllenfeen wollten eine Erklärung dafür. Aber ich konnte nicht einfach sagen, dass sie unter meiner Beobachtung stand, weil sie die Quelle berührt hatte. Das würde Panik aufkommen lassen und vermutlich dazu führen, dass das Volk nach ihrem Tod verlangte.

Mein kleiner Prinz würde leiden, wenn das eintreffen würde.

Also brauchte ich eine alternative Lösung, um sie aus den Spielen zu nehmen, ihr aber dennoch zu gewähren, in unserem Reich zu verweilen.

Und mein Wärter hatte mir die perfekte Gelegenheit geboten. Ich konnte seine Verliebtheit als Grund benutzen, um Camillia zu disqualifizieren und meinen anderen Höllenfeen dabei eine Lektion zu erteilen.

Beim Sponsoring-Programm ging es um Umwerbung, aber diese Umwerbung durfte nur so weit gehen. Meine Höllenfeen waren sich der Regeln bewusst. Aber ich hatte Ajax nicht mit den Regeln bekanntgemacht, weil ich davon ausgegangen war, dass er nicht interessiert an einer der Bräute sein würde.

Obwohl das stimmte – ich hatte wahrhaftig nicht geahnt, dass er etwas mit der ganzen Sache zu tun haben wollte, weil er hierhergekommen war, um emotionalen Verstrickungen mit anderen zu entgehen –, so bildete es auch die perfekte Ausrede, um ein Exempel an ihnen zu statuieren.

Ein Beispiel, das meine Höllenfeen von der Disqualifikation von Camillia ablenken und es mir erlauben würde, sie im Reich verweilen zu lassen, um sie mir näher anzusehen.

Eine Win-Win-Situation, mal abgesehen davon, dass Ajax mich vermutlich umbringen wollen würde. Aber Az würde mir helfen, ihn zu zähmen.

Oder zumindest würde Az dafür sorgen, dass er verstehen würde.

In der Zwischenzeit würde ich ganz einfach die Show genießen.

Und Camillias Entschlossenheit im Prozess testen, sinnierte ich. *Wie stark bist du wirklich, Kleine? Stark genug, um meine Spielchen mitzuspielen? Oder wird dein Mut auf der Bühne dahinwelken?*

Melek mochte sie bereits beansprucht haben, aber ich musste mir ihres Werts sicher sein, bevor ich die Verbindung der beiden befürwortete.

Bis jetzt war ich überzeugt davon, dass sie meine Männer mit einem Bann belegt hatte. Einen Zauber, den ich nicht sehen konnte. Vielleicht, weil er auf mich keine Wirkung hatte und mich damit immun gegen ihre Magie machte.

Wie es sein sollte.

Ich bin der König der Höllenfeen, verdammt noch mal.

Und die gute Camillia De la Croix würde lernen, was das bedeutete.

Ich spannte meinen Kiefer an und meine immerwährende Energie floss wärmend durch meine Adern. Sie war in letzter Zeit intensiver geworden. Etwas, das – wie ich wusste – Melek aufgefallen war. Und Az auch. Aber keiner von ihnen hatte etwas gesagt, weil sie wussten, dass es an mir lag, diese Bürde zu tragen.

Schöpfung hatte ihren Preis.

Es war ein hoher Preis. Einer, den ich zu bezahlen bereit war, um alle zu beschützen, die mein Reich bewohnten.

Das hier war ihr sicherer Hafen. Ein Utopia für alle, die von den Orten benutzt und weggeworfen worden waren, die sie einst ihr Zuhause genannt hatten. Und diese Bar war eines meiner liebsten Geschenke an sie.

Ich benutzte sie als Ventil für meine Kraft – für mein inneres Inferno, das von Seele zu Seele in den verschiedenen Elementen des Clubs floss. Die holographischen Bildschirme, die über jeder Nische schwebten, der Ring aus Feuer in der Mitte des Zimmers und die Bühne dahinter.

Normalerweise stand dort ein Thron.

Doch heute hatte ich hinter meinen brennenden Flammen etwas anderes versteckt, das ich bald enthüllen würde.

Das Meer aus Höllenfeen teilte sich, als die Frau, auf die ich gewartet hatte, eintrat. Sie alle sabberten, wollten sie berühren, aber der verzauberte Mantel, der ihren Körper verbarg, machte klar, dass sie verboten war. Ganz so, wie die Hand des Wärters, die an ihr Kreuz gelegt war.

Sie hatte einen stoischen Ausdruck im Gesicht, doch mir entging der Hauch von Angst in ihren grauen Augen nicht, die wie ungezügelte Stürme von links nach rechts rasten.

Du solltest auch Angst haben, dachte ich in ihre Richtung. *Du bist jetzt in der Hölle, Kleine. Und ich bin nicht für meine Gnade bekannt.*

„Jetzt gefällt mir dein Gesichtsausdruck nicht mehr", murmelte Melek. *Warum ist sie hier, Ty?*

Um sich die Spiele mit uns anzusehen, natürlich, erwiderte ich.

Obwohl sie auch hier war, um *gesehen* zu werden.

Nach den Störungen in den verschiedenen Reichen waren meine Männer rastlos. Sie brauchten etwas, das sie ablenken würde. Camillia hatte mir die perfekte Gelegenheit geboten, um genau das zu tun. Und der Wärter auch.

Ich stand auf und trat ihr in der Nähe des Rings aus Feuer entgegen.

„Willkommen im Fegefeuer", sagte ich zu ihr und meine Energie nahm angesichts meiner Vorfreude zu. Ein Schwall Hitze rauschte durch die Luft, als das Feuer auf meine Belustigung reagierte, und meine Kraft sauste mit erneuter Energie durch den Klub. „Wirst du wieder versuchen, dich zu verbeugen?"

Es war eine bedeutende, neckische Bemerkung, eine die Wut in ihren Augen aufblitzen ließ. „Nein, ich glaube nicht." Eine mutige Antwort. Eine, die Ajax hinter ihr zusammenzucken ließ. Aber alles, was sie bezweckte, war ein Lächeln auf meinen Lippen.

„Wie schade", murmelte ich. „Ich glaube, einige meiner Höllenfeen hätten die Show genossen. Aber das ist in Ordnung. Wir werden ihnen etwas anderes zu sehen geben, hm?"

Sie spannte ihren Kiefer an. Sie wusste ganz genau, wovon ich sprach.

Auch Ajax schien zu verstehen. Er hatte die Ketten vermutlich gesehen – die wiederum mehrere Dutzend andere Szenarien in seinem Kopf hatten erblühen lassen. Diese Szenarios trieben zweifellos auch in Camillias Gedanken ihr Unwesen.

Was alles zum Spaß dazugehörte.

Was werde ich tun?, fragte ich mich grinsend. *Wie grausam wird es werden?*

Das hier war Teil von Ajax' Bestrafung und Camillias Prüfung. Manchmal konnte das Opfer schlimmere Folter heraufbeschwören, als ich ihnen bescheren konnte.

Obwohl ich versuchen würde, Camillias Ängste zu ermitteln und sie mit neuen zu ersetzen.

Sie kniff ihre Augen zusammen und funkelte mich an. Ihr Zorn nährte die Flammen meiner Vorfreude. Die Wut schien ihre

Angst von vorhin zu ersetzen, sodass sie ihre Schultern reckte und sich selbstbewusst aufrichtete.

Vielleicht steckt hinter der hübschen Fassade ja mehr, dachte ich staunend. *Mal sehen, wie tief dieser Mut reicht, hm?*

„Heute werden die Brautspiele weitergeführt!", verkündete ich lauthals. Meine Worte waren an meine Höllenfeen gerichtet, doch mein Blick verweilte auf Camillia.

Jubel folgte und die Hologramme zoomten heran, sodass mein Gesicht im ganzen Klub und im gesamten Königreich der Höllenfeen zu sehen war.

Die Frau vor mir musste es bemerkt haben, denn ihre Augen weiteten sich leicht, doch der wunderbare Zorn verweilte nach wie vor in ihren Zügen.

Wirklich sehr hübsch, entschloss ich. *Aber ich will mehr sehen.*

Ich sah auf die Sonnenuhr an der flammenden Wand und stellte fest, dass uns ungefähr zwanzig Minuten bis zur ersten Runde blieben, was das hier zum perfekten Zeitpunkt machte, um die heutige *Unterhaltung* vorzustellen.

Ich sah in die Zuschauermenge. „Ihr alle wart so unheimlich verständnisvoll, während ich das Chaos beseitigt habe, das die Nacht der Monster heraufbeschworen hat, und ich weiß es zu schätzen, dass ihr geduldig auf die Fortsetzung der lang ersehnten Brautspiele gewartet habt."

Mehrere der Höllenfeen neigten ihre Köpfe ehrerbietig, ihre Dankbarkeit dafür, dass sie für ihre Geduld gelobt worden waren, spürbar.

„Deswegen dachte ich mir, dass wir uns alle einen kleinen Auftakt verdient haben, bevor die Spiele losgehen." Ich deutete auf Camillia.

„Was sagt ihr, Gentlemen? Würdet ihr gerne sehen, was sich unter diesem Mantel verbirgt?"

Die Menge jubelte. Ihr Eifer hallte in einer Welle von Gesängen zu uns, was Camillia einen Schritt zurücknehmen ließ. Doch Az wartete bereits auf sie und schnitt ihr den Weg ab.

Er hatte ihre Reaktion ganz offensichtlich erwartet, ganz so, wie er die Reaktion des Wärters erwartet hatte. Was den Schwall von Kraft erklärte, der sich in meinen Sinnen bemerkbar machte.

Er hatte Ajax bereits immobilisiert, sodass die Mitternachtsfee sich weder bewegen noch sprechen konnte.

Melek schloss sich mir an. Seine Neugier streifte durch unser Band. *Was versteckst du unter dem Mantel?*

Ein Geschenk, erwiderte ich.

Für mich?

Wenn du es auspacken willst, werde ich dich gewähren lassen.

Du wirst mich gewähren lassen?, konterte er mit belustigtem Tonfall. *Will heißen, du wirst zusehen?*

Vielleicht.

Hm, summte er und lehnte sich an mich. *Ich warte gebannt.*

Gut.

Obwohl ich glaube, dass sie dich umbringen will.

Vermutlich schon, stimmte ich zu.

Kein guter Weg, sie zu umwerben, Ty.

Ich umwerbe sie nicht.

Ich ignorierte ihn und sah in Camillias stürmische Augen. „Zieh den Mantel aus, Camillia."

Auf meine Worte folgte Jubel und zustimmende Schreie.

Ihre Knöchel färbten sich weiß, während sie das bestickte Material fester um ihren Körper zog. „Auf keinen Fall", gab sie bissig zurück, was mich erregte.

„Halt sie fest", befahl ich meinem Kommandanten.

Er gehorchte und griff nach ihren Schultern, was sie ihre Augen aufreißen ließ. Sie schien drauf und dran, etwas zu sagen, doch Ajax' Knurren zog meine Aufmerksamkeit auf den wütenden Wärter.

Anders als das subtile Pulsieren dieses Lautes verblieb er still und regungslos, sein Körper von Az' Kraft beherrscht.

Ich zog meine Augenbraue herausfordernd hoch.

Aber ich wusste, dass er nicht antworten konnte. Und genau das war der springende Punkt. Die Menge sah seine Stille als Akzeptanz an, was genau das war, was passieren musste.

„Du hast etwas angerührt, das dir nicht gehört, Ajax", sagte ich zu ihm, stellte sicher, dass die gesamte Zuschauermenge mich hören konnte. „Ich habe dich gewarnt und dir gesagt, dass du dich nicht ablenken lassen sollst. Du wolltest nicht hören. Jetzt ist sie befleckt und kann nicht mehr an den Spielen teilnehmen. Dafür sollt ihr beide bestraft werden."

Er spannte seinen Kiefer an und kniff seine Augen zusammen.

„Hast du dem etwas hinzuzufügen?", neckte ich ihn, war mir bewusst, dass Az Ajax in einem mit Energie versehenen Würgegriff hatte.

Sadist, wiederholte Az in meinen Gedanken. *Sie trägt doch etwas unter dieser Jacke, oder?*

Ein paar dekorative Ketten, erwiderte ich.

Kein Wunder, dass sie sich windet, antwortete er. *Ich ahne, dass ich weiß, wo eine dieser* dekorativen Ketten *sich befindet.*

Wenn sie es richtig angezogen hat, hast du vermutlich recht, säuselte ich, mein Blick noch immer auf Ajax verweilend, während ich den wutentbrannten schwarzen Flammen dabei zusah, wie sie seine Pupillen umkreisen.

Mein Phönix will sie auf der Bühne ficken, knurrte Az mir zu. *Langsam glaube ich, dass du mich auch bestrafen willst.*

Weil ich das tue. Ich sah zu Az. *Du und Ajax habt beschlossen, sie zu ficken, obwohl ihr sie hättet verhören sollen. Das sieht dem konzentrierten Kommandanten, den ich kenne, nicht ähnlich.*

Er gab ein Schnauben von sich. *Lust kann eine sehr effektive Verhörmethode sein.*

Das ist also deine Ausrede?

Nein. Es ist nur eine Erklärung. Außerdem brauche ich keine Ausrede für das, was wir getan haben. Sie hat uns die Wahrheit gesagt, also habe ich meinen Phönix zum Spielen rausgelassen. Er mag sie.

Ich schüttelte um ein Haar meinen Kopf verärgert. *Sie muss eine magische Muschi haben.*

Tut sie auch, erwiderte Az. *Und sie ist derzeit feucht – dank dem, was auch immer du ihr angezogen hast.*

Ich antwortete nicht, war mir bewusst, dass alle Höllenfeen zusahen und meinen nächsten Schachzug abwarteten. Sie hatten mein Innehalten vermutlich so interpretiert, dass ich Ajax Zeit zum Nachdenken gegeben hatte.

Aber er hatte nicht reagiert. Weil er nicht konnte.

Zeit, das Feuer zu entzünden, beschloss ich.

„Wärter Ajax hat sein *Sponsoring* von Camillia De la Croix etwas zu weit getrieben. Er war als Nicht-Höllenfee nicht nur technisch gesehen nicht qualifiziert, sondern hat auch unsere Regeln missachtet. Die. Kandidatinnen. Werden. Nicht. Gefickt."

Die letzten fünf Worte wirbelten mit einer Kraftwelle im Raum herum, um sicherzustellen, dass sie alle vernommen hatten und den Befehl spürten.

Mehrere Höllenfeen ernüchterten und blickten wuterfüllt zu Ajax.

„Ich habe gesagt, dass ihr euch berühren und spielen könnt, solange die Kandidatin einwilligt. Aber Penetration ist nicht erlaubt. Das steht nur Gefährten zu." Ich funkelte Ajax an. „Und Camillia De la Croix ist nicht deine Gefährtin."

Technisch gesehen, war sie Meleks intendierte Gefährtin, aber diesen Teil konnte ich nicht laut aussprechen. Nicht, bevor ich ihren Wert getestet und entschieden hatte, ob ich die Vereinigung guthieß.

Wenn Melek sie mit Ajax und Az teilen wollte, nur zu. Ich hatte kein Problem damit. Es war mir sogar herzlich egal, dass Ajax das Mädchen gefickt hatte.

Hier ging es darum, ein Exempel für all meine Höllenfeen zu statuieren.

Und den wahren Grund für ihre Disqualifikation zu verbergen.

„Deswegen ist Camillia De la Croix von den Spielen disqualifiziert. Und Wärter Ajax, du wurdest vorübergehend deines Postens enthoben, während ich darüber nachdenke, wie ich mit der Situation umgehen soll." Ich sah die Menge an.

„In der Zwischenzeit habt ihr euch alle eine Wiedergutmachung verdient, oder etwa nicht?"

Dieses Mal wurden meine Worte eher mit einem Knurren und unzufriedenen Lauten als aufgeregtem Jubel erwidert. Sie sahen hungrig aus und ihre Gesichter bargen einen Hauch von Eifersucht.

Ajax hatte etwas angerührt, das ihm nicht gehörte.

Hätte er sich an den Spielen beteiligen wollen, hätte ich das zugelassen. Aber er hatte nicht einmal gefragt und hatte stattdessen seine Position als Wärter ausgenutzt, um eingesperrten Brautkandidatinnen zu helfen. Das hatte ihm einen unfairen Vorteil verschafft, um zu verführen – etwas, das die Höllenfeen so verstehen würden, dass er Camillia benutzt hatte.

Das musste bestraft werden.

Und das war meine Art, dieser Erwartung nachzukommen.

Ich sah der vormaligen Kandidatin in die Augen und bemerkte den brennenden Zorn darin. Melek hatte recht. Das hier würde sie nicht im Geringsten beeindrucken.

Aber ich wollte nicht versuchen, durch Schmeichelei an sie heranzukommen.

Ich wollte sie testen. Ich wollte, dass sie sich als würdig für meine Männer erwies. Ich wollte herausfinden, warum ihnen allen so viel an dieser Frau lag. Vielleicht wollte ich auch herausfinden, ob sie die ganze Mühe überhaupt wert war.

Wenn dem so war, würde ich der Erste sein, der ihr in den Hintern kriechen würde.

Aber ich bezweifelte stark, dass sie sich meiner Zeit als würdig erweisen würde.

Ich nahm einen Schritt auf sie zu. „Wenn du den Mantel nicht ausziehst, werde ich es tun."

Sie erwiderte meine Worte, indem sie den Mantel fester zuzog.

„Az", sagte ich leise.

Er seufzte laut in meinen Gedanken, ließ sich aber nach außen hin nichts anmerken, als er seine Hände an ihren Armen hinabführte, um ihre Handgelenke zu ergreifen.

Sie wand sich leicht, dann zuckte sie zusammen – vermutlich, weil die Ketten ihre sensiblen Stellen berührten. Sie biss sich auf die Unterlippe und ihr Körper zuckte etwas, während Az geschickt ihre Hände vom Mantel riss.

Sie sah mich mit zusammengekniffenen Augen an und noch mehr von diesem köstlichen Zorn fand in ihre Züge.

Aber dann geschah etwas Merkwürdiges.

Die Wut, die ihre Schultern sich anspannen ließ, schien zu verschwinden, abgelöst von einem entschlossenen Blick. Sie schien jetzt eher selbstbewusst als wütend, als wüsste sie etwas, das ich nicht wusste.

Das machte mich misstrauisch. *Hat sie statt der Ketten etwas anderes angezogen?*, fragte ich mich. *Würde sie sich mir derart widersetzen?*

Ich verzog bei diesem Gedanken um ein Haar mein Gesicht. Ich war mir nicht sicher, wie ich weiterverfahren sollte, wenn dem so war.

Ich ließ meine Finger unter ihren Mantel gleiten, entschlossen, herauszufinden, ob sie meinen Befehlen Folge geleistet hatte oder nicht, und hielt inne, als ein Kraftschub sich zwischen uns ausbreitete.

Ihre sich blähenden Nasenflügel sagten mir, dass sie es auch gespürt hatte, doch sie ließ sich nichts anmerken. Beinahe, als wäre sie plötzlich gelangweilt.

Was ist das? Was ist mit den Emotionen in ihren Augen geschehen?

Sie waren nicht direkt gedämpft und auch nicht von Niedergeschlagenheit oder traurigen Empfindungen ersetzt worden.

Sie starrte mich ganz einfach mit einem Blick an, der sagte: *„Mach was du willst, König der Höllenfeen."*

Als würde sie mich nicht im Geringsten fürchten.

Und das fand ich ... seltsam interessant.

Nein, geradezu *erregend.*

Diese Frau ist wirklich bezaubernd, dämmerte mir, während ihre Energie über meine Haut rauschte. *Aber* ... Ich musterte sie einen langen Augenblick und kniff meine Augen zusammen, als mir das subtile Schimmern in der Luft auffiel. *Aha. Kein Wunder, dass ich erregt bin.*

Ich strich ihr mit meinen Lippen über die Wange und meine Zunge verlangte nach einer Kostprobe von dem, was ich soeben zu inspizieren begonnen hatte.

Melek. Ich aktivierte unser Gefährtenband und sagte: *Du hast sie schon wieder mit Staub versehen.*

Ja, habe ich, sagte er.

Wann?

Vor zwei Tagen, erwiderte er. *Als ich sie geküsst habe.*

Ich zuckte beinahe erschrocken zusammen. *Du hast sie geküsst?*

Ja, habe ich, bestätigte er. *Innig.*

Hm, summte ich neugierig. *Ich will später Details hören.*

Oder du könntest sie selbst küssen, meinte er mit verspieltem Tonfall. *Obwohl ich glaube, dass sie dich beißen könnte, wenn du es versuchst.*

Ich lächelte und entfernte mich von ihr. *Das würde sie zweifellos,* meinte ich und sah in ihre Augen. Sie versteckte sich noch immer hinter dieser neuen, selbstsicheren Maske, doch der subtile Hauch von Wut drang jetzt hindurch und schwebte in meine Richtung.

Keine weiteren Verzögerungen mehr, beschloss ich und riss den Mantel auf.

Camillia bemühte sich nicht, mich aufzuhalten, und sah mir stattdessen unablässig in die Augen.

Zustimmende Rufe hallten durch den Nachtclub als die Federjacke zu Boden fiel.

Aber Camillia ignorierte sie alle, ihr Blick auf mich gerichtet und ihr Selbstbewusstsein nicht zu übersehen.

Die Hologramme in den Königreichen der Höllenfeen zeigten sie alle klar auf dem Bildschirm. Nicht, dass sie darauf sah. Aber ich konnte es aus meinem Augenwinkel heraus erkennen, ganz so, wie ich sie direkt vor mir sah.

Sie war umwerfend mit ihrem Haar, das zu Zöpfen geflochten und mit den knalligen roten Bändern versehen war, die zu den Ketten passten. Ihre wunderschönen Brüste waren zu sehen, perfekt eingerahmt von den Ketten, während der Rest des Outfits ihre untere Körperhälfte perfekt betonte und doch geschickt verbarg.

Die Stöckelschuhe, die sie dazu kombiniert hatte, waren nett und die rote Spitze passte zu ihrem Outfit, rankte sich um ihre wohlgeformten Beine an ihren Schenkeln hoch.

Ein clever platzierter Knoten, mein König, sinnierte Melek. Ich konnte ihn nicht sehen, ging aber davon aus, dass sein Blick auf dem Strang lag, der sich an ihrem Bauch hinunter zu ihrer Muschi zog.

Ich dachte mir schon, dass dir das gefallen würde, erwiderte ich.

Tut es. Und das Rot auch.

Es passt zu ihr, musste ich zugeben, während ich ihr nach wie vor in die Augen sah. *Und ihre Bestimmtheit auch.*

Sie weinte und wehklagte nicht und flehte mich auch nicht an, aufzuhören. Stattdessen starrte sie mich mit einem Blick an, der mir sagte, dass sie fest vorhatte, meine Eier in einen Todesgriff zu nehmen und zuzudrücken.

Vielleicht würde ich das sogar zulassen.

Solange sie es tun würde, während sie dieses Outfit trug.

Ich räusperte mich, entfernte mich von ihr und sandte einen Feuerschwall los, der ihren Mantel verbrannte. Sie würde ihn nicht mehr brauchen.

Aber ich war noch nicht fertig.

Ich ließ die Flammen, die sich um die Mitte des Raumes rankten, sich in Rauchsäulen verwandeln und mein Geschenk enthüllen: ein goldener Käfig.

Camillia drehte sich nicht zu ihm um. Das brauchte sie nicht, weil er jetzt auf allen Hologrammen zu sehen war.

Wenigstens können sie die Höllenfeen darin nicht berühren, murmelte Az.

Ich wollte es nicht zugeben, aber genau deshalb hatte ich ihn geschaffen. Um sie zu beschützen. Na ja, eher, um Melek zu beruhigen, da ich wusste, dass er sie nicht mit allen Höllenfeen teilen wollen würde. Nur mit ein paar ausgewählten wenigen.

Aber sie in einem Käfig zu sehen, würde er genießen.

Und ich auch.

„Bring sie auf die Bühne, Kommandant", sagte ich zu Az und bestätigte die Bestrafung. „Und lass die heutige Unterhaltung beginnen."

KAPITEL 31

AJAX

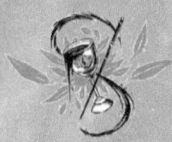

ICH WERDE *dich verdammt noch mal umbringen,* dachte ich in Az' Richtung.

Nicht, dass der Mistkerl mich hören konnte. Aber meine Wut konnte er zweifelsfrei spüren. Weil es seine Energie war, die mich paralysierte.

Und Cami in diesem verdammten Käfig einsperrte.

Mit dem Unterschied, dass meine Gefangenschaft nicht dazu bestimmt war, ein Zeichen zu setzen. Es handelte sich bei Az' Ketten um unsichtbare Fesseln, die mich davon abhielten, zu tun, was mein Körper erbittert tun wollte.

Dem hier ein Ende bereiten.

Sie befreien.

Sie *beanspruchen.*

Wenn Luzifer mich dafür bestrafen wollte, dass ich eine Kandidatin gefickt hatte – *Penetration steht nur Gefährten zu* –, dann konnte ich sie genauso gut beißen. Wenigstens könnte ich dann mental mit ihr kommunizieren und mich inbrünstig für diese Situation entschuldigen.

Verdammter Mistkerl.

Ich hatte erwartet, dass Luzifer *mich* bestrafen würde. Dass er *mich* foltern würde. Nicht Cami.

Sie verdiente das hier nicht. Ja, sie hatte seine Quelle berührt und war dreißig Tage lang verschwunden, aber sie hatte alles

383

erklärt. Sie war ehrlich gewesen, selbst nach allem, was sie durchgemacht hatte. Und sie hatte versucht zu lernen, wie man eine Höllenfee war, wie Luzifer es ihr aufgetragen hatte.

Verdammt, alles, was sie versucht hatte, war, zu *überleben*.

Und doch bestraft Luzifer sie jetzt?

Indem er sie zwang, beinahe splitterfasernackt vor einer Horde sabbernder Höllenfeen zu stehen?

Zorn breitete sich in mir aus und ließ jeden einzelnen Muskel in meinem Körper schmerzen. Ich wollte die Gitterstäbe mit meinen bloßen Händen zerbrechen und Cami mit meinen Zähnen markieren, sie als mein kennzeichnen und beweisen, dass diese Bestrafung nur Fassade war.

Es war nicht zu fassen.

Noch nie zuvor in meinem Leben war ich so besitzergreifend gewesen, aber ... diese Frau gehörte mir.

Und doch, wie in meiner Vergangenheit, war ich gezwungen, ihr dabei zuzusehen, wie sie litt, während ich mich nicht bewegen konnte.

Eine flüchtige Erinnerung zog vor meinem inneren Auge auf und zeigte mir Emelyn, wie sie mit angstverzerrtem Gesicht auf einer Bühne stand, die von johlenden Mitternachtsfeen umgeben war.

Es war diesem Schauspiel hier so ähnlich, mit dem Unterschied, dass die Feen hier hechelten und Cami den Ausdruck einer Göttin im Gesicht hatte, der sie als unantastbar und der Menge überstellt kennzeichnete.

Wenn sie Angst hatte, so zeigte sie es nicht.

Stattdessen sah sie die Leute im Raum mit verlorenem Blick an und ignorierte die anrüchigen Bemerkungen und obszönen Angebote, die man ihr machte.

Als die Spiele begannen, richtete sie ihren Blick auf die Bildschirme und sah mit gelangweiltem Blick zu.

Der einzige Hinweis auf ihr Unbehagen war ihre starre Haltung. Sie benahm sich, als könnte sie sich nicht bewegen, obwohl ihr Käfig die Größe eines kleinen Zimmers hatte. Sie konnte zwar nur auf dem Boden sitzen, aber sie hatte zweifellos Platz, um sich zu bewegen.

Doch sie verblieb in der Ecke, ihr Blick auf den Bildschirm gerichtet.

Ich versuchte immer wieder, gegen Az' Fesseln anzukommen und mich zu befreien. Er hatte mich an die Seite der Bühne gehievt und mich als Wächter an der Seite platziert. Was es mir erlaubte, Cami zu sehen, mich aber auch den begierigen Höllenfeen gefährlich nahe brachte.

Mehrere von ihnen waren mit wütenden Kommentaren hinsichtlich der Regeln auf mich zugekommen und hatten mir gesagt, dass ich Camis nicht würdig war und was ich mir erlaubt hätte, sie für den Rest von ihnen zu besudeln.

Einige hatten mich gefragt, wie sie schmeckte.

Und wieder andere hatten zugegeben, dass sie es mir nicht verübeln konnten, dass ich die Situation ausgenutzt hatte, und machten anstößige Kommentare, während sie ihren perfekten Körper bestaunten.

Ich ahnte, dass die letzte Gruppe auf einer der verrufenen Listen Luzifers landen würde. Er würde wissen wollen, wer mein Verhalten für bewundernswert empfand, nur um ein Auge auf sie und ihre gesponserten Bräute zu haben.

Az trat in mein Blickfeld und seine Kraft malträtierte meine Sinne, während er mich von einigen Fesseln zu befreien schien. „Mach keine Szene", sagte er leise.

„Indem ich was tue?" Ich sah ihm in die Augen. „Dich beißen?" Weil er nur meinen Kopf befreit hatte.

Seine Mundwinkel zuckten. „Wir beide wissen, dass mir das gefallen könnte."

„Mal abgesehen davon, dass uns das zu Gefährten machen würde", konterte ich. „Und ich will ganz bestimmt nicht dein Gefährte sein."

Er zog seine Augenbrauen hoch. „Aha? Wäre ich denn ein solch schrecklicher Gefährte?"

Ich sah zu Cami, dann zurück zu ihm. „Ja, wärst du."

Er kniff seine Augen zusammen. „Glaubst du etwa, mir gefällt das hier?"

„Du hast sie in diesen verdammten Käfig gesteckt, Az. Also missfällt es dir zweifelsohne auch nicht."

Er knurrte. „Es geht ihr gut und sie ist in Sicherheit. Das ist alles, was für mich zählt."

„Es geht ihr nicht gut", gab ich zähneknirschend und mit Blick zu ihr von mir. „Sie sitzt starr da und ihr ist unangenehm zumute."

„Dann werde ich sie später stimulieren und sie mit meiner Zunge verwöhnen. Dann wird sie mir vergeben."

Das bezweifelte ich stark. Etwas in ihr hatte sich verändert, sowie Luzifer ihren Mantel entfernt hatte. Eine Art Feuer, das entfacht worden war – eine subtile Entschlossenheit, die ihren derzeitigen Zustand antrieb.

Sie würde keinem von uns so einfach vergeben – mir inklusive.

„Was hält dein Phönix von alledem?", fragte ich ihn, ärgerte ihn absichtlich. „Gefällt es ihm, dass all diese anderen Männer *seine* Cami so anstarren?"

Az' presste seine Lippen aufeinander und musterte den Raum. „Mein Phönix ist loyal", sagte er vage.

„Gegenüber wem?", fragte ich. „Denn ganz offensichtlich ist er weder mir noch Cami treu."

Schwarze Flammen tanzten in Az' Augen, als er mich ansah. Sein Phönix spähte aus den Tiefen seiner Augen heraus. Sie wurden kurz darauf von seinem üblichen Violett geschluckt.

„Ich habe dich gefesselt, um dich zu beschützen", murmelte er leise. „Wenn du dich dagegen wehrst, wird deine Bestrafung nur noch schlimmer ausfallen. Das muss dir doch klar sein."

Vielleicht war es das auch.

Aber das bedeutete nicht, dass es mir gefallen oder ich es akzeptieren musste.

„Lass ihn heute einfach seinen Spaß damit haben, dich zu foltern. Er wird dich später dafür belohnen", ergänzte Az, noch immer mit leiser Stimme, für den Fall, dass die Höllenfeen um uns herum lauschten.

Die meisten von ihnen waren zu ihren Sitznischen zurückgekehrt und ihr Fokus lag auf den Spielen, die auf den Bildschirmen zu verfolgen waren. Nur ein paar von ihnen lungerten noch herum, aber sie schienen interessierter daran, Camis Brüste anzustarren, als mir und Az zuzuhören.

„Mir ist meine Bestrafung egal", zischte ich ihm zu. „Was mir am Herzen liegt, ist Cami. Sie hat nichts Falsches getan."

„Vielleicht ist es weniger eine Bestrafung und vielmehr eine Prüfung", konterte Az. „Um ihren Mut in einer herausfordernden Situation zu testen."

Stirnrunzelnd musterte ich Cami und dachte über Az' Aussage nach. *Eine Prüfung, keine Bestrafung.*

Wozu ein Test?

Um zu ermitteln, wie lange sie diese Erniedrigung ertragen kann?

Sie stand mit sicherem Stand und ihren Armen an den Seiten hängend da, doch die Anspannung in ihren Schultern sagte mir, dass sie nicht in der Lage sein würde, diese Haltung noch viel länger zu bewahren.

Es waren bereits mehrere Stunden vergangen und die Spiele waren noch längst nicht vorbei. Die Bräute waren noch immer auf dem Gebiet der Unseelie und nur wenige von ihnen hatten diese Runde bestanden. Und sie mussten als Nächstes in die Naga-Region des Marschlandes gelangen.

Vielleicht prüft er ihre Ausdauer, dachte ich und bewunderte ihre selbstbewusste Haltung. *Oder wie lange sie seine Grausamkeit ertragen kann, ohne ein Wort von sich zu geben.*

„Warum testet er sie?", fragte ich Az. „Um abschätzen zu können, ob sie Melek würdig ist?"

Az zuckte mit der Schulter. „Ich weiß es besser, als Typhos Fragen zu stellen. Er wird seine Gründe darlegen, wenn er so weit ist."

Ich spannte meinen Kiefer an. Camis Worte von wegen von einer Klippe springen, wenn Luzifer es mir auftragen würde, gingen mir durch den Kopf. Ich spürte ihre anschuldigenden Worte tief in meiner Seele.

Denn ich würde seinen Befehlen bis ins Grab Folge leisten.

Und doch war etwas an dieser Sache anders. Ich wollte mich von Az' energetischen Fesseln befreien und Cami retten. Ihr dabei helfen, diesem Reich, dieser Situation, allem zu entfliehen. Und auf all die Spielchen pfeifen, die Luzifer trieb.

Zum ersten Mal seit einer langen Zeit wollte ich jemanden voranstellen.

Wollte tun, was ich für richtig empfand, anstatt ganz einfach das Schicksal anzunehmen oder davon auszugehen, dass mein Vorgesetzter gute Absichten hatte.

Luzifer hatte sich immer als weise herausgestellt und seine Entscheidungen beeinflussten andere immer wieder auf tendenziell eher positive als negative Weise.

Aber das hier ... Ich konnte nichts Positives an dieser Situation finden.

Cami zuckte zusammen und umschlang die feurigen Gitterstäbe, bevor sie zischend an ihnen riss. Ich zuckte zusammen – oder zumindest versuchte mein Körper es –, als sie auf ihre Knie fiel, da ihre Beine eingeknickt waren.

Az sah zur Bühne, hatte ganz offensichtlich ihren leisen Schmerzensschrei gehört, tat jedoch nichts, um ihr zu helfen, als sie nach vorn fiel und ihre Hände auf den Boden trafen.

Der Käfig bebte etwas, was mich die Stirn runzeln ließ.

Wie es schien, stand die Konstruktion auf einer Art Sphäre. *Ist das der Grund, weshalb sie sich nicht bewegt?*, fragte ich mich. *Weil sie hat spüren können, dass das Gleichgewicht sich verändert?*

Aber sie hatte nicht mehr stehen können. Ihre Beine hatten angesichts der Anstrengung gezittert und jetzt schien sie zu keuchen, als ihr Käfig erzitterte und sich bewegte.

Mehrere andere Höllenfeen hatten ihre Blicke von den Bildschirmen abgewandt und ihre Aufmerksamkeit auf Camis zitternde Form gerichtet. Ihre Brüste waren offen zu sehen, aber die Ketten verbargen zumindest ihre untere Körperhälfte. Obwohl ... Sie schien ihre Schenkel aneinanderzupressen, als versuchte sie sicherzustellen, dass das Kleidungsstück an Ort und Stelle verblieb.

Moment mal ... Nein. Ich kniff meine Augen zusammen. *Diese Reaktion kenne ich doch.*

Sie versuchte überhaupt nicht, etwas anzubehalten.

Sie versuchte sich davon abzuhalten, *zu kommen.*

Mir klappte die Kinnlade herunter. *Darum konnte sie vorhin nicht richtig gehen,* realisierte ich. *Dieses verdammte Outfit stimuliert ihre Klitoris.*

Ich hatte mir nicht die Zeit genommen, sie in diesem Ketten-Outfit gebührend zu bewundern, weil es sich angesichts der

Situation falsch angefühlt hatte, doch jetzt musterte ich das Outfit und konnte erkennen, wo es sich an ihrer Mitte hinabrankte und ihre Geschlechtsteile verdeckte.

Verdammt.

Der Käfig bewegte sich erneut, was dieses Mal darin endete, dass Cami ihre Hände zu Fäusten ballte, während ihr gesamter Körper zitterte.

Sie stand kurz davor, ihre Fassung zu verlieren. Wenn sie einen Orgasmus hatte, während sie in Luzifers Käfig gefangen war, würde das ihrer Erniedrigung die Krone aufsetzen.

Sie konnte es nicht mehr länger ertragen. Und ich auch nicht.

Was auch immer für eine *Prüfung* das hier sein mochte, war Camis Schmerz nicht wert. Das hier hatte jetzt schon lange genug angedauert.

„Lass mich frei", sagte ich zu Az. „*Sofort.*"

„Nein", erwiderte er, schien jedoch abgelenkt von Camis Zustand und verzog das Gesicht. Vielleicht, weil ihm gerade dasselbe bewusst geworden war, was ich soeben realisiert hatte. Dass Cami kurz davorstand, vor all diesen lechzenden Höllenfeen zu kommen.

Ich bezweifelte, dass sein Phönix das gutheißen würde.

Mein Blick wanderte zu Melek. Auch er starrte Cami an. Seine übliche Belustigung war seinem Gesicht gewichen, was darauf hinwies, dass auch er nicht besonders angetan hiervon war.

Er lehnte sich zu Luzifer, um ihm etwas zuzuflüstern, was den König der Höllenfeen dazu veranlasste, zu Cami zu blicken. Er zuckte mit den Schultern, dann sah er wieder auf ein Gerät in seiner Hand.

Stellt das etwas mit Cami an? Mit dem Käfig?, fragte ich mich. *Oder schickt er bloß eine Nachricht an seine Albtraumfeen-Könige?*

„Nein", sagte ich voller Zorn. „Ich werde das hier nicht akzeptieren."

Az erschrak, als hätte er bis gerade eben vergessen, dass ich neben ihm stand.

Doch seine Energie hielt stand und behielt mich an Ort und Stelle, während ich Cami auf ihre Unterlippe beißen sah.

„Constantine hat mich damals mit einem Bann gefangen gehalten", sagte ich mit leiser Stimme zu Az. „Hat mich gezwungen, dabei zuzusehen, wie alle, die ich geliebt habe, ihren Lebenswillen verloren haben, bevor er sie in Marmor verwandelt hat."

Ich sah zu ihm hoch, stellte sicher, dass er allen Schmerz sehen konnte, den ich verspürte, als ich mich an diesen fürchterlichen Tag zurückerinnerte.

„Und jetzt zwingst du mich, Cami dabei zuzusehen, wie sie ihren Kampf verliert. Sie mag nicht meine Gefährtin oder Teil meiner Familie sein, aber sie ist die erste Frau, die mich mehr fühlen lässt als nur den Tod. Zum ersten Mal seit zehn Jahren. Und du zwingst mich, ihr dabei zuzusehen, wie sie leidet. Fesselst mich. Raubst mir jegliche Kraft. *Wie Constantine.*"

Az zuckte zusammen. „Ajax."

„*Nein.*" Ich würde mir seine Gründe und seine hohlen Phrasen nicht länger anhören. „Das hier ist falsch." Wir mussten Cami beschützen. Und wir ließen zu, dass sie sich auf dieser Bühne wand und das gesamte verdammte Königreich dabei zusah. „Ich werde dir für das hier nie vergeben."

Es mochte durchaus sein, dass es eine logische Erklärung für das alles gab. Eine, die ich vor einer Woche vielleicht verstanden hätte. Verdammt, vielleicht hätte ich sie sogar noch vor wenigen Stunden akzeptiert.

Aber nicht mehr.

Nicht, nachdem ich Luzifer dabei zugesehen hatte, wie er Camis Körper öffentlich präsentiert hatte, nur um seine Macht zur Schau zu stellen.

Sie ist kein Zeichen.

Sie ist kein Stimmungsmacher.

Sie ist eine Person. Meine *Person.*

Eine wunderschöne Kämpferin und eine integre und starke Frau.

Sie besaß Würde. Würde, die zu verteidigen es wert war, anstatt sie ihr vor einem Publikum zu entreißen.

„Verdammt", keuchte Az und seine Kraft, die um mich geschlungen war, pulsierte. „Ajax ..."

Eine Explosion ließ den Nachtclub erzittern und ließ mich

seitwärts zu Boden fallen, während Az' Kraft wie ein Gummiband zerbarst.

Ich blinzelte, benommen und erschrocken über die Wucht, und verstand nicht, was gerade geschehen war.

Cami lag ein paar Meter entfernt am Boden. Der Käfig hatte sich in Asche verwandelt und sich um sie herum verteilt. Sie sah genauso erstaunt aus wie ich, als sie sich mit weit aufgerissenen Augen im Zimmer umsah.

Die Feuer sind erloschen, dämmerte mir und mir fiel das fahle Flimmern von Licht auf, das von den Bildschirmen rührte. Ansonsten nichts. Az lag ebenfalls am Boden und seine violetten Augen flackerten in der Dunkelheit, während er die Umgebung nach Gefahren absuchte.

Dann blickte er direkt zu Luzifer.

Der König der Höllenfeen stand in der Mitte des Raumes, sein Blick auf das noch immer glühende Hologramm gerichtet. Ich folgte seinem Blick und mein Mund öffnete sich voller Staunen angesichts des Bildes, das sich uns bot.

Oh, Scheiße ...

In den trüben Wassern des Marschlands wütete ein Strudel des Chaos. Höllenfeen-Bräute versuchten ihm zu entfliehen, zusammen mit den Unseelie, mit denen sie sich auseinandergesetzt hatten. Sie alle versuchten dem wirbelnden Vortex zu entkommen, der sich in der Mitte aufgetan hatte.

Noch ein Portal.

Im Marschland.

Und es saugt alles und jeden in seiner Nähe ein.

Wie ein schwarzes Loch.

Mein Blick fiel erneut auf Cami und mein Instinkt, zu ihr zu gehen, überstieg jeglichen vernünftigen Gedanken.

Aber sie war nirgendwo zu sehen.

Weg.

Verschwunden.

Das Einzige, was noch von ihr übrig war, waren ein paar wenige der roten Schleifen, die sie im Haar getragen hatte.

Und der fahle Geruch ihres blumenähnlichen Dufts.

KAPITEL 32

CAMI

VOR WENIGEN SEKUNDEN

WAS ZUM TEUFEL ist gerade passiert?!

Ich hatte etwas auf den Bildschirmen gesehen. Vielleicht ein Portal? Aber es hatte nicht so ausgesehen wie jenes, das ich mit Vita heraufbeschworen hatte. Es hatte … Es hatte ausgesehen wie ein wirbelndes Loch, das drohte, alles in seiner Nähe zu zerstören.

Dann war ich wie ein Spielzeug in meinem Käfig herumgeworfen worden, als wäre der Boden des Clubs unter mir weggefallen. Ich war so wütend gewesen, dass es mich nicht überrascht hätte, wenn der Kraftschub von mir gekommen wäre.

Aber das war er nicht, und jetzt tat mir alles weh.

Ich versuchte mich zu bewegen und ächzte, als Schmerz meine Rippen durchfuhr. Der Geruch von Asche umgarnte mich, machte mich benommen, während ich versuchte, zu begreifen, was geschehen war.

In einem Versuch, aufzustehen, versuchte ich nach den Gitterstäben des Käfigs zu greifen, musste jedoch feststellen, dass er verbrannt war.

Vielleicht ist er vom Kraftschub geöffnet worden?

Moment mal, was ist mit dem Portal-Ding?

Ich versuchte durch den Staub hindurch etwas zu erkennen, aber er wirbelte um mich wie ein Sandsturm und verwirrte meine Sinne.

Plötzlich hatte ich das Gefühl, in einen Tornado aus Asche

und Glut gesogen zu werden. Hitze breitete sich auf meiner Haut aus und etwas zog an meinen Fesseln. *Was zum Teufel?!*

Ich hustete und meine Hände versuchten fieberhaft, den Schutt wegzuwedeln, um etwas sehen zu können.

Mir krümmte sich der Magen. Die Empfindung erinnerte mich an meine Reise mit Melek zum Palast.

Ich versuchte seinen Namen zu sagen, doch der reißende Strom von atmosphärischen Partikeln verunmöglichte es mir, Worte von mir zu geben. Ich hustete abermals, vergrub mein Gesicht in meinen Händen und versuchte zu ermitteln, was hier vor sich ging.

Dann hörte alles schlagartig auf und mein Körper schien auf einem trüben Boden zu erstarren. Ich rümpfte meine Nase, als die Asche sich mit einem neuen Geruch verband. Mit etwas Saurem und Feuchtem.

Ist irgendwo ein Rohr gebrochen?

Verfügen Gebäude im Reich der Höllenfeen überhaupt über Wasserleitungen?

Ich rieb mir die Nase, wollte mich dem beißenden Geruch entziehen, doch das machte ihn nur noch schlimmer.

Denn etwas Moosartiges klebte an meiner Hand.

Was zum ...?!

Ich sah mich um. Die Luft klärte sich genug, damit ich erkennen konnte, dass ich nicht mehr in meinem Käfig saß. Zur Hölle, ich war nicht einmal mehr im Nachtclub.

Ist das ... Sonnenlicht? Der Schein schien etwas kränklich, während er so gegen die staubige Luft ankämpfte. Die fahlen Strahlen kämpften sich ihren Weg durch den obskuren Himmel. Die wenigen Strahlen, die es in den Garten schafften, in dem ich mich befand, erloschen, als sie gegen eine unsichtbare Wand trafen und zu gebrochenen Regenbögen wurden, die vielfarbiges Licht auf feenartige Statuen warfen.

Ähm, ja. Definitiv nicht die feurigen Lichter des Fegefeuers ...

Meine Finger strichen über den Boden, doch anstatt dieses Mal etwas Moosartiges zu berühren, trafen sie auf Stein. *Nein, das ist kein Stein. Das ist eine weitere Statue.*

Ich blinzelte eine Unseelie-Frau an, fühlte mich im Vergleich zu ihr winzig klein, und versuchte nachzuvollziehen, wo ich mich derzeit aufhielt.

Im Unseelie-Hof?

In ihrem ... Wie wurde er noch einmal genannt? Dem Brautgarten?

Ich runzelte die Stirn. *Habe ich mir wegen des Kraftschubs im Club den Kopf gestoßen? Träume ich?*

Denn das würde mein plötzliches Erscheinen hier erklären.

Und doch ... fühlte es sich real an. *Sieht auch ziemlich echt aus.*

Überall um mich herum hingen Weinreben und ihre dunkelgrünen Äste waren mit Blüten besetzt, die den moschusartigen Geruch, der mich einlullte, etwas verfliegen ließen. Dieses Gebiet hier schien beinahe friedlich. Ruhig. *Wunderschön.*

Im Buch, das ich über dieses Gebiet gelesen hatte, hatte gestanden, dass diese Region einst ein Wald voller Leben gewesen war. Und als ich mich so umsah, konnte ich jetzt verstehen, was damit gemeint gewesen war. Aber es gab auch tödliche Einflüsse hier. Kaum sichtbare, schwarze kleine Stängel deuteten an, wo Leben geendet hatte.

Und so viel Kraft, staunte ich. Ich konnte sie spüren.

Luzifer bewirtschaftet das alles.

Jedes Königreich in seinem Reich.

Ganz schön viel Arbeit für eine Fee.

Das brachte mich aber nicht dazu, ihn zu mögen. Nicht nach allem, was er mir heute angetan hatte.

Also, wo ist er?, fragte ich mich. *Wie bin ich hierhergekommen?*

Die Statue ruckelte plötzlich, als der Boden von einer Schockwelle heimgesucht wurde, die die Steine zerschellen ließ, während ich rückwärts auf allen vieren zurückschnellte und die Ketten sich daraufhin in meine Haut bohrten.

„Verdammt", zischte ich. Das Outfit drückte in meine Schenkel und in meinen Unterkörper.

Entweder passiert das hier gerade wirklich oder ich habe mir den Kopf gestoßen und dieses widerwärtige Dessous verfolgt mich in meinen Albträumen.

Scheiß auf dieses Outfit.
Scheiß auf Luzifer.
Scheiß auf alles.

Ich wollte mich gerade auf meine Hände und Knie stemmen, um zu versuchen, mich zu erheben, doch dann schlangen sich zwei starke Arme um meine Mitte und zogen mich an eine harte Brust. „Psst. Ich bin's", flüsterte eine tiefe Stimme in mein Ohr.

Ajax.

Ich öffnete meinen Mund, um ihm meine Meinung zu sagen, doch ein Blitz ließ mich blinzeln.

Mehr davon folgten, flitzten um uns herum und ein leises Summen kitzelte meine Sinne. Ich konnte die Quelle des Geräuschs nicht ganz ausmachen, bis ich einen Blick auf ein glitzerndes Flattern erhaschte, das das fahle Licht streifte.

Flügel. Jede Menge Flügel.

Unseelie, staunte ich. *Echte Unseelie.*

Vermutlich gefiel es ihnen nicht, dass wir hier, an einem so heiligen Ort, waren.

Aber warum bebt der Boden noch immer?, fragte ich mich.

Eine weitere Statue zerbarst in der Ferne und ließ den spiegelähnlichen Stein zu Boden fallen. Verbogene Bäume brachen und Blüten flatterten durch die Luft, verliehen der Atmosphäre eine gruselige Stimmung, während die Quelle der Zerstörung in der Ferne rumpelte.

„Haltet die Wand aufrecht!", schrie eine Männerstimme, als eine weitere Explosion – begleitet von einem Schrei – losbrach.

Ich haderte damit, erkennen zu können, woher sie gekommen war. Ich konnte nur verschwommen etwas durch die Luft flitzen sehen.

„Wir müssen hier weg", sagte Ajax und breitete seine Schatten aus.

Aber ich schüttelte ihn ab. „Nein. Wir können nicht gehen." Die Worte kamen mir ungebeten über die Lippen. Meine Instinkte lehnten sich allein gegen den Gedanken, wegzurennen, auf.

Etwas hatte mich hierhergebracht.

Etwas, das sich wie Luzifers Magie anfühlte.

Okay, aber Moment mal. Ich würde ihm lieber dabei zusehen, wie er in der buchstäblichen Hölle dahinrottet, dachte ich düster. *Vor allem nach dem, was er mir angetan hat.*

Also vielleicht würde zu gehen ...

Ein weiterer Schrei hallte durch die Luft, was ein Schaudern an meinem Rücken hinabsausen ließ.

Der Schrei hörte sich weiblicher Natur an.

Weil die Bräute sich wegen der Spiele in diesem Königreich befinden, realisierte ich. *Scheiße.*

Wir konnten sie nicht im Stich lassen. Nicht mit diesem ... *Ding,* das ich auf den Aufnahmen gesehen hatte. „War das ein Portal?", fragte ich, bezog mich dabei darauf, was ich auf dem Bildschirm gesehen hatte. „Dieses vortexähnliche Ding? War das ein Portal, mitten in der Probe?"

„Ja, was auch der Grund ist, warum wir verdammt noch mal hier weg müssen. Es saugt alles ein", sagte Ajax zu mir und ein paar wenige Meter von uns entfernt zerbröckelte eine weitere Statue.

Er aktivierte seine Magie erneut und seine Schatten legten sich um uns.

„*Nein*", raunzte ich ihn an.

Vielleicht sollten wir nicht hier sein, aber etwas hatte mich aus gutem Grund hierhergezogen. Ich konnte es tief in meiner Seele spüren – wie wichtig dieser Moment hier war.

„Wir können nicht gehen", sagte ich erneut.

Ein weiterer Kraftschub traf auf den Garten, woraufhin noch mehr Steine zu Boden fielen. Schreie durchzogen die Luft und dann kam ein Unseelie in Sicht, der gen staubigen Himmel flog.

Einige von ihnen hatten Höllenfeen-Bräute bei sich, während andere Seile in den Händen hielten, um die Steinwände davon abzuhalten, zu fallen.

„Macht euch gefasst!", schrie eine Stimme.

Das war die einzige Warnung, die wir erhielten, bevor die Hälfte der Schranke zerrissen wurde.

Die Schockwelle sauste zu Boden und blies meine Zöpfe aus dem Gesicht. Die Strähnen fransten aus, als die Vibrationen mich gegen den moosigen Boden warfen.

Dieses verdammte Outfit!, dachte ich und ächzte, als die Ketten sich erneut in meine Haut bohrten.

Die eine Seite verhakte sich und drückte sosehr auf meine Rippen, dass es wehtat und ich scharf ausatmete.

Ajax' schwarze Schatten breiteten sich erneut um mich aus, doch ich schob sie mit einem entschlossenen Magieschub weg. Magie, von der ich nicht einmal gewusst hatte, dass ich sie besaß. Sie fand instinktiv zu mir und meine Seele weigerte sich, diesen Ort zu verlassen.

Ajax knurrte, als er seine Hände an die Stelle brachte, wo seine gedämpfte Magie verweilte, und mein Gesicht in seine Hände nahm. „Wir müssen gehen", drängte er mit sorgenvollem Blick in den dunklen Augen. „Es ist hier nicht sicher."

Die Intensität in seiner Stimme überraschte mich. „Und zurück ins Fegefeuer gehen, wo ich eine verdammte Sexpuppe bin, die zur Schau gestellt wird?"

„Nein", sagte er. „Das wird nie wieder geschehen, Cami. Nie wieder."

Ich starrte in seine schwarzen Augen, die von einem blauen Ring umgeben waren.

Meinte er das wirklich so?

Wusste er, was er da andeutete? Denn Luzifer würde etwas weitaus Schlimmeres tun, als ihn bloß seines Wärter-Status zu berauben, wenn er mir bei meiner Flucht helfen würde.

Mir entging die Ironie daran nicht. Er war in seinem Status degradiert worden, weil er zugelassen hatte, dass ich geflohen war. Jetzt wollte er mir helfen?

Zu spät, Ajax, wollte ich sagen, doch dann durchschnitt ein weiterer Schrei die trübe Luft und verlangte nach meiner Aufmerksamkeit.

Ich befreite mich aus Ajax' Griff und suchte nach der Quelle.

Als ein weiterer Schrei ertönte – dieses Mal unterlegt mit noch mehr Schmerz –, zwang ich mich auf meine Beine. Mir tat alles weh und das Outfit schützte mich nur in geringem Masse vor den Elementen.

Aber Scheiß drauf.

Ich musste … Ich musste helfen. Es fühlte sich wie ein intrinsisches Verlangen an, das durch meine Seele streifte und mich aufforderte, in Aktion zu treten. Es verlangte nach Zuflucht. Nach einem Zweck.

Ich zischte angesichts des Schmerzes und zwang mich, auf die verletzte Braut zuzugehen. Oder zumindest ging ich davon aus, dass der Schrei von einer verletzten Braut gekommen war. Er war zu feminin gewesen, um von einem Unseelie zu stammen.

Meine Ketten schienen voller abnormaler Hitze zu brennen, während ich mich bewegte, aber ich ignorierte es. Mein Adrenalin jagte zu mächtig durch meine Adern, um mich auf etwas anderes als die Quelle dieses Lautes konzentrieren zu können.

Finde die Quelle dieses Lautes, sagte ich zu mir selbst, als ich meine Schuhe von meinen Füßen riss und über einige der kaputten Steine sprang.

Ajax rief meinen Namen, aber ich blendete ihn aus, konzentrierte mich auf das Wimmern.

Als ich um eine der Statuen aus Stein ging, erblickte ich eine der gefallenen Bräute. Eine rothaarige Frau, die ich von meiner ersten Reise zur Bibliothek kannte.

Veronica, erinnerte ich mich. Ihr Name war an jenem Tag auf der Rückseite ihres T-Shirts zu sehen gewesen. *Veronica Scottsdale.*

Ihre feuerroten Strähnen klebten an ihrem Gesicht, waren krisselig und schlaff aufgrund der ungastlichen Umgebung.

Anders als die anderen Bräute, die ich vorhin auf den Bildschirmen gesehen hatte, trug sie ein schwarzes Kleid mit goldenem Saum. Es war genauso offenherzig wie die auf sie zugeschnittenen Lederrüstungen der anderen, bot ihr aber zweifelsohne nicht viel Schutz, wie die vielen Schnitte und Prellungen bewiesen.

„Veronica", sagte ich, kniete mich neben sie und bemerkte das Marmorstück, das ihren Arm eingeklemmt hatte. Blut besudelte die linke Hälfte ihres Gesichts und ihr Auge war zugeschwollen. Außerdem klebte etwas Zuckeriges an ihrer anderen Wange.

Ich sah es stirnrunzelnd an. *Ist das Zuckerguss?*, fragte ich mich.

Dann schüttelte ich mich und konzentrierte mich auf den Marmorstein.

Ihre grünen Augen – zumindest jenes, das nicht verletzt war –, schienen unfokussiert, bis sie blinzelte. „Was zum Teufel trägst

LEXI C. FOSS & J.R. THORN

du da?", fragte sie, während sie mein Outfit musterte. Dann zuckte sie erneut zusammen und ein weiteres trauriges Wimmern stieß aus ihrem Rachen. „Verdammt, das tut echt weh."

Ich nahm an, dass sie vom Schutt sprach, der ihren Arm blockierte.

Ich ließ die Frage nach meinem Outfit unbeantwortet – denn ich hatte wirklich keine Lust darauf, darüber zu sprechen – und sah den Stein an, der sie gefangen hielt. „Ich werde ihn beiseiteschieben, damit du aufstehen kannst."

Sie sah den Marmorstein an und zuckte zusammen. „Okay."

„Kannst du versuchen, dich wegzurollen, wenn ich ihn anschiebe?", fragte ich.

Aber bevor sie antworten konnte, löste sich der Stein in eine Rauchwolke auf, woraufhin Ajax mit einem entnervten Ausdruck erschien.

Veronica wich zurück und erschrak, als Az sich in Form einer Aschewolke neben ihm materialisierte. Sein zerzaustes Haar fiel in seine violetten Augen und ein besorgter Ausdruck weilte in seinem Gesicht.

Er kniete sich neben mich und sein Blick musterte meinen mehrheitlich nackten Körper. „Bist du verletzt?", fragte er.

Der gespielt besorgte Tonfall in seiner Stimme brachte mich beinahe zum Lachen. Als ob er sich etwas daraus machte. Er hatte mich in diesem lächerlichen Outfit vor wenigen Stunden in einen Käfig gesteckt. „Es geht mir gut", keifte ich. „Aber Veronica ist verletzt. Bring sie hier weg. *Sofort.*"

Es war mir egal, ob das hier eine Höllenfeen-Probe war, etwas stimmte hier nicht. Und er konnte seine Zeit darauf verwenden, sich Sorgen um sie anstatt um mich zu machen.

Als er nichts sagte oder tat, ergänzte ich: „Es sei denn, du willst, dass ihr Blut an deinen Händen klebt? Sie hat vermutlich innere Blutungen und braucht medizinische Versorgung." Denn soweit ich das beurteilen konnte, war sie ein Halbling wie ich, keine vollblutige Fee.

Az schüttelte seinen Kopf, als würde er einen Bann abschütteln, und sah Ajax mit hochgezogenen Augenbrauen an. „Warum hast du Cami noch nicht hier weggebracht?"

Ajax starrte ihn bloß an. „Oh, jetzt machst du dir plötzlich etwas daraus, wie es ihr geht?"

„Fang gar nicht ..."

„Oder was? Wirst du mich dann wieder mit deiner verdammten Fesselmagie angreifen und mich wieder zwingen, dabei zuzusehen, wie sie leidet?", fuhr Ajax fort.

Moment mal ... Wie bitte?!

„Ich habe nur meinen Job getan", zischte Az. „Und wir haben jetzt keine Zeit hierfür. Bring Cami hier weg. Ich werde mich um die Braut kümmern."

Ajax verschränkte seine Arme. „Sie will nicht gehen und ich werde sie nicht zwingen, auch wenn es das Richtige zu tun wäre. Sie hat heute schon genug grobe Behandlung durchlebt."

Jetzt zog ich meine Augenbrauen hoch. *Ajax ergreift Partei für mich?*

„Scheiß auf das hier", knurrte Az und packte mich und Veronica.

Ich öffnete meinen Mund, um Einwände zu erheben, während seine aschige Magie sich um mich herum ausbreitete und die Welt in einer schwarzen Wolke verschwand.

Nur um im nächsten Moment wieder im fahlen Licht zu stehen, bevor ich aufgrund eines magischen Schubs zurückstolperte. Meine Ketten fraßen sich abermals in meine Haut und entlockten mir ein schmerzerfülltes Ächzen.

Wenigstens stimulierte mich das Outfit nicht mehr.

Aber gut fühlte sich anders an.

Az materialisierte sich im nächsten Augenblick erneut, mit einer sich windenden Veronica in seinen Armen. In seinen violetten Augen loderte ein wütender Blick und er funkelte mich an. „Was zum Teufel sollte das denn, Cami?"

Ich winkte ab, weil ich nicht einmal ansatzweise eine Antwort für ihn hatte. Ich hatte nicht versucht, mich gegen seinen Teleportationsbann zu wehren, aber meine Magie schon. Und meine Magie hatte gewonnen.

Also gab es einen Grund, aus dem ich hier verblieb, auch wenn ich ihn nicht ganz verstand. Und ich wollte ihn auch nicht mit jenem Mann besprechen, der mich in diesen verdammten Käfig gesperrt hatte.

Ein Mann, der mir ans Herz gewachsen war – obwohl ich es nicht gewollt hatte.

Ein Mann, der Ajax offenbar paralysiert hatte, um ihn davon abzuhalten, mir zu helfen.

Nicht, dass er das getan hätte, dachte ich.

„*Verdammt*", sagte Az, was meine Aufmerksamkeit auf ihn und eine flüchtende Veronica zog.

„Ich werde *nicht* zurückgehen!", schrie sie und rannte weitaus schneller davon, als ich erwartet hätte.

Sie wollte nicht in die Brauthölle zurück? Wie schockierend.

Az fluchte. „Ich werde sie einfangen", sagte er und zeigte mit dem Finger auf Ajax. „Aber lass Camillia nicht aus den Augen. Verstanden?"

„Geh einfach und fang das Mädchen ein." Ajax hörte sich entnervt an, als handelte es sich dabei um einen bescheuerten Befehl und er mich auf keinen Fall aus den Augen verlieren würde.

Während ich bereits halbwegs über den Berg aus Schutt geklettert war. Ajax fluchte. „Cami, warte!"

„Ich werde nicht warten. Halt Schritt mit mir!", schrie ich über meine Schulter.

Weil offensichtlich niemand wusste, was sie taten. Unschuldige Leben wurden wegen einer verdammten Probe gefährdet – und obendrein hatte sich im Marschland ein riesiges Portal aufgetan, das alles in seiner Nähe zerstörte.

Ich werde mich selbst darum kümmern, wenn ich muss, knurrte ich in Gedanken. Nicht, dass ich auch nur die leiseste Ahnung hatte, was ich tun sollte, aber das war mir egal. Mir war die Bürokratie egal, die männliche Überlegenheit.

Einfach alles.

Und es war an der Zeit, dass dieser Wahnsinn ein Ende fand.

KAPITEL 33

CAMI

„Kannst du mir neue Schuhe herbeizaubern? Und vielleicht angemessenere Klamotten?", sagte ich, nachdem ich auf etwas Scharfes getreten war, das Schmerz an meinem Bein hochwandern ließ.

Wenn er bei mir bleiben wollte, konnte er sich wenigstens nützlich machen.

Meine Füße begannen zu brennen und ich realisierte, dass ich Schnittwunden hatte. Vermutlich mehr, als ich zugeben wollte. Der Rest meines Körpers war ebenfalls entblößt. Ganz zu schweigen von meinen schmerzenden Rippen, die mir das Atmen erschwerten.

Und jetzt pulsiert meine Klitoris wieder, wegen diesen beschissenen Ketten.

„Und Unterwäsche und eine Hose wären auch nett", knurrte ich.

Ajax zog seinen Zauberstab hervor, doch als sein Schwall violette Magie von mir abprallte, zuckte er zusammen.

Na, das würde ganz offensichtlich nicht funktionieren.

Er zog die Stirn kraus und ein entschlossener Blick fand in seine Augen, die er kurz darauf zukniff. Er murmelte einen weiteren Bann. Dieser schien sich, ganz wie seine Schlangen, um mich zu winden.

Ich erschauderte, fürchtete, dass ich gerade einen

schrecklichen Fehler gemacht hatte, als die Ketten sich zu bewegen und sich umzuformen begannen.

Stirnrunzelnd sah ich nach unten und sah das aus Spitze und Metall geformte Oberteil, das meine Brüste bedeckte.

Ich zuckte zusammen, als das Metallstück an meinem Hügel sich bewegte, und seufzte dann erleichtert, als es meine sensible Stelle befreite. Mein Inneres brannte, erinnerte mich an die Ketten, die sich um meinen Körper rankten, aber der subtile Hauch von Kälte, der von meiner Halskette rührte, half mir, meine Nerven zu beruhigen.

Dann nahm Ajax einen Schritt zurück, um sein Kunstwerk zu betrachten. „Ich kann das Outfit nicht entfernen, aber offenbar kann ich es verändern."

Er hatte mehrere Schichten kreiert. Die rote Spitze und die Ketten hatten sich in ein mehr oder weniger funktionelles Kleid verwandelt, das mich von meinen Brüsten bis zu meinen Schenkeln bedeckte.

Nicht direkt die ideale Garderobe für unsere derzeitige Lage, aber vielleicht könnte mir das Metall als Schild dienen.

Er ergänzte ein neues Paar Schuhe, ähnlich wie jene, die ich weggeworfen hatte – mit dem Unterschied, dass sie keine Absätze hatten.

Dann gab er mir Wurfmesser.

Ich zog meine Augenbrauen überrascht hoch.

„Nach dem, was heute geschehen ist, glaube ich, schulde ich dir mehrere hiervon", erklärte er achselzuckend. „Und vermutlich tausende Entschuldigungen."

Hm. „Vielleicht bist du doch kein Arschloch."

„Oh, das bin ich", versprach er mir. „Aber ich habe erwartet, dass Luzifer mich bestrafen würde, nicht dich. Und hätte ich gewusst, was er tun würde ..." Er verstummte und schüttelte seinen Kopf. „Ich habe dir gesagt, dass eine Erinnerung mit dir zu schaffen eine Strafe wert ist. Ich habe es auch so gemeint. Aber das ..."

Ich musterte ihn einen langen Augenblick, dann nickte ich, verstand, was er mir zu sagen versuchte. Er hatte gewusst, dass er bestraft werden würde, und dass hatte ihm nichts ausgemacht.

Doch er hatte nicht gewusst, dass Luzifer tun würde, was er heute getan hatte.

„Az hat magische Fesseln um mich geschlungen", ergänzte er und der Boden begann erneut zu beben. „Andernfalls ... hätte ich eingegriffen."

„Luzifer hat ihm befohlen, dich zu fesseln."

„Ja." Ein wütender Blick fand in Ajax' Gesicht. „Genau wie damals, als Constantine mich an Ort und Stelle hat erstarren lassen, während Emelyn und meine Familie getötet wurden."

Ich schluckte schwer und realisierte plötzlich, wie schlimm Ajax' Strafe gewesen war.

Aber ... Ich war nicht getötet worden. Nur sinnlich gefoltert. Und ich war nicht Emelyn oder seine Eltern.

Warum vergleicht er die beiden Begebenheiten dann?

Ich fragte um ein Haar nach, doch dann materialisierte sich ein Unseelie vor mir und starrte mich an.

Nicht nur erstaunt über sein Erscheinen, sondern auch darüber, wie unglaublich schön er war, starrte ich benommen auf seine Flügel, die sich in vielfarbige Lichter auflösten und dann verschwanden.

Und eine äußerst attraktive, mächtige Fee vor mir zurückließen.

Eine Fee mit einer Krone.

Er stand ein paar Meter von mir entfernt und sein langes Haar erinnerte mich an flüssiges Quecksilber. Es waberte um ihn herum und ließ ihn himmlisch und zugleich gefährlich aussehen.

Ich erhob meine zwei neuen Dolche, um mich zu verteidigen, doch das schien die Kreatur nur zu belustigen.

Er musterte mich und seine Nasenflügel blähten sich. „Na, du bist zweifellos hübsch, aber nicht die, nach der ich suche. Hast du eine Frau hier vorbeikommen sehen? Vielleicht eine, die eine Schwäche für Cupcakes hat?", fragte er mit seinem höschenschmelzenden Akzent, den ich nicht ganz zuordnen konnte. *Vielleicht Irisch? Vielleicht auch den Hauch von Schottisch? Eine Mischung mehrerer Akzente?*

Er sah mich mit seinen farbigen Augen an, die diese Anziehung bargen. Die Empfindung erinnerte mich daran, wie

Az' Phönix mich hypnotisierte. Ich fühlte mich plötzlich benommen und ließ meine Klingen senken.

Dann rauschte Ajax mittels seiner Schatten nach vorn und riss mich aus dem verlockenden Bann, mit dem der Unseelie mich gerade belegt hatte.

„König Erebus, nehme ich an", grüßte Ajax.

König?, wiederholte ich und blickte um Ajax herum, um mir den Unseelie erneut anzusehen. *Ich schätze, das erklärt die Krone.*

„Wärter", schnurrte der König. Sein Gesicht wurde von einem Grinsen erhellt, das geradezu psychopathisch aussah. Als würde er Ajax entweder umarmen oder aber töten wollen.

Ich tippte auf Letzteres.

Ein tödliches Versprechen strömte aus dem Unseelie, als der Boden um uns wieder erzitterte. Ich war mir nicht sicher, ob das Beben vom Portal stammte oder von der wütenden Mitternachtsfee vor mir.

„Ich möchte nicht respektlos sein, aber ich wüsste es zu schätzen, wenn du meine Frau nicht verzaubern würdest", sagte Ajax.

Ich zog meine Augenbrauen hoch. *Deine Frau?*, wollte ich fragen. *In welcher Hinsicht?*

Und warum mag ich, wie sich das anhört?

König Erebus grinste und sein Blick wanderte über Ajax' Schulter zu mir. „Aha? Gehört diese kleine Kreatur wirklich *dir*? Denn sie riecht, als würde sie Luzifer gehören." Die unsichtbaren Flügel hinter ihm materialisierten sich wieder. „Wenn du sie zurück zum König der Höllenfeen bringen willst ... Er befindet sich im Hof. Oder was einst der Hof war. Aber ich rate euch, das Gebiet umgehend zu verlassen. Dieses Gebiet hier ist gefährlich geworden."

Ach, wirklich?

Und was meint er damit, dass ich rieche, als würde ich Luzifer gehören?

Als ob ich jemals diesem Monster eines Mannes gehören würde.

König Erebus' Flügel begannen zu flattern und bewegten sich zu schnell, um ihre Bewegungen verfolgen zu können. Alles, was ich hinter ihm sah, war eine vielfarbige, verschwommene Stelle.

„Ich schätze, das ist nicht so wichtig", fuhr er fort. „Ich habe mein Auge auf eine Braut geworfen. Wenn sie da entlang gegangen ist, läuft sie Gefahr, meine Soldaten anzulocken. Und wenn das geschieht ... Na ja ... Lasst uns einfach sagen, dass ich sie dringend aufspüren muss."

Anstatt uns erneut zu fragen, ob wir sie gesehen hatten, brach das Licht um ihn herum und er verschwand.

Was für ein Arschloch. Er macht sich mehr Sorgen darum, eine Braut zu beanspruchen, als darum, dass sein Königreich in seine Einzelteile zerfällt.

Aber es überraschte mich nicht, dass der Unseelie-König ein Arschloch war. Was mich jedoch überraschte, war, was er über mich gesagt hatte.

„Warum hat er gesagt, dass ich rieche, als würde ich Luzifer gehören?", fragte ich. Mir gefiel überhaupt nicht, wie sich das anhörte.

Ajax' Wärter-Maske hatte zu ihm zurückgefunden, sodass ich nicht bestimmen konnte, was in ihm vorging. Ich ahnte, dass es nicht daran lag, dass er seine Gefühle zu verstecken versuchte, sondern daran, dass er sicherstellen wollte, dass wir es lebendig hier wegschafften.

„Ich glaube, es sind die Ketten", sagte er und sah demonstrativ auf mein neues Kleid. „Und das hat vermutlich etwas damit zu tun, dass ich dich nicht aus dem Outfit herauszaubern kann. Keine Ahnung, was für Einfluss diese Dinger haben, wenn man sie längere Zeit trägt."

Ich schnaubte. „Du warst es, der mir vor wenigen Stunden gesagt hat, dass ich dieses Etwas tragen muss."

„Das war, bevor ich begriffen hatte, was Luzifer vorhatte", murmelte er.

„Für mich war es ziemlich offensichtlich, als ich das Outfit gesehen habe", konterte ich.

Er seufzte und schüttelte seinen Kopf. „Es tut mir leid, Cami. Ich werde mich nie genug entschuldigen können."

Na, das stimmte. Und das war nicht der richtige Ort, um eingehender darüber zu sprechen. „Wohin gehen wir?", fragte ich. Meine Instinkte verlangten, dass ich hier verblieb, sagten mir jedoch nicht, warum oder was ich tun sollte.

Er deutete mit dem Kinn auf die gefallene Mauer. „Der Haupthof befindet sich da drüben."

Der Hof. Der Hof, in dem – gemäß König Erebus – Luzifer sich aufhält. „Du willst, dass ich mich dem König der Höllenfeen *nähere*?", fragte ich fassungslos.

„Hast du eine bessere Idee? Du bist es, die sich weigert, dieses Königreich zu verlassen."

Ich starrte ihn an und dachte nach. „Eigentlich hast du recht." Denn etwas an der Richtung, in die er gedeutet hatte, fühlte sich richtig an.

Was ist dieses seltsame Ziehen?, fragte ich mich. *Warum fühlt es sich an, als sollte ich hier sein?*

Den Bräuten zu helfen, ergab Sinn, aber tief drinnen wusste ich, dass das nicht der wahre Grund war, aus dem ich bleiben wollte. Da war dieses intrinsische Verlangen, das meine Taten antrieb.

Ähnlich wie damals, als ich die Quelle berührt habe, realisierte ich.

Vielleicht hätte ich mich aus dem Staub machen sollen.

Wegrennen sollen.

Dieses Ziehen an meiner Seele ausblenden sollen.

Aber ich war noch nie vor einer Herausforderung zurückgeschreckt.

Was auch der Grund war, warum ich mich jener gestellt hatte, die Luzifer mir vorhin aufgetragen hatte, und das erhobenen Hauptes.

Das hier mochte eine weitaus gefährlichere Situation sein. Eine, die wenig Sinn ergab.

Aber ich musste meinem Instinkt folgen.

Ich sah Ajax an. „Lass uns gehen."

KAPITEL 34

CAMI

Offenbar war es die halb zusammengefallene Mauer gewesen, die den Brautgarten vom Rest der Region abgegrenzt hatte. Sowie wir sie passiert hatten, hörte ich Meleks Stimme.

„Das wird das Problem auch nicht lösen, Ty." Er hörte sich besorgt an. „Lass uns einen Schritt zurücknehmen und die beste ..."

„Dafür bleibt keine Zeit", unterbrach Luzifer.

Es war ein gänzlich anderer Tonfall als jener des blasierten Königs, dem ich im Club begegnet war.

Das hier war der König, derjenige, der sich mit einer aktiven Bedrohung seines Reiches befasste – mit einem Angriff auf sein Volk.

Das hier war der Luzifer, der sich kümmerte.

Ich sollte mir den Tonfall besser gut einprägen, weil ich bezweifle, dass ich diese Seite von ihm erneut zu sehen bekommen werde – vorausgesetzt, ich überlebe die heutige Nacht.

Ich schob den Gedanken beiseite, kletterte weiter über den Schutt und bahnte mir meinen Weg zu Luzifers und Meleks Stimme. Jeder Schritt, den ich in ihre Richtung nahm, fühlte sich richtig an. Als würde ich von einer magischen Kraft geführt.

Was ist das?, fragte ich mich. *Warum habe ich das Gefühl an einer unsichtbaren Leine zu hängen?*

Vielleicht ist es die Kleidung, dachte ich und sah am verzauberten Metall hinab. *Versucht es, Luzifer zu finden?*

Ich stolperte über einen der Steine, nur um von Ajax' Arm abgefangen zu werden. Seine Hand wanderte direkt an meine Hüfte, um mir über das holprige Terrain zu helfen.

„Wenn dieser Vortex versucht, uns einzusaugen, musst du mir erlauben, dich hier wegzuteleportieren", sagte er leise. „Bitte."

„Klar", stimmte ich zu, bemühte mich nicht, Einwände dagegen zu erheben. Es war nur logisch und ergab Sinn. „Aber ich ahne, dass meine Magie mich nur wieder direkt hierhin bugsieren wird."

Er runzelte die Stirn. „Du meinst, du tust das nicht absichtlich?"

Ich schüttelte meinen Kopf. „Nein. Ich habe mich nicht gegen Az gewehrt. Das war meine Magie."

Er gab ein nachdenkliches Summen von sich. Dann, als das Portal in Sicht kam, hielt er inne.

Es war riesig und stand inmitten eines Meeres der Zerstörung, mitten in einer morastigen Grube.

Verdammt.

Es war so viel schlimmer als das, was ich auf dem Bildschirm gesehen hatte. Und so viel größer.

„War es vorhin schon so groß?", fragte ich besorgt und musterte die Größe des Portals.

„Nein, es ist größer geworden", erwiderte Ajax mit düsterem Tonfall.

Eine Welle von trübem Wasser wirbelte um die Öffnung herum. Die Magie schien ganz offensichtlich von den Wesen dieser Welt kreiert worden zu sein. Oder vielleicht war es die Essenz des Königreichs, das in das riesige schwarze Loch gesogen wurde.

Der Strudel schien alles in seiner Umgebung einzusaugen – Bäume, Teile des Unseelie-Palastes, Unseelie, ein paar Nagas ...

Und Bräute.

Luzifer schwebte in die Lüfte und seine Magie ließ Hitze aus ihm strömen.

Obwohl das Chaos meine Aufmerksamkeit auf sich gezogen

hatte, so konnte nichts mit dem Zorn des Höllenfeen-Königs mithalten.

Zwei aschige Gliedmaße, die Flügeln ähnelten, aber weder gefiedert noch weiß waren, zeigten sich an seinem Rücken. Sie sahen mehr aus wie Schatten, die ihn höher und höher in den düsteren Himmel emporhoben. Eine dunkle Substanz bewegte sich in ihm und waberte hoch und runter wie brennende Federn, die von Feuer durchzogen waren.

Wunderschön.

Beängstigend.

Intensiv.

Mein Herz pochte wie wild und ich krallte meine Fingernägel in meine Handflächen. Eine weitere Schockwelle folgte und ließ meine Knie einknicken.

Ajax fing mich erneut auf. Seine Schatten behielten uns aufrecht, während der Grund unter unseren Füßen bebte. Die Wucht davon hallte in meiner Brust wider und gab mir das Gefühl, eine lebendige Trommel zu sein.

Luzifer, realisierte ich und atmete scharf ein. *Das ist Luzifers Kraft.* Sie breitete sich um mich herum aus, ließ die Luft Wellen schlagen und zog an meinem Inneren.

Mehr, dachte ich benommen. *Gib mir mehr.*

Ich blinzelte, verwirrt über das plötzliche, seltsame Verlangen.

„Ich muss näher ran", flüsterte ich.

Ajax sah mich mit hochgezogener Augenbraue an. „Ich glaube, wir sind nahe genug."

Luzifers Magie zog an meinem Wesen und seine donnernde Stimme befahl seinen Untergebenen, ihm zu helfen. „Mehr Wasser!", schrie er. Die Worte schienen an eine Gruppe Nagas gerichtet, die um einen Geysir herum versammelt sang.

Ein Wasserstrom folgte und die schlangenähnlichen Wesen erhoben ihre Hände, während es in die Lüfte schoss.

„Hebt an!", schrie er, dieses Mal in Richtung eines Unseelie, der Luftströmte emporzuschicken schien, die in entgegengesetzter Richtung zu wirbeln schienen.

Er versucht das Portal zu schließen, dämmerte mir.

Aber es funktionierte nicht. Seine Kraft fand ihren Ursprung in Feuer und roher Gewalt, und sie schlug gegen den Strudel, riss ihn auseinander und machte ihn damit nur noch größer.

Der Geruch, der folgte, erinnerte mich an einen Familienausflug in die Everglades und ich rümpfte meine Nase, während die Erinnerung an meinem inneren Auge vorbeizog.

Höllenfeuer, dachte ich und erinnerte mich an meinen Vater, wie er mitten in einem Sumpf gestanden und von gefährlichen Flammen eingenommen gewesen war.

„Du willst die Mücken töten, Cami? Dann verbrenne sie einfach", hatte er mir gesagt.

Er hatte eine Riesenshow daraus gemacht und mehrere Mangrovenbäume in Flammen gesteckt.

Und das Feuer hatte sich auf andere Pflanzen ausgebreitet.

Und auf das Gebiet um uns herum.

„Der Trick ist, zu wissen, wie man die Flammen löscht", hatte er mir mit bedrohlichem Blick zu geflüstert. „Wenn du es nicht hinbekommst, kommst nicht mit nach Hause."

Meine Mutter hatte ihn getadelt und gesagt: „Gib dem armen Mädchen wenigstens ein paar Banne, die sie ausprobieren kann."

Im nächsten Augenblick waren Papierseiten vom Himmel gefallen. Die weißen Seiten hatten im Schein der Flammen geglitzert und mich ein bisschen an feurige Federn erinnert.

Ich hatte sie alle aufgefangen und mir jeden einzelnen Bann gemerkt.

Und am Ende denjenigen gefunden, den ich gebraucht hatte, um das Inferno zu löschen.

Luzifers Höllenfeuer sog mich zurück in die Gegenwart und meine Erinnerung verblasste angesichts dessen, was sich vor meinen Augen abspielte. Seine Magie schien das Portal eher anzutreiben als aufzulösen.

Ein bisschen wie das Feuer damals in den Everglades, dachte ich stirnrunzelnd. Einige der Banne, die ich benutzt hatte, hatten die Flammen höher lodern lassen, anstatt sie zu löschen.

Die wabernden Ränder des Vortex gähnten Luzifer entgegen und öffneten ein tiefschwarzes Zentrum. Das immense Riffeln in der Realität sog alles in seiner Umgebung ein und verspeiste im Handumdrehen einen weiteren Abschnitt des Unseelie-Palastes.

Uralte Bäume mit Ranken verbogen sich und brachen, gaben ein donnerndes Knacken von sich, das durch das Gebiet sauste.

Es waren Schreie zu hören, als eine weitere Welle eine zweite Gruppe Bräute einsog. Sie konnten nichts gegen den Strom unternehmen, der sie wegwusch.

„Nein!", schrie Luzifer merklich frustriert, während er eine Hand ausstreckte und pures Höllenfeuer auf das Portal lossandte.

Meine Nackenhaare sträubten sich, als unnatürliche Hitze über die abgeflachten Wellen sauste.

„Ty!" schrie Melek, während er eine Welle von brillantem Weiß lossandte. „Du schaffst das nicht allein!"

Ich hatte Meleks Kraft noch nie in ihrem vollen Glanze gesehen. Nicht so.

Das tauchte den Himmel in ein gleißendes Licht und sandte eine Schockwelle los, die die Wolken kurz durchbrach und das Sonnenlicht auf die moorigen Wasser darunter fallen ließ.

Ich zuckte zusammen. *Das wird ganz bestimmt nicht funktionieren.*

Meleks Kraft schien zu intensiv für dieses Königreich. Sein Licht war so hell, dass das Marschland es nicht aufnehmen konnte.

Angesichts dessen, was ich über dieses Gebiet gelesen hatte, ergab das durchaus Sinn. Das Marschland war in seinem Kern eine instabile Mischung des Unterwasser-Königreichs und des Ödlands.

Zu viel Wasser brachte die Atmosphäre aus dem Gleichgewicht und zu viel Licht würde die chemische Zusammensetzung des Gebiets verändern.

Diese Einsicht ließ mich begreifen, dass Luzifer und Melek wohl am wenigstens Erfolg dabei haben würden, dieses Chaos zu beheben. Sie versuchten einen Strudel mit Wasser, Höllenfeuer und roher Gewalt zu besiegen.

Das ist alles völlig verkehrt, dämmerte mir, als Luzifers nächster Kraftschub nur dazu führte, dass der Wasserstrahl sich in Dampf auflöste. Das Portal wehrte sich dagegen und schien sich dann nur noch weiter auszudehnen.

Dieses Mal nahm es eine verschwommene Gestalt, wobei es sich wohl um einen Unseelie handelte, mit sich. Das Glitzern von gebrochenem Licht hatte mehrere schreckenserfüllte Schreie zur Folge, bevor sie verstummten, als wären sie ertränkt worden.

Die Nagas paddelten wild, waren jetzt, wo sie fieberhaft wegzuschwimmen versuchten, besser zu erkennen. Ihre mächtigen Flossen klatschten gegen den dampfenden Strom, doch gegen die Intensität des immer größer werdenden Vortex hatten sie nicht die geringste Chance.

Ajax zischte und entfernte seinen Arm von meinem Rücken.

Ich sah ihn verwirrt an. Dann bemerkte ich, dass er die Ketten anstarrte, die sich um meine Körpermitte rankten.

„Cami?", fragte er mit unsicherem Tonfall.

Ich runzelte die Stirn. „Was?"

Ein weiteres Wummern zog meine Aufmerksamkeit zurück zum glühenden Portal. *Das ist nicht gut. Überhaupt nicht gut.*

„Er macht es nicht richtig", sagte ich zu Ajax. „Er macht alles nur noch schlimmer."

„Cami, du ... glühst", sagte Ajax, überging meine Worte. „Die Ketten ..."

Luzifer wütete am Himmel. Meine Haut wurde von Wärme überzogen, was meine Aufmerksamkeit zurück auf mein Kleid lenkte. Ajax hatte recht. *Ich glühe.*

Ich runzelte die Stirn. Dann dämmerte es mir. *Weil das hier Luzifers Magie ist.*

Es musste seine Kraft gewesen sein, die mich hierhergezogen hatte.

Wie bei der Quelle, dachte ich und mein Mund öffnete sich. *Darum fühlt sich dieses Ziehen so bekannt an. Es ist wie damals, als ich das Herz seiner Kraft berührt habe.*

Mit dem Unterschied, dass ich dieses Mal buchstäblich von ihr umgarnt worden war und mich wie von einem Leuchtfeuer von ihm angezogen fühlte.

Aber es war mehr als das.

Ich konnte spüren, wie seine Kraft durch mich rauschte, beinahe, als wäre ich eine Art Leiter. Oder ein Siphon.

Wie ist das überhaupt möglich?, staunte ich, spürte Luzifers nächsten Angriff, bevor er ihn ausführte. *Warum bin ich seiner Essenz so nahe?*

Meine Gedanken rasten und ich griff nach dem Talisman, der

noch immer an meiner Brust ruhte. Meleks Kraft vermischte sich mit der Hitze der Ketten, was mir ein beruhigendes Gleichgewicht verschaffte, das es mir erlaubte, klar zu denken.

Wärme, nicht unkontrollierbares Feuer. Das war, was die Flammen in den Everglades am Ende aufgehalten hatte. Es hatte Stunden gedauert, bis ich auf die richtige Lösung gekommen war. Aber am Ende hatte es endlich funktioniert.

Wird es hier auch funktionieren? Es gibt nur einen Weg, es herauszufinden.

„Cami?", fragte Ajax erneut.

Ich blendete ihn aus, war zu beschäftigt damit, mich an den Bann zu erinnern, den ich an jenem Tag verwendet hatte.

Wenn ich wirklich ein Leiter bin, dann sollte ich in der Lage sein, Luzifers Kraft zu kanalisieren und seinen Bann zu verstärken, dachte ich und schloss meine Augen, um mich auf die Empfindungen zu konzentrieren, die seine Energie in mir erblühen ließen. Ich rief diese warme Kraft, die tief in meiner Brust saß, und gab die Worte von mir, die ich vor so langer Zeit erlernt hatte.

Wind schmiegte sich um mich, als ich an der Magie zog, die mich umkreiste. Ich klammerte mich an die Leine, die irgendwie tief in meiner Seele verankert zu sein schien.

Ein dunkler Strang.

Ewige Kraft.

Luzifer.

Ich verstand dieses Gebiet nicht. Ein Gebiet, in das ich nicht gehen wollte. Aber ich musste es versuchen.

Ich gab den Bann von diesen dünnen, weißen Seiten wieder, während meine Gedanken zum einen in der Gegenwart und zum anderen in der Vergangenheit verweilten, während hinter meinen geschlossenen Augen Flammen tanzten.

So viel Kraft.

So viel Anmut.

Eine beruhigende Welle der Wärme bildete sich in mir, wartete darauf, freigelassen zu werden. Aber ich brauchte mehr. Ich brauchte Zugriff.

„Camillia", flüsterte eine tiefe Stimme in meinen Gedanken. Eine, die ich hasste. Eine, die ich begehrte. Eine, die ich *brauchte*.

„Luzifer", erwiderte ich. *Lass mich ein ...*

Die Magie seiner Ketten wand sich um mich, aber ich würde sie benutzen, anstatt von ihr benutzt zu werden.

Lass mich ein, wiederholte ich.

Seine Kraft war zu wild. Zu intensiv.

Ich gab den Bann erneut von mir, schürte meine warme Welle, während ich flüsterte: *Lass mich ein.*

So viel Lebenskraft. Leuchtkraft. Kernfestigkeit.

Lass mich ein, Luzifer. Befreie mich ...

Etwas in mir erwachte zum Leben. Ein natürlicher Instinkt. Ein Hang, zu zähmen. Er zog an Luzifers Kontrolle über die Kraft und flehte ihn an, sie mir zu übergeben – nur für einen winzig kleinen Augenblick.

Ob mein Vater mich nun irgendwie darauf vorbereitet hatte oder nicht, ich wusste instinktiv, was zu tun war.

Das Marschland war ein Ort der Schimären, Raffinesse und zarten Berührungen.

Das Gegenteil von dem, was ich Luzifer an den Tag legen gesehen hatte.

Lass mich helfen, flehte ich. *Ich kann das schaffen.*

Ich war mir nicht sicher, ob er mich hören konnte, aber ich hoffte, dass er meine Absichten spüren konnte.

Oder dass die Quelle meinen Ruf erhören würde.

Er hatte mich gewarnt, sie nicht noch einmal anzurühren. Aber er würde doch bestimmt verstehen, zu welchem Zweck ich es tun würde, oder? *Ich kann die Sache richten*, dachte ich immer wieder in seine Richtung. *Du brauchst eine beruhigende Welle der Wärme.*

Welche in meiner Brust heranwuchs und jeden Augenblick freizubrechen drohte. Aber ich brauchte seine Fähigkeit, die Kraft in diesem Reich zu erhöhen, um sicherzustellen, dass sie reichen würde, um das tödliche Loch am Himmel zu schließen

Bitte, flehte ich. *Lass mich ein ...*

Eine Hitze wanderte daraufhin über meine Haut – zunächst zaghaft.

Dann wurde sie stärker und die Ketten, die um meinen Körper geschlungen waren, verhärteten sich und verwandelten sich in diamantähnliche Stücke, die meine Haut übersäten.

Ich zuckte zusammen. Mit jeder Sekunde wurde der Schmerz ärger.

Er kämpft gegen mich an.

Er drängt mich ab.

Er wird sicherstellen, dass ich scheitere.

Ich wehrte mich, weigerte mich, seine Abfuhr zu akzeptieren. Ich musste das hier tun. *Lass mich helfen!*

Die Ketten, die um meinen Körper geschlungen waren, zerbarsten und die Stückchen davon fraßen sich in meine Haut, was mir einen schmerzerfüllten Schrei entlockte.

Es brennt.

Sie bringt mich um.

Sie ... Sie ... Ich riss meine Augen auf und das gleißende Licht der Quelle umgab mich. *Sie nimmt mich an.*

Ich klammerte mich an sie, ohne darüber nachzudenken, sog die Energie daraus, die ich brauchte, und goss sie in die Wärme ein, die in mir ruhte.

Im nächsten Augenblick war ich zurück im Marschland, mein Blick wieder auf das Portal gerichtet. Gerade rechtzeitig, um den König der Höllenfeen auf mich zuschreiten zu sehen.

Seine aschigen Flügel waren hinter ihm aufgespreizt und Höllenfeuer rauschte an seinen Armen hinab.

Ich bin so gut wie tot.

Aber ich musste das zu meinem Vorteil nutzen. Musste meine letzten Augenblicke dazu benutzen, etwas Gutes zu tun.

Ich strich mit meinen Fingern über Meleks Talisman und suchte nach der einzigartigen Kraft des Sterns. *Der Leiter*, ermahnte ich mich.

Deswegen war ich zu alledem in der Lage gewesen. Der Leiter hatte es mir erlaubt, Luzifers Kraft mittels der Ketten aufzunehmen.

Jetzt würde er mir erlauben, dieses verdammte Portal mit meiner eigenen Magie anzugreifen.

In mir bildete sich ein Strudel. Die Mischung von Energie war wie nichts, das ich je zuvor gespürt hatte. Es beängstigte mich, vielleicht sogar mehr als der auf mich zukommende König der Hölle.

Eine unkontrollierbare Mischung aus Feuer und Eis wütete

in mir und verband sich mit der warmen Welle. Anstatt sie auszulöschen, ließ ich sie anschwellen, musste sichergehen, dass es reichen würde.

Nur noch ein paar Sekunden, dachte ich, war mir bewusst, dass Luzifer nahe war.

Meine Fingerspitzen glühten und das Wasser auf meiner Haut verdunstete.

Und die Luft um mich herum wurde schwerer und schwerer. Ich wusste, dass ich nicht mehr lange durchhalten würde.

Ich atmete aus und streckte meine Hand aus.

Und ließ die Kraft aus mir strömen.

Ein Druck breitete sich auf meinen Ohren aus, bevor der Grund unter meinen Füßen explodierte und eine Schockwelle folgte, die Wasser und Schutt in die Lüfte schießen ließ. Luzifer war beinahe bei mir angekommen, doch jetzt wurde er durch die Luft gewirbelt, als meine Explosion mit unbehinderter Kraft auf das Portal zu schwirrte.

Sie tauchte ein und das Portal wurde augenblicklich starr wie Glas.

Es zu verbrennen, war nicht die Lösung gewesen.

Es hatte eine feinfühlige Balance von Wärme bedurft. Wie in den Everglades. Es schien gegen die eigene Intuition zu gehen, ein Feuer mit Wärme zu löschen, aber das hier war nicht irgendein Inferno gewesen.

Ganz wie das Höllenfeuer, das mein Vater an jenem Tag, vor langer, langer Zeit, losgelassen hatte.

Es war das Gegenteil von dem, womit ein Feuerwehrmann umzugehen gewusst hätte.

„Die meisten magischen Elemente können mit Logik beseitigt werden", hatte er mir danach gesagt. „Jetzt weißt du es."

Ja, Papa, dachte ich jetzt. *Das ist mir zweifellos klar.*

Eine ohrenbetäubende Stille folgte, woraufhin das Portal zerfiel, verschwand und meilenweit Zerstörung zurückließ.

Ein feiner Sprühnebel folgte. Einer, der auf meine nackte Haut hinabrieselte und mich erschaudern ließ.

Dann materialisierte sich ein wutentbrannter Luzifer vor mir.

Ich versuchte nicht, davonzurennen. Ich hatte die nutzlosen

Messer irgendwo im Chaos verloren, sodass ich wehrlos und nackt vor ihm stand.

Aber ich gab mir keine Mühe, mich zu entschuldigen.

Stattdessen starrte ich ihn an und wartete auf sein Urteil.

Doch er sah aus, als wüsste er nicht, was er mit mir tun sollte.

Aber oh, er war definitiv wütend. Das Feuer in seinen saphirblauen Augen loderte noch stärker als sein Höllenfeuer und sein kantiges Kinn war angespannt.

„Komm, Camillia. Ich glaube, es ist an der Zeit, dass wir uns unterhalten."

Er packte mich am Hals und dann verschwanden wir in einer von Feuer durchzogenen Aschewolke.

Jepp, ich werde definitiv sterben.

Langsam.

Und qualvoll.

Camis Geschichte geht weiter in *Kommandant der Unterweltfeen* ...

„Mach mich zu deinem Gefährten oder stirb. Die Entscheidung liegt bei dir."

Die Worte waren nicht an mich gerichtet gewesen, aber dennoch fanden sie in meiner Seele Widerhall.

Was hätte ich gewählt? *Den Tod.*

Natürlich würde ich nur verbrennen und in Asche verwandelt werden, um wiederaufzuerstehen und mich mit demselben Problem befassen zu müssen, das meinen Kopf und mein Herz heimsucht.

Mein inneres Biest glaubt, dass es auf eine Halblings-Höllenfee geprägt wurde.

Ohne meine Zustimmung.

Jetzt will ich nichts mehr, als sie in meinen Armen zu halten. Sie zu küssen. Sie zu ficken.

Sie zu beanspruchen.

Aber das kann ich nicht.

Nicht, bis wir herausfinden, was mit der Höllenfeenquelle los ist, und bis diese zerstörerischen Höllenfeenportale nicht mehr überall auftauchen.

Das Reich der Höllenfeen steht Kopf und meine potenzielle Gefährtin könnte dafür verantwortlich sein.
Wärter Ajax und Prinz Melek halten sie für unschuldig.
Der Höllenfeen-König ist vom Gegenteil überzeugt.
Und ich bin zu beschäftigt mit meinem hechelnden Phönix, um mich für eine Seite zu entscheiden.

Alles, woran mein Tier denken kann, ist, seine intendierte Gefährtin zu beißen.
Und ich kann an nichts anderes denken, als mir Wege zu überlegen, um ihn davon abzuhalten.

Ich will, dass Camillia sich frei entscheiden kann.
Aber wie es scheint, will sie sich nicht entscheiden ...

Anmerkung der Autorinnen: *Kommandant der Unterweltfeen* ist ein dunkler, paranormaler Liebesroman mit vier geplagten Gefährten, zwischen denen man sich nicht entscheiden muss. Wenn du deine Antihelden dominant und sexy magst, bist du hier in der richtigen Welt. Im Reich der Höllenfeen brennt Romantik heiß und Vergebung ist nicht vonnöten. Dieses Buch endet mit einem Cliffhanger.

Es ist nie zu spät, um etwas Neues zu lernen und auf eine übernatürliche Akademie zu gehen ... Heiße Jungs mitinbegriffen.

Königin der Elemente: Medium-Burn-Reverse-Harem-Liebesroman

Akademie der Mitternachtsfeen

Akademie der Schicksalsfeen: Omegaverser Reverse-Harem-Liebesroman

USA Today Bestsellerautorin Lexi C. Foss ist eine Schriftstellerin, verloren in der Welt der Computer. Sie lebt mit ihrem Mann und ihren pelzigen Freunden in North Carolina. Wenn sie nicht gerade schreibt, ist sie mit Sicherheit auf Reisen. Viele der Orte, die sie schon besucht hat, lassen sich in ihren Büchern wiederfinden, einschließlich der mystischen Welt von Hydria, die auf der griechischen Insel Hydra basiert.

Lexi ist ein bisschen verschroben, trinkt viel zu viel Kaffee und schwimmt gern. Tschüss!

Würden Sie gern über Neuerscheinungen informiert werden? Dann tragen Sie sich für ihren Newsletter ein: https://www. lexicfoss.com/deutschen-newsletter

Besuchen Sie Lexi im Netz!
https://www.lexicfoss.com/aktuell

E-Mail: lexicfoss@gmail.com

BÜCHER VON LEXI C. FOSS

Akademie der Mitternachtsfeen:

Buch Eins

Buch Zwei

Buch Drei

Buch Vier

Ellas Mitternachtsmärchen

Die Blutallianz:

Chastely Bitten – Keuscher Biss (Buch 1)

Royally Bitten – Königlicher Biss (Buch 2)

Regally Bitten – Majestätischer Biss (Buch 3)

Rebel Bitten – Rebellischer Biss (Buch 4)

Kingly Bitten - Royaler Biss (Buch 5)

Cruelly Bitten - Grausamer Biss (Buch 6)

Ewiger Biss (Buch 7)

Eigenständige Die Blutallianz:

Crave Me - Verlangen des Schicksals

Blood Day - Bluttag

Die Wölfe des V-Clans

Blutsektor

Nachtsektor

Die Wölfe des X-Clans

Der Ursprung

Andorra Sektor

Das Experiment

Pfeil des Winters

Bariloche Sektor

Königin der Elemente:

Buch Eins

Buch Zwei

Buch Drei

Königin der Elementefeen: Die nächste Generation

Eigenständige Fee-Romane

Königin der Winterfeen

Unsterblich verflucht:

Blood Laws – Blutgesetze (Buch 1)

Forbidden Bonds – Unsterblich entfesselt (Buch 2)

Blood Heart – Blutige Unschuld (Buch 3)

Blood Bonds – Unsterblich geboren (Buch 4)

Angel Bonds – Himmlische Bande (Buch 5)

Blood Seeker – Die Fährte des Blutes (Buch 6)

Blood Burden – Himmlische Bürde (Buch 7)

Wicked Bonds - Himmlisch verrucht (Buch 8)

Blood King - Herrscher des Blutes (Buch 9)

Eigenständiger paranormaler Liebesroman

Rotanev – Eine Poseidon-Erzählung

Carnage Island: Wolfsklauen und verbotene Bisse

Beanspruche mich

**Und auch die folgenden Bücher von Lexi C. Foss werden in Kürze
auf Deutsch erhältlich sein:**

Auferstanden aus der Dunkelheit:

Die Tochter und der Tod (Buch 1)

Die Geliebte und die Sünde (Buch 2)

J.R. Thorn

Die USA Today Bestsellerautorin J.R. Thorn ist eine Autorin von Reverse-Harem-Liebesromanen. All ihre Bücher handeln in derselben Welt – ausgenommen Bücher, die zusammen mit einer Co-Autorin geschrieben wurden. Also lass dir die empfohlene Lesereihenfolge oben oder auf der Website nicht entgehen! (Sie ist außerdem besessen von magischen Tätowierungen und Alphamännchen.)

Lies mehr von J.R. Thorn, erhältlich auf Amazon.de!

EMPFOHLENE LESEREIHENFOLGE J.R. THORN

Alle Bücher sind unabhängige Buchreihen, die in der fortlaufenden
Folge ihrer der Ereignisse aufgelistet werden

Feen der Elemente – Lesereihenfolge

Königin der Elemente: Bücher 1-3 (Co-Authored)

Königin der Elementefeen: Die nächste Generation

Akademie der Mitternachtsfeen (Lexi C. Foss)

Akademie der Schicksalsfeen (J.R. Thorn)

Candela (J.R. Thorn) – Englisch

Königin der Winterfeen (Co-Authored)

Gefangene der Unterweltfeen (Co-Authored)

A.J. Flowers

A. J. Flowers ist das Pseudonym von J. R. Thorn

Im Land der Drachenreiter

J.R. Thorn

Blutstein-Reihe – Lesereihenfolge

Die empfohlene Lesereihenfolge befindet sich unten

Sieben Sünden

Non-RH Books (J.R. Thorn writing as Jennifer Thorn)
Noir Reformatory Universe Reading List – Englisch

Noir Reformatory: The Beginning
Noir Reformatory: First Offense
Noir Reformatory: Second Offense

Sins of the Fae King Universe Reading List – Englisch

(Book 1) Captured by the Fae King
(Book 2) Betrayed by the Fae King

Erfahre mehr auf: Amazon.de

www.ingramcontent.com/pod-product-compliance
Lightning Source LLC
Chambersburg PA
CBHW021956050726
47498CB00001BA/149